Katherine Center est originaire du Texas. Ses romans inspirants, récompensés par de nombreux prix littéraires et traduits dans le monde entier, mettent en scène des personnages qui tombent et se relèvent, qui traversent des épreuves sans jamais cesser de savourer les petits bonheurs de la vie. Quand elle n'est pas occupée à écrire, Katherine Center donne des conférences sur le pouvoir de la fiction. Elle vit à Houston avec son mari, ses deux enfants et leur chien féroce sous ses airs de peluche. Son premier roman traduit en langue française, *La Vie rêvée de Margaret*, a été récompensé par le Prix des Lectrices en 2020.

De la même autrice :

La Vie rêvée de Margaret
(Prix des Lectrices 2020)
La vie à portée de main
Le jour où mon cœur a pris feu
Le Bonheur pour les débutants

Ce livre est également disponible
au format numérique

www.editions-hauteville.fr

Katherine Center

LE BONHEUR POUR LES DÉBUTANTS

Traduit de l'anglais (États-Unis) par Nathalie Guillaume

Hauteville

Hauteville est un label des éditions Bragelonne

Titre original : *Happiness for Beginners*

ISBN : 978-2-38122-472-5

Bragelonne – Hauteville
60-62, rue d'Hauteville – 75010 Paris

E-mail : info@editions-hauteville.fr
Site Internet : www.editions-hauteville.fr

À mon mari, Gordon, pour notre vingtième année ensemble.
Merci d'être aussi doué en amour.

Chapitre premier

Si vous voulez m'envoyer en enfer, parachutez-moi au beau milieu d'une fête où je ne connais personne. Si vous voulez vraiment aller jusqu'au bout, ajoutez-y une foule d'étudiants bourrés. Et assurez-vous qu'on me renverse un ou deux verres dessus. Gardez-vous bien de me parler de la soirée avant, histoire que je puisse débouler avec mes couettes et mon bas de jogging. Tant que vous y êtes, flanquez-moi un sac de transport pour chat rose bonbon sous le bras. Avec un mini-teckel furax à l'intérieur.

Par pitié, ne faites rien de tout ça. Parce que, alors, vous deviendrez mon frère Duncan. Et croyez-moi : vous n'avez aucune envie d'être Duncan.

Voilà ce qu'il fit cette fois. Il me promit qu'il garderait ma chienne, Pickle, pendant que je m'absenterais trois semaines. Je lui rappelai qu'elle avait une fâcheuse tendance à mordre les chevilles et qu'elle avait une profonde aversion pour la race humaine. Elle détestait aussi les autres chiens et les êtres vivants en général. Néanmoins, Duncan insista tellement pour garder Pickle que, même après l'avoir pratiqué toute une vie, je finis par céder. Il jura qu'il veillerait à son confort en mon absence. Il déclara même pour me taquiner qu'il brûlerait un bâton d'encens parfumé à la viande pour l'aider à se sentir chez elle.

Nous étions convenus que je déposerais Pickle chez lui la veille de mon départ, mais, à l'heure dite, Duncan avait complètement oublié. À la place, il avait décidé de recevoir quelques amis, en petit comité, avec son colocataire, Jake, qui tiendrait le bar. Pour l'occasion, celui-ci avait inventé une boisson appelée la « Lambada », à base de moonshine maison, de l'alcool de maïs titrant à plus de cinquante degrés. Il affirmait qu'il suffisait de renifler ce breuvage pour être torpillé.

Une centaine de personnes s'entassaient dans un appartement de la taille d'un frigo. Et, parmi elles, moi.

Duncan était coutumier du fait. J'aurais dû m'en douter, mais je me faisais toujours avoir. Et, à présent, mon animal au tempérament délicat allait devoir souffrir.

Duncan, comme toujours dans ces moments-là, était introuvable.

Je me frayai un chemin à coups de coude vers sa chambre, qui était vide. Pas vide de caleçons sales jonchant le sol, ni de boîtes de plats asiatiques vieilles de trois semaines, ni de posters de filles en bikini – juste vide de Duncan. Dans l'angle, le fauteuil inclinable qu'il avait récupéré aux encombrants était couvert d'une pile de linge sale plus haute que moi. Un enchevêtrement de guirlandes de Noël clignotantes pendait depuis six mois d'un clou pathétique, façon Las Vegas.

Je slalomai jusqu'au lit défait, posai le sac de Pickle et l'inclinai vers le haut pour regarder sa tête. Elle avait les babines retroussées, tous crocs dehors. Ses oreilles étaient baissées. Un sentiment de pure trahison se lisait dans ses yeux.

— Tu n'as pas envie de vivre ici, pas vrai ?

À ma grande surprise, une voix répondit derrière moi.

— Ça ne me dérange pas.

C'était Jake. Colocataire, barman et meilleur ami de Duncan depuis la seconde. Mais il me fallut un instant pour m'en rendre compte, et pas seulement parce qu'il se tenait à l'autre bout de la pièce.

Il était différent – radicalement différent – de la dernière fois que je l'avais vu. Quand était-ce ? Aucune idée. Ça remontait assez loin pour qu'il ait pris une bonne trentaine de centimètres, étoffé toutes les zones stratégiques du corps masculin, comme les épaules et les bras, et largement amélioré sa coupe de cheveux. Je savais que c'était lui, bien sûr – mais il ressemblait si peu au garçon dont je me souvenais que je ne pus m'empêcher de demander confirmation :

— Jake ?

Il leva une main.

— Salut, Helen.

— Est-ce que tu te cachais ?

— Je ne me cachais pas, répondit-il en sourcillant. J'étais à la niche.

— La *niche* ?

— Ouais, dit-il en se tournant pour montrer derrière lui. Nous avons transformé le placard en niche. Jeux vidéo, musique… Je m'en sers surtout pour lire.

— Duncan et toi avez construit une *niche* ?

— C'est d'enfer. On se croirait dans un vaisseau spatial. Tu veux voir ?

Je lui jetai un regard désabusé du genre qui pouvait se traduire par : « Tu plaisantes… ? » Je n'avais jamais aimé ce gamin. Jake avait tous les travers de Duncan, mais en pire. Après sa rencontre avec Jake, Duncan ne fit plus que la moitié de la vaisselle et de ses devoirs, mais fuma deux fois plus de pétards. J'avais espéré qu'ils se perdraient de vue en partant à l'université, mais, au lieu de ça, ils étaient devenus colocataires. Déjà quatre ans que ça durait. C'était l'été qui bouclait leur dernière année d'études – même si Duncan n'avait pas exactement obtenu son diplôme –, et ils cohabitaient toujours comme des crétins.

Apparemment, Duncan n'avait pas le temps de décrocher son diplôme, mais il en trouvait pour construire une niche spatiale. Non, je n'avais aucune envie de la voir. Nope.

Jake me dévisageait comme il le faisait toujours lorsque nous étions dans la même pièce : la bouche légèrement ouverte, comme s'il ne se contentait pas de me regarder, mais qu'il me contemplait, d'une certaine façon. De la part de n'importe qui d'autre, ç'aurait été flatteur.

Il fallait que je dise enfin quelque chose.

— Tu as coupé ta queue-de-cheval.

Il acquiesça, se souvenant.

— Ouais. J'ai pris une grosse paire de ciseaux et je l'ai coupée d'un coup. Duncan la conserve dans une tasse à café sur l'étagère ; il la considère comme notre animal domestique.

S'ensuivit une pause, ponctuée de hochements de tête de Jake.

— Est-ce que c'était pour la remise de diplôme ? finis-je par demander.

— Non, dit-il en secouant la tête à présent. C'était en première année de fac.

Cela retint mon attention.

— Tu as les cheveux courts depuis la première année ? Je ne t'ai pas revu depuis ?

— Oh, si… Un paquet de fois !

Je ne parvenais pas à me rappeler la dernière fois que je l'avais vu. Je n'avais clairement jamais remarqué qu'il avait ratiboisé cette sale touffe pour se hérisser les cheveux dans un look de Speed Racer ténébreux. J'imagine que, parfois, vous vous faites simplement une idée de quelqu'un, et vous superposez machinalement l'ancienne image à la nouvelle quand votre regard se pose sur lui.

— Tu me trouves peut-être changé à cause des lunettes, hasarda-t-il.

Je sourcillai, l'air dubitatif.

— Les nouvelles lunettes, précisa-t-il en les tapotant. Je n'ai jamais porté de lunettes avant cette année.

— Oh. Ça doit être ça.

Il devenait assez évident pour moi – et probablement pour lui aussi – que je ne l'avais jamais vraiment regardé auparavant. Il aurait pu soutenir qu'il avait toujours porté un bandeau de pirate, j'aurais été infichue de le contester.

— Je les aime bien, dis-je.

— Elles font très administration Nixon. Duncan a commencé à m'appeler Apollo 13.

C'était donc ça. La coupe de cheveux, les lunettes de hipster et l'ajout mystérieux de toutes sortes de muscles. Trois était un chiffre magique, après tout.

— Eh bien, dis-je en me détournant. C'est mille fois mieux.

— Merci.

Une autre pause.

— Est-ce que tu cherches Duncan ? demanda-t-il alors.

— Oui ! m'exclamai-je – et tout me revint, combien j'étais folle de rage. Il est censé garder ma chienne.

— C'est un chien qu'il y a là-dedans ?

Il regarda dans le sac. Pickle grogna.

Le volume de la musique à l'extérieur de la chambre semblait monter.

— Je devais la lui déposer ce soir. Il n'était pas prévu que Duncan accueille *Girls Gone Wild*.

Jake fit la grimace en guise d'excuses.

— Ça lui est probablement sorti de la tête.

— Évidemment que ça lui est sorti de la tête. C'est *Duncan*. Et c'est pourquoi je m'en vais. Mais, d'abord, j'aimerais le remercier chaleureusement de m'avoir laissée tomber. Une fois de plus.

Jake acquiesça comme s'il compatissait.

— Il est fort pour proposer des trucs, mais pas trop pour les concrétiser.

— Je n'aurais jamais dû accepter, dis-je en secouant la tête, m'en voulant d'avoir été assez stupide pour faire confiance à Duncan.

— C'est dur, quand même. Il est toujours sincère quand il propose de rendre service. Tu dois juste t'entraîner à dire « non ». Je me le suis fait tatouer : TOUJOURS DIRE « NON » À DUNCAN.

— Sérieux ? dis-je en inclinant la tête.

Ma naïveté le fit sourire.

— Pas vraiment. Je déconne…

J'accueillis sa réponse en soupirant ostensiblement.

— Super couettes, au fait, fit-il remarquer.

Pickle se mit alors à aboyer férocement.

— Sais-tu où est Duncan ? demandai-je.

— Dans ma chambre. C'est pour ça que je suis ici.

— Je peux savoir pourquoi aucun de vous deux ne prend part à la soirée que vous avez organisée ?

— Hum, dit-il, en levant les yeux au plafond pour réfléchir. Eh bien, je suis plongé dans un bouquin génial, alors j'ai fait une pause parce que je voulais absolument savoir la suite, mais je suis assez certain que la chance sourit à Duncan en ce moment même.

Je me plaquai une main sur les yeux.

— C'est pas vrai, dis-moi que tu plaisantes…

— Eh non. Il semblerait que je sois « sexilé ». C'est le terme qu'on emploie quand on est exilé de sa chambre parce que quelqu'un d'autre y baise, expliqua-t-il.

— Je sais ce que veut dire « sexilé ». Le mot existait même à l'époque lointaine où j'étais à la fac.

Jake m'adressa un hochement de tête approbateur.

— Pourquoi est-il dans *ta* chambre ?

Jake balaya la pièce d'un geste comme si c'était évident.

— Tu ne peux pas ramener une fille ici.

Je parcourus les posters de bikinis.

— Mais la tienne, ça va ?

Il haussa les épaules.

— Mon niveau d'obscénité est plus acceptable.

Je soupirai de nouveau. Il y avait peu de choses que je n'aurais pas été disposée à interrompre parmi celles que Duncan pouvait être en train de faire, mais s'envoyer en l'air en faisait partie.

— Peux-tu lui transmettre un message de ma part ? demandai-je.

— Bien sûr. Tout ce que tu veux.

— Dis-lui que c'est un demeuré. Et aussi qu'il ne se donne pas la peine de revenir me lécher le cul, c'est mort.

— Pigé.

— N'oublie pas, dis-je en me penchant pour prendre le sac de Pickle.

Il esquissa une croix sur son cœur.

— Je n'oublierai pas. Surtout la partie sur ton cul.

Est-ce qu'il flirtait avec moi ? J'avais dix ans de plus que lui ! Un comportement aussi arrogant exigeait une riposte immédiate ; un regard glacial, par exemple. Mais, puisqu'il avait coupé sa queue-de-cheval grasse, je l'épargnai.

J'étais à la porte quand il dit quelque chose qui me fit m'arrêter net.

— Merci pour le trajet, au fait.

Je me retournai, la main sur la poignée.

— Quel trajet ?

Jake parut déconcerté une seconde, puis sourcilla.

— Le trajet ? Demain ?

— Désolée, répondis-je. Je pars demain, je ne peux t'emmener nulle part.

Non que je l'aurais fait, de toute façon. L'avais-je un jour déposé où que ce soit ? Qu'est-ce qui lui prenait ?

— Je sais, dit-il. Tu pars dans le Wyoming. En randonnée. Ou plus exactement en stage de survie.

— Exact, confirmai-je, surprise que Duncan ait relayé correctement tant de détails.

— Je vais aussi dans le Wyoming demain. En rando…

Et alors, avec effroi, je sus ce qu'il allait dire.

— … au même stage de survie que toi.

Je reposai Pickle.

— Pardon ?

— Nous allons au même endroit, dit-il, comme si tout cela était parfaitement sensé. Duncan m'a dit que tu ne voyais pas d'inconvénient à m'emmener.

Mais c'était parfaitement insensé. Pourquoi Jake, ce gamin, participerait-il au même stage que moi ? Comment le destin pouvait-il permettre pareille aberration ? Il s'agissait de quelque chose que je faisais pour moi, toute seule. Un stage encadré par la BCSC, une entreprise de survie dans l'arrière-pays, excusez du peu. Ces stages étaient connus pour être extrêmes, invariablement exténuants, dangereux à l'occasion. C'était très important pour moi. C'était censé être un voyage spirituel, qui marquerait un nouveau départ après la pire année – ou les six pires années – de ma vie. L'abruti de copain de Duncan ne pouvait pas s'incruster comme ça. Il n'était pas convié.

— Mais c'est un truc que je fais seule, dis-je avec un détachement à vous embrouiller l'esprit qui a toujours magnifiquement fonctionné avec mes élèves de CP.

— Eh bien… il y aura douze participants plus un moniteur, alors tu ne seras pas exactement seule.

Il avait passé le niveau CP, donc.

— Mais, je veux dire *seule*, genre, *en solo*.

— En solo avec onze autres personnes, confirma-t-il. Et moi.

C'était dément.

— Comment est-il possible que tu t'incrustes à mon stage ?

— Techniquement, *tu* t'incrustes à *mon* stage. Duncan en a découvert l'existence précisément parce que je m'y étais inscrit.

Duncan. Tout cela était sa faute. Une fois de plus. Comme d'habitude.

— Mais il n'a jamais fait allusion au fait que tu y participerais, objectai-je.

— Il me semble que, au moment où tu t'es inscrite, je croyais avoir un empêchement. Mais, finalement, je peux y participer.

Il haussa les épaules, l'air ravi.

Ce n'était pas le plan. Le plan, tel que je l'avais fantasmé ces six derniers mois, était de rouler jusqu'au Wyoming et de vivre la grande aventure avec un groupe d'inconnus qui non seulement changerait ma vie, mais aussi ma personnalité en profondeur. Le plan était de partir explorer le monde, de le conquérir, et d'en revenir plus forte et plus audacieuse. Le plan n'incluait personne d'autre que moi – et surtout pas Jake.

Je fis une moue navrée.

— Je suis sincèrement désolée, dis-je, comme si cela réglait les choses, mais je suis censée séjourner chez ma grand-mère sur le chemin.

— Grand-mère GiGi ? Elle m'adore.

— Impossible, rétorquai-je.

Ma grand-mère GiGi n'aimait personne à part moi. Et Duncan, à l'occasion.

— Si. Je te jure. Appelle-la.

— Je ne vais pas l'appeler. J'ai des choses à faire. Sur le trajet du retour, je vais à une bar-mitsvah pour retrouver de vieux amis.

Il acquiesça.

— Le fils de ton petit ami du lycée et de ta meilleure pote de l'époque, pas vrai ? Pourquoi tu irais à ce truc ?

J'en restai bouche bée. Ce gamin en savait bien trop sur ma vie.

— J'y vais, parce que nous sommes amis sur Facebook, maintenant, parce qu'ils me l'ont proposé, et accessoirement parce qu'il n'est pas sain d'entretenir de vieilles rancœurs.

— Vous êtes amis sur Facebook ?

— Ouais. Sauf que je ne vais absolument jamais sur Facebook. (Je clignai les yeux.) Comment se fait-il que tu sois au courant de ça ?

— Duncan m'a raconté, dit-il en haussant les épaules. Ça ira. Je n'ai pas besoin du trajet retour. Juste l'aller.

— Tu ne reviens pas ? demandai-je.

— Je finirai par revenir un jour. Mais, d'abord, je vais à Baja. Genre quatre jours après la fin de la rando BCSC. Je décolle de Denver.

Il marqua une pause. Il s'attendait sans doute à ce que je lui demande pourquoi il partait.

Je ne le fis pas.

Il continua.

— J'ai décroché un poste d'assistant de recherche pour une étude de terrain sur les baleines.

Je le dévisageai.

— Nous allons ramer jusqu'à leurs lieux de reproduction dans de petits bateaux de pêche et étudier leurs interactions avec les humains.

Je cédai à la curiosité.

— Pourquoi ?

— Parce que c'est fascinant.

— Ah oui ?

— Oui. Les baleines nagent jusqu'aux bateaux de leur plein gré. Les gens les caressent.

— Pourquoi ?

Il fronça les sourcils comme s'il ne parvenait à concevoir comment je pouvais poser cette question. Comme si je devais comprendre. Ce qui, en vérité, était le cas. Pourquoi caresserait-on une baleine ? Parce qu'elle le voulait.

— C'est puissant, dit-il. Les gens se mettent à pleurer. Ils se mettent à chanter des airs de comédies musicales.

— Des airs de comédies musicales ?

— Les gens disent qu'ils ne sont plus jamais les mêmes, après.

— Je ne vois pas ce qu'il y a de si génial à caresser une baleine.

Il braqua les yeux sur moi.

— Bien sûr que si.

— Non, vraiment pas.

Nous nous défiâmes du regard.

Après une minute, il reprit, comme si cette digression sur les baleines avait résolu de quelque manière la question du trajet pour le Wyoming.

— Donc, c'est juste l'aller. Tu ne sauras même pas que je suis là. Je me ferai oublier sur la banquette arrière, si tu veux. Sinon tu peux m'attacher aux barres de toit. J'ai pensé faire une playlist, mais ensuite je me suis dit : « Hors de question, mec, elle a sa propre musique… » Alors je vais te foutre la paix et ne pas faire le moindre bruit, et on écoutera tout ce que tu veux. Même Carly Simon, ou autre…

— Non ! aboyai-je.

L'angoisse me submergeait. Une fois de plus, la vie se déroulait à l'insu de mon plein gré.

— Écoute, j'ignore ce que Duncan t'a dit ou promis, mais je suis désolée : je ne peux pas te prendre en voiture. Tu n'auras qu'à faire un autre stage.

— Mais c'est non remboursable.

Ce détail ne m'avait pas échappé.

— Alors il faudra simplement que tu prennes le bus. Ou que tu te débrouilles autrement.

— OK. Pas de problème, dit Jake en scrutant mon visage.

Je poussai un soupir de soulagement.

— Bien. Super ! On se voit dans le Wyoming.

Je me baissai pour prendre le sac de Pickle.

— Sauf…, ajouta-t-il.

Je me redressai les mains vides.

— Sauf quoi ?

— Sauf que je suis un peu à court d'argent. Je ne pense pas avoir assez pour payer le trajet en bus.

Je fermai les yeux.

— Tu es un peu à court d'argent ?

Il haussa les épaules.

— On a explosé le budget sur la niche.

J'y jetai un coup d'œil pour confirmation. Puis je le regardai avec l'air de dire : « Sans déconner ! »

— Et tes parents ? demandai-je.

— Il n'y en a plus qu'un, rectifia-t-il. Juste mon père.

— Il ne peut pas t'aider ?

— Il est au Texas, répondit-il en haussant les épaules comme si c'était aussi inaccessible que la planète Mars. Et il n'est pas au courant que je fais ce voyage.

Les mains sur les hanches, j'essayai de trouver une autre réponse. N'importe laquelle. Pickle geignait à mes pieds.

— C'est bon, dit-il. Je vois bien que ça ne marche pas. Je me contenterai de faire du stop.

— Tu ne feras pas de stop.

— Je t'assure, j'en ai déjà fait…

— Tu ne feras *pas* de stop, dis-je d'un ton sans appel.

Et j'eus l'impression, l'espace d'une seconde, avant de prendre conscience que c'était le contraire, d'avoir gagné.

— OK, dit-il en haussant les épaules. Je ferai le trajet avec toi.

Puis il m'adressa un demi-sourire qui, je ne pus m'empêcher de le remarquer, révélait une merveilleuse fossette.

— Si tu insistes, ajouta-t-il.

Chapitre 2

Il y a plus de mille bornes de Boston à Evanston, à la louche. Vous pouvez faire le trajet en une journée, mais elle sera longue. Une journée d'environ quinze heures.

C'est la raison pour laquelle j'avais voulu partir tôt – avant le lever du soleil – et déposer Pickle chez Duncan la veille. Si je rentrais assez vite à la maison, je pourrais rendre visite à ma grand-mère. Ma grand-mère qui nous avait élevés, Duncan et moi, lorsque ma mère s'était lassée de notre éducation. Ma grand-mère adorée, avec son chignon planté de baguettes.

Dans la situation actuelle, cependant, je devais attendre l'heure d'ouverture du cabinet vétérinaire afin d'y placer Pickle en pension.

Il n'y avait pas grand-chose susceptible de mettre Pickle en joie, mais aller chez le véto la rendait carrément suicidaire. Tandis que je lui adressais de la main un au revoir faussement joyeux, j'éprouvai une pointe de remords, et me demandai si j'aurais dû la laisser chez Duncan, finalement. Mais je n'aurais pas pu. Cette chienne ne se rendait pas compte de la chance qu'elle avait. À tout le moins, la fête de la veille lui avait probablement sauvé la vie. Si je l'avais confiée à Duncan, j'aurais sans aucun doute retrouvé à mon retour, des semaines plus tard, un petit tas d'os recouvert de fourrure et un frère ahuri, qui aurait marmonné en se grattant la tête : « Je me disais aussi qu'elle était vachement calme. »

En retournant à ma Subaru après avoir déposé Pickle, je m'aperçus que je m'étais garée dans une telle hâte qu'un pneu de ma voiture mordait sur le trottoir. Je ne l'avais même pas remarqué sur le moment, mais cela me sauta aux yeux en revenant du cabinet vétérinaire. Puis je remarquai Jake, planté juste à côté, un café de chez *Starbucks* à la main.

— Joli créneau, fit-il remarquer en me tendant le gobelet.

— Qu'est-ce que tu fais là ? demandai-je.

— Je me disais que je t'épargnerais la galère de venir me chercher.

— Et si tu m'avais ratée ?

— Eh bien, cela aurait produit l'effet inverse, une double galère, admit-il. Mais ce n'est pas ce qui s'est passé.

Je le détaillai : cheveux en bataille, bermuda sans ceinture et tee-shirt excessivement moulant à l'effigie de Snoopy. Son sac en toile était appuyé contre la voiture.

— Inquiet que je quitte la ville sans toi ?

Ma remarque le fit sourire.

— Grave !

— Je l'ai envisagé.

Il fouilla dans son sac à dos et en sortit un livre avec une baleine sur la couverture.

— Je vais lire tout le long, m'assura-t-il. Tu ne sauras même pas que je suis là.

— Très bien.

— Prête à partir ?

— Pas vraiment, répondis-je en déverrouillant la portière.

En le regardant flanquer son sac à l'arrière, je me demandai comment il avait su où me trouver, mais je me rappelai alors la pochette Pickle que j'avais constituée pour Duncan, avec un plan indiquant l'itinéraire jusqu'au cabinet vétérinaire.

—Duncan t'a montré le plan pour aller chez le véto, dis-je.

Jake acquiesça et claqua le hayon.

—Tu es très précautionneuse.

Je l'étais. J'avais un peu poussé le bouchon. Des lettres d'explication au véto. Des lettres d'explication à Duncan. Plus d'informations que nécessaire. La honte que j'éprouvais fut rapidement supplantée par la rancune que je nourrissais pour mon frère : c'était lui qui m'obligeait à prendre des précautions excessives.

—Quand je dois m'en remettre à Duncan, oui.

—Tu veux que je conduise ?

—Non.

Surtout pas. Si ça ne tenait qu'à moi, il se tasserait à l'arrière avec son sac, et je serais à l'avant, toute seule avec la musique que j'avais compilée pour le voyage : Joni Mitchell, Nina Simone, Indigo Girls. Le plan, c'était de chanter à tue-tête sur la route vers l'ouest, en chœur avec tous les artistes de mon répertoire, de Annie Lennox à James Brown, et de brailler sur tout l'éventail des émotions humaines. Avec un peu de chance, une fois arrivée au Wyoming, j'en aurais fait le tour.

Bien entendu, je me garderais de brailler devant Jake. Ce n'est pas le genre de performance à laquelle vous vous adonnez avec un inconnu dans votre voiture. Encore moins le meilleur ami de votre frère. Je jetai un coup d'œil vers lui. Conduire mille bornes aujourd'hui dans un silence de cathédrale pendant que ce gamin jouait à des jeux vidéo sur son téléphone me semblait assez éloigné du projet initial.

Mais voilà. La vie ne vous apporte jamais exactement ce que vous souhaitez. Quoi qu'il en soit, il était temps de partir. Nous bouclâmes nos ceintures et j'engageai lentement la voiture dans la rue.

—Alors, dis-je, tandis que nous intégrions la circulation. Il y a mille et une bornes jusqu'à Evanston.

—Mille *et une*?

—À peu près, répondis-je en acquiesçant. D'après Google, ça prendra quinze heures et vingt-deux minutes, poursuivis-je en regardant furtivement l'horloge du tableau de bord, et il est neuf heures passées de onze minutes maintenant, grâce à Duncan, donc nous n'arriverons pas à temps pour le dîner. Nous devrions arriver chez ma grand-mère...

—Après minuit, acheva-t-il.

—Exact, dis-je en poussant un soupir.

Je me demandai si je devais appeler mamie GiGi pour lui dire de ne pas nous attendre. C'était une couche-tard, mais pas non plus une noctambule.

—Je parie qu'on peut quand même s'arranger pour arriver à temps pour le dîner, dit Jake. Enfin, un dîner tardif. (Je le voyais réfléchir.) Google suppose que nous conduisons à soixante-cinq miles à l'heure. Mais on roulera à quatre-vingts ou quatre-vingt-dix, au moins.

—Soixante-dix, rectifiai-je. Je tiens compte des limitations de vitesse.

—OK, dit-il en continuant de calculer. Tu respecteras les limitations, et je conduirai à la vitesse qu'il faudra pour nous faire atteindre une moyenne de quatre-vingts. (Il se tourna pour inspecter la banquette arrière.) Ouaip. Duncan avait prédit que tu préparerais une glacière d'en-cas.

J'avais la désagréable impression de me faire chambrer.

—Donc, poursuivit-il, nous n'aurons pas à nous arrêter pour les repas, ce qui nous fera gagner du temps. (Il inclina la tête pour regarder le plafond tandis qu'il comptait.) Mille et une bornes à quatre-vingts miles à l'heure, ça fait plutôt douze heures. À peu près. Moins, si on pisse dans des bouteilles.

—Les filles ne peuvent pas pisser dans des bouteilles.

Il jeta un coup d'œil vers moi.

— Je parie que tu pourrais, si tu te donnais la peine d'essayer.

S'agissait-il d'un compliment ou d'une insulte ? Je secouai la tête.

— C'est ma limite, dis-je. Je ne pisse pas dans des bouteilles.

Il capitula avec un hochement de tête.

— Ça me semble raisonnable.

— Mais le reste du plan, dis-je avec un léger haussement d'épaules en m'apercevant que c'était la vérité, j'adore.

Il parut content de lui.

— Merci.

Donc : il avait une attitude positive ; il m'avait apporté un cappuccino ; il était disposé à pisser dans une bouteille pour que j'arrive à temps chez ma grand-mère. De plus, je devais admettre que le soleil matinal apportait de la gaieté à ce trajet en voiture. Peut-être que ce ne serait pas si terrible, après tout. Je venais de boire ma première gorgée de café quand il décida de relancer la conversation.

— Alors, dit-il. Comment va la vie sans ton connard d'ex-mari ?

J'avalai mon café de travers, manquant de m'étouffer, et Jake dut me prendre le gobelet d'une main et agripper le volant de l'autre.

— Désolé, dit-il, lorsque j'eus repris le contrôle du volant. J'imagine que c'est un sujet sensible.

— Non, rétorquai-je en tamponnant maladroitement mes yeux embués. Ce n'est pas un sujet sensible.

Là, pour bien souligner mon argument, j'optai pour une autre de mes voix préférées de maîtresse : celle de Mary Poppins. Elle laissait penser que chaque problème avait une solution, que le monde était régi par une parfaite, réconfortante et agréable logique, et que si vous gardiez l'attitude supercalifragilistic, vous pourriez bien vous retrouver un jour en train de survoler Londres suspendu à votre parapluie.

La voix de Mary Poppins était la seule que j'aie jamais employée pour évoquer mon mariage raté, et je me redressai pour que ma performance soit convaincante.

— Le type que j'ai épousé, poursuivis-je en incarnant Julie Andrews avec une ferveur telle que j'en devins presque britannique, s'est révélé être un buveur invétéré. Quand son alcoolisme a commencé à affecter notre mariage, je lui ai laissé plusieurs chances de se reprendre. Malheureusement, il n'y est pas parvenu.

Pour conclure, je pris une gorgée magistrale de café, comme pour dire : « Fin de l'histoire ! Et maintenant, je savoure une délicieuse boisson chaude. »

— Donc tu as divorcé, dit Jake.

— Donc j'ai divorcé, confirmai-je.

Je me gardai bien d'ajouter : « Après avoir perdu notre premier bébé, à treize semaines de grossesse, alors que mon mari avait disparu de la circulation. »

— Il y a un an, ajouta-t-il, comme pour placer qu'il était déjà au courant de tous les détails.

— Il y a un an, confirmai-je.

Presque jour pour jour. Et j'allais bien à présent. À peu près.

— Et comment ça se passe ?

— De quoi tu parles ?

— De ta vie de célibataire.

— Bien. Super.

Mais j'étais loin d'être une chose aussi adorable que « célibataire ». J'étais juste seule.

— Ça va ?

Il me regardait en sourcillant.

— Je vais toujours bien.

— Personne ne va toujours bien.

— Moi, si, déclarai-je.

Cette conversation ne menait nulle part. Évidemment que je n'allais pas bien – pas toujours, pas même souvent, à bien y réfléchir. Mais, même si j'avais eu envie de discuter l'infinité de façons dont je m'étais sentie brisée cette année – ce qui n'était pas le cas –, Jake le barman, inventeur du « cocktail de l'amour défendu », serait la dernière personne vers laquelle je me tournerais.

Je sentais son regard parcourir mon visage.

Je me tins encore plus droite. Je gardai les yeux sur la route. J'imaginai l'angle du menton de Julie Andrews et relevai le mien exactement au même niveau.

— OK, dit-il enfin, guère convaincu, mais disposé à lâcher l'affaire. Si tu le dis…

— Oui, je le dis.

— Parce que je me demandais si tu avais envie de te suicider.

Je crus que j'allais m'étrangler une fois de plus.

— De me suicider ?

— Qu'est-ce qui t'est passé par la tête pour t'inscrire à un stage de la BCSC ?

Je secouai la tête.

— Je ne sais pas. Probablement la même chose que toi.

— Je suis sûr que non, dit-il, comme si l'idée était ridicule.

Je laissai couler.

— J'ai envie d'un défi. J'ai envie de me prouver que je peux surmonter des épreuves. J'ai envie de repousser mes limites.

— Ou peut-être que tu as juste envie de te suicider.

Je lui jetai un regard.

— Je n'ai aucune envie de me suicider.

— Il y a tout le temps des gens qui meurent au cours de ces stages.

— N'importe quoi…

— De tous les stages que tu aurais pu choisir, tu as opté pour le plus terrifiant, le plus dangereux, le plus mortel. Comment tu expliques ça ?

— C'est Duncan qui l'a suggéré.

— Duncan a suggéré *un* stage, pas *ce* stage.

— Il m'a montré le catalogue.

— Tu ne fais jamais rien de ce que Duncan suggère, objecta Jake en secouant la tête. Pourquoi commencer maintenant ?

Il marquait un point. Mais le fait que Duncan l'avait recommandé était accessoire. Ce qui me fit adhérer à l'idée, c'est un témoignage que j'avais lu dans *People*, quelques nuits agitées plus tard, au sujet d'un gars qui avait perdu une jambe en Afghanistan et que ce stage avait fait renaître de ses cendres. Avec une seule jambe ! Il le fit – et assez bien pour recevoir l'un de leurs précieux « certificats », qui n'étaient décernés qu'aux trois participants les plus vaillants. L'article avait résonné dans ma tête pendant des jours : « J'étais perdu, avait dit le type, mais je me suis trouvé là-bas. »

Étais-je perdue ? Techniquement, non. Mais j'avais perdu quelque chose que je ne pouvais même pas nommer – et j'en étais restée privée bien trop longtemps. Le trouverais-je dans les contrées sauvages du Wyoming ? Probablement pas. Mais il fallait bien commencer quelque part.

À l'évidence, Duncan pensait lui aussi que je ne me rangeais à aucune de ses suggestions. Lorsque je lui avais annoncé que je m'étais inscrite, il avait failli s'étrangler et avait tenté de m'en dissuader, affirmant que je n'avais pas ma place dans un stage de survie. De son point de vue, c'était à la fois assez extrême et un peu bidon. Ça attirait la pire engeance d'aventuriers du dimanche. Les vrais randonneurs hardcore, eux, savaient ce qu'ils faisaient et organisaient leurs propres expéditions. La BCSC, c'était pour les aventuriers de pacotille. Ceux qui ne voulaient pas étudier le terrain, acheter le bon équipement, ni prendre le temps de savoir ce qu'ils faisaient – ils voulaient juste s'inscrire et le faire. Des casse-cou flemmards, en somme.

Je jetai un coup d'œil à Jake.

— Tu t'y es inscrit aussi.

— Je vais camper avec mon père chaque année depuis mes trois ans. Je suis super expérimenté. Et puis je suis bien organisé.

— Tu es en train d'insinuer que je ne le suis pas ?

Il inclina la tête. Oui. C'était bien plus qu'une insinuation, c'était une affirmation. Le pire, c'est qu'il n'avait pas tort.

— Moi aussi, j'ai déjà fait du bivouac, finis-je par rétorquer.

— Quand ça ? demanda-t-il avec autorité.

— J'ai fait un road trip jusqu'au Colorado avec mon petit ami du lycée.

— Ce n'est pas du camping. C'est une soirée pyjama. Je parie que vous avez mangé des sandwichs à la pâte de chamallows et au beurre de cacahuètes.

— Pas du tout !

Nous avions mangé du bœuf séché et des Oreo.

— Tout ça pour dire, poursuivit-il, que ça te dépasse complètement.

— Les organisateurs ont retenu ma candidature. Ils m'ont acceptée.

— C'est parce qu'ils s'en foutent, si tu meurs.

À vrai dire, quelques participants étaient morts – ou avaient été estropiés – lors de ces stages de survie. Duncan l'avait googlé en espérant me convaincre de passer plutôt par Outward Bound – ou quelque chose de plus raisonnable. Mais j'aspirais au déraisonnable. Je voulais épater tout le monde, à commencer par moi-même. Ma propre campagne de choc et stupeur.

— Ils ont changé de gestionnaires, dis-je.

— Je pense que les organisateurs n'ont rien contre le fait que certains participants meurent. Ces gars ont accaparé le marché des tarés de l'extrême, et le risque de trouver la mort au cours de ce stage ne fait que renforcer son attrait auprès des cinglés.

Était-ce mon cas ? Peut-être.

J'avais signé environ cinquante décharges de responsabilité ; aucune situation périlleuse ou fatale n'était imputable à la BCSC pendant la durée du stage, y compris les attaques d'ours, les avalanches, l'hypothermie et la « diarrhée mortelle ».

Rien n'aurait dû m'attirer dans cette expérience. La BCSC était connue pour prendre les pentes les plus raides, suivre les chemins les plus rocailleux, et explorer les sites les plus reculés. Googlez BCSC, vous trouverez une multitude d'articles rendant compte de fractures de la clavicule, d'éboulements, d'attaques d'ours, de randonneurs disparus et de morts par hypothermie. C'est ainsi qu'ils sont devenus les saints patrons des barjots, des chasseurs de frissons et de ceux qui n'ont plus rien à perdre. Je n'estimais d'ailleurs pas appartenir à cette dernière catégorie : j'étais professeure de CP, bon sang !

Je n'arrivais pas à croire l'intonation de Jake.

— Pourquoi est-ce que tu me poses des questions là-dessus ? Ça ne te concerne en rien.

— Eh bien, un peu, en fait. Puisque je suis ici.

— Je ne t'ai pas demandé de venir !

Il ferma la bouche et se détourna.

— Je vais décrocher un certificat, déclarai-je.

— Tu penses que tu vas être l'un des trois meilleurs éléments de ce stage ? demanda-t-il d'un ton moqueur.

— Oui.

— Eh bien, pas moi. Je pense que tu auras déjà de la chance si tu survis.

— C'est parce que tu te bases sur celle que j'étais jusque-là. Ceci, dis-je en me tapotant la tête, est déjà une ancienne version de moi-même. Celle que je m'apprête à devenir est radicalement différente. Tu n'oserais pas la prendre de haut. Elle t'arracherait les yeux pour les donner à manger à sa chienne.

— J'ai trop hâte de la rencontrer.

— Elle va te pourrir la vie, mec.

— Je n'en doute pas.

Et, derrière la moquerie éhontée, je devinais dans sa voix une note plus grave qui m'amena à me demander s'il pensait sincèrement que cette nouvelle version de moi y arriverait.

Chapitre 3

Nous retombâmes dans le silence tandis que nous sortions de la ville. Jake se plongea dans la lecture de son livre sur les baleines et me laissa me concentrer sur l'itinéraire, au gré des croisements et des ronds-points de Boston, si tortueux que mon ex-mari Mike disait pour plaisanter qu'ils avaient été aménagés par des furets.

« Ex-mari ». Il m'avait fallu si longtemps pour m'habituer au terme « mari », mais « ex-mari » prenait encore plus de temps. J'eus un pincement au cœur en pensant à lui – comme si tous les chagrins de l'année passée étaient toujours enfouis là, dans une sorte de trou noir intergalactique.

Mike. Il était la raison de cette folle expédition, même si je ne le fuyais pas, exactement, autant que la personne que j'étais devenue à la suite de notre mariage. J'avais rencontré tant de femmes cette année jurant que leur divorce était la meilleure chose qui leur soit jamais arrivée. Il était temps – grand temps – de devenir l'une d'elles. J'avais besoin de faire quelque chose d'extravagant, de courageux et de stupéfiant, même si je n'étais toujours pas certaine de ce qui m'avait amenée à choisir un stage de survie.

Avec le recul, ça me paraissait bien trop littéral.

Mais c'était le remède que j'avais choisi, et j'allais me défoncer pour faire les choses bien.

Je passai mentalement en revue ma liste d'objectifs pour les semaines à venir. En vérité, j'avais pris le temps de les coucher par écrit sur du vieux papier à lettres. Dans mon script le plus net, j'avais écrit :

Dans la nature, j'ai prévu de :

Puis j'avais dressé une liste à puces avec de petites cases optimistes à cocher :

- Trouver une connexion spirituelle plus profonde à la nature.
- Repousser mes limites physiques et émotionnelles.
- Renaître de mes cendres tel le phénix.
- M'endurcir à mort.
- Devenir géniale.
- Botter le cul à la nature.
- Décrocher ce putain de certificat.

Je voulais vraiment, vraiment un certificat.

Je voulais vraiment être le genre de personne qui pouvait espérer décrocher un certificat sans avoir l'air ridicule.

Je voulais vraiment un papier attestant que j'allais bien.

Je voulais juste être douée, compétente, coriace. Et, au bout du compte, je voulais juste devenir n'importe qui d'autre que moi. J'en avais marre d'être une tragédie. Marre d'être une fleur piétinée. Je voulais déchirer. Ce n'était pas trop demander, si ?

Ma première action après m'être inscrite avait été d'écrire mes objectifs, et j'avais fourragé dans plusieurs boîtes de rangement à la cave avant de trouver le papier parfait sur lequel les rédiger : des bristols datant de la fac avec en en-tête HELEN CARPENTER gaufré. Jusque-là, retrouver mon nom de jeune fille était le point le plus positif de mon divorce. Parce que devinez quel était le nom de famille de Mike ? Null. OK, la prononciation d'origine était « noul ». Mais même la famille avait renoncé à corriger les gens.

C'était incroyable que j'aie pu être disposée à prendre un tel nom. Il aurait été si simple de garder Carpenter. Mais Mike avait souhaité que nous ayons le même nom, soutenant que nous n'aurions pas eu l'impression d'être une famille autrement. Et j'avais souhaité avoir cette impression avec lui, sincèrement. N'est-ce pas un choix raisonnable, lorsque vous entamez une vie avec quelqu'un ? D'essayer de lui faire plaisir et de croire dur comme fer qu'il s'y efforcera en retour ?

Duncan n'avait pas arrêté de me chambrer. J'avais fait comme si cela m'était égal, mais c'était un déclassement indéniable. Helen Null était un nom pourri. Je tentai d'y voir un défi personnel : j'allais démentir le nom en tout point. Au final, ce fut un échec : Helen Null s'était révélée être une version fort diminuée de Helen Carpenter. Même si le nom n'était guère en cause. Il faut bien plus qu'un patronyme pour vous faire tomber aussi bas.

Par conséquent, la liste tout comme le papier sur lequel je l'avais rédigée me parurent empreints de gravité, bien que j'aie décidé au dernier moment de couper l'en-tête gaufré au nom de l'anonymat. Apparemment, aucun de mes vêtements n'avait de poches, je gardai donc la liste pliée dans mon bonnet C, savourant à la fois la rugosité du papier sur ma peau et le vague sentiment d'audace d'utiliser mon soutien-gorge comme poche. Et voilà, les amis, comment je me lançai dans la nature sauvage : avec un hommage à la personne que je fus un jour, et une simple check-list pour la superhéroïne casse-cou que j'avais prévu de devenir.

À cet instant précis, si je m'étais trouvée seule comme prévu, j'aurais plongé la main dans mon soutien-gorge pour sortir cette liste – ne fût-ce que pour le plaisir de poser les yeux dessus. Mais je n'étais pas seule. Et quelque part près de Framingham, la personne qui m'empêchait d'être seule acheva sa lecture, ferma son livre dans un claquement et décida de faire la conversation.

— J'ai bien aimé ce sourire que tu m'as adressé tout à l'heure, au fait, dit-il à brûle-pourpoint.

Entendre sa voix me fit sursauter.

— Quel sourire ?

Il désigna d'un geste la ville derrière nous.

— Quand on était dans le centre-ville. Tu m'as souri.

— Ah oui ? Je n'en avais pas l'intention.

— Je sais, c'était d'autant plus agréable.

— OK.

— Tu crois que j'en aurai un autre ? demanda-t-il. Parce que ce truc, c'était comme un soleil.

Il devait mijoter quelque chose.

— Je dis ça, je dis rien. Tu devrais juste sourire plus souvent.

— Je souris tout le temps, dis-je, sans sourire. Je souris constamment. De l'instant où je me réveille à celui où je me couche. Parfois j'ai des crampes aux zygomatiques à force de sourire autant.

Il savait que je plaisantais, mais pas vraiment dans quelles proportions.

— Je peux compter sur les doigts d'une main les fois où je t'ai vue sourire, dit-il, en incluant le soir de ton mariage.

— Tu ne me vois jamais qu'en compagnie de Duncan qui fait tout pour m'agacer.

— C'est clair, convint-il. Tu es la grande sœur la plus méchante que je connaisse.

— Je ne suis pas méchante. Dans la vraie vie, je suis gentille.

— Si tu le dis…

— J'ai recueilli Pickle, non ? Et je suis courtoise au volant. Et j'applaudis toujours hyper fort aux pièces de théâtre.

— C'est ça, pour toi, être gentille ? Applaudir au théâtre ?

— Il y a d'autres façons d'être gentille, j'ai juste cité celle-ci.

— Et comment tu t'y prends, au juste, pour être gentille avec Duncan ?

Comment étions-nous passés du silence à ceci ?

— Tu veux vraiment qu'on s'embrouille ?

— Non, je fais juste la conversation.

— Tu ne la faisais pas il y a dix minutes.

— Je n'avais pas fini mon bouquin, il y a dix minutes.

Je jetai un coup d'œil à son livre fermé sur sa cuisse.

— Tu n'en as pas d'autre ?

— Eh non.

— Donc, je dois parler de Duncan parce que tu n'as plus rien à lire ?

— La route est longue jusqu'à Evanston.

— Et tu la rends encore plus interminable.

— Ça me paraît juste intéressant, comme sujet, dit-il.

— Eh bien, ce n'est pas le cas.

Il inclina la tête vers moi comme si nous savions tous les deux que ce n'était pas vrai.

— Est-ce à cause de ce qui est arrivé dans ta famille ?

J'éprouvai une pointe d'inquiétude. Était-il au courant ? Je lui jetai un regard furtif.

— Qu'est-ce que tu veux dire ?

Il m'étudia, comme s'il ne savait pas trop comment le formuler.

— Le drame, lâcha-t-il enfin.

Le drame. Il était donc au courant de notre drame familial. Évidemment. C'était le meilleur ami de Duncan.

— De quoi notre drame familial serait-il à l'origine, d'après toi ?

— Du fait que tu n'apprécies pas Duncan.

Avec ça, Jake mit le pied dans une zone interdite.

— J'apprécie Duncan ! rétorquai-je sèchement. Et je ne vais pas parler de notre drame familial avec toi.

— Pourquoi pas ?

— Parce que je n'en parle avec personne.

— Peut-être que tu devrais, dit-il avec un haussement d'épaules.

J'essayai de ne pas laisser paraître mon exaspération.

— Tu es psy ou quoi ? demandai-je d'une voix sèche.

— Non. Mais ce n'est pas une mauvaise idée, remarque.

Il y réfléchit une minute. Puis s'acharna à poursuivre.

— Alors c'est quoi, le problème, avec vous ?

Je soupirai. Entre Duncan et « le Drame », Duncan était un moindre mal conversationnel.

— Le problème, dis-je, c'est que Duncan est un casse-couilles.

— Accordé.

— Et qu'il me rend dingue. Il ne te rend pas dingue, toi ? Avec sa façon de perdre ses clés ? De ne jamais être à l'heure ? De ne jamais finir ce qu'il a commencé ? De ne jamais tenir parole ?

— Ce ne sont pas ses points forts, concéda Jake.

— Mais vous êtes meilleurs potes depuis cinq ans.

— Six.

— Pourquoi ?

Jake y réfléchit.

— Il a d'autres qualités.

Je le savais, bien sûr. Mais je ne pouvais les évoquer sur le moment.

— Comme ?

— Comme le fait qu'il soit de loin la personne la plus drôle que j'aie jamais rencontrée.

Je sourcillai. Il n'y avait rien de drôle chez Duncan.

— Ça ne peut pas être vrai.

Jake haussa les épaules.

— Parfois il me fait tellement rire que mon déjeuner me sort par le nez. Un jour, une nouille chinoise s'est fait la malle par ma narine.

Je chassai cette vision d'horreur pour sonder ma mémoire à la recherche d'un souvenir de Duncan me faisant rire, un jour.

— Duncan ne me fait jamais rire.

— C'est parce que tu es tout le temps furax contre lui.

— Faux ! Il y a des tas de moments où je ne le suis pas. La plupart du temps, en fait.

— C'est-à-dire tant qu'il est à des années-lumière de toi.

Il m'avait coincée sur ce point.

— Assez juste.

Il sourit. Et revoilà ces fossettes.

— Tu sembles très bien t'entendre avec lui, cependant, dis-je pour détourner l'attention.

Il haussa les épaules.

— Je n'ai pas de frères et sœurs.

— Alors tu as choisi Duncan ?

— C'est lui qui m'a choisi, en réalité.

Je l'ignorais.

— Il m'a lancé un défi, poursuivit-il. Il a parié que je ne pouvais pas lancer une balle de ping-pong contre le mur de la salle de sport et la rattraper dans ma bouche.

— Et tu pouvais ?

— Je pouvais.

— Et tu l'as fait ?

— Je l'ai fait.

— C'est comme ça que vous êtes devenus amis ? Pour un pari à la con ?

Il acquiesça.

— Bien sûr. Je ne résiste jamais à un défi. En plus, il m'a proposé de m'apprendre à jongler.

— J'ignorais que Duncan savait jongler.

— Il ne sait pas. Mais le temps que je m'en rende compte, c'était trop tard. On était déjà potes.

— Une amitié virile, dis-je, juste pour voir si ça allait l'agacer.

Il hocha la tête.

— Du plus haut niveau.

— Et Duncan est un bon ami ?

— Le meilleur. Il prend toujours ma défense.

Je ne parvenais à imaginer que Jake ait besoin d'être défendu.

— Contre ?

— Moi-même, surtout, dit-il en esquissant ce demi-sourire.

— Et contre quoi défends-tu Duncan ?

Il sourcilla.

— La mort, je suppose.

Je toussai.

— La mort ?

— Oh, dit-il en balayant l'air d'une main, tu sais. Il a envie de sauter d'un toit à 3 heures du matin, et je suggère que ce n'est peut-être pas la meilleure des idées. Ou alors il veut jeter une allumette dans une boîte de pétards pour voir ce qui se passera. Ou regarder fixement une lampe de poche jusqu'à se provoquer des convulsions. Ce genre de choses.

— Eh bien, tu vois, j'ai toujours cru que ces idées venaient de toi.

— Eh non. Tout ça, c'est du Big D.

— Donc c'est toi, le mec droit dans ses bottes.

Il y songea.

— Pour ce qui est d'éviter de se faire tuer, oui, c'est moi, le mec droit.

— Mais tu ne l'es pas toujours ?

— On alterne, j'imagine.

Il était si sérieux. Si réfléchi sur tout ça. Il n'était pas du tout comme je l'aurais imaginé, si j'avais un jour pensé à me l'imaginer.

— Donc Duncan apporte des expériences de mort imminente dans la relation…, commençai-je.

Jake acquiesça.

— C'est son domaine.

— Quel est le tien ?

Il haussa les épaules.

— Tout le reste. Parler aux filles. Danser le swing. L'harmonisation. Les accents.

— Pourquoi devrais-tu faire des accents ?

— Rien ne m'y oblige. C'est juste que c'est drôle.

J'en savais si peu sur Jake après tant d'années que presque tout ce qu'il disait me surprenait. Il savait faire des accents ? Danser le swing ? Parler aux filles ? Qui l'eût cru ?

Sans en avoir l'intention, je passai en mode interrogatoire, comme si je l'interviewais pour la télé. C'était en partie pour faire diversion et ne pas avoir à parler de moi. Mais je dois admettre que j'étais soudain devenue curieuse. Tandis que nous roulions vers l'ouest sur l'I-90, je recueillis toute une série d'anecdotes sur Jake. Comme le fait qu'il soit allergique aux amandes et aux noix de pécan, mais pas aux cacahuètes. Il avait fait une double spécialisation en anglais et prépa médecine, et consacré une thèse à Nathaniel Hawthorne. Il venait d'être pris en école de médecine, mais avait préféré arpenter le monde – et ça commençait maintenant, avec le Wyoming. Ensuite, direction Baja pour aller caresser les baleines. Après cela : les grottes de glace à Juneau. Les monts Tianzi de Chine. Les vestiges des ruines de Cornouailles. La Forêt-Noire. Le Taj Mahal. Les aurores boréales. Pas forcément dans cet ordre.

— Tu prends une année sabbatique ? demandai-je. Avant l'école de médecine ?

— En fait, dit-il, je n'y vais pas, tout simplement.

— Comment ça, tu « n'y vas pas » ?

— Je n'y vais pas du tout.

Voilà qu'il me surprenait, une fois de plus.

— Tu étais accepté dans ton premier choix d'école, mais tu n'y vas pas ?

— C'est ça.

— Mais pourquoi donc ?

Il regarda par la vitre.

— Il s'avère juste que ce n'est pas l'idéal.

C'était la réponse la plus vague que j'aie entendue de sa part de toute la journée.

— Tu as passé des années à étudier, passer les examens d'admission, tu t'es embêté à postuler, et tu as été accepté – et maintenant tu décrètes que ce n'est pas l'idéal ?

— C'est à peu près ça, dit-il, comme si nous en avions terminé.

— Mais qu'est-ce qui a changé ?

— Moi.

J'étais prête à lui tirer les vers du nez. Nous avions, comme il l'avait souligné, une longue route jusqu'à Evanston, et s'il pouvait me faire parler de Duncan, alors j'étais ravie de le faire parler de tout ce qui me chantait. Mais il devait vraiment avoir envie de changer de sujet, car avant que je ne puisse poser une autre question, il fit diversion.

— Tu sais quoi ? Il faut que je pisse.

La seconde suivante, il baissait la vitre et vidait sa bouteille d'eau à moitié pleine.

Le vent nous arriva dans un grondement.

— Qu'est-ce que tu fais ? criai-je.

— Je la vide, cria-t-il à son tour.

— Tu ne vas pas pisser là-dedans !

— Oh que si !

— Non, non ! Il y a une sortie juste là !

— Ça ira ! Je vise super bien !

— Non, ça n'ira *pas* !

— Mais ça me convient, la bouteille !

— Mais moi, carrément pas !

La bouteille était vide à présent, et il remonta sa vitre. La voiture parut soudain trop silencieuse.

—Je vais faire un petit bouclier avec mon livre, annonça-t-il alors. Tu ne verras même pas.

—Stop ! dis-je. Ne déboutonne rien, ne baisse pas ta braguette. On s'arrête !

Il secoua la tête.

—C'est une perte de temps.

—Mais devine quoi ? dis-je – sans mentir, pas exactement. Il faut que je fasse pipi aussi. Et nous avons besoin d'essence, alors on doit s'arrêter, de toute façon.

—Oh, dit-il en laissant retomber ses mains alors qu'il s'apprêtait à s'attaquer au premier bouton de son pantalon. J'imagine que là, tu marques un point.

Je me déportai vers la sortie sans même mettre mon clignotant. Cela, me rappelai-je, était précisément le problème. Ce mec n'avait pas juste vingt ans et quelques : c'était un bébé, et même pas propre. J'avais oublié à qui j'avais affaire pendant une minute. Toute cette conversation sur Nathaniel Hawthorne et l'école de médecine avait occulté l'essentiel : ce gamin n'était pas quelqu'un dont je pouvais me sentir proche. Il adorait mon minable de frère. Il avait plaqué l'école de médecine sans raison apparente. Et il s'apprêtait à dézipper sa braguette pour se soulager dans une bouteille d'Évian. Sur le siège passager de ma Subaru.

Je pris la bretelle de sortie, tournai à droite, puis encore à droite, et m'arrêtai devant une pompe à la station-service.

—Quand j'ai dit que pisser dans des bouteilles était la limite à ne pas dépasser, je parlais autant pour toi que pour moi, dis-je, tirant brusquement sur le frein à main en me tournant pour croiser son regard. Pour que ça fonctionne, ajoutai-je, tu vas devoir garder ton pantalon en place.

Il réprima un sourire, comme si j'étais irrésistiblement drôle.

—Pigé ? demandai-je, cédant à la pulsion de tendre le bras pour lui frapper le front.

— Pigé, dit-il avec un petit sourire en coin. Je fais le serment de garder mon pantalon, dit-il avec une parodie de salut militaire. Sauf contre-ordre de ta part.

Chapitre 4

Nous arrivâmes chez grand-mère GiGi avant 21 heures, surpassant toutes nos attentes.

Jake ne voulait pas conduire de nuit –quelque chose à voir avec ses nouvelles lunettes–, par conséquent, après notre halte, il se chargea de la conduite de jour restante, et nous maintint à une moyenne de quatre-vingt-dix miles à l'heure. Lorsque le soleil se coucha et que je ralentis à soixante-cinq, nous avions une avance impressionnante sur le planning. Nous étions si contents de nous que nous échangeâmes un high five à l'arrivée. En vérité, nous nous étreignîmes accidentellement.

Lorsque nous frappâmes à la porte de grand-mère GiGi, toutefois, elle ne répondit pas. Je dus partir à la recherche de la clé cachée dans le jardin. Et, lorsque nous entrâmes, au lieu de ma grand-mère aux cheveux blancs dans son kimono rouge avec un verre de pinot noir dans sa main à bague libellule, nous trouvâmes un petit mot sur la table de la cuisine :

Duncan dit que vous êtes partis tard et ne serez pas là à temps pour le dîner. Je suis allée au club de lecture. Ne m'attendez pas !

À tout de suite ! GG

P.-S. : Helen, ébouriffe les cheveux de ce garçon si mignon pour moi.

Jake lut la note par-dessus mon épaule.

— Je t'avais dit qu'elle m'adorait.

— Je ne t'ébourifferai pas les cheveux, rétorquai-je.

— Je te balancerai si tu ne le fais pas.

— Ils s'ébouriffent tout seuls. Ils n'ont pas besoin de moi.

Le dîner – spaghettis bolognaise – réchauffait dans le four. Une bouteille de vin était posée sur la table.

— C'est un super vin, dit Jake en examinant l'étiquette.

— Je suis trop fatiguée pour en boire, dis-je.

— Non, tu ne l'es pas pour celui-là.

Je roulai les yeux vers lui et m'affaissai sur une chaise de la cuisine.

— Tu n'y connais rien en vin.

— Si. J'ai suivi un cours.

Je le regardai en sourcillant.

— Pourquoi ?

Mais ensuite je compris, et juste au moment où il répondait, je répondis aussi, si bien que nous lâchâmes à l'unisson :

— Pour choper des filles.

— C'est ça, dit-il. La même raison pour laquelle j'ai appris à jongler. Et pris des leçons de swing. Et lu *Quand la beauté fait mal*.

— Tu as lu *Quand la beauté fait mal* pour choper ?

— Bien sûr.

Je me plaquai une main sur les yeux.

— Tu t'es servi de *Quand la beauté fait mal* dans de mauvaises intentions ?

— Non, dit-il en regardant vers moi. De bonnes intentions. Un paquet de bonnes intentions.

— Je vais me coucher, annonçai-je.

— Oh non. On va dîner.

Là-dessus, il emporta deux assiettes en mode serveur jusqu'à la porte de derrière et sortit. Comme je ne suivais pas, il repassa la tête à l'intérieur.

— Viens, dit-il.

— Où est-ce que tu vas ? demandai-je, mais il était reparti.

Une minute plus tard, il revint pour le vin.

— Nous faisons un pique-nique, déclara-t-il.

En me tirant par la main, il me fit franchir la porte puis traverser le jardin, jusqu'à la vieille cabane dans l'arbre que mon grand-père avait construite quand ma mère était enfant.

Je m'arrêtai à sa base et levai les yeux. Le plancher m'arrivait juste sous le niveau des épaules : elle n'était pas aussi haute que dans mon souvenir, mais quand même plus que tout ce que j'avais envie d'escalader.

— Je ne grimpe pas là-haut.

Les paroles étaient à peine sorties de ma bouche que Jake baissa l'épaule pour me soulever dans une technique de pompier. Il me hissa et m'assit impeccablement sur la terrasse de la cabane avant que je n'aie même eu le temps de protester. Une seconde plus tard, il atterrit à côté de moi en me tendant mon assiette et un verre de vin comme si nous dînions ainsi tous les soirs.

— Tu es affreusement dynamique, fis-je remarquer.

— J'adore cette cabane. Duncan et moi y passions des week-ends entiers. J'ai échangé mon premier baiser ici.

— Pas avec Duncan, j'espère.

— Leah Pearson. Une rouquine. J'ai tenté de glisser ma langue dans sa bouche et elle me l'a mordue.

— Je l'apprécie déjà.

Le dîner était chaud, et la nuit froide. Être dehors à l'air frais me réveilla. Je pris mon verre de vin et le levai en direction de Jake.

— Aux mordeuses, lançai-je.

Nous trinquâmes et bûmes une gorgée.

—Aux premiers baisers.

—À la conduite de dératé.

—À laisser le pote casse-couilles de ton petit frère traverser le pays avec toi en voiture.

—Ça ne me dérange pas, dis-je en prenant conscience que c'était vrai.

Nous retombâmes quelques minutes dans le silence, les yeux rivés sur la maison de GiGi. Il s'agissait d'une véritable maison du style Prairie de Frank Lloyd Wright que mes grands-parents avaient achetée pour une bouchée de pain alors qu'elle était répertoriée comme bâtiment à démolir dans les années 1960. Mon grand-père, qui mourut avant ma naissance, était architecte, et GiGi et lui conservèrent la maison dans son état d'origine de 1912, à l'exception de quelques rénovations dans la cuisine et la salle de bains. GiGi avait élevé leurs quatre enfants ici avant de nous recueillir Duncan et moi. Elle avait toute la gravité d'une vieille demeure imposante qui avait tout vu, et plus encore.

Je n'étais pas revenue depuis longtemps ; tout en écoutant les grillons d'été, assise les jambes dans le vide, je balançais les pieds d'avant en arrière comme une gamine. La lune s'était perchée, ainsi qu'un grand nombre d'étoiles, et les lumières de la cuisine produisaient une lueur chaude aux fenêtres à l'autre bout du jardin. Même avant que nous emménagions ici pour de bon, j'avais passé des tas de nuits chez grand-mère GiGi, et ce jardin contenait à peu près tout ce qui me reliait encore à mon enfance.

—Merci de m'avoir traînée ici, dis-je après un bon moment. J'avais oublié cette cabane.

—Tu sais quel est l'autre souvenir que j'ai, ici ?

—Non, lequel ?

—Toi, répondit-il. Par ta fenêtre.

—Tu peux voir par ma fenêtre d'ici ?

— Ouaip.

— Vous m'observiez ou quoi ?

— Il y a eu tentative, dit-il en hochant la tête. Chaque fois que tu revenais rendre visite.

Il prit une gorgée de vin et ajouta :

— Pas Duncan. Seulement moi.

— Pourquoi ?

Il faisait assez sombre pour que nos visages ne soient guère plus qu'un amalgame d'ombres. Mais il étudia le mien malgré tout.

— Parce que je craquais pour toi.

— Ah oui ? Je ne l'ai jamais su.

Il acquiesça.

— Je craquais méchamment.

Je secouai la tête.

— Mais j'étais mariée.

— Je sais. Je t'ai rencontrée le jour de ton mariage.

— Je m'en souviens. Tu n'étais pas invité.

— Duncan m'a amené en tant que « partenaire ».

— Duncan a fait ça pour me foutre en rogne.

— Je l'ai découvert plus tard.

— Je lui en ai voulu pour ça pendant des années.

— Eh bien, ça a eu l'effet inverse sur moi.

— De venir à mon mariage, tu veux dire ?

— C'est juste puissant comme truc, dit-il, quand la première fois que tu poses les yeux sur une femme, elle porte une robe de mariée en soie, un voile et une jarretière. Surtout quand tu as seize ans et que tu es nouveau en ville. Et que ta mère n'est morte que depuis un an.

— Je suis navrée, dis-je.

— Ne le sois pas. Tu m'as ouvert les yeux ce jour-là.

— Si j'avais su, j'aurais été plus sympa avec toi.

— Tu as été assez sympa.

— J'aurais probablement dû te décourager ou quelque chose.

— Ça ne marche pas comme ça quand on craque pour quelqu'un.

— Non. J'imagine.

— Pourquoi penses-tu que je t'ai regardée bouche bée tout le long ?

— Je croyais juste que tu respirais par la bouche, je suppose.

— Non. Paralysie de la fixation.

Étrangement, la bouteille de vin était presque vide. Je levai mon dernier verre pour porter un autre toast.

— Aux fixations.

— Aux femmes en robe de mariée.

— Et aux ados qui les apprécient.

Nous trinquâmes de nouveau, et Jake soutint mon regard juste une seconde de trop avant de descendre le reste de son verre d'un trait.

De retour dans ma chambre d'adolescente, j'enfilai une vieille chemise de nuit Garfield provenant de ma commode et rabattis mes draps. L'oreiller avait l'air lisse, frais et accueillant. Je venais de me glisser dans mon lit quand Jake frappa à la porte.

— Va-t'en, lançai-je. Je dors.

Mais il entrouvrit quand même la porte et passa la tête à l'intérieur.

— Jake, il est tard.

— Il est 22 heures.

— C'est ce que je disais.

— J'ai juste une question à te poser, dit-il en entrant.

Il était fraîchement sorti de la douche, et vêtu en tout et pour tout d'un bas de pyjama. Je détournai les yeux de son torse nu d'étudiant.

— Qu'est-ce qu'il y a ? Parce que je suis vieille, maintenant, et les vieux ne peuvent pas boire de vin sans piquer du nez.

—Ma question, c'est si tu veux faire un Scrabble.

Il tendit une boîte de Scrabble de voyage pour me la montrer. Parmi toutes les possibilités. Mon jeu préféré.

—Je suis bien trop fatiguée pour jouer au Scrabble, dis-je.

Mais il s'approcha pour s'asseoir sur le lit. Je le laissai faire.

Je me redressai, avec la sensation d'être étrangement nue et bien trop dépourvue de soutien-gorge pour une visite de courtoisie. Je remontai les couvertures autour de ma taille.

—Pourquoi as-tu apporté ça?

Il haussa les sourcils.

—Au cas où tu voudrais jouer.

Je sentis un soupir résigné s'échapper de ma poitrine. Quelque chose chez Jake semblait me réveiller.

—En vérité, j'adore jouer au Scrabble.

—Moi aussi, dit-il en posant la boîte entre nous.

Il lui restait quelques gouttelettes d'eau près des clavicules.

—Est-ce que tu vas mettre un tee-shirt?

Il releva la tête, comme si cela ne l'avait pas effleuré.

—Je devrais?

—Tu n'as pas froid? demandai-je en faisant dériver mon regard vers les mèches de cheveux humides sur son cou.

—Non.

—Tu ne te sens pas un peu à poil?

—Non.

Je soupirai.

—Eh bien, je me sens nue et j'ai froid rien qu'à te regarder.

Ça le fit sourire. Puis il me laissa sur le lit avec mes lettres, disparut et revint une seconde plus tard dans un tee-shirt sur lequel était imprimé HARVARD.

—C'était rapide, remarquai-je.

—Eh bien, dit-il, je ne voudrais pas que tu te sentes nue et refroidie.

Il croisa mon regard un court instant.

C'était reparti. Le flirt. Me mettait-il au défi de m'offusquer? Je l'ignorai.

—Chouette tee-shirt, finis-je par dire.

—Je me disais que ça pourrait peut-être t'intimider, expliqua-t-il en se tapotant la tête.

—Ça pourrait m'intimider, dis-je, si tu étais vraiment allé à Harvard.

—Je suis allé à Harvard.

Je lui adressai un air, genre « Ouais, c'est ça ».

Il croisa mon regard et acquiesça.

—Je suis vraiment allé à Harvard.

Je secouai la tête.

—Mais Duncan est allé au Boston College.

—Exact.

—Alors comment avez-vous pu être colocs si vous n'étiez pas ensemble à la fac?

Il haussa les épaules.

—Logement hors campus.

—Mais pourquoi?

—Eh bien, j'avais promis à Duncan d'être son coloc, mais il n'a pas été pris à Harvard.

—Évidemment qu'il n'a pas été pris à Harvard! Il passait son temps à fumer des joints.

—Exact.

—Et toi aussi, soit dit en passant.

Il secoua la tête.

—Pas vraiment.

—Tu ne fumais pas de joints? (Je haussai un sourcil pour dire: « Menteur. ») Toutes ces fois où je suis rentrée à la maison et que vous étiez dans sa chambre, et qu'une épaisse nappe de fumée se formait sous votre porte, c'était juste Duncan?

Il haussa les épaules.

—Je faisais mes devoirs.

—Il était défoncé, et tu faisais tes devoirs ?

—J'imagine que j'ai peut-être été un peu défoncé accidentellement, par inhalation passive, mais je faisais quand même mes devoirs.

—Mais comment tu t'es débrouillé pour entrer à Harvard ?

Il haussa de nouveau les épaules.

—Je suis très intelligent. Et motivé. Voire obsessionnel.

Je baissai les yeux sur mes lettres.

—Est-ce que je t'impressionne, maintenant ? demanda-t-il.

—N'exagérons rien.

—Ne t'inquiète pas, je vais juste jouer comme quelqu'un de normal.

—Génial.

—Quand on joue, Duncan et moi, on n'autorise pas ces mots du Scrabble qui ne sont pas des mots, dit-il alors. Juste de l'anglais courant. Et tout mot susceptible d'avoir une connotation sexuelle, est un mot compte double.

Je laissai échapper un éclat rire en me frottant les yeux.

—Du Duncan tout craché.

—Ouais, mais c'est une super règle, dit Jake. Parce que tu peux gagner des points pour le style.

« Des points pour le style » était l'un de mes concepts préférés.

—Donc, dis-je, pensive, un mot comme « touffe » rapporterait le double ?

—Exactement. Parfait. « Touffe », c'est un mot tellement fabuleux qu'il pourrait même compter triple. (Il inclina la tête.) Tu veux jouer comme ça ?

—Je ne vais pas gagner uniquement au talent, gros malin.

—Tu as l'intention de gagner ?

—Oui.

— Tu gagnes souvent ?

— Oui.

— Donc tu es plutôt confiante ? Même face à mon tee-shirt ?

— Les diplômés de Harvard ne sont pas les seules personnes douées d'intelligence ici-bas, remarquai-je.

— Tu veux parier ?

Je lui décochai un regard.

— Non, sérieusement, dit-il. Tu veux parier ?

Je regardai autour de moi.

— Parier quoi ?

Je voyais bien à sa façon d'arquer le sourcil qu'il avait une idée en tête.

— Peut-être que si tu gagnes, tu me dois une faveur. Et si je gagne, je te dois une faveur.

— Quoi ?

Il haussa les épaules avec détachement.

— Peu importe. Tout le monde peut avoir besoin d'un coup de main.

— Pas moi.

— Je parie que tu auras besoin d'aide pour la rando, dit-il, à un moment donné dans les semaines à venir.

— Qu'est-ce que tu vas faire ? demandai-je. Me porter ?

— Peut-être bien, dit-il. S'il le faut. Ou faire un nœud auquel tu ne piges rien. Ou t'apprendre à lire les cartes topographiques. Il y a des tonnes de trucs et astuces à connaître en milieu sauvage. Tu es une débutante totale.

— Tu mises sur mon inexpérience.

— Je me rends utile.

— Et à quoi pourrais-je donc t'aider ?

— Eh bien, dit-il en prenant une profonde inspiration, en fait…

— Stop, l'interrompis-je. Je te préviens tout de suite, je ne le ferai pas. Vu ta tête, je ne le ferai pas.

— Je veux que tu m'apprennes à embrasser.

— Hein ?

— À embrasser, dit-il avec un petit hochement de tête, comme si ce n'était pas la requête la plus dingue de la création. J'embrasse affreusement mal. Vraiment. J'ai besoin d'aide.

Impossible. Un mec aussi mignon ne pouvait absolument pas être nul à ça. Toute la question était ridicule. Enfin, je dis :

— Qu'est-ce qui te fait penser que je suis qualifiée pour ça ?

Ma question le fit sourire.

— Ça se voit, c'est tout.

L'idée tourbillonna dans mon esprit.

— Alors… non. Désolée, ne compte pas sur moi.

— Pourquoi pas ?

— Parce que c'est insensé. Ce n'est pas comme ça qu'on apprend à embrasser.

— Comment, alors ?

— En pratiquant. Avec une personne que tu apprécies vraiment.

— Tu es une personne que j'apprécie vraiment.

— Avec une petite amie, Jake. Ça te dit quelque chose ?

— Mais l'idée est de m'améliorer en amont.

Je pouvais plus ou moins comprendre cet argument. L'espace d'une seconde. Puis :

— Non. Absolument pas.

— Tu ne veux pas ?

— Je ne veux carrément pas.

— Dans ce cas, contente-toi de gagner la partie, et tu n'auras pas à le faire.

Il me provoquait.

— Gagne la partie, dit-il, et à un moment dans les trois prochaines semaines, quand tu seras totalement épuisée et dépassée, tout ce que tu auras à faire, c'est hausser un sourcil et je volerai direct à ton secours.

Je secouai la tête au ralenti.

— Pense à toutes ces ampoules que tu vas avoir ! Les chaussettes mouillées ! Les épaules douloureuses ! Pense à ton état de fatigue après des miles à monter des chemins sinueux, et au peu d'envie que tu auras de redescendre en clopinant au ruisseau glacial pour aller chercher de l'eau.

Tandis qu'il parlait, ma tête cessa de se secouer toute seule. Mon cerveau était trop futé pour y consentir, mais j'avais absorbé une demi-bouteille de vin à la cabane, et il ne fonctionnait pas au maximum de ses capacités. Je le jaugeai. J'estimai pouvoir le battre. Si Duncan était son principal adversaire, après tout, ça ne pouvait pas être si difficile.

— OK, alors, m'entendis-je dire. J'accepte. Mais uniquement parce que tu ne vas pas gagner.

Devinez quoi ? Il gagna.

Et il ne tricha même pas. Il gagna grâce à ses seules compétences et allusions sexuelles.

Je récoltai soixante-seize points avec un « fourrez » magnifiquement placé, mais il me lamina avec « baveux » et « broutée », sans parler de « trique » pile-poil sur un mot compte triple.

— Quitte ou double, le défiai-je.

Mais il leva les bras au-dessus de sa tête pour s'étirer longuement en bâillant.

— Il est tard, dit-il.

Je le regardai.

— Il n'est même pas 23 heures.

— Tu t'es presque couchée à 22 heures !

— Et si je l'avais fait, je ne serais pas dans ce pétrin.

Il rangea toutes les lettres du Scrabble, posa la boîte sur la table de chevet et se rapprocha.

— Un pari est un pari, dit-il.

Le truc, c'est qu'il était mignon – et, à présent, je me demandais bien comment cela avait pu m'échapper toutes ces années. Ces mèches de cheveux bruns et ondulés contre son cou. Ces yeux légèrement tombants. Ces lèvres charnues. Ces dents blanches, régulières, débarrassées de leurs bagues depuis peu. Je ne peux pas dire qu'il n'était pas attirant. Si j'éteignais la partie de mon cerveau qui levait les yeux au ciel en le regardant depuis qu'il avait seize ans, il était même canon.

Il se pencha. Je me figeai. Il approcha son visage à seulement quelques centimètres du mien, et je vis son regard effleurer mes lèvres.

Mais c'était insensé. Qu'étions-nous en train de faire ? Ma facette grande-sœur-méchante devait en placer une. Je posai la main sur son torse.

— OK, dis-je, autant à moi-même qu'à lui. Ce n'est qu'à titre purement éducatif.

Il accepta les conditions en acquiesçant.

— Pas un mot à Duncan, au fait, ajoutai-je en poussant légèrement sa poitrine pour insister. Jamais.

— Ça marche.

Il se pencha de nouveau, mais j'avais toujours la main sur lui et l'arrêtai.

— Qui embrasse qui ? demandai-je.

— Tu gagnes du temps, là.

— Pas du tout.

— Si tu essaies de me torturer, tu arrives des années trop tard.

— J'essaie de faire ça correctement.

— Je t'embrasse, OK ?

Il leva une main et la plaça en crochet derrière mon cou, avec ses doigts dans mes cheveux. Mais alors, à l'instant précis où il me regarda dans les yeux, il hésita. Une seconde s'écoula, puis une autre. Je jure qu'il retenait son souffle. Cette pause fut juste assez longue pour que je m'inquiète de le voir se dégonfler. Ce qui me fit prendre conscience que je n'avais pas envie qu'il se dégonfle.

— Cette semaine, un jour ? dis-je alors pour le provoquer avant qu'il ne perde son sang-froid.

— Impatiente, hein ?

J'inclinai la tête, genre « Dans tes rêves ». Il me paraissait essentiel d'être claire sur ce point. Même si, en vérité, j'étais impatiente. Il s'agissait d'une info confidentielle qu'il n'aurait pas – jamais. Une femme ne cède pas tout son pouvoir aussi facilement. Surtout pas à un homme de vingt-deux ans.

Par ailleurs, c'est un fait basique concernant les amis de votre petit frère : vous ne dérapez pas avec eux. Pour une infinité de raisons. Ils vous admirent, déjà. Ils fantasment sur vous – précisément parce que vous êtes inaccessible. Si subitement vous disiez : « Faisons-le », ils détaleraient illico de la chambre. Mais vous ne le feriez jamais – jamais de la vie –, et ils le savent. Vous les avez mis dans la même catégorie pénible et boutonneuse que votre frère, et cela fait partie de votre charme. Et être largement trop bien pour eux vous flatte l'ego, aussi. Tout le monde est gagnant. Tant que vous respectez les règles.

Pendant six ans, je ne les avais jamais remises en question. Jake demeurait fermement dans la catégorie qui lui convenait. Mais, à présent, totalement par accident au cours d'une seule journée, il n'y avait plus tout à fait sa place. Soudain, je ne savais plus vraiment comment le classer – et il poussait cet avantage. Maintenant, contrairement à tout règlement, il allait m'embrasser. Et moi, contrairement à la moindre miette de bon sens, j'allais le lui permettre. C'était une transgression pure et simple. C'est ce qui devait rendre ça si enivrant. Ça, et le vin. Le meilleur ami de mon petit frère s'apprêtait à m'embrasser. Pire que tout, j'en avais envie.

Il se pencha plus près.

— OK, dit-il. C'est parti.

Ses lèvres touchaient presque les miennes, maintenant. Son souffle me chatouillait littéralement.

Je fermai les yeux. L'air dans mes poumons parut papillonner.

Puis, juste avant l'impact, nous entendîmes la porte d'entrée claquer. Puis la voix de GiGi, toute chantante :

— Helen ! Tu ne peux pas déjà dormir !

Nous nous pétrifiâmes, nos nez presque en contact, nos bouches à trois centimètres à peine l'une de l'autre.

Puis Jake dit :

— GiGi est rentrée.

— Tu crois ?

J'avais tout juste prononcé ces mots que l'on frappa à la porte de la chambre.

Nous bondîmes chacun d'un côté du lit et reprenions nos esprits quand GiGi entra.

Elle portait une veste bleu pétrole à col Mao, et ses cheveux étaient tirés en arrière dans un chignon bas, maintenu par des baguettes. Elle portait aussi ses lunettes à imprimé léopard, ce soir. Mes préférées.

Puis elle nous contempla, durant une minute, avec un sourire annonçant sans ambiguïté qu'elle savait exactement ce que nous fabriquions. Ou pas loin. Ç'aurait été son genre d'émettre un commentaire sur le sujet, et je m'attendais complètement à ce qu'elle commence à nous taquiner, mais elle fit le choix d'aller dans l'autre sens.

— Ma chère enfant, dit-elle alors en fondant sur moi pour m'embrasser sur la joue. Tu es à croquer. (Elle se tourna vers Jake et tendit la main pour lui ébouriffer les cheveux.) Pas vrai ?

Jake acquiesça sans me regarder.

GiGi marqua une pause pour nous observer à tour de rôle. Durant cette seconde, il me sembla qu'elle avait tout deviné.

— Bon, dit-elle ensuite en se tournant pour regagner la porte, je prépare du déca. Joignez-vous à moi et je vous raconterai tout sur mon club de lecture pour adultes.

— Vous êtes dans un club de lecture pour adultes ? demanda Jake.

GiGi s'arrêta à la porte et nous adressa un clin d'œil espiègle.

— Je suis la plus jeune membre – à quatre-vingt-six ans. Il faut bien trouver une raison ou une autre de rester en vie.

Ce fut assez choquant de nous retrouver subitement dans la cuisine de GiGi, pour entendre son point de vue sur la collection coquine qu'ils lisaient – une aventure grivoise à travers l'Angleterre chaucérienne.

Jake et moi étions soigneusement assis aux extrémités opposées de la table de la cuisine tandis que GiGi pesait le pour et le contre.

— Je suis très pro-sexe, ne vous méprenez pas. À mon âge, je prends tout ce que je peux.

Jake et moi nous contentâmes d'acquiescer.

— Et je peux pardonner le manque d'exactitude historique pendant l'orgie de l'arbre de mai.

Jake et moi échangeâmes un regard en coin.

— Mais le développement des personnages fait défaut.

— C'est ce qui t'a perdue ? demandai-je. Le développement des personnages ?

GiGi hocha la tête.

— Et ça me donne sans doute l'air très ringard, mais je ne comprends simplement pas le cuir et les fouets.

— Ton club de lecture lit un roman SM ? m'étonnai-je.

— Du SM chaucérien ? ajouta Jake.

GiGi acquiesça.

— C'est moi qui l'ai choisi ! J'avoue que j'étais curieuse. Mais, maintenant que je l'ai lu, je me sens écœurée. Il me semble qu'il y a assez de douleur dans le monde – et vraiment pas assez de plaisir. J'imagine qu'une fois que vous avez eu votre lot de calculs rénaux, la cire de bougie chaude sur les tétons vous paraît un peu moins attirante.

Elle finit par nous faire tout le résumé de l'intrigue, et je ne pourrais dire que ce n'était pas captivant. Surtout d'entendre des mots comme « bâillon » et « liens » dans la bouche de ma grand-mère, si raffinée. Bientôt, il fut minuit. GiGi nous quitta dans le couloir pour bifurquer vers la chambre principale en nous disant :

— Ne me réveillez pas demain. Je fais la grasse matinée.

Jake me suivit jusqu'à la porte de ma chambre – dépassant celle de Duncan, où il dormirait. Je posai la main sur la poignée et fis une pause. Il y avait quelque chose dans cet instant, malgré tout le temps excessivement familier que nous avions passé ensemble ce jour-là, qui me rendait nerveuse, comme s'il me raccompagnait chez moi après un rencard.

Je m'attendais à ce qu'il me sorte une réflexion arrogante, du genre : « Tu me dois toujours un baiser », mais ce ne fut pas le cas.

Il s'inclina un tout petit peu vers moi, comme s'il avait envie de dire quelque chose, mais ne le dit pas. Je me sentais à deux doigts vacillants d'être embrassée – j'avais l'impression que, si je l'avais voulu, il l'aurait fait. Mais maintenant que j'avais eu le temps d'y songer, je n'étais pas certaine que cette idée soit brillante. Et sans un encouragement de ma part, il ne pourrait se résoudre à sauter le pas. J'étais toujours l'adulte de la situation. Surtout chez GiGi, où nous avions passé tant de temps dans nos rôles d'intouchable et intouché, il ne pouvait prendre une initiative.

Alors j'en pris une pour lui.

Je tendis ma main pour serrer la sienne.

— Bonne nuit, dis-je.

Il regarda ma main, puis releva les yeux vers mon visage.

— Sérieux ?

Je haussai les épaules.

Il me prit ensuite la main, mais, au lieu de la serrer, il la tint juste une seconde, en la tournant de côté pour l'étudier, presque. Je retins mon souffle.

Lorsqu'il me lâcha, je tâchai de briser le silence gênant.

— Est-ce que tu peux programmer le réveil de Duncan pour 5 heures ? dis-je. Le mien est cassé.

— Cinq heures du matin ?

— Grosse journée demain, dis-je.

Il ne m'opposa aucune résistance.

— OK, dit-il. Va pour 5 heures.

Ensuite, il partit se coucher dans la chambre de mon frère. La décoration n'avait pas changé depuis des années. Les posters de filles vantant des marques de bière étaient toujours aux murs, la collection de capsules de bière occupait encore la majeure partie de son bureau, et le terrarium avec les plantes mortes était toujours posé devant la fenêtre. C'était l'endroit où Jake avait passé ses années lycée. C'était là que, ensemble, ils avaient essayé de construire une guillotine avec des bâtonnets de glaces à l'eau, fait des moulages en plâtre de leurs pieds et écrit un scénario de jeu vidéo sur des cannibales intitulé *BeastFeast*. Ils avaient essayé de créer une forêt tropicale dans le placard de Duncan et effectué un nombre incalculable d'expériences avec de la neige carbonique. Oh, et n'oublions pas tout ce fameux été qu'ils passèrent là-dedans à tenter de fabriquer une réplique en état de marche de R2D2 avec une poubelle, une tondeuse à gazon démantelée et un vieux PC.

En regardant Jake franchir le seuil, je me rappelai qui il était. L'ancien Jake me revint à l'esprit et occulta la personne que j'avais failli laisser m'embrasser. Il ferma la porte, et je me retournai avec une sensation de désastre évité de justesse. C'est alors que je verrouillai la porte de ma chambre derrière moi. Ne pas compliquer les choses. Je dormirais dans ma chambre, et Jake dans celle de Duncan. C'est-à-dire exactement à sa place.

Chapitre 5

Nous n'avions pas repris la route depuis cinq minutes que Jake dit :

— Nous devrions probablement parler d'hier soir.

— Oh, dis-je en m'appuyant sur le volant des deux mains. Sommes-nous obligés ?

— Mettons juste tout ça sur la table.

— Ou pas.

— J'ai simplement besoin de te dire que je ne te prendrai pas au mot.

Cela captura mon attention.

— Ah non ?

— Non. Le pari est annulé.

— Super, dis-je, étrangement déçue. Cool.

— Super, dit-il. C'est réglé.

Et voilà. C'était réglé.

Après ça, voici ce dont nous parlâmes : les donuts, *Pulp Fiction*, nos meilleures fêtes d'anniversaire, les talents cachés, les ovnis, le voyage dans le temps, est-ce que la politique attire les connards dès le départ ou transforme des gens normaux en connards plus tard, les pays que nous voulions visiter, comment les baleines respirent lorsqu'elles dorment dans l'océan, les peurs d'enfant, comment faire les enchiladas, les chats contre les chiens et le réchauffement climatique.

Voici ce dont nous ne parlâmes pas : le vin que nous avions bu, le faible que Jake m'avait avoué et le baiser que nous avions failli échanger.

Au début, je pensais que nous ne l'évoquions pas parce que c'était toute une affaire. Mais, à mesure que la journée s'écoula, et que Jake me raconta tout sur la fabuleuse idylle entre son père écossais et sa mère texane, sur ses livres préférés (*Le Seigneur des anneaux* et *Lonesome Dove*) et sa thèse sur les lettres d'amour d'une impudeur choquante de Nathaniel Hawthorne adressées à sa femme Sophia (elle dut en découper des passages entiers aux ciseaux), je me demandai si ce n'avait pas été toute une affaire que pour moi. Il ne semblait absolument pas y penser. Peut-être était-ce le cas, au plus profond de lui – mais qu'il le masquait. Ou peut-être qu'embrasser n'était pas la même chose pour sa génération que pour la mienne.

Non que nous nous soyons même embrassés !

Mais il en avait eu envie. Ou du moins l'avais-je cru. Peut-être était-ce moi qui l'avais voulu. Et le problème se posait précisément là, car je m'étais lancée dans cette aventure pour devenir une version améliorée de moi-même – et je régressais. Le poème de ma vie en forme de monologue intérieur – que j'espérais modeler en une espèce de croisement entre un haïku sur la nature et un film de Chuck Norris – s'était réduit à « Est-ce qu'il m'aime bien ? Oh, là, là ! » en l'espace de vingt-quatre heures. Et ce n'était pas le but de cette expédition. Au départ, lorsque Duncan m'avait parlé de ce stage de survie, je prévoyais un voyage à Paris. J'avais renoncé à *Paris* pour la sagesse de la nature sauvage. Mais à présent je n'étais ni à Paris ni en pleine nature. J'étais au collège.

Plus nous roulions, plus je savais que j'allais devoir développer une tolérance immunitaire à l'égard de Jake. Et ce dès maintenant.

Je n'allais pas juste laisser tomber le pari, j'allais entièrement le refouler. J'étais là pour une cause plus noble que de telles fumisteries. J'avais traversé bien trop d'enfer l'année passée pour me contenter d'une résurrection mi-molle.

Je pensai au soir où j'avais foutu Mike dehors. J'étais allée faire une échographie ce jour-là, et au lieu d'une petite pile d'images à aimanter sur le frigo, j'avais reçu la nouvelle que je faisais une fausse couche. Mon corps avait, apparemment, « arrêté la production », comme l'avait décrit l'infirmière, et le médecin m'avait renvoyée chez moi en m'avertissant que j'aurais un paquet de contractions dans la semaine à venir, et donné pour consigne de trouver quelqu'un qui m'apporterait du thé et des bouillottes. Ce quelqu'un, bien sûr, aurait dû être Mike, qui aurait dû être là avec moi au rendez-vous. Qui aurait été là s'il n'avait pas complètement oublié de se pointer.

Plus tard, je découvris qu'il avait bu quelques verres au cours d'un déjeuner d'affaires, fait l'imbécile un peu éméché au bureau l'après-midi, avant d'aller profiter de l'happy hour avec « des collègues ». L'happy hour tourna finalement à la beuverie nocturne, si bien que je dormais depuis longtemps quand il rentra. Je me reconduisis moi-même à la maison ce fameux après-midi, dans le flou, et, comme si mon corps avait attendu la permission, commençai ma fausse couche pour de bon ce soir-là.

Le lendemain matin, je réveillai Mike pour lui raconter ce qui s'était passé et lui annoncer que j'avais perdu tout espoir en notre mariage. Je fis tout ça en près de dix minutes et sans larmes, chagrin ni regret. Cela viendrait plus tard. Mike était trop touché – et bourré – pour protester. Il se contenta de garder les yeux baissés et d'acquiescer. Je fus surprise, une fois que nous fûmes séparés, de la certitude qui m'habitait : le virer était la bonne décision. Les choses se passaient si mal depuis si longtemps que, à partir du moment où il eut quitté les lieux, je n'envisageai jamais sérieusement de lui demander de revenir. Et malgré quelques coups de fil et rencontres d'ordre logistique, Mike ne proposa jamais à proprement parler de nous donner une seconde chance. Cela ne signifie en aucun cas que je ne fus pas littéralement vidée et perdue par la suite. Je le fus – et plus encore. Mais il me parut clair à compter de ce triste jour que si la situation était rude sans Mike, elle aurait véritablement été insupportable avec lui.

Voilà à quoi avait ressemblé la dernière année – des oscillations de pendule entre la panique et les « et si ? » qui découlent d'un renoncement à votre vie, et cette foutue sensation de choc, vaste, engourdie, qui comble tous les intervalles. Je suis certaine qu'il y eut également des moments de soulagement parsemés sur cette mélasse, mais quand je passe l'année en revue, une seule image me vient : moi, seule, sous les lumières fluorescentes de l'épicerie, une musique aseptisée en fond sonore, des bruits ambiants plus fort, en train de pousser un caddie aux roues grinçantes rempli de soupes Campbell's. Ma tentative pitoyable de manger réconfortant.

Mais plus de lumières fluo ni de musique d'ascenseur pour moi. L'année avait plus que trop duré, et c'était enfin terminé. J'étais prête à m'épater, bordel ! Prête pour quelque chose de profond ! Prête à vivre quelque chose de transcendant ! Et Jake, avec ses lèvres, aussi alléchantes qu'elles pussent être, ne remplissait pas les conditions. L'adulte que j'étais refusait de lui accorder ne serait-ce qu'une seule pensée de plus.

Jusqu'à ce que nous fassions halte pour la nuit.

Jake insista pour porter nos deux sacs. Dans la chambre de motel, il les lâcha dans un bruit mat. Là-dessus, il se tourna vers moi, croisa les bras et gâcha tout.

— Tu te rappelles quand j'ai dit que le pari était annulé ? dit-il.

— Oui.

— Il est remis sur la table.

— Tu ne peux pas faire ça !

— Bien sûr que si.

Je mis les mains sur mes hanches dans ma pose la plus autoritaire.

— Ce n'était même pas un vrai pari. Tu m'as imbibée de vin et gavée de spaghettis bolognaise.

— Je n'ai imbibé personne. Vous vous êtes imbibée toute seule, madame.

— N'empêche ! J'étais ivre !

— À peine. Éméchée, au mieux.

— Jake, dis-je, vivement consciente que si un presque-baiser pouvait m'embrouiller, un vrai pourrait me faire entièrement chavirer. Ce n'est vraiment pas une bonne idée.

— Je ne suis pas d'accord.

— L'idée est ridicule, risible et épouvantable.

— Pourquoi ?

— Parce que ! Parce que tu es le meilleur ami de Duncan. Parce que je ne te connais même pas. Parce que demain nous partons ensemble au milieu de nulle part. Et parce que tu as la moitié de mon âge.

— Les deux tiers.

— Peu importe.

— Je n'ai pas encore entendu une seule bonne raison de ta part.

— Jake, dis-je alors, assez persuadée de mentir, je n'en ai simplement pas envie.

Cela fonctionna. Il baissa les yeux et lâcha un lent soupir de défaite. Puis il acquiesça.

— OK, dit-il. Ça, c'est une bonne raison.

Ensuite, il prit son tee-shirt par l'ourlet, le releva, puis le passa par-dessus sa tête, pour l'enlever d'un seul coup.

— Je prends une douche, annonça-t-il.

Il le fit exprès. À cette distance, il m'était littéralement impossible de ne *pas* river les yeux sur les muscles qui roulaient et se contractaient sur son flanc tandis qu'il cherchait ses affaires de toilette dans son sac. Et je ne pus que le mater tandis que sa silhouette masculine parfaitement parfaite marchait vers la salle de bains. On aurait dit un plongeur olympique – dès que cette idée me frappa, une image de lui faisant le saut de l'ange en slip de bain depuis un grand plongeoir m'apparut à l'esprit avant que je ne puisse l'en empêcher.

Seigneur. *Ressaisis-toi.* Je m'envoyai une claque sur le front alors que Jake fermait la porte. Mais elle n'eut aucun effet : je restai pétrifiée tandis que mon esprit partait en débauche sans ma permission. J'étais toujours plantée exactement au même endroit lorsque Jake sortit de sa douche, vêtu à présent du bas de pyjama et du tee-shirt Harvard qu'il avait portés la veille. Ses cheveux séchés à la serviette formaient les mêmes petits croissants humides contre son cou.

Il passa à côté de moi en m'effleurant, grimpa sur son lit et ouvrit un livre. Celui sur les baleines. Le seul qu'il ait apporté.

Voilà le problème. J'avais *envie* de l'embrasser. L'idée était cent pour cent mauvaise, et je le savais pertinemment, mais, curieusement, il m'était simplement impossible de ne pas m'en foutre. Je m'en foutais en allant à mon tour prendre ma douche. Ou en me séchant les cheveux. En me brossant les dents, ou en enfilant ma chemise de nuit. Quand je sortis de la salle de bains et m'arrêtai sur le seuil pour le jauger, je sus que c'était sans espoir. Et alors, de la même façon dont vous regardez votre main s'approcher d'un cookie que votre cerveau avisé vous déconseille de manger, je me vis marcher vers Jake et me planter à côté de lui.

Il ne leva pas les yeux.

—Tu recommences le même livre depuis le début, fis-je remarquer.

Il resta concentré sur la page.

—Ouaip.

Je le regardai lire une minute. Ou feindre de lire.

—Viens là, dis-je enfin en lâchant mon propre soupir de défaite.

Jake leva la tête, mais ne bougea pas – comme pour me mettre au défi de le penser vraiment.

—Tu ferais bien de rappliquer avant que je change d'avis.

Là, il me prêta soudain attention et lâcha si vite son livre qu'il tomba par terre.

—Nous traiterons ça comme à l'école, dis-je en secouant la tête à l'idée de ce que je m'apprêtais à faire. Je vais te donner un cours, et tu pourras prendre des notes mentales.

Il m'adressa son fameux sourire.

—J'adore les notes mentales. Je suis un grand fan des notes mentales.

—Ceci a un but purement éducatif.

—Gros fan d'éducation aussi. Je suis un élève brillant.

Nous nous tînmes l'un en face de l'autre, et, à cet instant, je ne me rappelais pas m'être un jour trouvée si près de lui. J'avais cette sensation de vertige qui vous saisit après avoir pris une décision qui va changer le cours de votre existence. Étais-je sérieusement sur le point de donner un cours de baiser ? Qu'allais-je même dire ? Je tentai de débiter des propos qui paraîtraient judicieux.

—Le truc, dans le baiser, c'est qu'il s'agit d'un équilibre entre retenir et relâcher.

—Voilà une introduction sacrément philosophique, déclara Jake.

—Comme pour tout dans la vie, poursuivis-je, on pousse et on tire. Je me rappelle en cinquième avoir embrassé un garçon qui m'avait fourré sa langue dans la bouche et l'avait fait tourner sans ménagement comme un poisson mort. Ça, conclus-je, ce n'était pas un bon baiser.

Jake acquiesça.

— Tu n'embrasses pas comme ça, n'est-ce pas ? demandai-je. (Il secoua la tête.) Bien. Quand tu embrasses quelqu'un, tout est question de donner et recevoir. Se rapprocher. S'éloigner. Ce n'est pas juste faire des huit avec ta langue. Parce que ce pousser-tirer reflète les émotions.

— Tu as vraiment réfléchi à la question.

— Je n'y ai jamais réfléchi. Mais il se trouve que je suis assez érudite.

Il ne me quittait pas des yeux.

Étape suivante.

— Et ne te contente pas de rester à un seul endroit, ajoutai-je. Explore.

Son regard dériva vers ma bouche.

— Genre de sa bouche à son cou ?

— Partout. Son cou. Sa gorge. Ses clavicules. (Je marquai une pause.) Et sers-toi de tes dents.

— Tu veux que je la morde ?

— Sers-toi des dents pour le contraste, je veux dire. Les lèvres sont douces, les dents dures.

Je voyais ses méninges s'activer tandis qu'il y songeait.

On continue.

— OK : les mains. Où est-ce qu'elles vont ?

— Sur les nichons ?

Il haussa les épaules, comme s'il savait qu'il se trompait.

— Incorrect ! Partout sauf là ! Sa nuque. Ou ses cheveux. Ou sur son dos. (Je pointai le doigt vers lui.) Pas sur les nichons ! Les nichons, ça se mérite.

Il le nota dans son esprit formé à Harvard. Puis il plaça ses mains, l'une après l'autre, sur mes hanches.

— Je n'ai pas dit « hanches », précisai-je alors, juste pour le gronder.

Il pencha la tête de côté.

— Je ne t'embrasse pas encore.

— Interro surprise ! lançai-je alors. À partir de combien de temps un baiser est-il trop long ?

Il tourna ses yeux de chien battu vers le plafond et y réfléchit réellement.

— Trente minutes ?

— Faux ! « Trop long », ça n'existe pas, en baiser.

— Mais à un moment elle pourrait vouloir passer à d'autres trucs.

— Si tu t'y prends bien, ce sera certainement le cas.

— Je ne veux pas qu'elle soit frustrée.

— C'est bon, la frustration ! Dans la limite du raisonnable.

La conversation la plus étrange de tous les temps. Nous parlions d'une femme hypothétique à la troisième personne alors que nous savions tous les deux qu'en vérité il s'agissait de moi. Ou, du moins, de moi dans quelques minutes. C'était *moi*, celle que je lui disais de frustrer. Et d'explorer. Et de mordre. Et qui plus est, ma voix parlait, mais mon corps *écoutait*. Et prêtait vraiment, vraiment attention. Et se révélait être une sorte de brillant élève, aussi.

Étrangement, nous avions réduit la courte distance entre nous. Il était juste là. À quelques centimètres. Je sentais la chaleur de son corps et le léger mouvement d'air que produisait son souffle.

— La frustration, c'est *l'envie*, dis-je en m'efforçant de garder une attitude d'enseignante. Et avoir envie est toujours meilleur qu'obtenir ce qu'on veut.

— Toujours ?

Je détestai révéler l'affreuse vérité.

— Toujours, dis-je.

— On dirait de la torture.

— Non, non, non, dis-je. Avoir envie sans espoir, c'est de la torture. L'envie conjuguée à l'espoir, ça crée une sorte de tension sexuelle.

Il avait les yeux rivés sur ma bouche.

— Donc embrasser, c'est entretenir la tension sexuelle ?

J'acquiesçai, troublée par sa proximité. Son tee-shirt était un peu rêche, comme s'il l'avait lavé mille fois. Il sentait le savon et la menthe.

— Embrasser, c'est anticiper la suite.

— Qu'est-ce que ça fait ?

Mais je sentais mon corps reprendre le dessus. Les sensations supplantaient les réflexions. Son regard me donnait le tournis. Trop pour que je parvienne à formuler une réponse.

— Il me reste beaucoup à dire, déclarai-je, mais je n'arrive pas à me rappeler quoi.

— Moi non plus.

S'ensuivit une pause, qui nous fit dépasser un stade que les mots pouvaient franchir. Nous y étions. Après toute la frustration, l'envie et la torture, la tension sexuelle monta encore d'un cran.

Jake se pencha jusqu'à ce que sa bouche soit à trois centimètres à peine, mais, juste au moment où je m'attendais à ce qu'il s'approche pour m'embrasser, il se figea, comme s'il essayait de s'arrêter pour savourer l'instant. Je sentais son haleine goût dentifrice sur mes lèvres, tandis que je me tenais là, tout au bord du gouffre. Et alors, enfin, il porta une main à ma nuque et appuya sa bouche sur la mienne. C'était aussi chaud, ferme et confiant que je l'aurais imaginé. Il s'avéra très doué pour suivre les instructions. Il pressa, puis recula. Il passa sa langue, puis se retira. Il attira avec force, puis relâcha. Il y avait un rythme parfait, c'était comme être aspirée par les houles de l'océan.

— Oh, mon Dieu, dis-je. C'est vrai que tu es un bon élément.

— Je te l'avais dit. J'ai voulu faire ça à la seconde où je t'ai vue, au fait. Tout ce dont j'avais envie, c'était aller vers toi pour faire exactement ça.

— Tu veux dire, quand je marchais vers l'autel ? Pour me marier ? (Il acquiesça.) Ç'aurait été gênant.

Mais il était sérieux.

— J'ai toujours regretté de ne pas l'avoir fait.

— Tu es trop jeune pour regretter quoi que ce soit.

— Non, dit-il. Crois-moi.

La seconde suivante, il m'embrassait de nouveau, et, à ce moment-là, l'école était officiellement finie. Je n'avais rien à apprendre à ce gamin. On ne m'avait pas embrassée comme ça depuis des années. En fait, on ne m'avait jamais embrassée comme ça.

Jake me repoussa légèrement sur le lit, et je le laissai faire, riant un peu tandis que nous embrassions tout en négociant tant bien que mal notre atterrissage sur le matelas. Je me détendis sur les oreillers, lui rendant son baiser, tout aussi perdue et à bout de souffle. Il descendit au creux de mon cou, se servant de ses dents pour le contraste, en brillant étudiant d'élite qu'il était. Mon corps entier semblait engloutir chaque sensation.

Dans le flou, je m'entendis lui dire :

— Tu m'as menti.

Il se redressa.

— Quoi ?

Je le regardai. Il avait les cheveux moins humides à présent, mais ils étaient ébouriffés et retombaient en avant. Il avait les yeux vitreux.

— Tu m'as dit que tu ne savais pas embrasser. Que tu étais nul à ça.

— Oh, dit-il. Désolé pour ça.

Puis il retourna à mon cou en esquissant des tourbillons presque insoutenables.

— Je savais que tu mentais.

Il savait que je savais. Il n'essaya même pas de faire semblant.

— En vérité, je suis assez doué.

Étais-je fâchée qu'il m'ait menti ? Pas du tout !

Il poursuivit en parlant dans mon épaule, la voix légèrement étouffée.

— Tu ne le ferais jamais pour te marrer. Tu ne le ferais jamais par défi. Tu ne le ferais clairement jamais par envie. (Il remonta alors le long de ma gorge, puis parcourut la courbe sous mon menton. Enfin, il leva la tête.) Il fallait que ce soit par charité. Je savais que tu le ferais par charité.

Il n'avait pas tort.

— Tu es beaucoup plus sournois que je ne le pensais.

Il était de retour dans mon cou.

— Seulement quand j'y suis obligé.

— Tu ne l'étais pas. Tu as juste choisi de l'être.

Il releva la tête.

— J'étais obligé.

Avant que je ne puisse demander ce que cela pouvait signifier, il se remit à m'embrasser, jusqu'à ce que le moindre détail de ma vie entière paraisse flou à l'exception de ce seul délice. Il poursuivit :

— J'avais juste envie de toi. Chaque fois que je te voyais, ou que j'entendais parler de toi, ou que je voyais ta photo dans la chambre de Duncan.

— Et maintenant que tu m'as amenée là, qu'est-ce que ça te fait ?

— C'est trop beau pour être vrai.

Puis il ajouta quelques secondes plus tard :

— Et un pur supplice.

J'ignorais ce que cela voulait dire, mais je savais ceci : il me tenait. S'il me roulait dans la farine, j'étais enfarinée. S'il s'agissait juste du Jake ado qui conquérait la grande sœur de son pote, j'étais conquise. C'était en partie l'attaque surprise de baisers qui m'avait complètement sonnée. Mais c'était surtout la gravité qu'affichait pleinement son visage. S'il jouait la comédie, c'était le meilleur acteur du monde.

« Supplice », avait-il dit. Je ne voulais pas qu'il vive un supplice. Je voulais qu'il vive chaque bonne chose que je faisais.

Je tendis les bras pour refermer mes mains sur sa nuque et abaissai sa bouche vers la mienne. Je ne jouais plus au professeur. J'étais juste moi, la vraie moi, qui l'embrassais du mieux que je pouvais. Je commençai à faire dans son cou exactement ce qu'il avait fait dans le mien. Ce qui, j'en avais la certitude, était l'inverse d'un supplice.

Lorsqu'il leva de nouveau la tête, il parut ne pouvoir en croire ses yeux.

—Je suis contente que tu m'aies menée en bateau pour que je t'embrasse.

—Moi aussi.

—Je ne m'étais pas autant amusée depuis des siècles.

—Moi non plus.

—Mais tu dois avoir des tas de petites amies.

—Pas récemment, dit-il en secouant la tête. Pas intéressé.

Puis je posai une question que je n'aurais jamais osée si je n'avais pas été aussi ivre de baisers – et s'il ne venait pas de passer la dernière demi-heure à me convaincre que je connaissais déjà la réponse.

—Mais moi je t'intéresse ?

—Oui. Mais tu bénéficies de droits acquis.

—Jake, dis-je, je t'aime vraiment bien. Comment est-ce arrivé ?

Ses yeux parcoururent mon visage avec la plus grande reconnaissance.

—Aucune idée.

Il me regarda comme s'il mémorisait les plus infimes détails – de la manière, imaginais-je, dont un peintre doit observer un sujet. C'était purement aphrodisiaque. Puis une idée me vint : je n'avais jamais été avec qui que ce soit depuis Mike et toutes nos années de mariage, ni les précédentes où nous nous fréquentions, ni durant cette incroyablement longue année où je n'étais *plus mariée*. J'avais soudain follement envie de me retrouver avec quelqu'un d'autre, et que ce quelqu'un d'autre soit Jake. Je me moquais qu'il soit trop jeune pour avoir voté aux dernières présidentielles, et je me moquais qu'il soit l'ami de Duncan. Je me moquais d'absolument tout à cet instant, à part d'avoir une portion plus généreuse de ce que j'étais en train de goûter.

Je glissai une main plus bas et cherchai à tâtons le cordon de son pyjama.

Il interrompit le baiser pour baisser les yeux vers moi.

— Qu'est-ce que tu fabriques ?

Je relevai la tête.

— Je défais ton pantalon.

Il secoua la tête.

— Tu ne peux pas faire ça. Si tu commences, je ne suis pas certain de pouvoir m'arrêter.

— Pourquoi tu devrais t'arrêter ? demandai-je.

J'avais trouvé le nœud à sa taille et entrepris de le desserrer.

— Helen, on ne peut pas.

Il posa une main sur la mienne.

— Bien sûr que si.

— Helen. Helen... Ne fais pas ça. Je t'ai vraiment trimballée. C'était impossible que tu gagnes cette partie de Scrabble. J'ai joué en équipe. J'ai fait des tournois.

— Est-ce que je devrais te vanner là-dessus maintenant ou plus tard ?

— Tout ça pour dire que tu avais perdu avant que nous commencions.

— Et donc ?

— J'avais des intentions malhonnêtes. Même toute l'idée du Scrabble. Je savais que tu ne pouvais pas résister à ce jeu. Duncan m'en a parlé. C'est pour ça que je l'ai apporté.

— OK, ça, c'est malhonnête. Mais bon, tu m'as laissé une porte de sortie.

Je l'embrassai de nouveau.

— J'essaie de faire ce qu'il faut, là.

— Ne fais pas ce qu'il faut, murmurai-je dans son cou au moment même où je dénouais son pyjama. Je n'ai pas envie que tu fasses ce qu'il faut.

Ce fut alors qu'il se baissa fermement et m'embrassa avec une telle fougue que je manquai de perdre mon souffle. Je croyais que nous nous embrassions jusque-là, mais, à ce moment précis, je pris conscience que nous n'avions même pas commencé. Ce qu'il fallait faire, ce qu'il ne fallait pas. Rien de tout cela ne comptait. Je fondais dans l'instant, ne devenant rien d'autre que contact et mouvement. Quoi qui l'ait retenu avait disparu, et, à présent, un désir tempétueux nous emportait sur son passage. Voilà. La décision était prise. Nous allions faire ce qu'il ne fallait pas, et personne n'y pourrait rien.

Jusqu'à ce que le téléphone sonne.

Mon téléphone. Juste sur la table de chevet, à quelques centimètres de nous.

Nous nous figeâmes, nos regards rivés l'un à l'autre, et attendîmes que le téléphone se taise.

Il se tut. Puis retentit de nouveau. Nous attendîmes que cette sonnerie-là s'épuise aussi, immobiles à l'exception de nos respirations.

Lorsqu'une troisième salve se fit entendre, je dus vérifier. Trois sonneries, c'est toujours une urgence. Ou, s'avéra-t-il, un ex-mari.

Je tendis la main pour prendre l'appareil au ralenti, et nous vîmes tous les deux le nom de Mike sur le petit écran.

— Ne réponds pas, chuchota Jake.

Je secouai la tête.

— Je suis obligée.

Il roula sur le dos, défait.

Je répondis. La chambre était plongée dans le silence. Un silence de mort. Je portai le combiné à mon oreille.

— Mike ?

— Ellie ?

Je détestais quand il m'appelait Ellie.

— Est-ce que je peux passer ?

Je me rassis pour me voûter au-dessus du téléphone.

— Qu'est-ce qui ne va pas ? demandai-je. Je ne suis pas en ville.

Il avait ce trémolo qui s'emparait de sa voix uniquement lorsqu'il était bouleversé.

— Je viens de prendre une gorgée de whisky Coca.

Sa boisson préférée.

— Pourquoi est-ce que tu m'appelles ? Pourquoi n'appelles-tu pas ton parrain ?

— Je ne le trouve pas. Il ne répond pas.

Je croisai le regard de Jake et lui adressai un haussement d'épaules navré. Il se détourna.

— Ne quitte pas, dis-je au téléphone.

Je me levai et défroissai ma chemise de nuit pour me ressaisir. Je sentais les yeux de Jake sur moi tandis que je marchais vers la salle de bains et fermais la porte derrière moi.

— Une gorgée de quelle quantité ?

— Je l'ai recrachée. J'étais à une soirée et j'ai vu un verre à moitié vide à côté de l'évier. Le cocktail tiède et à moitié bu de quelqu'un d'autre. Je l'ai juste pris et me le suis envoyé. Mais ensuite, je n'ai pas avalé. Je l'ai recraché.

Je baissai l'abattant des toilettes et m'y assis.

— Ça, c'est génial, Mike. Tu as hyper assuré.

— Je ne me sens pas hyper bien. Je me sens trop mal.

— Où es-tu ?

— Je me balade. Il fallait que je sorte.

Je me penchai sur mes genoux nus et tentai de m'adapter au changement de décor. De la douceur du lit avec Jake dans un tourbillon de ce que l'on ne pourrait qualifier que d'extase à la solitude d'une salle de bains fluorescente, froide et dure en l'espace de quinze secondes. C'était un sacré décalage. Je ne savais pas quoi dire à Mike. Je ne lui avais pas parlé depuis des mois.

—Je crois que ça fait partie du truc, finis-je par dire. C'est le processus.

Je n'avais aucune idée de ce qu'était le processus.

—Je ne pourrais pas venir juste quelques minutes ? Tu me manques.

—Je te l'ai dit. Je ne suis pas en ville. Je suis en route pour le Wyoming.

Il marqua une pause.

—Pourquoi ?

—C'est une longue histoire. Je pars en randonnée.

—En randonnée ? dit-il. Est-ce que tu en as déjà fait ?

—Non. Justement. Je fais quelque chose de nouveau.

Mike lâcha un long soupir.

—Helen. Je n'arrive pas à croire combien j'adore entendre ta voix.

À cela, je me radoucis. Je le croyais.

—Je suis désolée que ce soit si dur pour toi.

Et en réponse à ce petit élan de tendresse, l'un des plus sincères qui se soient produits entre nous deux depuis des années, Mike fit quelque chose qu'il n'avait jamais fait pendant tout le temps où nous avions été mariés. Il commença à pleurer.

Et une fois qu'il eut commencé, il ne s'arrêta plus. Il pleura avec abandon – avec une ferveur que je n'avais jamais perçue chez lui. Il pleura comme si c'était la première fois de sa vie. Ou comme si ça risquait d'être la dernière. La force de ses sanglots était paralysante. J'étais incapable de bouger sous le poids du déluge. Quand il eut pleuré toutes les larmes de son corps, j'étais coincée dans cette salle de bains depuis plus d'une heure.

Que dire ? La prochaine fois que votre ex-mari décide d'ouvrir les vannes de toutes les émotions qu'il avait refoulées pendant six ans de mariage, voyez avec quelle efficacité vous les refermez. Pourquoi avait-il choisi ce moment précis ? Avait-il senti que, d'une certaine façon, j'étais enfin partie pour devenir une nouvelle personne qui lui échappait ? Un petit radar dans son esprit lui avait-il signalé que j'étais sur le point de m'offrir à quelqu'un d'autre ? Le timing était absolument troublant. Il n'aurait pu trouver meilleur moment s'il avait mis la chambre sous écoute.

Jake était retourné à la lecture de son livre sur les baleines lorsque je ressortis enfin. Il ne leva pas la tête.

— Ça doit être bien, dis-je en désignant le livre.

— Je souligne, cette fois, répondit-il, stylo en main.

J'aurais pu si facilement grimper sur le lit à côté de lui, poser ma bouche sur la sienne et nous entraîner dans un maelstrom de sensations. Nous aurions pu reprendre où nous nous étions arrêtés. Mais une heure, c'est long. Plus long, même, si vous êtes au téléphone avec votre ex-mari. Ou, dans le cas de Jake, seul avec vos pensées.

Nous avions tous les deux eu l'occasion de trop réfléchir.

— Alors, dis-je en me tenant trop loin pour solliciter la réponse que je souhaitais. Est-ce que nous devrions, genre, juste reprendre où nous en étions ?

Jake garda les yeux braqués sur son livre.

Je l'étudiai.

— Tu n'en as pas envie, dis-je.

— Si, j'en ai envie. Tu n'as pas idée.

— Alors quoi ?

— Je n'aurais jamais dû provoquer tout ça. Je me suis montré égoïste.

— Eh bien, sois égoïste. Je m'en fous.

— Tu ne devrais pas t'en foutre. Tu n'as pas besoin d'un autre égoïste dans ta vie.

Bien entendu, Duncan lui avait tout raconté au sujet de Mike.

— OK, dis-je. Ça a été une année difficile. Disons même six années pourries. Est-ce que je ne peux pas m'éclater, maintenant ?

— Pas avec moi.

— Tu es furax que j'aie répondu au téléphone.

Il secoua la tête.

— Non. Je comprends pourquoi tu l'as fait.

— Il ne représente rien pour moi.

— Enfin, il représente quelque chose pour toi.

— Oui, admis-je. Bien sûr. Mais je veux dire… (Je marquai une pause. Je ne savais pas vraiment comment le formuler.) Je ne suis plus accro à lui.

— Je sais. Ce n'est pas ça.

— Qu'est-ce que c'est, alors ?

— Je pense que j'ai simplement eu trop de temps pour réfléchir.

Je marchai nerveusement vers la fenêtre, puis revins.

— Donc maintenant tu dis « non » ? Tu flirtes avec moi depuis Boston, tu me vends une image de bad boy, tu me dévores des yeux comme si j'étais un dessert alléchant, et maintenant tu vas juste baisser le rideau ?

Il recommençait ce truc. Mémoriser mon visage.

— Jake ? C'est bien ça ?

— Je suis obligé.

— Tu es tordu ou quoi ?

Mais il était si sérieux.

— Tu mérites quelqu'un de mieux.

— Ce n'est pas ce que tu disais hier ! Ce n'est pas ce que tu disais il y a une heure !

Je connaissais des tas de mecs comme ça. Des mecs qui vous voulaient seulement lorsqu'ils ne pouvaient pas vous avoir. Bon Dieu, j'en avais épousé un.

— Je ne sais pas comment expliquer, dit-il en se redressant.

— Attends… (Je reculai de quelques pas.) Est-ce que c'était une blague ? demandai-je avec une pointe d'humiliation à cette éventualité. Est-ce que Duncan t'a défié ou autre ? (Je regardai autour de moi.) Est-ce que tu faisais, genre, une vidéo pour la diffuser sur Internet ?

— Non ! s'exclama-t-il avant de se frotter les yeux. Je n'ai jamais imaginé que ça marcherait, OK ? Je pensais que tu lèverais les yeux au ciel comme tu le fais toujours. Je ne pensais pas que tu m'embrasserais vraiment, ni que tu t'allongerais sur le lit comme ça, ni que tu daignerais me regarder comme si je pouvais signifier quelque chose pour toi. Je ne m'attendais certainement pas à cette chemise de nuit délirante que tu portes. Et il est foutrement clair que je n'avais jamais imaginé ce que t'embrasser me ferait.

J'arpentai encore la pièce. Tout ce qui avait paru si parfaitement normal un peu plus tôt était à présent tout le contraire. Je retournai à la fenêtre. Je n'avais nulle part ailleurs où aller.

— Tu es belle.

Mais je ne tolérerais pas ça. Je sentais une colère ardente gronder en moi. Je me retournai en le pointant du doigt.

— La ferme, tout de suite ! Cette histoire est tordue, et tout l'intérêt de venir ici était de me détordre. Alors, à moins que tu puisses m'expliquer ce qui se passe – dans des termes simples qu'une bille en Scrabble peut comprendre –, on arrête là, et j'entends par là qu'on arrête vraiment, genre, je ne veux même plus que tu me parles.

Il baissa les yeux. Je ne parvenais à déchiffrer son expression. Il avait l'air… je ne sais pas : angoissé. Ou nerveux. Ou bouleversé. Il regarda fixement le vide pendant plusieurs minutes.

— Eh bien ? demandai-je enfin avec autorité. Tu peux ?

Il croisa alors mon regard, mais ne répondit rien.

J'attendis aussi longtemps que peut attendre une personne qui se respecte.

— OK, finis-je par dire. Alors c'est terminé.

Je sentais la déception sur mon visage, ce qui ne fit qu'empirer les choses.

— J'espère que ça vous fera bien marrer, Duncan et toi, quand tu lui raconteras.

— Ce n'est pas comme ça, dit-il. Je n'en parlerai jamais à Duncan.

Je ne savais que faire de la tristesse dans sa voix, ni de la manière dont ses épaules semblaient s'affaisser en avant comme si son cœur lui avait été arraché. Je ne savais que faire de tout cela. Je fis donc la seule chose qui me vint à l'esprit.

— Je te prie de dégager de mon lit, dis-je de ma voix de grande sœur la plus méchante. Je vais me coucher, bordel.

Chapitre 6

Après cela, je l'ignorai.

Je l'ignorai pendant que nous dormions. Je l'ignorai lorsque l'alarme du téléphone sonna. Je l'ignorai pendant que nous nous brossions les dents, réglions la note et marchions jusqu'à la voiture. Je l'ignorai à mort – comme la dure à cuire que j'essayais de devenir.

C'était une matinée radieuse, et Jake proposa de conduire. Je m'assis sur le bord le plus éloigné du siège passager et appuyai la tête contre la vitre. Je m'enfonçai des écouteurs dans les oreilles et, même si mon iPod n'était pas chargé, feignis d'écouter de la musique les quatre heures qui suivirent tandis que nous laissions le motel – et la civilisation – loin derrière nous.

À présent, je savais à qui j'avais affaire. Jake me voulait tant que je restais inaccessible. Il y avait des hommes comme ça : le genre « Je ne ferais pas partie d'un club qui accepterait de m'avoir pour membre ».

Je connaissais cette catégorie.

Toutes ces années avec Mike… Il ne m'aimait que quand j'étais en colère. Ou distraite. Ou occupée. Il adorait pourchasser, mais, à la minute où je le laissais me capturer, il se sentait soudain étouffé. Je compris rapidement que je devais continuer de fuir pour qu'il reste intéressé. Pourtant, après un moment, je me lassai de ce jeu. Après un moment, j'eus juste envie de me faire attraper.

Au moment de notre rencontre, je n'étais pas sûre d'être intéressée. Mais Mike sortit le grand jeu : fleurs, dîners, lettres d'amour. Après un certain temps, je fus accro. Ensuite, juste quand je commençais à espérer qu'il appelle, il cessait d'appeler. C'était comme s'il le sentait. Une fois que je prenais conscience que son intérêt pour moi diminuait, je mettais un point d'honneur à m'occuper – avec des projets et des amis, parfois d'autres rencards. Mais dès que je réussissais à le reléguer au second plan, il appelait plus souvent.

Bien entendu, il y avait de nombreux moments entre les extrêmes où nous nous entendions à merveille. C'est juste que tout ce que nous faisions se produisait dans ce schéma plus vaste, et il me fallut du temps pour le remarquer. Une fois que je compris, il me fallut encore plus de temps pour cesser d'essayer de changer ce mode de fonctionnement. Ou d'espérer qu'un psychologue le changerait. Car il y a des choses chez les gens qui ne changent simplement pas. Même si je savais dans l'absolu que c'était son problème, je n'étais jamais parvenue à me défaire du sentiment que quelque chose devait clocher chez moi.

Étais-je envahissante ? Ou trop sensible ? Ou en dépendance affective ? Je ne m'étais jamais vue ainsi avant, mais j'imagine que ce que vous êtes vous paraît toujours normal parce que vous ignorez ce que c'est d'être autrement.

Je voyais les montagnes au loin tandis que Jake continuait de conduire. Elles paraissaient vraiment violettes, et je me demandai quel phénomène physique provoquait cette impression. Ç'avait été un acte de bravoure, sincèrement, de laisser Jake m'attraper la veille. À en croire mon expérience récente, se faire attraper impliquait de se faire abandonner.

Pourtant, voilà où nous en étions, le lendemain matin, et les faits semblaient parler d'eux-mêmes. Jake m'avait pourchassée, attrapée, inspectée, avant de plisser le nez en disant : « En fait, tu sais quoi ? Laisse tomber. » Soit j'étais, en réalité, trop pour lui, soit quelque chose chez moi attirait les hommes qui voulaient seulement trop peu.

Qui pouvait savoir ?

Qui s'en souciait ?

Trois années de thérapie de couple m'avaient appris que l'on ne pouvait résoudre ce point particulier. C'était une chance que Jake ait freiné brusquement. Un problème de moins à affronter. Une chose de moins à regretter. J'aurais dû le remercier d'avoir interrompu nos ébats. Mais je n'avais aucune envie de le remercier. Je voulais plutôt le punir de nous avoir embarqués là-dedans au départ.

Voilà en quoi consista le trajet en voiture de la matinée.

Au moment où nous arrivâmes au pavillon de chasse historique en bois et pierre qui servait de QG à la BCSC, j'avais érigé un mur imaginaire assez solide entre nous.

Alors qu'il tirait violemment le frein à main, je me tournai vers lui.

— Hé, dis-je.

Mes premiers mots en l'espace de quatre heures.

— Ouais ?

— Rends-moi service, OK ?

Il croisa mon regard.

— Bien sûr.

— On ne se connaît pas.

— Ah bon ?

— On n'a pas fait la route ensemble.

— Ah non ?

— Et tu ne m'as jamais fourré ta langue dans la bouche.

Il assimila l'information.

— C'est sévère.

— J'essaie d'accomplir quelque chose d'important. Ce n'est pas une blague pour moi.

— Ça ne l'est pas pour moi non plus.

— Je suis venue faire ce stage pour une bonne raison, pas pour déconner avec le pote débile de mon petit frère.

Il inclina la tête comme si ça l'atteignait un peu.

— OK.

— Ce qui s'est passé hier, quoi que ce soit, ça ne compte pas.

J'étais frustrée que quatre heures à feindre de m'en foutre ne m'aient pas fait plus d'effet. J'avais tellement envie de ne pas me sentir humiliée. Ni rejetée. Ni pathétique. J'avais eu ma dose de ce genre de sentiments pour toute une vie. J'étais censée me transformer en superhéroïne casse-cou – pas en petite minette pleurnicharde. Il fallait que je verrouille tout. Par tous les moyens nécessaires.

— Je ne t'ai jamais vraiment apprécié, déclarai-je.

Puis je le regardai et ajoutai avec un sérieux absolu :

— Et j'aimerais qu'hier n'ait jamais eu lieu.

Il se détourna.

— Moi aussi, j'aimerais que ce ne soit jamais arrivé.

Voilà qui était surprenant. Même si je venais de prononcer ces propos mot pour mot sans aucun sentiment, me prendre leur écho en pleine face fut comme de recevoir une claque. J'empruntai une intonation faussement enjouée.

— Super. Je suis d'accord. Faisons ça.

Il sourcilla.

— Faire quoi ?

— Comme si ce n'était jamais arrivé.

Il tenta de déchiffrer mon expression.

— C'est vraiment ça que tu veux ?

—Ce que je voudrais vraiment, c'est que tu ne sois pas là. Et que tu ne l'aies jamais été. (Il haussa les épaules.) Bien. Je prendrai donc le meilleur second choix. Des étrangers.

—Mais nous ne sommes pas des étrangers.

Tellement vrai.

—Personne ne le sait sauf nous.

—Tu veux qu'on fasse semblant de ne pas se connaître ?

J'acquiesçai.

—Je veux qu'on s'y applique au point de presque pouvoir le croire.

Il inspira profondément puis me regarda dans les yeux, comme s'il essayait de trancher je ne sais quoi à mon sujet.

—Je ferai semblant pour toi, Helen, dit-il enfin. Mais impossible que j'y croie.

Son intensité me troubla un peu.

—OK. Ça marche.

Ensuite, je ne sus trop quoi faire. Je tendis la main.

—Alors j'imagine que c'est un au revoir.

Il la regarda une seconde avant de la prendre. Et nous échangeâmes une poignée de main.

—Au revoir, dit-il sans relever les yeux.

Il sortit de la voiture. Et alors, d'un coup, nous étions devenus des étrangers.

Jake s'avéra doué pour faire semblant. À la réception, il resta à une distance anonyme derrière moi. Lorsque je montai l'escalier pour porter mes affaires dans ma chambre, il s'abstint de me regarder partir. Je ne le revis pas avant la réunion d'orientation cet après-midi-là, où je m'assis près du fond, et il prit place tout devant, comme s'il ignorait même que j'étais là.

Bien, pensai-je. *Parfait.*

Mais rien ne me paraissait bien ni parfait. À mesure que je regardais la pièce se remplir, je me sentis de plus en plus décalée.

Ils étaient tous étudiants, ce qui, en y réfléchissant, était logique. Qui d'autre a ce genre de congé en été ? Ou à n'importe quel moment ? Tandis que ces grands gamins de vingt ans dégingandés et hilares franchissaient la porte l'un après l'autre, leur similarité me ficha un coup. Ils portaient le même genre de tee-shirts – tous barrés de lettres grecques commémorant quelque soirée ou autre événement universitaire –, le même genre de shorts en nylon, et des baskets dans une certaine nuance de fluo. Les filles arboraient le même genre de gloss et appliquaient leur eye-liner de la même façon. Elles avaient toutes le même bronzage. Elles étaient toutes coiffées pareil – cheveux lissés à hauteur d'épaules. Toutes leurs – seulement légères – différences sur le même thème de la vingtaine.

C'était ridicule, bien entendu, de penser qu'ils étaient identiques. Au fil des semaines, j'en viendrais à les trouver différents, quels que soient leurs efforts pour essayer de se fondre dans la masse. Mais cela ne me fit aucun bien sur le moment.

Deux types de personnes seulement semblaient s'être réunis pour le stage : eux et moi. Avec ma pâleur. Mes taches de rousseur. Mes cheveux ondulés coiffés en chignon, hésitant entre le roux et le brun. J'étais vêtue d'un pantalon de yoga noir, de toutes les tenues possibles, de tongs noires unies et d'un petit débardeur très mignon imprimé batik de chez Old Navy. J'avais beaucoup aimé ce haut en l'achetant, en le mettant dans mon sac, et même en l'enfilant ce matin-là. À présent, il me paraissait être le détail qui m'empêcherait de m'intégrer. Enfin, jusqu'à ce qu'une liste mentale de tous les autres détails qui m'empêcheraient de m'intégrer commence à défiler dans ma tête : mon âge, mon divorce, le fait que chacun de mes orteils soit verni d'une couleur différente. Je n'avais rien à voir avec ces gamins. J'étais foutue.

Où étaient les adultes ? Les mecs qui affrontaient leur crise de la quarantaine ? Les agents de change qui s'offraient un trip bûcheron ? Les mères adeptes du covoiturage qui avaient quelque chose à prouver à leur coach sportif ? Je m'attendais à un ou deux adultes, au moins. Mais ils n'étaient pas inscrits à ce stage, qui n'était qu'une bonne grosse teuf d'étudiants. On aurait aussi bien pu avoir un fût.

Je veux préciser pour mémoire que, à trente-deux ans, j'étais loin d'être « vieille ». Trente-deux ans, ce n'est pas « vieux ». C'est juste adulte. Un âge assez cool, en vérité. Ça ne m'avait jamais déplu d'avoir trente-deux ans.

Jusqu'à maintenant.

Uniquement entourée d'étudiants, je décidai que je n'étais pas une grande fan de cette catégorie. Ils étaient beaucoup trop sûrs d'eux à mon goût – beaucoup trop fiers d'eux. Ils étaient la génération Estime de soi, et ils étaient tous « fabuleux ». Où était le doute ? L'angoisse ? Le mépris de soi ?

Je ne pouvais sérieusement pas être la personne la plus âgée de cette randonnée. Je continuai d'attendre l'arrivée de l'instructeur. Il – ou elle – serait forcément un adulte, non ? Une espèce de vieux coriace grisonnant avec une chemise en flanelle, un genou en vrac et une cicatrice sous sa barbe, vestige d'un combat avec un ours ? J'aurais adoré un tel instructeur : un genre de Grizzly Adams sage et rassurant.

Mais ce n'est pas ce que j'eus. À 15 heures pile, un lycéen apparut à la porte et observa la pièce sans y entrer. Personne ne le remarqua sauf moi. Je le regardai là-bas quelques minutes avant de décider d'ouvrir la bouche pour le rediriger vers la réunion scolaire en face, au moment même où il se présenta comme étant notre instructeur.

J'en restai ébahie. Il ne pouvait pas avoir un jour de plus que seize ans. Pas avec ce petit bouc clairsemé et cette charpente démesurée qui n'avait même pas encore été livrée en muscles. Il était filiforme, pâle et un peu boutonneux, avec les cheveux gras et un bonnet de laine tricoté main couleur betterave. Je l'aurais facilement étiqueté programmeur de jeux vidéo, employé au stand pop-corn d'un cinéma, ou même cassos livreur de journaux. Mais pas –*du tout*– la personne qui allait me guider dans le plus grand voyage de ma vie.

Il avait la voix aussi faiblarde que sa pilosité faciale.

—Écoutez, les cocos, dit-il. Il est temps de vous éduquer.

Je ne pus m'en empêcher. Je levai la main.

—Ce n'est pas le moment pour les questions, dit-il.

—Êtes-vous l'instructeur ? demandai-je.

Il désigna un écusson sur la sangle de son sac à dos.

—Est-ce que c'est un écusson d'instructeur ?

—Aucune idée, répliquai-je. C'en est un ?

—C'en est un, dit-il, et je le suis.

—Quel âge avez-vous ?

Cela me vint d'un coup.

Il se tint plus droit.

—L'âge qu'il faut.

Mais ce n'était pas le cas. Vraiment pas. Un frisson d'inquiétude me parcourut.

Il se tourna vers la pièce.

—Je m'appelle Beckett, annonça-t-il. Et pour les trois prochaines semaines, je suis votre unique lien à la survie.

Il croisa les bras tandis que ses propos faisaient leur effet, puis poursuivit :

—Je suis sur le point de me présenter –ainsi que notre programme et la nature– à vous. Mais je veux que vous commenciez.

Il s'assit sur une chaise libre et se pencha en avant en nous ordonnant à tous de donner spontanément nos noms, âges, et d'expliquer ce qui, exactement, nous avait amenés ici.

Cette dernière question me paraissait lourde de sens. Qu'est-ce qui m'avait amenée ici, exactement ? J'étais toujours aux prises avec cette interrogation. J'ignorais comment y répondre pour moi-même, encore plus pour un ramassis de mômes suintant l'assurance.

Il attendit des volontaires. Finalement, un top model pour J. Crew en débardeur leva la main – révélant une absence totale de graisse des bras. Celle-ci, remarquai-je, était légèrement différente de ses pairs. Elle avait de longs cheveux blonds et ne portait pas de maquillage. Évidemment, elle était si stupéfiante qu'elle n'en avait pas besoin, mais même cette simple petite variante suffit à attirer mon attention.

— Je suis Windy, dit-elle. Et je suis ici parce que mon grand frère a fait le même voyage il y a cinq ans, et il a dit que ça avait changé sa vie. Enfin, ce n'est pas que ma vie ait besoin de changement !

Beckett hocha la tête.

— Quel âge as-tu, Windy ?

— Vingt et un ans.

C'était tout ce que souhaitait savoir Beckett, apparemment. Une fois de plus, j'avais trop réfléchi. L'histoire de nos vies, nos espoirs et nos rêves lui étaient inutiles. Juste nom, âge et un résumé en une phrase. D'une certaine manière, c'était plus simple – et beaucoup plus difficile. Windy semblait s'attendre à d'autres questions, mais Beckett était passé au volontaire suivant : un grand type avec une casquette de base-ball à l'envers.

— Je suis Mason, dit-il. Je suis en premier cycle à l'université de Caroline du Nord, je suis ce stage pour le crédit d'études, et j'espère vivre une expérience de mort imminente.

— Combien d'entre vous sont là pour un crédit ? demanda alors Beckett.

À peu près toutes les mains se levèrent. Une autre raison pour une telle quantité d'étudiants : il est beaucoup plus compliqué pour un adulte d'obtenir du crédit pour quoi que ce soit.

— Je suis Kaylee, intervint ensuite une fille, tandis que les mains s'abaissaient. Je suis en première année à Auburn, et je suis une Pi Phi, et j'espère revenir d'ici avec un corps en acier.

Elles avaient donc donné le ton. Un par un, les gamins se lancèrent en employant ce même modèle. Nom, année, université, affiliation grecque, et un objectif en dix mots ou moins pour le voyage. Ils étaient tous en première année ou premier cycle. Ils fréquentaient tous de grandes universités du Sud. Les garçons espéraient tous échapper de peu à la mort, tandis que les filles, unanimement, espéraient que trois semaines brutales dans la nature sauvage les renverraient chez elles plus minces. Tout le monde était là pour une raison débile.

Enfin, tout le monde, à part moi, et aussi cette Windy, j'imagine. Et peut-être Jake. Bien qu'il me soit venu à l'esprit que je ne savais pas vraiment pourquoi il était là.

Je restai en retrait. Ma vie ne rentrait pas dans ce modèle, et je redoutais de devoir l'annoncer publiquement au groupe. Je me dis que j'attendrais de voir ce que Jake raconterait, et qu'éventuellement je pomperais un peu sur lui. Mais Jake ne se portait pas volontaire non plus. Il semblait m'attendre.

Lorsque chaque personne fut passée à l'exception de nous deux, Beckett regarda d'avant en arrière et dit :

— Eh bien ? À qui le tour ?

Jake me désigna du doigt.

— Elle.

Tout le monde se tourna dans ma direction – les mecs dans leurs tee-shirts et cuirs LIFE IS GOOD, et leurs colliers à dents de requin, les filles avec leurs visages bronzés artificiellement et leur gloss. J'étudiai le groupe. Ils n'étaient pas, à tout le moins, ce que j'avais imaginé. J'étais peut-être dans le déni, compte tenu de tout ce que Duncan avait soutenu sur le type de personnes qui s'inscriraient à un tel stage, mais je m'étais attendue à des hippies mangeurs de granola. Des végétaliens tarés de la nature. Des clients de Whole Foods. Des lecteurs du magazine *Outside*. Des adeptes du chanvre. Des athlètes. Peut-être un poète ou deux. Au lieu de cela, j'étais entourée de gamins que vous voyez en spring break dans les émissions de téléréalité. Des ados prototypiques terrifiants, égocentriques et sans cœur comme nous le sommes tous jusqu'à ce que la vie nous foute par terre et s'asseye sur notre tête un moment.

Mon tour. Qui étais-je ? Pourquoi étais-je là ?

Le temps s'écoulait. Ils me dévisageaient.

Enfin, je me forçai à prononcer des mots – n'importe lesquels.

— Je m'appelle Helen. Je ne vais pas à la fac. Je n'y vais plus, je veux dire. Je suis déjà diplômée – depuis des années. Je suis allée à Vassar, cependant, quand j'avais votre âge, mais je n'étais pas dans une sororité ou quoi, parce qu'on n'avait pas ça, là-bas.

J'avais déjà perdu ces gamins. Je venais d'une autre planète.

— J'ai trente-deux ans, poursuivis-je, m'enfonçant davantage, et ma vie s'est plus ou moins écroulée l'année dernière.

Ils m'observaient en clignant les yeux comme s'ils n'avaient littéralement aucune idée de ce que cela pouvait signifier. Mais ce ne pouvait pas être ça. N'importe quelle personne, aussi soigneusement qu'elle puisse appliquer son eye-liner, sait quelque chose de la déception ou de la perte. Peut-être n'était-ce pas qu'ils ne savaient rien – peut-être était-ce juste qu'ils n'en savaient pas *assez*. Quelque chose dans ces regards vides me donna de l'élan et m'incita à vouloir les obliger à comprendre, même si, bien sûr, cela va tout simplement à l'encontre des lois physiques de la vie humaine : les gens ne peuvent pas comprendre les choses avant de pouvoir les comprendre.

— En fait, j'ai divorcé, m'entendis-je expliquer. Nous tentions de fonder une famille, mais ça a capoté.

Mon regard passa en papillonnant sur Jake, qui secoua la tête de manière imperceptible, comme pour dire : « Arrête-toi ! Arrête-toi ! »

Mais cela m'était impossible. Je ne trouvais nulle part où m'arrêter. Ils étaient tous si silencieux. Je les avais stupéfiés, et pas d'une bonne façon, et ma bouche refusait de se fermer avant d'être tombée sur une espèce de rédemption.

— Je me rappelle au lycée, poursuivis-je en baissant mon propre volume pour être raccord avec le calme de la pièce, j'avais ce gros faible pour un garçon complètement hors de ma portée. Il était beau comme un dieu grec, et moi, j'étais juste une bonne vieille mortelle un peu empotée. Je n'avais aucun droit de l'apprécier, mais il m'avait aidée à me relever une fois où j'avais trébuché dans l'escalier, et je n'arrivais pas à lâcher l'affaire. Un jour, en salle d'études, alors que je le lorgnais discrètement, j'ai décidé que j'allais l'embrasser à la remise de diplômes. C'était trois ans plus tard, mais je me le suis promis solennellement. Et je n'allais pas le faire en pensant qu'il tomberait soudain fou amoureux de moi. J'allais le faire pour moi. Comme un cadeau personnel. Parce que je refusais de me pâmer si douloureusement devant lui depuis si longtemps sans jamais en tirer quoi que ce soit. Je me le suis imaginé maintes et maintes fois. J'ai préparé différentes formes d'attaque. Et devinez quoi ? (J'avais rivé les yeux sur le sol, et je ne les relevai pas ni n'attendis de réponse.) La remise de diplômes est arrivée, et je ne l'ai jamais fait. Je ne me suis pas exactement dégonflée. J'ai juste compris ce jour-là que la réalité de l'acte gâcherait le fantasme. Et j'ai *préféré* le fantasme. Et devinez quoi d'autre ? Je l'ai croisé il y a environ un an à une station-service, et je ne lui ai même pas dit bonjour. (Je relevai la tête, enfin.) Vous ne pouvez pas encore le comprendre, mais, globalement, c'est ça, la vie : rompre les propres promesses que vous vous êtes faites.

Avec ça, je touchai le fond. Ma tentative de rédemption – en leur disant quelque chose de sage et utile – s'acheva sur le genre de silence que vous servez à la folle aux chats après qu'elle vous a raconté la fois où M. Moustache a mangé un cafard. Je suppose que si la seule créature en compagnie de laquelle vous analysez votre existence est votre méchant petit chien à queue de rat, tout partira forcément en vrille à un moment donné.

C'était tout ce dont j'avais besoin, apparemment : un silence atrocement gênant et un soudain aperçu de moi en 3D à travers les yeux du groupe. Il me fallait perdre tout espoir, et ça me libéra, d'une certaine manière.

— Alors c'est pour ça que je suis ici, j'imagine, dis-je enfin. Pour devenir plus forte et m'endurcir. Me faire moins de souci. Me relever des cendres de mon existence comme un phénix vraiment dur à cuire et faire un doigt à la vie, enfin.

Après un battement excessivement long, Beckett se tourna vers Jake.

— OK, dit-il sur un ton qui suggérait que j'étais complètement barje. Et toi ?

Nous nous tournâmes tous vers Jake. C'est là que je le regardai pour la première fois, en contexte, et remarquai qu'il ne ressemblait vraiment pas au reste des gars. Ils portaient tous des casquettes de base-ball, des bermudas et des tee-shirts Patagonia. Malgré les variations individuelles de taille, de teint et de longueur de cheveux, ils étaient en quelque sorte tous *pareils* – les versions masculines de toutes les filles de la pièce. Mais pas Jake, dans sa chemise hawaïenne vintage rouge, son treillis élimé et ses tongs. Il portait un chapeau de pêcheur en toile déchiré, sur lequel était épinglée une mouche de pêche nouée à la main et qui aurait dû lui donner l'air d'un abruti fini. Mais, étrangement, ce n'était pas le cas. Peut-être était-ce la puissance implicite de tous ses muscles. Ou les lunettes de hipster qui lui donnaient une prestance de star à la Cary Grant. Ou peut-être que le ridicule de ce chapeau Gilligan prouvait sans l'ombre d'un doute qu'il se fichait royalement de ce qu'on pouvait penser de lui. En tout cas, tout le monde dans la pièce, y compris moi, pensa la même chose en même temps : *Ce mec va être le patron.*

Jake adressa au groupe entier un large sourire charmeur.

— Pourquoi je suis là ?

Puis il me désigna du pouce et prononça ces mots :

— Ce qu'elle a dit.

Toute la pièce éclata d'un rire bruyant qui relâcha la tension. Je ris moi-même une minute. Jusqu'à ce que je m'aperçoive qu'aucun de nous ne riait *avec* moi.

— En fait, dit-il ensuite, tandis que l'assemblée reprenait son calme. Je suis sérieux. (Il balaya le groupe du regard.) Je suis d'accord avec la rouquine. (Il plissa un peu les yeux vers moi.) Ou la blond vénitien.

Les rires persistants s'évanouirent, et quelques gamins jetèrent un coup d'œil dans ma direction.

— Machine n'a pas tort. La vie va nous foutre une raclée à tous. Nous tous ceux ici présents, moi y compris. Et je pense être là pour apprendre à y survivre. Et à encaisser comme un homme. Ou peut-être apprendre à rendre un peu les coups. (Il tourna les yeux vers moi.) Comme elle.

Avec ça, peut-être même ce seul regard, il me sauva.

— Oh, et mon nom est Jake, au fait, ajouta-t-il. Et je ne suis pas allé à Vassar. En revanche je viens d'être diplômé de Harvard.

Un second silence s'abattit sur la pièce – de stupeur, cette fois. À cet instant, Jake devint notre mâle alpha officiel. Le leur, parce qu'il était cool, sûr de lui, tendance, sympa, et qu'il venait de finir ses études – ce qui faisait essentiellement de lui un senior. Le mien, aussi, parce que, même après que je me fus montrée aussi méchante que possible avec lui toute la journée, il se donnait la peine de venir à mon secours.

Beckett, cependant, ne désirait pas que Jake soit notre mâle alpha. Il se redressa aussi vite qu'il le put pour s'empresser de reprendre sa position de leader, et, lorsque Jake se rassit, Beckett demanda d'une voix qui paraissait soudain plus profonde :

— Est-ce que quelqu'un sait où nous sommes ?

Les jeunes regardèrent tous plus ou moins autour d'eux. Est-ce que quelqu'un ne savait pas où nous étions ?

— Plus important, poursuivit Beckett maintenant qu'il avait notre attention, est-ce que quelqu'un sait où nous allons ?

— Dans la nature, dit un type.

— L'arrière-pays, proposa un autre.

— Au milieu de nulle part, dit un troisième.

— Est-ce qu'on va à Disneyland ? demanda Beckett en nous regardant à tour de rôle.

— Non, répondit le groupe en prenant le rythme.

— C'est ça. Nous allons à l'opposé de Disneyland. Nous allons aux montagnes Absaroka. Et ça ne se prononce pas comme ça s'écrit, au fait. Dites-le avec moi : Ab-SOAR-ka.

— Ab-soar-ka, répétâmes-nous en chœur.

— L'une des chaînes de montagnes les plus escarpées, les plus sauvages, les plus sanguinaires des États-Unis. Elle vous mâchouillera pour vous recracher comme des noyaux de cerise. Ce n'est pas un truc de gamins, les enfants. Si vous avez l'intention de survivre, dit-il en marquant une pause pour l'emphase, vous suivrez mes règles à la lettre.

Je me demandai si quoi que ce soit de tout cela était vrai, ou s'il essayait juste de reprendre le dessus.

— Cet après-midi, nous irons à l'Équipement pour prendre le matériel dont vous manquez encore. Après cela nous irons au Garde-manger pour remplir nos sacs, et ensuite, après un bon dîner – je recommande le resto mexicain sur State Street –, vous profiterez de votre dernière douche, vous démoulerez votre dernier cake sur des chiottes et vous coucherez pour votre dernière nuit dans un lit. (Beckett paraissait ravi d'apporter ces nouvelles.) Vous êtes sur le point de vous faire défoncer au quotidien. Nous n'allons pas au *Four Seasons*, mes cocos. *Motel 6* aura l'air d'une croisière de luxe quand j'en aurai fini avec vous. Vous voulez savoir où nous allons ? Dans une contrée sans papier toilette. (Il hocha la tête, enchanté de nos expressions choquées.) C'est bien ça. Pendant les trois prochaines semaines, vous allez vous torcher le cul avec une pomme de pin. Vous allez être absolument crasseux. Pas de douche là-bas, mes amis. Pas de shampoing, pas de déo, pas de gel Axe pour vos cheveux. Vous serez dans un piteux état et vous puerez comme des putois. Je ne sais pas qui vous pensez être ni pourquoi vous pensez pouvoir faire ce stage. Vous vous croyez peut-être fabuleux. Vous vous croyez peut-être des durs à cuire. Mais je vais vous dire une chose : le seul dur à cuire dans les Absaroka, c'est Dame Nature, et elle va vous en faire baver.

Je jetai un coup d'œil dans la pièce. Les jeunes étaient surexcités à l'idée d'une dérouillée.

Beckett sortit un sac à dos spécimen et commença à nous montrer comment le remplir.

—Voilà comment nous vivons dans les Absaroka, poursuivit-il. Nous ne prenons que le strict nécessaire : rien qui ne soit absolument indispensable. Chaque gramme compte quand vous portez toute votre vie sur votre dos. Vous aurez une brosse à dents, cinquante grammes de dentifrice, et un sac en plastique dans lequel cracher. Vous avez droit à la crème solaire, au baume à lèvres et à un peigne. Vous n'avez pas droit : au maquillage, aux crèmes hydratantes, aux bijoux ni à aucun appareil électronique. Et devinez quoi ? Nous ne laissons rien d'autre derrière nous que des empreintes de pas. Tout ce qu'on emporte, on le remporte. Mesdames, si c'est votre période du mois…

—Dégueu ! cria l'un des garçons.

—Vous garderez vos protections hygiéniques dans un sac et rapporterez vos déchets. On emporte, on remporte. Vous ne pouvez pas balancer vos protections hygiéniques dans les bois en toute impunité. Laisser des tampons sur le sentier est un motif d'expulsion.

Était-ce un problème ? Les femmes dans ces stages se contentaient-elles de jeter leurs vieux tampons partout dans la forêt ? Devions-nous aborder ce sujet en préambule ? Je n'avais vraiment pas réfléchi en m'inscrivant. Je n'avais pas prévu qu'on ne se laverait pas pendant trois semaines. Ni qu'on nous interdirait le déodorant. Ni l'épineux problème du « torchage à la pomme de pin ». Tandis que ma poitrine se gonflait d'angoisse face au désastreux virage que j'avais pris en venant ici, j'éprouvai une certaine satisfaction à l'idée que ma « période du mois » me soit épargnée.

Mais qu'est-ce qui m'avait pris ? Je n'étais pas une randonneuse ! Je n'étais pas faite pour le plein air ! Mes choses préférées au monde étaient les lits doux, les bons livres et les grandes tasses de café. Je ne voulais pas me prendre une raclée – par Dame Nature ni qui que ce soit d'autre.

Comment n'avais-je pas saisi ça avant ? Ce stage était la dernière chose sur terre que j'avais envie de faire. J'éprouvai une subite montée de désespoir dans mon estomac. J'aurais dû aller à Paris avec un élégant chapeau et prendre un cours de cuisine ! Comment diable avais-je pu préférer Bigfoot à Julia Child comme modèle de référence ?

Je regardai autour de moi pour voir si quelqu'un d'autre paniquait. Mais ces gamins – ces abrutis – étaient en extase. Plus Beckett faisait peur, plus ils adoraient.

— Vous pouvez apporter une petite caméra si elle rentre dans cette poche, dit-il en désignant une fermeture sur son sac à dos. Vous avez droit à un tee-shirt, une paire de chaussettes et un pantalon de rechange. Vous devez prendre un carnet de notes qui vous servira de journal de bord, et vous pouvez emporter juste un livre pour le loisir. On vous délivrera tout ce dont vous aurez besoin à l'Équipement. Vous ferez vos sacs vous-mêmes, en utilisant notre système, mais ne pensez même pas à essayer de glisser en douce du shampoing ou du déodorant. (Il nous regarda tous d'un œil noir, mais en particulier les femmes.) C'est une perte de place et du poids en plus. Si j'en trouve dans votre sac, je vous le ferai bouffer.

Ensuite, il sortit une carte et désigna une zone verte couverte d'un paquet de lignes ondulées évoquant des empreintes de doigt.

—Au cours des trois semaines à venir, nous traverserons cette chaîne. (Il traça un itinéraire avec un stylo à bille.) Nous dormirons en groupes de tentes de quatre personnes et marcherons ensemble tous les jours. Nous nous lèverons avec le soleil, et parcourrons six à douze miles par jour, dont certains à la verticale. Vous serez épuisés. Vous aurez peut-être bien des ampoules. Vous vous détesterez ainsi que tous ceux qui vous entourent. Ce n'est pas grave. Tant pis. Lorsque nous arriverons au campement, vous installerez d'abord vos tarps, puis vos cuisines. Il y aura beaucoup de pets au cours de cette expédition, mes cocos. C'est franchement hilarant. Vous vous en remettrez. C'est un effet secondaire fréquent de la nourriture déshydratée. Voyez ça comme de la propulsion par réaction.

Ce type était très sérieux.

—Il ne s'agit pas de la « Rando pour les débutants », mes petits cocos, poursuivit-il en balayant son auditoire du regard. Alors tâchez d'avoir du cran.

Ah non ? Ce n'était pas de la rando pour débutants ? Mais si !

—En fait, *c'est* de la rando pour les débutants, laissai-je échapper. C'est classé dans les stages niveau débutant dans le catalogue.

Durant une seconde, il cligna les yeux comme s'il ne s'en était pas rendu compte. Puis il m'adressa un regard.

—Vous voyez ce que je veux dire.

À dire vrai, non.

— OK, conclut-il en tapant dans ses mains comme s'il avait traité tous les sujets possibles. C'est tout pour l'instant. Des questions ?

Le grand type, Mason, leva la main.

— Qu'est-ce qu'on fait avec nos excréments ? demanda-t-il. Est-ce qu'on les remporte aussi dans des sacs ?

Beckett prit un air sérieux.

— Oui. Vous les garderez dans votre sac avec vos ustensiles de cuisine.

Nos ustensiles de cuisine ?! Tout le monde retint son souffle.

— Je déconne ! s'exclama Beckett en secouant la tête, après la plus longue minute de la création. Non. Vous ne remballez pas vos selles. La matière fécale est biodégradable. Vous creuserez un trou avec un bâton, ferez votre petite affaire, saupoudrerez de la terre par-dessus, remuerez et recouvrirez. Dame Nature s'occupera du reste.

— Faire notre petite affaire ? demanda une fille. Genre, dans la forêt ?

— Non, répondit Beckett. On vous rapatrie au camp de base en hélicoptère chaque fois que vous avez besoin d'y aller.

Et voilà. Nous avions notre comique. Un comique de la nature, sarcastique et viril.

Beckett balaya la pièce du regard pour voir si quelqu'un avait une autre question. Personnellement, j'en avais un millier, mais plutôt crever que les poser. Comme aucune autre main ne se leva, Beckett se claqua les cuisses avec les paumes et se mit debout.

— OK, dit-il en scrutant le groupe une toute dernière fois avec un sourire vicieux. Alors que la fête commence.

Chapitre 7

À l'Équipement, j'essayai plusieurs paires de bottes. Beckett expliqua qu'il était préférable de les louer à moins d'en avoir une paire déjà bien faite, ce qui évidemment n'était pas mon cas. Celles en location étaient clairement bien faites – par les pieds puants d'autres gens. Les bottes avaient été si souvent aspergées d'imperméabilisant qu'elles étaient couvertes de croûtes. Les lacets s'effilochaient. Et chacune des paires m'irritait à différents endroits.

Je jetai un regard en coin à Jake. Il aidait cette blonde, Windy, à essayer des bottes. Je le vis serrer fermement ses lacets, puis entendis la fille pousser un petit couinement ravi avant de me détourner. À ce moment-là, j'eus une vision des trois prochaines semaines de ma vie : j'allais me rendre pitoyable durant ce stage en me montrant excessivement sérieuse, gênée et autocritique. Et Jake allait me rendre encore plus pitoyable en étant le pur contraire de toutes ces choses.

Ils l'adoraient. Nous étions là depuis deux heures, et il était déjà le roi du groupe. Il était juste l'un de ces types, s'avéra-t-il, qui avaient toujours quelque chose de drôle à dire. De plus, il avait de l'assurance sans être prétentieux. Il s'intéressait sans être impatient. Il était décontracté sans être glandeur. Il avait quelque chose pour tout le monde. Les mecs hardcore pouvaient parler de rando hardcore avec lui. Les filles de sororité pouvaient lui demander d'ajuster leurs bretelles de sac à dos. Il était infiniment sympathique. Avec tout le monde. Sauf moi.

J'étais pleinement consciente de la folie de mon attitude, mais plus ils l'appréciaient, plus je le détestais. C'était censé être mon stage ! Et il semblait en avoir pris le contrôle et m'en avoir évincée. Nous étions désormais ennemis, finalement, ne fût-ce que dans mon esprit. Nous étions comme le couple séparé dont les amis devaient choisir leur camp. À ceci près que nous n'avions jamais été un couple et qu'il n'y avait pas de camp, puisque tout le monde avait déjà choisi Jake.

Voilà où nous en étions. S'il était content, il fallait que je sois mécontente. S'il s'intégrait, il fallait que je sois exclue. En particulier parce que je ne lui parlais toujours pas. S'il était la personne autour de laquelle tout le monde se rassemblait, je n'avais aucune place où me tenir.

Au Garde-manger, nous mesurâmes et emballâmes dix jours de nourriture déshydratée, ainsi que des mélanges d'épices et du lait en poudre, de la limonade et du cacao. Nous reçûmes la glorieuse et incroyable information que le beurre pouvait durer des semaines à température ambiante sans rancir, et c'était tout aussi vrai pour le fromage. Chaque groupe de cuisine porterait sa propre meule de cheddar, si épaisse qu'on devrait la couper au fil, et suffisamment de beurre pour tenir jusqu'au ravitaillement à mi-parcours. Apparemment, quelqu'un allait gravir les montagnes à mi-chemin avec une pleine charge de provisions sur une caravane d'ânes.

— Des ânes ? demanda ce gars, Mason.

— Pas de voitures. Pas de 4x4. Juste la nature, qui vit, qui respire.

— Que se passe-t-il si nous sommes à court de nourriture avant ?

Beckett haussa les épaules.

— Alors on se mangera les uns les autres.

Une limite était fixée pour les sacs selon la taille de chaque personne, et oui – ils nous pesèrent et rendirent les verdicts à voix haute. Les types imposants portaient davantage que les filles plus petites, raison pour laquelle ils récoltèrent les cuisinières à gaz et la meule de fromage géante. Mon propre sac pesait trente-cinq kilos, ce qui paraissait bien assez. On m'avait confié la farine, le lait en poudre, un sac de granola maison et le chocolat en poudre.

Les sacs pleins, nous nous entraînâmes à les mettre. Vous ne pouvez pas vous contenter de hisser un sac aussi lourd sur votre dos depuis le sol. Vous devez vous agenouiller comme pour une demande en mariage, remonter le sac sur le plat de votre cuisse, puis le faire vriller sur votre dos. Beckett nous fit pratiquer. Je m'y pris très lentement, craignant de lâcher le sac, de me faire un claquage, voire de me ridiculiser. Car les seules manières dont je savais évacuer la gêne étaient : (a) quitter la pièce, ou (b) en rire avec un ami. Comme je ne pouvais pas partir et que j'avais zéro ami, l'enjeu était assez considérable.

Je me serais attendue à avoir reçu un enseignement simple mais clair sur la nature sauvage à la fin de notre cours d'intégration. Les bases, au moins. Mais Beckett, malgré ses grands airs, parlait en borborygmes. Il donnait des lignes d'information intercalées de silences béants, et après l'avoir écouté pendant cinq heures d'affilée, tout ce que je savais avec certitude, c'était que les pissenlits étaient comestibles, que chanter sur le sentier tiendrait les ours à distance et que nous devions mettre des gouttes d'iode dans nos bouteilles d'eau chaque fois que nous les remplissions, sans quoi nous risquions une infection intestinale appelée la giardiase qui nous ferait « nous vider par les deux bouts ».

Lorsque Beckett nous congédia pour le dîner avec pour consigne de nous retrouver à l'entrée du chalet à 6 heures le lendemain matin, j'avais la désagréable impression que nous ne disposions que d'une infime partie des informations dont nous allions avoir besoin.

Je l'interrogeai à ce sujet en marchant vers la porte, mais il répondit :

— Tout est dans les prospectus.

— Les deux prospectus ?

— Ne t'inquiète pas tant.

— Je ne me sens pas assez instruite.

— Nous faisons de l'apprentissage par l'expérience ici. Tu apprendras sur le tas.

— Mais si j'ai besoin d'une info avant de l'avoir ?

— Tu te débrouilleras.

— Et si ce n'est pas le cas ?

— Alors tu mourras, dit-il en haussant les épaules. Et j'utiliserai mon unique bâton de dynamite pour faire croire à une avalanche.

J'emportai mon journal au resto mexicain sur State Street pour le dîner, en pensant m'asseoir tranquille devant un bol de guacamole pour griffonner quelques profondes réflexions préalablement au voyage. Mais tandis que j'approchais du pupitre de l'hôtesse d'accueil, j'entendis une bruyante vague de rires à l'arrière. Lorsque mes yeux suivirent le son, je vis tous les membres sans exception de notre groupe de randonnée, y compris Beckett, confortablement installés pour dîner à deux tables rapprochées, leur repas déjà bien entamé.

Je regardai ailleurs avec une précipitation telle que je tournai à moitié sur moi-même. Puis je rejetai un coup d'œil vers eux pour voir s'ils m'avaient remarquée. Non.

J'avais l'impression de m'incruster à une fête. Comme si je les espionnais, ou que je leur collais aux basques, ou que j'essayais de copiner avec un groupe qui n'était pas mes copains. Sauf que ce n'étaient pas des copains. Nous étions tous des étrangers, bordel. Comment avaient-ils formé un club ambiance mexicaine dans la demi-journée suivant notre rencontre ?

Peut-être aurais-je dû me joindre à eux. C'est sans aucun doute ce que Jake aurait fait – débouler tel un labrador chocolat avec la queue qui fouette pour se glisser dans la meute. Mais je n'étais pas un labrador chocolat. En fait, à cet instant, j'étais Pickle ; un mini-teckel galeux avec une queue qui ne remuait jamais et un caractère de merde. Peut-être était-ce pour ça que nous nous entendions si bien.

Pickle était bien sûr, assez littéralement, une chienne. Et même si je ne me serais pas qualifiée ainsi, j'admirais assurément cela chez elle. Il y a des femmes qui se qualifient de chiennes – souvent avec fierté – sur des tee-shirts, disons, ou des autocollants de pare-chocs. Je les remarque depuis des années en ville : Adorable Chienne, Chienne sexy, Sale Chienne, Chienne Alpha, Chienne de yoga, Chienne à bord, Chienne à deux roues, Chienne sur manche à balai. De telles déclarations attiraient mon regard, parce que, en fait, je ne pigeais pas. Pourquoi coller ça sur votre voiture ? Ou vous le placarder sur les nibards par tee-shirt interposé ? Qu'essayiez-vous de dire sur vous-même ? Était-ce un « Attention chien méchant » pour prévenir le monde que vous étiez une dure à cuire ? Parce que je ne pouvais m'empêcher de penser que si vous étiez assez coriace pour vous classer dans la catégorie des « chiennes », vous n'aviez probablement pas besoin de le customiser avec des strass sur le cul de votre short.

Pickle n'avait clairement pas besoin d'un signe. Un seul coup d'œil à sa tête pointue et pincée, avec cette babine toujours retroussée sur ses dents, suffisait pour savoir que mieux valait ne pas lui chercher d'ennuis. C'était là le genre de dureté que je désirais, surtout à ce moment-là. Le genre qu'il vous est inutile de proclamer.

Le principal de mon école avait un poster de blagues de Chuck Norris accroché dans son bureau. J'avais lu ce poster un millier de fois depuis qu'il l'avait mis, et ça me rappelait toujours Pickle : « Chuck Norris n'appelle pas le mauvais numéro. C'est vous qui décrochez le mauvais téléphone. » « Quand Chuck Norris fait une division, il n'y a pas de reste. » « Superman porte le pyjama de Chuck Norris. »

J'avais lu ce poster tant de fois que je l'avais à peu près mémorisé. Et même si je savais que les blagues étaient, de fait, des *blagues*, j'avais étrangement fini par nourrir une affection bizarre pour Chuck Norris – et, aussi, pour la notion de coriacité en général.

Alors, ce soir, je décidai de voir comme un moment pédagogique cette expérience de me faire snober dans une entrée à thème mariachi. Le groupe m'avait-il volontairement exclue ou juste oubliée ? Était-ce même important ? J'avais l'impression d'avoir exactement deux choix : laisser mes épaules s'affaisser dans la défaite ou me redresser dans une posture de défi. Que ferait Chuck Norris ?

Un autre grondement de rire provenant du groupe dans le fond. L'une des filles se leva et commença à faire tourner un lasso imaginaire au-dessus de sa tête pendant que les autres l'acclamaient.

Ce n'était pas grave. Je n'étais pas là pour me faire des amis. J'étais là pour faire l'inverse, en vérité. J'avais passé ma vie entière à me montrer bien trop tendre. Tout cela était bon pour moi. Il était temps que j'apprenne à m'en foutre. Par ailleurs, la dernière chose dont j'avais besoin, me disais-je, était de me prendre une cuite à la tequila le soir avant de me lancer dans la nature. La gueule de bois n'est pas une manière d'entamer un voyage à la découverte de soi.

Que ferait Chuck Norris ? Bon sang, que ferait *Pickle* – à part mordre les chevilles de tout le monde ? La réponse était simple : elle trouverait un autre restaurant pour aller manger seule son foutu dîner.

Mais il y avait une raison pour laquelle Beckett avait recommandé le mexicain sur State Street : c'était le seul resto de la ville. En dehors du chinois avec la roue de chariot en devanture qui se donnait le nom de *Corral doré. Buffet chinois à volonté et BBQ*, et s'avérait, c'était bien ma veine, fermé le jeudi.

Finalement, je constituai mon dîner au snack de la station-service sous l'influence de deux motivations contradictoires : faire le plein de carburant sain afin de commencer cette nouvelle aventure dans des conditions tip-top, et consommer les pires cochonneries sur lesquelles je pouvais mettre la main, au cas où ce serait ma dernière occasion. C'est ainsi que je finis sur un banc public au coucher du soleil, avec mon « dîner » en équilibre sur les genoux : un sachet de graines de tournesol, du bœuf séché au poivre, une bouteille d'eau de source – et un Coca, une barre de Hershey, et un Whoopie Pie pour le dessert.

Je me forçai à savourer mon environnement. La ville avait un profil de l'Ouest classique avec des vitrines carrées qui se faisaient face sur une rue principale. Au loin, les montagnes. L'ensemble était couronné d'un coucher de soleil si dingue, ardent et époustouflant qu'il ne pouvait que se la raconter.

À cette vue, je fourrai une main dans mon soutien-gorge pour prendre ma liste de développement personnel. C'était le moment de quelques paroles encourageantes, et il n'y avait personne d'autre que moi pour me les adresser. J'étais venue au mauvais endroit, ça, au moins, c'était clair. Mais quelle importance ? J'avais déjà fait de mauvais choix. N'était-ce pas pour ça que j'étais là ? Pour surpasser les attentes de tout le monde – en particulier les miennes ? Quelle importance si j'étais la dernière personne sur laquelle quiconque parierait un jour. J'allais décrocher un certificat. Je n'étais peut-être pas la femme d'extérieur la plus chevronnée de la planète, mais je pouvais certainement battre en randonnée une poignée d'étudiants en lendemain de cuite. Ils étaient trop jeunes pour comprendre les enjeux. Ils vivaient sur l'hypothèse erronée que leurs existences comptaient, que la vie était essentiellement juste, que tout allait bien finir. Je savais ce qu'ils ignoraient – que tout ce qui vous tient à cœur disparaîtra, que mériter une vie heureuse ne signifie pas que vous en aurez une, et que vous n'avez vraiment personne au monde sur qui compter à part vous-même. J'avais ce tranchant que vous donne la déception. J'avais l'avantage de l'expérience de la vie. Je mangeais peut-être des Whoopie Pie pour le dîner, mais au moins je savais à quel point c'était pathétique.

C'était moi, à deux doigts de faire mon Grand Voyage : toute seule avec une cargaison de junk-food sur les genoux, et un carnet de notes ouvert avec une unique citation inutile écrite sur la page : « Si vous échouez dès le départ, vous n'êtes pas Chuck Norris. »

Je m'enfilais des graines de tournesol en m'inquiétant du manque sidéral d'inspiration que je ressentais, lorsque mon téléphone sonna.

Je le cherchai à tâtons dans mon sac et le pêchai juste à temps.

Mike.

Je ne dis même pas bonjour. Juste :

— Tu m'appelles encore ?

— En fait, dit-il, c'est toi qui as appelé.

— Pas du tout.

— Si. Appel de poche. J'écoute l'intérieur de ton sac depuis dix minutes.

Il fallait juste que je vérifie.

— Je t'ai appelé avec mon sac ?

— Il y a environ dix minutes. Ça arrive souvent, en vérité.

— Ah bon ?

— Peut-être une ou deux fois par mois.

— Qu'est-ce que tu fais dans ces cas-là ?

— Je crie : « Hé ! Tu me fais un appel de poche ! » Mais tu ne m'entends jamais.

— Et ensuite ?

— Ensuite j'abandonne et j'écoute un moment avant de raccrocher.

— Tu écoutes ? Tu peux entendre quelque chose ?

— Eh bien, les bons jours, j'entends tout.

— Mais c'est de l'espionnage ! C'est immoral, dis-je en me demandant ce qu'il avait bien pu m'entendre dire.

— Hé ! C'est toi qui m'appelles.

— Pas volontairement !

— N'empêche.

— Est-ce que j'ai déjà dit quoi que ce soit de…, commençai-je.

— Compromettant ?

J'acquiesçai au téléphone.

— Mais non. Ce sont toujours juste des employés d'épicerie. Ou ton coiffeur. Ou ton chien. On dirait que le tien mange tes meubles.

Je hochai de nouveau la tête.

— Un teckel miniature et acariâtre

— Débarrasse-toi de ce clebs. La vie est trop courte.

— Pourquoi ne m'as-tu pas dit que je t'appelais de mon sac ?

— Avant, je ne pensais pas que tu voudrais entendre parler de moi.

— Mais maintenant, si ?

— Je l'espère, dit-il. Et puis je veux te remercier pour hier. D'avoir été si gentille.

— Ce n'était rien.

— Ce n'était pas rien pour moi.

J'ouvris un paquet de chips et en renversai quelques-unes sur mes genoux.

— J'en conclus que tu n'es pas encore partie, poursuivit-il.

— Correct, dis-je en mâchant mes chips.

— Tu es certaine d'être prête pour ça ?

—Non, dis-je, l'honnêteté de ma réponse flottant sur moi comme une brise. Mais impossible de faire marche arrière maintenant.

—Bien sûr que si, dit Mike. C'est toujours possible.

—Je ne suis pas sûre que ce soit vrai.

—Duncan a l'air sincèrement inquiet pour ta sécurité.

—Tu as parlé à Duncan ?

—Il dit que ces types sont connus pour tuer les gens. Ils recrutent les chasseurs de frissons les plus débiles qui soient et ne les encadrent pas du tout après.

—L'équipe de direction a changé.

—Il existe d'excellents stages de survie, enchaîna Mike, comme s'il avait la moindre compétence pour en juger. Celui-ci n'en fait pas partie.

—J'imagine que tu as lu l'article sur l'attaque d'ours.

—Non, mais j'ai lu celui sur l'accident de descente en rappel. Et l'éboulement. Et le mec qui est mort d'hypothermie.

—Ça va aller, dis-je en me demandant si c'était vrai.

—Pourquoi est-ce que tu le fais ?

—Si tu survis, tu peux recevoir un certificat.

—Est-ce que tu t'entends parler ?

—Je veux ce certificat.

—Le truc, c'est que tu n'es pas vraiment une sportive.

Il n'avait pas tort, néanmoins le commentaire me déplut.

—Je me suis entraînée pour ça pendant des mois, dis-je, plus irritée que nécessaire. Je cours trois miles tous les matins.

—Il ne s'agit pas d'un petit footing dans le quartier…

—Un footing de trois miles, rectifiai-je.

—Le fait que tu sois impressionnée par trois miles ne fait que confirmer mon intuition. Sérieusement.

—Ce n'est pas drôle.

—Je ne plaisante pas.

— Ne me dis pas que je ne peux pas faire ça, dis-je.

— Helen, tu ne peux pas changer ta nature profonde.

— Bien sûr que si.

— Ça ne te ressemble pas du tout, de faire des trucs pareils.

— Avant, ce n'était pas moi, rétorquai-je, à l'époque où tu me connaissais. Mais je me suis transformée en animal, depuis. Une bête assoiffée de sang.

— Pourquoi ?

— Tu n'as pas envie que je réponde à ça.

Je regrettais d'avoir décroché. Parfois, « n'importe qui » n'est vraiment pas mieux que « personne ».

— Helen, dit-il alors, tu n'es pas obligée de le faire.

— En fait, si. Vraiment.

— Je veux que tu rentres.

— Je ne rentrerai pas. J'ai un plan, et je compte aller jusqu'au bout.

— Non, dit Mike. Je veux dire, que tu rentres auprès de moi.

Je lâchai le téléphone sur mes genoux. Et le regardai fixement avant de le reprendre.

— Tu es toujours là ? demandait Mike. Est-ce que je t'ai perdue ?

— Je suis toujours là, dis-je, mais je n'étais pas sûre de le penser.

— Je suis sérieux, Ellie. Vraiment.

— Je n'ai jamais aimé que tu m'appelles Ellie.

— Raccroche et rentre à la maison. C'est dingue que nous soyons séparés.

Il me fallut une seconde pour élaborer une réponse.

— Nous ne sommes pas juste séparés, Mike. Nous sommes divorcés. Ça fait un an. Les gens n'annulent pas leur divorce sur un coup de tête. Nous avons signé des papiers, nous avons officiellement mis fin à notre relation.

— Je sais, et je comprends bien, et ça peut paraître un peu insensé…

— Ça paraît même complètement fou.

— Nous avons fait le choix qui s'imposait à l'époque. Mais je vais mieux, maintenant. Il a fallu une sacrée prise de conscience, mais je me suis ressaisi.

— Ce n'était pas une prise de conscience. C'était un document juridique.

Mon téléphone émit un bip, m'avertissant que je n'avais presque plus de batterie.

— Je te le dis. Je suis pareil que l'ancien moi – mais en mieux. Je sens que je suis fait pour toi, maintenant, Ellie.

Je penchai la tête en arrière. C'était tellement lui de dire mot pour mot ce que j'avais toujours rêvé d'entendre – mais d'attendre qu'il soit carrément trop tard.

Il poursuivit.

— J'ai enchaîné les rencards, ces six derniers mois, et devine quoi ? Personne ne t'arrive à la cheville.

— Tu as enchaîné les rencards ? demandai-je.

— Pas toi ? Toby a dit que tu en avais eu quelques-uns.

— Un. Avec un assureur belge, expert en sinistres. Je ne crois pas que ça compte.

— Il n'y a eu personne d'autre ? Vraiment ?

Bien sûr qu'il y avait eu quelqu'un. Et même quelqu'un avec qui Mike, sans le savoir, m'avait empêchée d'aller plus loin. Mike et Jake se connaissaient, évidemment, de nombreuses fêtes de Thanksgiving et nouvel an chez grand-mère GiGi, et j'aurais pu le choquer à mort en l'évoquant à cet instant-là, ce qui était tentant. Mais je m'abstins. En partie parce que Mike et moi n'étions vraiment plus assez proches pour partager quelque chose d'aussi intime. D'autre part, parce que je ne savais pas vraiment moi-même si déconner avec Jake s'était révélé plutôt génial ou totalement pathétique. Enfin – et je ne l'avouerais jamais, même à moi –, parce que quelque chose dans cette presque-nuit avec Jake avait ouvert une brèche dans un endroit si tendre de mon cœur que je savais n'avoir d'autre choix que monter la garde devant, vingt-quatre heures sur vingt-quatre.

— J'ai eu des tas d'occasions, dis-je, mais j'étais dans une phase de cicatrisation.

— Je comprends.

La batterie de mon téléphone bipa une nouvelle fois.

— Rentre à la maison, dit ensuite Mike. Pourquoi dois-tu toujours être aussi dure envers toi-même ?

J'hésitai. C'était exactement notre schéma, bien entendu. Certaines personnes dans la vie – et pas forcément des personnes qui le méritent – ont la capacité de déverrouiller toutes vos portes, bizarrement. Même si vous changez les serrures ou cachez les clés. Et Mike avait toujours été l'une de ces personnes pour moi.

Jusqu'à maintenant. Le moment était venu d'être une killeuse. De montrer les dents de l'animal assoiffé de sang que j'avais en moi. Il était temps de ne pas seulement dire « Non », mais « Hors de question ».

Je pris mon souffle pour le faire, enfin – mais alors, comme sur un signal, la batterie me lâcha.

— Mike ? dis-je, même si je savais qu'il était parti.

Pas de réponse.

Ce n'était pas sa faute, et je le savais. Mais je l'ajoutai quand même à ma longue liste de déceptions. Ce foutu ex-mari. Il ne me laissait jamais gagner.

Je mâchai le reste de mon dîner au ralenti. Je ne peux pas dire que la proposition de Mike ne m'ébranla pas. Si elle était arrivée un an plus tôt, ou même six mois, peut-être y aurais-je été plus sensible. Mais c'était trop tard, maintenant. « Chuck Norris peut claquer une porte tournante. »

J'avais une canette de Coca vide, deux joues fourrées de ma dernière bouchée de Whoopie Pie, et je m'apprêtais à remballer pour mettre le cap sur notre logement, quand le groupe – mon groupe – arriva en flânant sur le trottoir pour remonter à l'hôtel, éméché.

Ils étaient déjà tous meilleurs potes, comme la salsa et la bière mexicaine peuvent faire de vous des potes. Windy, celle qui ne cessait de flirter avec Jake, m'appela alors qu'ils approchaient.

— On monte sur le toit jouer à « Action ou vérité » ! dit-elle. Tu veux venir ?

Avant de pouvoir me raviser, je passai en mode Pickle avec un sarcastique :

— Sérieux ?

L'intonation était bien trop méchante, mais elle n'écoutait pas, de toute façon, parce que, juste à ce moment-là, l'un des gars l'attrapa par-derrière en la chatouillant, exactement comme dans une pub pour une cave à vin.

Je les détestais déjà tous.

Je tentai d'évaluer l'état de Jake sans le regarder directement. Était-il ivre, lui aussi ? Montait-il sur le toit, lui aussi ? Je me redressai à cette idée, et dans l'action, les emballages de mon tragique et honteux dîner tombèrent par terre. Grillée. Merde. Mais avant même que je ne me sois penchée, Jake était là, à mes pieds, en train de les ramasser. Il se leva, s'avança sans croiser mon regard, et au moment même où je pensais qu'il allait me tendre la pile entière de déchets, il prit gentiment, presque tendrement, une dernière chose – la canette de Coca – de ma main et emporta le paquet à la poubelle à l'angle.

Je l'observai, et je n'étais pas la seule. Le groupe entier attendait qu'il revienne, comme s'il n'y avait nulle part où aller sans lui. Alors qu'il se tournait vers tout le monde, quelqu'un lança :

— Grouille, D-Jake !

Et Jake passa au trot.

D-Jake ?! Il était déjà « D-Jake ».

Subitement, je voulais un surnom. J'avais envie d'être le genre de personne à laquelle on donnait des surnoms. À quel point ma vie serait-elle différente si soudain ils m'appelaient tous D-Helen ? OK, D-Helen ne fonctionnait pas – mais quelque chose ? J'essayai de me rappeler si j'avais un jour eu un bon surnom. Duncan en avait environ une cinquantaine pour moi, mais ça ne comptait pas, parce que je les détestais tous : Helena, Helenita, Holla, Sœurette, Frangine, Sœur Mister, Big Mama, Foldingue, La Loca, La Loquita, Lena, Haleine. Il trouvait aussi que je ressemblais à un tatou quand je me mettais en colère, ce qui suscita une corne d'abondance de noms irritants, y compris « Tata » et le redoutable « Toutou ». Mais des surnoms que j'aimais ? Aucun ne me venait à l'esprit. Mike m'avait parfois appelée Mme Null après notre mariage, sans la moindre autodérision, ce qui me faisait frémir, bien que je ne le lui aie jamais dit. Après un certain temps, il s'arrêta sur Ellie, ce qui, étrangement, ne me correspondit jamais vraiment, mais représentait un léger mieux. Et grand-mère GiGi m'appelait « chérie », mais elle appelait tout le monde comme ça.

Oh, bon. Ce n'était pas grave. J'aimais le prénom Helen.

Je regardai D-Jake rejoindre le groupe en trottinant. Étonnamment, il parvenait même à rendre cool le fait d'aller jeter des ordures. Beckett n'aurait pas approuvé ce Whoopie Pie : les produits chimiques nucléaires avec lesquels il était fait, le plastique dans lequel il était emballé, l'industrie du transport routier qui l'avait apporté ici depuis l'usine au Kansas, ou je ne sais où. Il aurait aussi bien pu me prendre en exemple pour tout le monde – un récit édifiant pour éveiller les consciences sur la nourriture néfaste et les déchets sauvages. Toutefois, Jake avait caché ces emballages au fond de la poubelle avant même que Beckett ne remarque ma présence.

Je n'allais pas monter sur le toit. Je n'allais pas rester assise là-haut à regarder une bande de gamins débiles jouer à un jeu débile. Mais juste après que Jake se fut retourné, pour une raison que je ne saurais expliquer, j'éprouvai cette drôle de petite étincelle d'espoir qu'il leur dirait peut-être à tous d'y aller sans lui et qu'il resterait là, plutôt, avec moi.

Ce qu'il ne fit pas. Bien entendu.

Jake montait sur le toit pour boire des bières au coucher du soleil et être cette personne optimiste et décontractée que vous ne pouviez être qu'à vingt-deux ans. Et évidemment que j'allais rester seule ici. Il n'y avait pas d'autre scénario possible.

À cette exception près : tandis que Jake rattrapait le groupe, il dévia légèrement dans ma direction, et je me demandai une seconde s'il allait peut-être tendre la main vers moi ou trouver un moyen de me frôler en passant. Je me permis de l'espérer un tout petit peu – espérer un contact humain bienvenu, espérer que l'on remarque ma présence, que quelqu'un dans cette contrée vide et sauvage ait la moindre idée de qui j'étais.

Mais je n'aurais pas dû m'autoriser à espérer ainsi. Jake marcha droit devant lui sans même un coup d'œil dans ma direction. Comme un parfait étranger. Exactement celui que je lui avais ordonné d'être.

Chapitre 8

J'étais encore à moitié endormie lorsque nous montâmes à bord du bus le lendemain matin – un ancien bus scolaire repeint en vert avec le logo de la BCSC.

Je choisis de m'asseoir près de l'avant et pris volontairement le siège donnant sur l'allée afin que personne ne puisse s'installer à côté de moi. Ou, du moins, afin de me dire que c'était la raison pour laquelle personne ne s'installait à côté de moi. Mais alors, un maigrichon prénommé Hugh se faufila devant moi et prit place sans même un contact visuel. Je le dévisageai jusqu'à ce qu'il demande, déjà assis :

— Est-ce que ce siège est pris ?

— Non.

— Maintenant, si.

Je regardai derrière lui, par la vitre, même s'il faisait encore trop sombre pour voir.

— Tu as été hilarante hier, au fait, dit-il.

— J'ai été hilarante ?

Il acquiesça.

— Du genre hilarante triste.

Je sourcillai.

— Merci.

— Tu es ma nouvelle personne préférée ici.

— Ah oui ?

Quelque chose dans sa voix donnait l'impression que tout ce qu'il disait signifiait en réalité le contraire.

Il se pencha vers moi.

— Je n'avais pas la moindre idée que ce stage serait une telle teuf de fraternité.

Je souris.

— Moi non plus.

Tandis que les jeunes montaient un par un, Hugh resta penché vers moi pour me murmurer des insultes sur chacun, se focalisant immédiatement sur les traits les plus ridicules et les signes de fragilités de tout le monde : le tatouage de cheville qui disait BFF, les bourrelets, les faux bronzages. Il était incisif, je le lui accordai. Et peut-être un peu méchant. Mais je n'étais pas en position de faire ma difficile.

La conversation dans le bus était tapageuse et joviale – tous les gamins trépignant à l'idée de commencer leur aventure de mort imminente et d'amincissement. J'étais la seule personne, d'après ce que je voyais, à être terrifiée et en sourdine. L'adrénaline coulait dans mes veines. Je m'efforçai de ne pas remarquer la façon dont Jake alimentait les futilités, mais, évidemment, plus vous essayez de faire abstraction quelque chose, plus ça prend de la place dans votre esprit. Surtout quand il s'agit d'une personne sur le siège juste derrière le vôtre.

Le premier sujet de la matinée était *le* livre de chacun. J'imagine que cela en disait long sur quelqu'un : si vous ne pouviez avoir qu'un livre pour trois semaines, lequel choisiriez-vous ? La plupart des garçons avaient apporté des thrillers, et ils étaient tous d'accord pour se les échanger. Les filles avaient un spectre de littérature plus varié. L'une d'elles avait apporté la Bible. Une autre un manuel d'entraînement. Une autre un livre de cuisine sur les cupcakes. Une autre apporta le livre préféré de son enfance, *Anne… La maison aux pignons verts*, l'équivalent littéraire d'un réconfortant gâteau au chocolat. Windy apporta un manuel de psychologie pour un cours d'été qu'elle suivait.

Elle était également assise derrière moi – avec Jake, qu'elle avait attiré là alors qu'il passait.

— Quel livre as-tu apporté ? me demanda-t-elle.

Je me retournai pour trouver tout le bus en train de me regarder. Et d'attendre.

— Je n'en ai pas apporté.

— Elle a oublié son livre ! cria l'un des garçons, comme si c'était hilarant.

— Je n'ai pas oublié, rectifiai-je. J'ai choisi de ne pas en apporter.

Une autre déclaration incompréhensible de ma part. L'un des types se gratta le cou.

— Je voulais, vous voyez, vraiment *être là* et m'imprégner de chaque instant, dis-je, m'apercevant en le disant combien l'idée paraissait stupide. Je ne voulais rien rater.

Le simple fait de prononcer ces paroles me donna envie de rentrer direct chez moi et de tout rater.

Je me retournai dans l'autre sens, mais Windy se pencha en avant derrière moi.

— Je suis Windy, au fait.

— Je m'en souviens d'hier, rétorquai-je.

— Mais avec un *i*.

Ça n'avait aucun sens.

— Avec un *i* ?

— Ce n'est pas Wendy comme dans *Peter Pan*. C'est Windy[1], genre… (Là, elle agita les bras.) « Woouuh, woouuh ».

— Oh.

---

1. « Venteux ». *(NdlT.)*

— Devine quel est le prénom de ma petite sœur ?

Avant que je ne puisse deviner, elle dit :

— Stormy[1].

— Avec un *o* ? ne pus-je m'empêcher de demander.

— Ouaip, répondit-elle, tout en gaieté. Nous venons de Californie.

Elle attendit une seconde, pour voir si j'allais ajouter quelque chose, ce que je ne fis pas, et alors, enfin, elle se joignit de nouveau à la conversation plus générale, et on m'oublia. Mon voisin s'était profondément endormi, et je restai immobile, les mains croisées sur les genoux. J'aurais pu feindre d'écouter, mais je n'en avais aucune envie. Je ne voyais pas comment ils pouvaient tous être aussi désinvoltes face à ce que nous nous apprêtions à faire. Le « Tu n'es pas précisément une sportive » de Mike résonnait dans ma tête tandis que nous serpentions sur l'autoroute à deux voies en nous éloignant de la civilisation. Bientôt, nous roulions à travers des reliefs aux arêtes plus aiguës, et dépassions à toute vitesse des stries de sédiments rocheux. Les couleurs étaient si différentes ici. Sur la côte est, les rochers étaient de toutes les nuances de gris, mais ici, la terre était rouge, violet et orange, la verdure plus éparse et la terre plus sableuse. Je regardai défiler ce décor dans une tache floue, et estimai que c'était le changement de couleurs, plus que quoi que ce soit d'autre, qui me donnait la sensation d'être si loin de chez moi.

Quand Beckett se leva avec son bloc-notes pour faire des annonces, il commença par :

— Ce ne sera que de la randonnée en montée, aujourd'hui, mes cocos. Toute la journée. Tout le long. Concentrons-nous.

Je lui accordai toute mon attention, et sortis même mon journal pour prendre des notes. Me concentrer, je pouvais le faire. Une journée entière à grimper ? Je n'en étais pas aussi sûre.

---

1. « Orageux ». *(NdlT.)*

J'écrivis fiévreusement tandis que Beckett nous présentait le planning du jour. Nous marcherions en un groupe de douze, plus Beckett – nous séparant dans nos groupes de tente de quatre tous les après-midi en arrivant à nos campements. Nous cuisinerions et dormirions dans nos groupes de tente, et nous réunirions le matin pour faire les randonnées ensemble.

— Nous devons donc dormir dans des tentes ? demanda une fille.

— Tu n'étais pas à l'Équipement ? demanda Beckett. Est-ce que quelqu'un ici a reçu une tente ?

La fille regarda autour d'elle.

— Non, répondit Beckett. Il n'y a pas de tentes. Nous dormons sous des tarps.

— Pourquoi est-ce qu'on appelle ça un groupe de tente, alors ? l'interrogea-t-elle.

Beckett leva les yeux au ciel, comme s'il avait encaissé tout ce qu'il pouvait supporter, puis assena :

— C'est juste comme ça que ça s'appelle.

Il lut les noms des groupes de tente. Dès que je croisai les doigts en me disant « Pas Jake », j'y réfléchis aussitôt une seconde fois en me demandant si je ne devrais pas espérer tomber sur lui, plutôt. Il était clairement la personne la plus gentille ici, après tout. Mais c'était aussi Jake. Que je voulais à la fois près de moi tout en étant incapable de supporter qu'il le soit. Bien sûr, faire ce vœu de « pas-Jake » ne mènerait pas forcément à un groupe de tente sans Jake. Parfois, je me demandais si déclarer une préférence à l'univers ne le mettait pas juste au défi de m'embrouiller. Ç'aurait pu être une idée plus brillante, à ce point, de tenter un peu de psychologie inversée.

Quoi qu'il en soit, Jake finit dans le premier groupe, et je me retrouvai dans le dernier – avec Mason, Windy et le blond-roux qui s'était assis à côté de moi dans le bus, Hugh.

Une fois les groupes de tente établis, Beckett nous livra son règlement à suivre sur le sentier, comprenant les consignes non négociables de s'hydrater à chaque halte, de mettre de la crème solaire et de prêter attention à nos pieds.

— Si vous sentez une zone sensible qui frotte dans votre botte, dit-il, n'attendez pas. Arrêtez le groupe et occupez-vous-en. Les ampoules peuvent devenir totalement handicapantes, ici. Chez vous, vous chopez une ampoule, vous vous blottissez devant la télé jusqu'à ce que ça aille mieux. Ici, vous marchez cinq miles en souffrant le martyre. (Il nous balaya du regard.) Compris ?

— Compris, répondit le groupe.

— Interro surprise ! Que faites-vous si vous sentez une zone sensible ?

— On s'en occupe !

Je l'écrivis dans mon carnet. « Zone sensible = s'en occuper. » Mais un frisson de peur me traversa la poitrine. Je m'étais tellement félicitée de mon footing de trois miles par jour. Mais c'était sur une chaussée – une chaussée plate, de surcroît. Je n'avais jamais passé une journée entière à grimper de ma vie. Et si je n'en étais pas capable ? Et si je ne pouvais arriver qu'à mi-parcours ? Et si j'étais le maillon faible ? En regardant autour de moi, cela paraissait non seulement possible, mais probable. Je pouvais abandonner l'idée de décrocher un certificat ! Quelle désillusion. J'aurais déjà de la chance de finir. Qui étais-je pour penser que je pourrais changer ma vie entière en me contentant d'annoncer que les choses allaient être différentes ? J'avais toujours été l'un de ces gamins que l'on choisit en dernier en EPS et qui finissaient en dernier le tour de piste. La veille du « Mile à la nage » en camp de vacances, je m'étais endormie en pleurant.

La moitié haute de la vitre du bus était ouverte, et le vent s'y engouffra en faisant flotter mes cheveux. J'appuyai la tête contre le dossier du siège. Bien sûr, dans la vie adulte, personne ne vous force à nager un mile ni à courir sur une piste. Vous pouvez vous épargner tout ça. À moins, bien entendu – pour une raison qui vous échappe complètement –, que vous ne vous y embringuiez de nouveau vous-même.

Nous atteignîmes le départ de sentier et sortîmes en masse du bus. C'était littéralement le bout de la route. À partir de là, il n'y avait rien d'autre que des sentiers pédestres menant dans différentes directions et marqués par des panneaux de bois écrits en jaune. Les pins se dressaient haut, et non seulement vous les voyiez et les sentiez, mais également vous les ressentiez – une présence silencieuse vous entourant. L'heure était venue : j'allais pénétrer dans cette forêt aujourd'hui et ne plus en ressortir durant trois semaines.

Nos sacs étaient attachés sur le toit, et Beckett y grimpa avec une corde et des mousquetons pour les descendre. Mais, avant que nous n'ayons l'occasion de les mettre, il lança :

— Ne vous harnachez pas encore, les cocos. C'est l'heure du pipi.

Je cherchai du regard des toilettes.

— Où ? finit par demander la fille de l'histoire des tentes.

— Là-bas ! répondit-il en désignant les bois. Allez trouver un endroit ! Dispersez-vous ! Bienvenue dans les toilettes gratuites pour tous de la nature sauvage.

Nous nous dispersâmes. Je marchai jusqu'à ce que je ne puisse plus rien voir ni entendre, en me disant tout le long que ce serait là une manière simple de bien se perdre. Alors que je m'accroupissais et veillais à ne pas éclabousser mes bottes, je songeai à quel point c'était plus facile pour les gars à tant d'égards. Évidemment, l'idée de garçons faisant pipi me fit penser à Jake, et comment il avait failli le faire dans ma voiture. Cela semblait remonter à un siècle, maintenant, mais une part de moi avait affreusement envie de se retrouver dans cette voiture. Conduire, je maîtrisais.

Tous les gars furent revenus avant moi –en fait, la plupart n'étaient même pas partis, ils avaient juste tourné le dos et s'étaient soulagés là où ils se tenaient. Les filles, bien sûr, prirent plus de temps, et au moment où nous fûmes de retour, les hommes étaient sur le pied de guerre. Je retrouvai mon sac –c'était le seul vert et orange– et m'agenouillai avec précaution pour le mettre. Je m'étais bien débrouillée la veille, mais, cette fois, avec tous les gars qui tapotaient leur montre en criant: «Allez, mesdames!», je dus précipiter un peu la manœuvre. Par ailleurs, si je suis totalement honnête, j'étais tellement effrayée à cet instant-là, si humble face aux quatre heures de grimpette qui m'attendaient, si viscéralement terrifiée à la perspective du chemin qui se déroulait devant moi, que mon corps tout entier, je le jure devant Dieu, en tremblait. Alors, tandis que je vrillais pour hisser mon sac en place, son poids me frappa davantage que la veille, et mes genoux se dérobèrent sous moi.

Je me rattrapai, mais pas avant que mon genou plonge pour aller s'entailler sur un rocher.

J'eus mal. J'émis un «ouille», mais fis tout de même glisser mon sac et essayai de me tenir au garde-à-vous. Je me mordis la lèvre pour m'empêcher de jurer. Du sang me coula le long de la jambe. Je ne regardai pas, mais je sentais son humidité. Oh, bon. Que ferait Chuck Norris? Il traiterait ça comme une égratignure et poursuivrait.

Nous formions une file pour commencer enfin notre randonnée, et je sentais le sang tremper ma chaussette, quand Beckett remarqua mon genou.

—Attendez! s'écria-t-il. Mais qu'est-ce qui t'est arrivé?

Je secouai la tête.

—Ça va.

—Non, ça ne va pas, dit Beckett, de l'irritation pure dans son intonation. Comment est-ce que tu t'es fait ça? On n'a même pas encore commencé.

— J'ai glissé en mettant mon sac.

— Qui a la trousse de secours ? lança Beckett au groupe.

— Ça va, vraiment, insistai-je.

— Je l'ai, répondit une voix derrière.

Celle de Jake.

— Bon, allons-y, implorai-je Beckett.

— Vous ignorez une coupure comme celle-ci, dit-il en me désignant comme si j'essayais de faire ma vilaine fille, et avant de vous en rendre compte, vous chopez une infection si grave qu'on doit vous évacuer en hélicoptère. Ou pire. Sacs à terre, les cocos, cria-t-il au groupe. Nous avons une blessure.

Certains des types à l'arrière ne s'étaient pas encore rendu compte de ce qui se passait.

— Quoi ? cria Mason. Mais on n'a même pas encore commencé !

Beckett me montra du doigt.

— Elle a glissé en mettant son sac !

Je rivai les yeux sur le sol tandis que les mecs grognaient, contrariés.

Lorsque je relevai la tête, Jake était devant moi. Il portait ce qu'il allait porter tous les jours les trois semaines suivantes : un bermuda vert foncé, un tee-shirt de base-ball d'un bleu profond avec un col bleu marine, une surchemise de western à carreaux bleue avec des boutons-pressions en perle, son chapeau Gilligan insensé avec la mouche de pêche et les lunettes grises à monture épaisse – à présent fixées à l'arrière de son crâne par une lanière camouflage en néoprène.

Ses yeux débordaient de gentillesse.

— Retire ton sac, dit-il.

Je m'assis sur un rocher près de moi, et il versa de l'eau oxygénée sur la coupure, sifflant en voyant la taille. Alors que nous la regardions mousser, il déclara :

— C'est assez profond. Direct sur la rotule, en plus. Si nous étions en ville, je t'enverrais te faire recoudre.

— Mais nous ne sommes pas en ville.

— Non. Mais tu vas t'en sortir, dit-il en relevant les yeux. Tu auras juste une cicatrice. Vois ça comme un tatouage de la nature.

Et voilà, il était de nouveau gentil avec moi.

Dans d'autres circonstances, nous ne serions en aucun cas à proximité l'un de l'autre. Je serais partie panser mon ego blessé, et il serait en train de s'occuper de ses propres affaires. Au lieu de cela, il était agenouillé devant moi, me posant toutes sortes de questions sur mon corps et touchant la peau autour de mon genou de la plus tendre des manières.

Je fermai les yeux.

— Pourquoi as-tu la trousse de secours ?

— Parce que je suis secouriste.

— Évidemment.

Ses mains semblaient terriblement stables et confiantes. J'étais assise dans une parfaite rigidité pendant qu'il découpait les sparadraps et élaborait un petit échafaudage afin d'aider à protéger la coupure tout en me laissant la possibilité de plier le genou.

— On peut y aller, maintenant ? lança Mason à notre intention.

— Dans une minute, répondit Jake en prenant son temps.

Puis, avant de m'aider à me relever, il sortit un rouleau de chatterton de son sac, en arracha un bout avec les dents et en recouvrit tout le pansement.

— Qu'est-ce que c'est que ça ? demandai-je.

Il sourcilla comme pour dire : « Bah, quand même. »

— Du chatterton.

Nous finîmes par nous mettre en route. J'insistai pour renfiler mon sac toute seule – toujours nerveuse, mais distraite par la douleur, cette fois –, et lorsque nous fûmes tous harnachés, nous partîmes, en file indienne. J'étais soulagée d'être enfin sur le sentier. Le trek dans ces montagnes se révélerait peut-être une torture, mais, au moins, chaque pas que je faisais en était un que je n'avais plus à faire.

Ai-je dit à l'instant que j'étais soulagée de me mettre en chemin ? C'était vrai. Pendant environ dix minutes.

Ensuite, ces bottes de location dégueu commencèrent à me frotter les pieds. À plusieurs endroits. Au début, je crus l'imaginer, mais, après une demi-heure, il n'y eut plus de doute : j'avais des ampoules. Le premier jour.

Alors je n'en tins pas compte. Je ne voulais pas être la fille qui se plaint et fait attendre tout le monde.

Avec ou sans ampoules, je resterais l'une des randonneuses les plus lentes. Nous avions à peine commencé lorsque je perdis de vue la personne qui me précédait, puis me fis passer devant par presque tous les membres du groupe, un par un. Lorsque nous fîmes une pause pour boire et manger un en-cas, au bout d'environ deux heures, je ne pouvais nier qu'il n'y avait que deux filles plus lentes que moi. Le moment aurait probablement été opportun de sortir Jake du lot et m'occuper subrepticement de mes zones douloureuses, mais je n'en avais juste pas envie. Personne d'autre n'avait d'ampoules ! Aussi stupide que cela fût, je les ignorai. Je ne pouvais pas être lente *et* couverte d'ampoules. La lenteur était déjà assez nulle comme ça. Beckett nous chapitra sur la façon dont nous devions rester groupés sur le sentier, et combien notre chaîne ne serait pas plus rapide que ses maillons les plus faibles. En prononçant ces mots, « maillons les plus faibles », il me montra du doigt avec les deux filles à l'arrière.

—Je sais que ça craint d'aller lentement, dit Beckett aux garçons, et vous avez peut-être l'impression que ces filles en mauvaise forme vous freinent. Mais le travail d'équipe est une compétence en milieu sauvage, aussi. Souvenez-vous-en.

Je voulais croire que Beckett était plus bête que méchant. Mais certains des autres garçons cumulaient les tares. Et ils étaient immatures et stupides, par-dessus le marché. À l'heure du déjeuner, je savais que ce Mason allait créer des problèmes, parce qu'il embêtait tout le monde et détectait rapidement les failles des uns et des autres. Lorsqu'un type prénommé Ron posa un peu trop de questions sur la manière dont lire une carte topographique, il le surnomma « Ron-plan-plan ». Après que Hugh eut trébuché sur une branche, Mason veilla à lui en lancer à chaque halte en criant : « Gaffe à la marche ! » Il avait également insulté chacune des filles du groupe avant midi, les dépassant toutes une par une en disant : « Circulez, les génisses. Laissez passer un vrai randonneur. » En matière de méchanceté, il était assez perfectionniste. Je me félicitai presque d'être à la traîne.

Le sentier était resté plus ou moins plat sur environ un demi-mile, puis, comme promis, il commença à s'incliner. Très vite, cela revint davantage à monter un escalier. Ce fut le moment qui sépara les garçons des filles, ce qui était une autre insulte claire et nette de la part de la nature. Les filles plus petites avaient des jambes plus courtes. Il nous fallait faire plus de pas que les garçons pour couvrir la même distance. Le groupe de randonnée adopta cette configuration : les grands garçons à l'avant, les gens de taille moyenne au milieu, les filles petites derrière. Je mesure un mètre soixante-trois, et bien que je ne m'estime pas petite, il apparut que les Absaroka le pensaient clairement.

— Tendez les jambes à chaque pas, nous cria Beckett. Vous utiliserez alors vos os pour soutenir votre poids plutôt que vos muscles.

J'obéis aux consignes, mais toujours hors d'haleine.

Les filles derrière moi ne se souciaient guère d'être les dernières. Elles se prénommaient Kaylee et Tracy, mais elles se ressemblaient tellement que personne n'arrivait à se rappeler qui était qui. Il s'avéra qu'elles appartenaient à la même sororité, elles se désignaient donc comme des sœurs. Au bout de la première heure de randonnée, leur truc était assez limpide : elles étaient girly. Elles couinaient devant les insectes. Elles refusaient de s'asseoir sur des rondins couverts de mousse. Elles se plaignaient haut et fort de l'injustice d'avoir dû laisser leur maquillage derrière elles. Je ne parvenais à imaginer ce qu'elles pouvaient bien faire là. Elles étaient encore plus inadaptées que moi à ce programme.

— Je me fous de ce que dit Beckett, entendis-je l'une d'elles dire. Je me laverai les cheveux.

Elle avoua avoir apporté du shampoing en douce, bien que, durant le trajet en bus, ce même matin, Beckett nous eût rappelé que le savon sous toutes ses formes était défendu – et il avait expressément interdit de se baigner dans les ruisseaux. Les simples bactéries présentes sur nos corps, nous avait-il dit dans des termes sans équivoque, suffisaient à perturber les écosystèmes des rivières. Le shampoing serait fatal aux algues autochtones et aux bactéries peuplant les voies navigables, ce qui se révélerait ensuite fatal aux poissons qui mangeaient ces choses-là, puis aux oiseaux et prédateurs qui se nourrissaient des poissons – et ainsi de suite en remontant la chaîne alimentaire.

— Sérieusement, avait dit l'une des Sœurs à Beckett durant ce sermon. Une fille qui se fait un shampoing va mettre la nature entière à genoux ?

— Regarde le reste du monde, répliqua Beckett. Qu'en penses-tu ?

— J'en pense que je n'ai aucune envie de puer comme un putois.

— Vous pouvez vous laver le corps, dit Beckett. Seulement, pas dans un ruisseau. Et vous ne pouvez utiliser aucun savon.

Quelqu'un demanda :

— Avec quoi on fait la vaisselle, si nous n'avons pas de savon ?

— De la terre, répondit Beckett, sans que personne sache s'il plaisantait.

Devoir marcher au bout le plus lent de la file avec ces filles, c'était littéralement le comble. J'étais venue ici pour la nature. J'étais venue ici pour être transformée. Et pourtant, durant toute cette première journée de randonnée, j'écoutai des ragots people, des histoires d'injustice intra-sororité et des astuces de régime. L'air se raréfiait ici, dans les hauteurs des montagnes, et nous haletions tous un peu en nous acharnant à grimper. Les Sœurs étaient à bout de souffle, elles aussi, mais ça ne les arrêtait pas. L'une d'elles venait de terminer une cure laxative de pamplemousse, qui lui avait guéri son acné mais provoqué une crise, et l'autre – je jure que je n'exagère pas – passa une bonne heure à énumérer les bienfaits des jus et à dresser la liste de tous les fruits, légumes ou viandes que l'on pouvait mettre dans un blender pour je ne sais quelle raison.

Il ne m'était pas venu à l'esprit qu'il pourrait y avoir pire qu'être bonne dernière. Mais la compagnie de ces filles me faisait sacrément douter.

Au grand soulagement de mes cuisses, nous fîmes halte pour installer le campement en milieu d'après-midi afin que Beckett puisse nous apprendre à attacher correctement les tarps, allumer et utiliser nos réchauds à pétrole, et nous faire la démonstration d'un « sac anti-ours ».

— Quelqu'un sait ce qu'est un sac anti-ours ? demanda-t-il.

Nous nous étions réunis en groupe dans une clairière remplie de fleurs sauvages pour notre premier « cours » de survie en pleine nature. J'avais sorti mon journal et prenais frénétiquement des notes – la brillante élève en moi refusant d'accepter la défaite –, mais personne d'autre ne semblait écrire.

Mason leva la main.

— Vous devez suspendre votre nourriture le soir entre deux arbres pour éviter que les ours la mangent.

— Correct, dit Beckett. Et pourquoi est-ce que ce serait embêtant ?

Mason sourcilla.

— Parce que tu ne veux pas que les ours chopent ta bouffe, mec.

Hugh ajouta :

— Et tu ne veux pas leur donner une raison de venir à ton campement.

— Exact, approuva Beckett. Nous ne voulons pas non plus que les ours deviennent dépendants des hommes pour leur subsistance.

Quelque chose dans sa façon de le dire m'incita à suspecter qu'il s'inquiétait plus pour les ours – et les poissons et les algues – que pour les humains.

— Qui veut être notre premier volontaire de sac anti-ours ? demanda Beckett.

Personne ne leva la main. Je regardai autour de moi et fus ravie de constater que tout le monde avait l'air à peu près aussi épuisé que je l'étais. Enfin, Jake leva la main.

— Je vais le faire, déclara-t-il.

— Brave homme, dit Beckett.

Après dîner, nous rassemblâmes toute notre nourriture dans un grand sac de nylon. Puis nous suivîmes Beckett et Jake tandis qu'ils allaient repérer un endroit.

J'avais pris des notes minutieuses sur le sac anti-ours. Cela ne suffisait pas de suspendre votre nourriture à une branche. Les ours étaient assez malins pour résoudre ce problème. Vous deviez grimper à un arbre avec une extrémité de la corde pendant qu'une autre personne grimpait à un second arbre avec l'autre extrémité, puis nouer cette corde entre les deux, y attacher votre sac de nourriture, puis le tirer au point central entre les arbres. Les ours étaient géniaux, mais pas funambules.

— Regardez, dit Beckett, et soyez attentifs.

Il commençait à faire nuit, maintenant. Installer les tarps et préparer le dîner nous avait pris, comme l'avait souligné Beckett, « bien trop longtemps ». Tandis que Jake et lui se mettaient à monter dans leurs arbres, je m'interrogeai sur la vision nocturne de Jake. Mais cela ne semblait pas le retenir. En fait, l'opération sac anti-ours n'était pas censée être une course, mais en remarquant la vitesse et la facilité avec lesquelles Jake se hissait, une main après l'autre dans les branches, Beckett commença à l'imiter. Et les gens les encourageaient.

Hugh vint se poster à côté de moi et dit :

— Je mise mon blé sur Jake.

Je soupirai.

— Moi aussi.

Nous regardâmes tous les deux, bras croisés, bouches ouvertes. Je n'ai pas la certitude que Hugh s'émerveillait de ce spectacle, mais c'était clairement mon cas. Il ne semblait exister absolument rien que Jake ne sache faire.

Jake et Beckett s'arrêtèrent à mi-hauteur, attachèrent la corde avec des nœuds spéciaux autour des troncs, puis Beckett suspendit le sac de nourriture avec un mousqueton à la corde et le laissa glisser jusqu'au milieu. Le sac ralentit à mi-course, puis s'immobilisa. Tout le monde les acclama, même moi, puis Beckett et Jake firent marche arrière pour redescendre.

Il ne faisait pas aussi sombre quand ils avaient commencé, mais, au cours des vingt minutes qui s'étaient écoulées, le jour avait basculé dans la nuit. C'était peut-être l'obscurité. Ou juste la malchance. Mais, en tout cas, à mi-chemin, Jake rata une branche ou perdit pied. Tandis qu'il dégringolait les deux derniers mètres jusqu'au sol, je perçus un bruissement rapide et inquiétant qui me coupa le souffle. Jake atterrit sur ses pieds, mais resta figé quelques interminables secondes. Il s'était vraiment fait mal, pensai-je.

Mais alors, il leva les bras au-dessus de sa tête en signe de victoire et se tourna vers le groupe, d'où éclatèrent des acclamations. Avec ce seul geste, il réécrivit l'histoire. Il n'était pas tombé – il avait gagné la course. La course imaginaire. Et il n'était pas blessé, mais victorieux. J'étais subjuguée. Seul Jake pouvait faire d'une chute d'arbre un exploit.

Ce soir-là, j'étendis mon sac de couchage sous le tarp à côté de Windy – et aussi loin que possible de Mason.

J'étais bien trop fatiguée pour passer le tee-shirt et le short qui étaient mon pyjama désigné pour le voyage, mais Beckett nous avait prévenus que nous ne pouvions absolument pas dormir dans les tee-shirts avec lesquels nous avions marché ce jour-là. Selon lui, ils paraissaient peut-être secs à présent, mais ils retenaient la sueur et l'humidité, et si nous ne mettions pas une autre tenue, nous frissonnerions toute la nuit.

C'était la première fois que je me changeais allongée dans un sac de couchage, et disons juste que mes muscles épuisés n'étaient pas exactement en état pour ça.

— Tu ressembles à un furet, déclara Windy en braquant sa lampe de poche sur moi. Un furet qui convulse.

— C'est à peu près comme ça que je me sens, dis-je.

Windy se tourna sur le côté pour consacrer toute son attention à mon observation. Lorsque enfin je sortis du sac de couchage mes habits de la journée pour les jeter sur mon sac, elle dit :

— Donc, pas de livre, hein ?

— Je le regrette plus ou moins maintenant, avouai-je. Le fantasme que je me faisais de cette aventure était un peu…

— Hors cible ?

J'acquiesçai.

— Ouais.

— Je te laisserai m'emprunter mon livre, si tu veux, m'offrit Windy.

— Ton livre de cours ?

— C'est vraiment fascinant.

— J'en suis persuadée, dis-je sans le penser.

— C'est pour mon TD de psychologie positive.

— Tu es étudiante en psycho ?

Elle hocha la tête.

— Double spécialisation, en fait – en psycho et socio. (Elle releva les yeux et sourit.) Je veux être psy pour animaux.

Je toussai légèrement.

— Pour de vrai ?

— Psy pour chiens, en réalité.

— C'est un métier ?

Elle acquiesça de nouveau.

— Lucratif, même.

— J'ai un chien.

— Ne me dis rien. (Elle plissa les yeux.) Un cocker anglais.

— Non.

Windy parut surprise de s'être trompée.

— Un labradoodle ?

Je secouai la tête.

— D'habitude je suis vraiment bonne à ça, dit-elle en plissant une nouvelle fois les yeux. Un bichon havanais ! décréta-t-elle enfin. Le chien national de Cuba.

— Eh non.

— J'abandonne.

— Un teckel. Un teckel à poil dur à moitié pelé. Elle est grasse comme une tique et déteste tout le monde, y compris moi.

Elle fronça les sourcils.

— Je ne t'aurais pas cataloguée dans les personnes à teckel.

— C'est une mordeuse de chevilles, aussi. Et elle mange littéralement tout. Les rouleaux de papier toilette, les éponges, les serviettes hygiéniques. Elle est allée chez le véto pour avoir avalé des bâtons de glace, des barrettes, des feutres. Elle n'a aucun instinct de survie. Et elle a une maladie de peau, ajoutai-je. Elle n'a pas un poil sur la queue, comme un rat. Elle est affreuse.

— J'imagine, dit Windy.

— J'ai mis le traitement dessus, mais elle le lèche et ça lui donne la diarrhée. Partout sur mon tapis en jonc de mer. (Je secouai la tête.) … Tellement d'autres tapis dans la maison, mais elle choisit le jonc de mer.

Je braquai ma torche sur son visage, qui était comprimé dans un froncement de sourcils compatissant.

— Parfois, ils ont un endroit fétiche où être malade.

— Elle mâchouille les meubles, les tapis et les câbles électriques. Elle déteste tous les chiens et tous les humains. Elle se jette en grognant sur tous les gens qui entrent dans mon appartement et tous ceux qui passent devant elle. Pour la promener, je dois attendre que tous les autres animaux et leurs maîtres soient partis se coucher. Et tu dois faire attention à tes chevilles en permanence. Elle est parfaitement vicieuse. C'est un chien piranha.

— Pas cool, opina Windy.

— Je pensais que prendre un chien me ferait sortir davantage. Tu sais, que je rendrais visite aux voisins le soir pendant les promenades. Que j'irais au parc pour chiens. Que je sympathiserais avec le monde des amoureux des chiens. Mais, en fait, c'est le contraire. Ça m'isole. Elle est si assoiffée de sang, je dois tout le temps la garder à l'intérieur – et je culpabilise de sortir.

Windy plissa le nez.

— Pas drôle.

— Elle fait de ma vie un enfer. C'est le pire animal de compagnie de l'univers.

Elle scruta mon visage, puis esquissa un sourire.

— Mais c'est trop tard, maintenant.

— Exact. C'est trop tard. Parce que je l'aime déjà.

Windy souriait toujours lorsqu'elle secoua la tête.

— L'amour n'est-il pas atroce ?

Je n'aurais pas dû poursuivre encore et encore comme je le fis, mais Windy était une oreille si attentive, posant une question après l'autre, que tout se déversa en cascade. Comment j'étais devenue obsédée par l'idée d'avoir un chien, et comment j'étais allée tous les soirs sur Adopteunanimal.com pendant des mois et des mois, faisant défiler les chiens abandonnés qui y étaient répertoriés, regardant leurs photos, leurs vidéos, leurs profils de personnalité. J'avais voulu quelque chose de poilu, adorable, sociable et hypoallergénique, et j'avais ratissé les croisements de caniches *ad nauseam*. Les suppositions de Windy n'étaient pas tombées si loin : j'avais marqué d'un signet d'innombrables labradoodles, cockapoos, goldendoodles, maltipoos, schnoodles. J'avais dressé des listes de caractéristiques pour mon chien idéal et fait des recherches par couleur, type de poil, tempérament, âge et proximité de la maison d'accueil par rapport à mon appartement. J'avais poussé le risque jusqu'à en prendre plusieurs de différentes sortes – tous blonds et poilus avec des yeux brillants et des petites gueules de chien hilares.

Finalement, un soir, je fus prête. J'avais trouvé l'animal parfait. J'avais envoyé un mail à l'un des groupes de secours pour faire une offre sur un chiot crème et souriant du nom de Lola, rempli une demande qui avait été acceptée, et calé une date pour aller la rencontrer plus tard dans la semaine, et j'allais enfin, enfin faire le grand plongeon – quand quelqu'un abandonna Pickle en l'attachant à un poteau sur le trottoir devant mon immeuble.

La première fois que je la vis, avec ce pelage moucheté et cette queue glabre, je crus que c'était un opossum.

Dès qu'il fut évident que c'était un chien, il fut également évident qu'on l'avait abandonnée. Et maltraitée au-delà de l'imaginable. Elle avait le pelage terni, la peau couverte de croûtes, elle était infestée de puces. Elle n'aboya pas contre moi – ni personne – ce jour-là. Elle avait perdu tout esprit combatif.

Je ne pouvais pas la laisser dehors comme ça. Je trouvai une clinique vétérinaire qui fermait tard et l'y emmenai. Il s'avéra qu'elle avait une patte cassée, aussi. Ça coûterait trois cents dollars de la soigner.

— Et si je n'en ai pas les moyens ? demandai-je.

Le véto avait regardé Pickle, puis de nouveau moi.

— Alors la chose la plus gentille à faire serait probablement de l'euthanasier.

Je payai les trois cents dollars. Et, sur ce, elle fut à moi.

En retrouvant ses forces, elle retrouva aussi sa haine constante pour toute créature vivante. En théorie, j'admirais le cran qu'elle avait, mais, en pratique, c'était une emmerdeuse de première catégorie.

— On dirait qu'elle souffre de troubles du stress post-traumatique, dit alors Windy.

— Nous parlons d'une chienne, bien sûr, soulignai-je.

— Celui ou celle qui l'a attachée à ce poteau devant ton appartement lui en a vraiment fait baver. Les stratégies de défense qu'elle a développées quand sa vie était en danger étaient logiques à l'époque – mais maintenant elle n'arrive plus à s'en départir.

— Nous allons psychanalyser ma chienne ?

— Allô ? C'est mon activité.

— Eh bien, dis-je, elle est incurable. J'ai fait venir un dresseur – soixante-dix dollars de l'heure – et il m'a donné tout un programme, que j'ai suivi à la lettre pendant des mois, et ça n'a pas marché.

— Est-ce qu'il t'a dit de devenir une dominante ?

— Oui.

— Et pourquoi penses-tu que ça n'a pas marché ?

— Parce que c'est Pickle, la dominante. Elle est bien plus méchante que moi.

— Faux ! dit Windy. Ça n'a pas marché parce qu'il t'a dit d'être la mauvaise sorte de dominante.

Je ne parvenais à imaginer ce que cela signifiait.

— Toute la croyance populaire sur les chiens est basée sur les meutes de loups, dit alors Windy. Mais les chiens ne sont pas des loups. Un loup est un animal sauvage. Un chien est un animal domestiqué. Les loups veulent être avec d'autres loups, mais les chiens veulent être avec des gens.

— Pas mon chien.

Windy poursuivit.

— Les humains ont toujours détesté les loups. Chaque culture a ses mythes sur le Grand Méchant Loup, et partout où les humains et les loups ont essayé de coexister, les loups ont été exterminés.

— C'est vrai ?

— Alors comment l'un des plus haïs des animaux ennemis de la race humaine a-t-il donné naissance au meilleur ami de l'homme ?

Je n'étais pas certaine que ce fût une question rhétorique. Je m'apprêtais à hasarder une réponse, quand Windy reprit :

— Les chiens descendent des loups. Les loups traînaient aux alentours de colonies humaines – pour les restes de nourriture, principalement. Mais les plus agressifs se faisaient tuer. Seuls ceux qui s'entendaient bien avec les gens – qui se montraient assez amicaux et inoffensifs – ont survécu pour se reproduire.

— Tu dis donc que ça a été la « survie du plus amical » ?

— Exactement ! Les recherches le soutiennent. Les chefs de meute de loups sont peut-être les plus agressifs et dominants, mais les chefs de meute de chiens sont invariablement les chiens qui ont le plus d'amis.

À cet instant, je ne pus m'empêcher de penser à Jake. Le sympathique Jake, qui était apparu comme l'alpha évident de notre petit groupe, malgré toutes les protestations de Beckett.

— Les chiens ont des amis ? m'étonnai-je.

Ma chienne n'en avait clairement aucun.

— C'est ce que je dis. Quelle que soit l'horreur qu'a vécue Pickle, elle a renoncé à tout le monde.

Je sentis les larmes me piquer les yeux. Je savais, bien entendu, que Pickle avait été dans une sale situation avant moi, mais je n'avais jamais tenté d'imaginer à quel point. Que lui avaient fait ses anciens propriétaires ?

— Donc elle pense de tous les humains qu'ils sont là pour avoir sa peau ? demandai-je.

— Probablement.

— Je ne suis pas là pour avoir sa peau.

— Je pense qu'elle le sait. As-tu dit qu'elle dormait avec toi ?

— C'est le seul moment où elle n'est pas hargneuse.

— Donc elle doit te faire confiance jusqu'à un certain degré.

— Je l'ai secourue, dis-je. Crois-tu qu'elle le sache ?

— Elle le sait sans aucun doute.

J'éprouvai le besoin de la défendre.

— J'aime plutôt bien sa coriacité. Personne ne lui cherche d'ennui.

— Mais elle a peur sans raison. Personne n'allait lui chercher d'ennui au départ. Aujourd'hui, en tout cas.

— Exact.

— Elle a perdu la faculté de faire confiance.

— Alors comment est-ce que je la guéris ?

— Tu vas devoir lui apprendre à ne pas avoir peur. Tu vas devoir la convaincre qu'elle est en sécurité.

— Mais comment ?

— Eh bien, dit-elle comme si elle réfléchissait toujours, tu vas devoir rééduquer sa neurobiologie. Ce qui va nécessiter un sérieux effort et beaucoup de temps. Et ça pourrait ne pas fonctionner. Quel âge a-t-elle ?

— On pense qu'elle a environ trois ans, mais sans certitude. Elle avait l'air d'en avoir mille.

— Ça en vaudra la peine, alors.

— Tu penses qu'on peut la guérir ?

— Je pense qu'on peut *l'aider*.

Nous restâmes allongées en silence quelques minutes tandis que dans ma tête jaillissait une image de Pickle qui se cachait derrière les toilettes, tous crocs dehors, pendant que je tendais une friandise en disant : « Allez ! Rééduquons ta neurobiologie ! »

Puis Windy demanda :

— Est-ce qu'elle est ta seule famille ?

— Oui, dis-je. (Pause.) Non ! J'ai un frère. Et une grand-mère. Et un ex-mari.

La liste paraissait un peu pitoyable, même à moi. J'aurais pu poursuivre : « Et un père, une belle-mère, un demi-frère et une demi-sœur en Californie que je ne vois jamais. Et une mère avec qui je n'ai pas de contacts. » Quelque chose chez Windy me donnait envie de vider mon sac – de parler de mes parents, de ce qui s'était passé, et de la Tragédie qui avait fait déboucher toutes nos vies sur des chemins inattendus, distants et isolés.

Windy avait un visage si bienveillant et une telle patience pour écouter que je faillis prendre une profonde inspiration et lâcher toute l'histoire. Je faillis. Mais je me retins. C'était bien trop glauque pour un bavardage de feu de camp. Qui voudrait prêter l'oreille à une histoire aussi triste ? Même moi, je n'avais pas envie de l'entendre.

— Et j'ai beaucoup d'amis, dis-je ensuite, comme si je n'avais jamais hésité. Des amies instits à l'école. Nous faisons une soirée Comédie romantique une fois par mois et nous apprenons le crochet.

Windy acquiesça, genre « C'est sympa ».

— Mais Pickle, conclus-je pour boucler la boucle, est de loin ma plus proche compagne.

Pickle avait véritablement été mon amie, cette année. Ma méchante, irritable, laide et chère amie. Si elle n'avait pas déboulé dans ma chambre en se dandinant tous les soirs, sa queue pelée fouettant l'air, ses yeux perçants rivés sur moi jusqu'à ce que, piégée par la culpabilité, je finisse par la soulever pour l'installer sur le lit, je me serais peut-être effondrée de solitude. Je l'avais sauvée, mais elle m'avait sauvée en retour. Malgré tous ses défauts, Pickle était – dans le bon contexte, les bonnes circonstances, par une nuit calme si vous aviez de la chance – étonnamment douée en amour.

Chapitre 9

Je me réveillai endolorie, les yeux bouffis, et raide. Mes cuisses me faisaient mal. Mes mollets me faisaient mal. Mon dos et mes épaules me faisaient mal. Mon genou palpitait. J'avais des bleus qui se formaient sur mes hanches là où appuyait la sangle du sac. Et les ampoules dont je n'avais pas tenu compte la veille ? Comme si l'on m'avait éclaboussée d'acide.

Je me dirigeai vers le campement de Jake en clopinant dans mes tongs – ne marquant une pause que pour enfiler ma veste polaire. J'apparus pendant que son groupe préparait le petit déjeuner et qu'il servait du café à tout le monde à travers une passoire.

Il leva furtivement les yeux tandis que j'approchais, et j'éprouvai cette folle secousse dans ma cage thoracique à notre contact visuel. J'ignore s'il la ressentit, lui aussi, mais il se hâta de baisser de nouveau les yeux et ne les releva que lorsqu'il eut fini de servir. Il prit son temps, et je n'eus d'autre choix que remarquer la barbe naissante sur son visage et son cou. Pas de rasoirs. Tous les hommes finiraient barbus, Beckett nous l'avait dit. J'avais toujours été fan de l'ombre de 17 heures. Et de la petite barbe du samedi matin. Elle conférait aux hommes une certaine dureté. Elle donnait l'air plus âgé et mûr à Jake – l'air d'une personne dont je pourrais davantage m'enticher.

Je me penchai en avant pour me masser le crâne et en expulser cette pensée.

C'est alors qu'il se tourna vers moi.

— Migraine d'altitude ?

Je relevai les yeux.

— En fait, dis-je en m'apercevant que j'en avais effectivement une légère, oui.

Il acquiesça en s'approchant de moi, en mode secouriste.

— Supplément d'eau aujourd'hui. Si ça empire, tu peux prendre du Tylenol.

— OK.

Il commença à se retourner, comme si nous en avions terminé.

— Hum, dis-je alors. Sinon ? Est-ce que tu pourrais m'aider avec mon pansement ?

Alors que son groupe de tente nous observait, il plissa les yeux d'un air contrit.

— Désolé. J'ai oublié ton prénom.

Je lui adressai un regard.

— Helen.

— Ellen ?

Je dilatai mes narines.

— Helen, dis-je. Avec un *H*.

— C'est ça, dit-il. Désolé. Eh bien, allons chercher la trousse de premiers secours, Helen-avec-un-*H*. Et moi, c'est Jake, au fait. Café ?

Il me tendit la cafetière, comme si j'allais peut-être y boire directement.

— Non, merci.

J'avais envie de mal répéter son prénom, moi aussi, mais il n'en existe pas vraiment d'autre qui ressemble à Jake. Qu'allais-je dire ? Jet ? Shrek ?

Je mis les mains dans mes poches et pris la voie royale.

— Merci pour ton aide, Jake.

Il me conduisit vers un tronc abattu afin que je m'asseye.

Voici quelque chose que j'avais déjà remarqué concernant la nature : les troncs d'arbre abattus partout. C'était le cycle de vie d'un arbre, bien entendu – de pousser, vivre, mourir et tomber –, mais vous ne voyiez jamais rien de ce genre en ville. Les arbres morts étaient fauchés et retirés précisément pour ne pas tomber. Ici, les arbres morts toujours debout étaient appelés les « faiseurs de veuves ». « Ne montez pas de campement à proximité d'un faiseur de veuves, nous avait dit Beckett la veille. Un bon coup de vent, et ce truc se couche. »

Il n'exagérait pas. Il y en avait la preuve tout autour – des troncs partout, surtout en travers de nos sentiers. Au début, j'avais pris grand plaisir à marcher dessus – me donnant la peine d'y grimper rien que pour pouvoir savourer une seconde du soulagement en redescendant. Monter sur ces arbres avait été ma partie préférée de la randonnée ce premier jour, jusqu'à ce que Beckett m'interpelle lors d'une pause.

— Vous n'avez pas vu Ellen faire ça, vous autres, avait-il commencé en me désignant pour veiller à ce que tout le monde sache de qui il parlait, parce qu'elle est tout au bout de la file. Mais elle monte sur les troncs qui sont en travers du chemin.

— C'est Helen, corrigeai-je. Avec un *H*.

Mais il présentait son argument.

— Qui veut lui dire pourquoi elle ne peut pas faire ça ?

Jake cria la réponse.

— Certains sont pourris, déclara-t-il en croisant mon regard. Ils ne peuvent pas supporter ton poids. Ton pied passera à travers.

— Exact, confirma Beckett. Ça fera une jambe cassée et une évacuation en urgence, direct.

— Désolée, dis-je en haussant les épaules.

Beckett pointa le doigt vers moi.

— Ne recommence plus.

— Promis.

Je pris un air boudeur d'enfant désobéissant, sans dire ce dont j'avais envie : voilà exactement le type d'information que j'aurais voulu recevoir *avant* qu'on se lance en pleine nature.

Alors, ce matin-là, tandis que Jake désignait le tronc mort, j'hésitai.

Il savait ce que je pensais.

— Tu peux t'asseoir dessus, dit-il. Ton cul est bien, bien plus large que ton pied…

— Merci, dis-je.

— Du coup, ton poids est réparti de façon plus uniforme. En plus, tu n'as pas ton sac sur le dos, donc à cet instant tu pèses moins lourd.

Je m'assis. Sans passer à travers.

— Et de toute manière, poursuivit-il, tu ne peux pas vraiment te casser le cul.

— Regarde-moi et tu verras.

Il se tourna vers la trousse de secours, et je n'aurais su dire s'il réprimait un sourire.

Il retira le vieux pansement sur mon genou et examina la coupure. La croûte faisait plus de deux centimètres de long, et était sombre, presque noire. Et à présent, la peau tout autour paraissait contusionnée.

— Ça a l'air pire, dis-je.

— Non, c'est bien. C'est une super croûte.

— Une *super* croûte ?

— Et le bleu était prévisible. Je ne vois aucun signe d'infection. Bon boulot.

— C'est toi qui m'as fait le pansement.

— C'est à moi que je parlais.

— Je dois t'avouer autre chose, dis-je alors. Il se pourrait que j'aie des ampoules.

— De vraies ampoules ? demanda-t-il.

J'acquiesçai.

— Ça n'est pas possible, dit-il. Je t'ai vue prendre des notes pendant le cours « Gare aux ampoules » de Beckett dans le bus.

J'acquiesçai de nouveau. Je savais comment nous étions censés gérer les ampoules. J'esquissai un petit haussement d'épaules.

— OK, dit Jake en baissant les yeux. Montre-moi.

Je tendis les pieds afin qu'il examine un total de quatre marques rouges, sanglantes et inquiétantes – deux sur chaque pied.

Jake lâcha un sifflement.

Lorsqu'il releva la tête, son expression était absolument sérieuse.

— Pourquoi ne m'as-tu pas parlé de ça ?

— Je ne voulais pas encore arrêter le groupe.

— Pendant une pause ?

Je me contentai de hausser les épaules.

— Je sais que nous ne nous connaissons pas, dit-il. Mais tu dois me laisser t'aider.

J'ébauchai un petit signe de capitulation, et patientai pendant qu'il s'affairait sur mes ampoules avec la même délicatesse que pour l'entaille. Sauf que, cette fois, il me leva les deux pieds pour les poser sur ses cuisses devenues plan de travail.

Je remarquai alors qu'il était en tee-shirt à manches courtes.

— Tu n'as pas froid ? demandai-je.

La température tournait autour de dix degrés. Pourquoi ne portait-il pas de veste ?

— Si, dit-il en versant de l'eau oxygénée sur les zones concernées.

— Pourquoi ne portes-tu pas ta veste ?

— Tu t'es pointée avant que j'aie le temps de m'habiller.

— Donc c'est ma faute ?

— Non, je… (Il s'interrompit pour ouvrir un paquet de pansements pour ampoules.) Je ne voulais simplement pas te faire attendre.

— Va chercher ta veste !

— J'ai presque fini.

— Tu as littéralement la chair de poule.

Alors que je l'inspectais pour en avoir confirmation, je vis une égratignure et un hématome sous son bras.

— Qu'est-ce qui t'est arrivé au bras ? (Mais, en posant la question, je sus.) C'est hier !

— Ça va, dit-il en continuant de soigner mes ampoules sans relever les yeux.

— Je le savais ! Je savais que tu t'étais fait mal en tombant de cet arbre.

— Je ne suis pas tombé. Je me suis dépêché de descendre.

— Si vite que tu es tombé.

Il aspira sa lèvre inférieure une seconde.

— Bien. Je suis tombé.

— Est-ce que je peux jeter un coup d'œil à ton bras ?

— Non.

— Mais il a peut-être besoin de…

— De quoi ? C'est juste un bleu.

Il en avait terminé avec les pansements. Je retirai mes pieds pour les glisser dans mes tongs.

— Tu peux m'engueuler pour quelques ampoules, mais je ne peux rien dire quand tu tombes d'un arbre ?

— C'est à peu près ça.

— Est-ce qu'il faisait trop sombre pour toi ?

— Quoi ? Non !

— Je veux dire, la cécité nocturne. Je m'inquiétais de ça quand tu grimpais. Que tu rates une branche ou autre. Est-ce que c'est ce qui est arrivé ? Tu n'as pas vu la branche ?

Il me dévisageait pendant que je parlais, soudain extrêmement concentré. Puis il se pencha plus près et dit :

— J'ai juste glissé. C'est tout. (Puis il me regarda droit dans les yeux.) S'il te plaît, ne parle pas de ma cécité nocturne à qui que ce soit. OK ?

— OK, dis-je. Pourquoi ?

— Parce que nous ne nous connaissons pas. Il n'y a donc aucun moyen que tu aies pu être au courant.

Je hochai la tête.

— Bien vu.

— Et aussi, ajouta-t-il, parce que je n'ai pas exactement réussi l'examen médical.

— Quoi ?

Il haussa les épaules.

— Comment peux-tu être ici si tu l'as raté ?

— J'ai un ami en école de médecine qui a falsifié mon rapport.

Je ne savais pas quoi dire. Je secouai la tête.

— Pourquoi ?

Il haussa de nouveau les épaules.

— Pour pouvoir faire le voyage.

— Mais c'est dangereux !

— Traverser la route, c'est dangereux. Aller nager, c'est dangereux. Manger un hamburger, c'est dangereux.

— Rien à voir !

Il baissa la voix jusqu'à chuchoter.

— Nous ne marchons pas de nuit. Je m'en sortirai.

Hors de question que je lui avoue le frisson d'angoisse qui me parcourut alors à l'idée qu'il ne s'en sorte pas. Mais je le ressentis. Peut-être étions-nous désormais des étrangers l'un pour l'autre. Peut-être avait-il gâché mon stage de dix manières différentes. Mais le fait demeurait, que ça me plaise ou non, qu'il était ma personne préférée ici.

Je secouai la tête vers lui.

— Qu'est-ce qui t'a pris ? répondis-je en chuchotant.

Il baissa alors les yeux et dit d'une voix que j'entendis à peine :

— Je devais vraiment venir faire ce stage, c'est tout.

Et comment pouvais-je contester cela ?

Jake m'obligea à retirer mes bottes pour le laisser inspecter les pansements de mes ampoules à chaque arrêt. Quand Beckett vit l'état de mes pieds, il s'exclama :

— Tu te fous de moi ? N'as-tu rien écouté pendant mon « Gare aux ampoules » ?

— Elle ne s'est pas contentée d'écouter, dit Jake en réajustant les pansements. Elle prenait des notes.

Beckett parut flatté.

— Tu as pris des notes ?

J'acquiesçai.

— Alors comment t'es-tu laissée en arriver là ?

Je pris mon souffle.

— J'ai juste eu l'impression d'avoir un peu retardé le groupe, hier.

Beckett hocha la tête.

— Eh bien, c'est certainement vrai.

Il regarda Jake s'occuper de mes pieds une minute, avant de rameuter tout le monde pour que je serve d'exemple. Une fois de plus.

— Écoutez bien, les cocos. Voilà ce qui arrive quand vous ne tenez pas compte de mes consignes. Ellen a chopé quatre ampoules – de sacrées saloperies – sur les pieds au bout d'une journée de rando.

— C'est Helen, en fait, rectifiai-je de nouveau. Avec un *H*.

Beckett plissa les yeux vers moi comme si je tentais de le rouler dans la farine.

— Helen ?

Puis Hugh, d'où il était sur le côté, cria :

— Avec un *H* !

Je hochai la tête pour confirmer.

— OK, poursuivit Beckett. Ne soyez pas une *Helen*. Si vous sentez une zone sensible – comme je l'ai expliqué en détail dans le bus hier –, occupez-vous-en. Tout de suite.

En y repensant, je me dis souvent que c'est ce moment précis qui me cristallisa en Fille-des-erreurs-à-ne-pas-commettre de Beckett, bien que cela ait pu commencer avant. À partir de là, je devins la référence de Beckett pour illustrer les choses mal faites, et rien qu'au cours de la semaine qui suivit, il allait attirer l'attention sur l'allure à laquelle je marchais, le placement de mon sac sur mes hanches, la quantité d'eau que je buvais durant les pauses, ma façon de faire des nœuds, ma cuisine, mon sens de l'humour et ma compréhension de la physique fondamentale du milieu naturel, et les qualifier de mauvais, mauvais, mauvais. Je faisais des cauchemars qui commençaient avec la phrase : « OK, les cocos, regroupez-vous », et finissaient par : « Ne soyez pas une Helen. » Mon prénom était enfin bien prononcé, mais il l'employait mal.

À un moment, après un épisode pédagogique particulièrement humiliant, je m'approchai de Beckett en disant :

— Tu sais, je m'en sors beaucoup mieux quand les gens soulignent les choses que je fais *correctement*.

— Fais quelque chose correctement, dans ce cas, rétorqua-t-il, et je tâcherai de le remarquer.

Le meilleur durant cette première semaine sur le sentier fut Windy. Après notre conversation au sujet de Pickle cette première nuit, elle commença à venir me chercher. Elle se mit même à céder du terrain pour marcher avec moi, ce qui était véritablement remarquable, car elle aurait pu laisser pour morts absolument tous les membres de notre groupe de randonnée. Elle était aussi bonne que ça.

La première fois que je levai le nez du sentier pour la voir marcher juste devant moi, je ne compris pas ce qu'elle faisait là.

— Pourquoi es-tu là ? demandai-je. Tu devrais être à l'avant.

— Avec Mason et ses larbins ? Non merci.

J'étais plus ou moins prédisposée à ne pas apprécier Windy parce qu'elle était tellement parfaite, et qu'il y a toujours quelque chose d'épuisant chez les gens parfaits. Elle était élancée et fine sans une once de cellulite où que ce soit – cette apparence idéale d'adolescent-avec-nichons que les filles s'efforcent toujours d'atteindre. Elle ne semblait jamais accablée ni angoissée. Elle acceptait tout sans sourciller – comme je l'aurais fait, je suppose, si j'avais été aussi jolie, mince et agréable. Elle avait des cheveux longs à la Marcia Brady : classiques, couleur lin, et si longs qu'elle pouvait littéralement faire un nœud avec. Mes cheveux, quant à eux, se contentaient de frisotter toujours un peu plus et de former des dreadlocks au fil des jours. Mais Windy restait chic avec son chignon noué négligemment sur la nuque, et semblait simplement devenir plus ravissante tandis que nous autres sombrions dans la crasse.

Elle était la seule personne de ce stage à avoir été constamment gentille avec moi, et je lui fus suffisamment reconnaissante de rester en arrière afin de marcher avec moi pour que cette pointe de timidité que j'éprouvais souvent en compagnie d'inconnus se fasse sentir. Nous marchâmes en silence un bon moment, tandis que je m'inquiétais de plus en plus qu'elle ne s'ennuie et ne retourne à l'avant. Puis je me rappelai le conseil que me donnait toujours grand-mère GiGi pour les nouvelles rencontres : « Pose-leur des questions sur eux. »

— Quoi comme questions ? lui demandai-je un jour.

GiGi avait haussé les épaules.

— D'où ils viennent, ce qu'ils font pour s'amuser, leurs loisirs, leurs livres, acteurs ou animaux préférés. N'importe quoi. Tout.

— Ça ne fait pas un peu fouineuse ?

Elle avait secoué la tête.

— Les gens sont toujours leur sujet favori. C'est le seul dans lequel ils sont experts.

C'était un conseil remarquable et il fonctionnait toujours. Quand je pensais à m'en servir. Le plus souvent, cependant, j'oubliais. Être nerveuse me donnait des trous de mémoire. Mais cette fois, comme par magie, je m'en souvins.

— Hé, lui lançai-je. Raconte-moi comment c'est, d'être psy pour animaux.

— *Future* psy pour animaux.

— Est-ce qu'il te faut un diplôme pour ça ?

— Si tu veux être vraiment bonne, oui.

— Et tu veux être vraiment bonne ?

— Bien sûr, dit-elle. Je veux être vraiment bonne en tout.

Tandis que je marchais derrière elle en regardant les muscles de ses mollets se tendre et se relâcher, je me fis la réflexion que c'était une forme humaine parfaite de mollets – et de jambes en général, sincèrement. J'eus la subite envie de lui dire combien je les admirais. Après tout, si quelqu'un m'admirait, je voudrais le savoir. Mais je ne voyais pas comment aborder le sujet. Qu'allais-je dire ? « Jolies gambettes, au fait » ? Ç'aurait aussi bien pu lui faire plaisir que lui faire peur.

— Parle-moi de tes lectures d'été, lançai-je dans son dos.

— C'est pour ce cours que je prends sur le mouvement de psychologie positive.

— Qu'est-ce que c'est que ça ?

— C'est l'étude du bonheur.

— On enseigne ça à la fac ?

— Eh oui. Avant, la psychologie se focalisait toujours sur les problèmes. Tu sais : névroses, pathologies, troubles. L'idée était d'analyser les parties bousillées de la vie humaine afin de les guérir.

— Bien sûr, dis-je. Ça, je comprends.

— Mais il y a cette nouvelle théorie selon laquelle nous devrions regarder ce que les gens font bien. Déterminer comment les gens heureux et équilibrés font les choses.

— C'est de ça que parle ton livre ?

Elle acquiesça.

— La question c'est, que font-ils correctement ?

— Et que font-ils correctement ?

Soudain, j'avais vraiment envie de savoir.

— Des tas de choses. C'est pourquoi ça prend un livre entier.

— OK. Par exemple ?

— Eh bien, par exemple, les gens heureux sont plus susceptibles d'exprimer de la joie que les gens malheureux. Donc si tu prends deux personnes qui ont vécu une journée de, disons, cinquante pour cent de bons trucs et cinquante pour cent de mauvais, une personne malheureuse se souviendra plus des mauvais.

— Un peu comme cette histoire de verre à moitié plein.

— Mais ce n'est pas qu'une question d'attitude. C'est véritablement connecté à la mémoire. Genre, les gens malheureux, si tu leur demandes à la fin de la journée ce qu'ils se rappellent, ce sera le mauvais. Mais ce n'est pas qu'ils occultent les bons souvenirs, c'est juste qu'ils ne les retiennent pas.

— C'est le câblage du cerveau ? demandai-je en tentant de discerner quel type j'étais.

— C'est le câblage du cerveau, confirma Windy. Mais le câblage du cerveau semble être quelque chose que tu peux modifier. Il y a eu ces expériences, où on a obligé les gens à s'entraîner à se rappeler les bons trucs. Et devine quoi ? Ça marche.

Je méditai là-dessus.

— Plus tu prends conscience des bonnes choses, poursuivit-elle, plus tu y penseras et tu t'en souviendras. Et puisque tout ce qui te reste du passé est ce dont tu te souviens…

— … ça change l'histoire de ta vie.

Windy se retourna pour acquiescer.

— Exactement. Tous les soirs, tu écris trois bonnes choses qui te sont arrivées ce jour-là.

— Et hop ? Tu es heureuse ?

— Plus ou moins. Genre, donne-moi trois bonnes choses qui te sont arrivées aujourd'hui ?

— Je ne pense pas pouvoir en trouver trois.

— Peut-être juste que tu ne t'en souviens pas.

— Oh, je pense qu'elles me sauteraient aux yeux.

— Essaie. Ce n'est pas forcément gagner à la loterie. Juste des petites choses. Un moment que tu as aimé. Une douce brise qui t'a fait du bien.

J'y réfléchis un long moment. Ce fut seulement lorsque Windy me dit : « Ohé ? Tu es toujours là ? », que quelque chose me vint à l'esprit :

— J'étais contente que tu viennes à l'arrière pour marcher avec moi, dis-je.

— Tu vois ? C'est bon, ça ! Et d'une !

— Les flocons d'avoine de ce matin étaient légèrement moins caoutchouteux que ceux d'hier.

— Celle-là est moins bien, dit Windy. Cherche mieux !

Je soupirai.

— OK.

Et alors, comme si les lumières venaient de s'allumer, je pensai soudain à quelque chose de concret.

— J'adore cette sensation, au réveil, quand tu es encore dans ton sac de couchage et que ton corps est bien au chaud, mais que ta figure est froide de l'air de la nuit en montagne.

— Du génie ! C'est inné chez toi.

— Et toi ? m'enquis-je. De quelles bonnes choses te souviendras-tu à propos de cette journée ?

— Jusqu'ici ? Le café de cow-boy que nous avons fait bouillir sur le réchaud. Le bruissement du vent dans les branches de pin au-dessus de nos têtes. L'odeur de mousse dans les bois. Un petit myosotis qui poussait sur la berge. Cette sensation bien douillette quand tu te mets ton sac sur le dos et que tu boucles ta ceinture de hanche. La fraîcheur de l'air. Le bruit du ruisseau. La pierre en forme de cœur que j'ai trouvée ce matin près de notre tarp. La brûlure de mes muscles quand on grimpe. Le petit tapotement de nos bottes sur le sentier. Cet oiseau rouge complètement dingue qui est passé il y a quelques minutes.

— Tu es trop douée, dis-je. Tu me fais flipper.

— Je suis juste plus entraînée. Tu peux être exactement comme moi.

— Sans doute pas *exactement* comme toi, dis-je.

J'étais assez certaine, à ce stade, d'être condamnée à être moi.

— Je me suis dit avant ce stage que j'apprécierais tout, dit-elle. C'est mon cri de guerre : « Apprécie tout. »

Je me demandai quel serait mon cri de guerre à cet instant. « Je m'en tape » ? « Fous-moi la paix » ? « Tu me parles, là ? » ?

— Je veux un cri de guerre, déclarai-je.

— Je partage le mien avec toi, si tu veux.

— Je vais en tenter un original, mais merci.

— Il y a une autre bonne chose que je vais me rappeler de cette journée, dit alors Windy.

— Quoi ?

Elle marqua une pause d'une seconde.

— Ce faible incroyable, délicieux et dévorant que j'ai.

Elle se retourna pour remuer les sourcils vers moi sans trébucher.

— Tu craques pour quelqu'un ? Déjà ? On vient à peine d'arriver.

— C'était un truc du genre obsession au premier regard.

— Qui ? demandai-je.

— Tu ne devines pas ?

En vérité, si. Je savais exactement pour qui n'importe quelle fille – et peut-être bien toutes – de ce stage aurait un faible. Mais je gardais espoir que je me trompais.

— Beckett ! dis-je.

— Beurk ! Non !

— Pas Mason ni l'un de ses larbins.

— Ni Mason ni ses larbins.

— Hugh ? proposai-je en croisant les doigts.

— Je crois qu'il est peut-être bien g-a-y, dit-elle en aparté, même s'il y avait assez d'espace entre nous et les autres pour que personne ne puisse l'entendre de toute façon.

— Eh bien, dis-je en regrettant qu'il n'existe aucun moyen de m'éjecter de cette conversation. Je ne vois personne d'autre.

— Sérieux ? Tu ne vois pas ?

Je feignis d'y réfléchir.

— Eh non.

Elle ralentit pour me laisser arriver à sa hauteur, puis elle se pencha sans cesser de marcher et murmura :

— Jake.

— C'est qui, ça ? demandai-je, avec l'impression néanmoins d'être transparente.

— Tu le connais ! C'est le secouriste. Il a soigné ton genou ! Et tes ampoules !

— Oh ! Je croyais qu'il s'appelait Jack.

— Est-ce qu'il n'est pas craquant ? dit-elle en me laissant de nouveau à la traîne.

— Je ne sais pas.

— C'est le mec le plus mignon ! s'exclama-t-elle en me mettant au défi de la contredire.

— Si tu le dis...

— Est-ce que tu as quelqu'un de plus canon à l'esprit ?

Je secouai la tête.

— Pour moi ils ressemblent tous à des élèves de CE1.

— Je peux te raconter le moment de notre rencontre ?

— Hum. OK.

— Je montais l'escalier ce premier jour à l'hôtel, et j'ai fait tomber mon sac en toile. Il a dégringolé les marches et, quand j'ai commencé à courir après, il était là. Il l'avait attrapé. Et il me l'a remonté. Quand il me l'a tendu, je me suis dit : « Voilà l'homme que je vais épouser ».

Rien que ça.

— Tu vois ce que je veux dire ? poursuivit-elle. Quand tu poses les yeux sur quelqu'un et que tu sais tout simplement que tu l'aimes ?

— Je ne pense pas que ça marche comme ça, dis-je en essayant d'être la voix de la raison. Je pense que l'amour doit découler du fait de vraiment bien connaître quelqu'un. Ça prend du temps.

— Pas pour moi, affirma Windy.

— Je pense que ce dont tu parles, c'est une toquade.

— Savais-tu qu'il savait jongler ? Et danser le swing ? Et faire l'accent écossais ?

— Il t'a raconté tout ça dans l'escalier ?

— Non. Dans le bus.

— C'est vrai.

— J'en ai appris beaucoup sur lui pendant notre partie d'action ou vérité. Il essayait sans arrêt de choisir « vérité ». Mais nous l'avons forcé à prendre « action ».

— Quel genre ?

— Du genre osé. (Elle se retourna, puis refit ses acrobaties de sourcils.) Ça a plus ou moins viré à la frénésie.

La frénésie ? Que faisaient-ils de frénétique ?

— Qu'est-ce qui s'est passé ?

— J'ai juré de garder le secret. Désolée. Ce qui se passe sur le toit reste sur le toit.

« Quoi ?! eus-je envie de crier. Qu'est-ce qui s'est passé sur ce toit ? »

Windy marcha une minute en appréciant sans aucun doute le tapotement de ses bottes sur le sentier.

Puis je dis :

— Je ne pense toujours pas que tu puisses aimer ce Jack si tu le connais seulement depuis deux jours.

— Jake.

— Peu importe. Il faut plus qu'une partie d'« Action ou vérité » pour déclencher le véritable amour. Quoi qu'il se soit passé sur le toit.

Windy se retourna pour m'adresser un sourire béat.

— Tu crois ça, dit-elle, uniquement parce que tu n'étais pas là.

Chapitre 10

Au fil de la semaine, nous finîmes par avoir le pied marin. Nous nous habituâmes au poids de nos sacs, à la nourriture déshydratée et aux pommes de pin. Nous nous adaptâmes à l'altitude et améliorâmes notre respiration. Nous traversâmes notre première rivière glacée et vîmes notre premier orignal dans une vallée. Les hommes devenaient barbus, les jambes des femmes aussi. Nous avions des cours presque tous les soirs après le dîner – sur les constellations, la lecture des cartes, la façon de distinguer les traces d'ours noirs et celles des grizzlys. Nous grimpâmes notre premier col, appelé le « Demi-Tour » parce que, apparemment, il était courant que les randonneurs arrivent, entrevoient le relief devant eux et rebroussent chemin.

Mais pas nous. Nous prenions de l'élan. Nous entrions dans le vif du sujet.

Je trouvai également une solution à mon problème de je-suis-venue-sans-livre. Beckett avait le manuel officiel de la BCSC dans son sac, et il me laissa le lui emprunter. Je le dévorai en deux jours. Puis je le relus. Puis j'y revins et pris des notes. Il contenait tout un passage sur les certificats et la manière de les obtenir. Ça me donnait un peu l'impression de tricher, mais Beckett insistait sur le fait que nous étions tous invités à lire la liste des épreuves à valider – seulement, personne d'autre n'avait demandé. Je trouvai le livre réconfortant. Il donnait le sentiment que décrocher un certificat n'aurait rien d'impossible. Le manuel soulignait que ce n'était pas nécessairement les plus coriaces qui étaient récompensée – ni les plus rapides –, mais ceux qui se donnaient le plus de mal. Et ça, je savais que c'était dans mes cordes. Me donner du mal, j'étais douée pour ça. Même si réussir était une autre histoire.

Nous adoptâmes un rythme quotidien : réveil à 6 heures, toilette, préparation du petit déjeuner, réunion pour planifier la journée, départ à 9 heures. Pas de déjeuner – nous nous contentions de grignoter sur le chemin. Nous marchions jusqu'à 14 ou 15 heures d'affilée avant de nous arrêter d'installer un nouveau camp en fin d'après-midi. Nous campions toujours près de l'eau. C'était la seule chose dont nous ne pouvions pas nous passer. Puis, dîner à 17 heures, coucher à 19 heures, et personne ne songeait même à veiller. À l'heure du coucher, nous étions épuisés : 21 heures, c'était le minuit du randonneur.

Mon entaille et mes ampoules guérirent bien, grâce aux bons soins de Jake. Beckett continua de se servir de moi comme parfait exemple de ce qu'il ne fallait pas faire. Je pensais pouvoir développer une certaine tolérance vis-à-vis de ça, mais n'y parvins jamais. Il y avait tant d'autres gens qui faisaient mal les choses, sans qu'il les interpelle une seule fois. Juste moi. Ma posture était trop raide. La protection UV de mes lunettes insuffisante. Mes effets personnels rangés de la mauvaise manière.

À part moi, le groupe créait des liens. Étrangement, sur une période aussi courte, la plupart des gens avaient acquis des surnoms. Apparemment, tous les types du groupe avaient un penchant pour Windy, elle était donc devenue « Femme fatale », ou « FF » en abrégé. Il y avait même des « points Femme fatale ». Si elle s'asseyait à côté de vous, ça faisait vingt points. Si elle vous parlait, ça faisait cinquante points. Si vous parveniez à apercevoir une partie précieuse de son corps, ça faisait cent points. Tout le monde le savait. Les garçons annonçaient les points ! Si Windy trébuchait, par exemple, et rentrait dans l'un d'eux, il criait, « Contact corporel ! Mille points ! »

Windy trouvait ça vaguement drôle, mais ne semblait pas le remarquer plus que ça. J'imagine qu'elle était habituée à ce genre de chose depuis le temps, après une vie de fille fabuleuse.

Mais même des gens moins fabuleux finirent avec des surnoms. Ils se développèrent vite et facilement. Les Sœurs devinrent « sœur Une » et « sœur Deux », qui mutèrent en « Uno » et « Dosie ». La fille en short avec « Allez, Gators ! » brodé sur le cul avait récolté le surnom de « Miches », et la meilleure cuisinière de tout le groupe était devenue « Cookie ». Quant aux garçons, Mason, qui n'avait jamais appris à ralentir pour marcher avec le reste d'entre nous, devint « Flash », en référence à la série. Et les costauds étaient devenus « Limier », « Cro-Magnon » et « Vegas ». Même Hugh, qui ne parlait jamais – sauf à moi –, était devenu « Huey Lewis ».

En fait, tout le monde avait un surnom. Absolument chaque personne. Sauf moi. J'étais juste Helen – ou, tout aussi souvent, « Ellen ».

Un bon surnom devrait dire quelque chose sur qui vous êtes. Il fait allusion à quelque chose de profond. Ou peut-être qu'il est juste drôle. Mais il est chargé de sens, quoi qu'il en soit. Il montre que l'on vous connaît, que vous avez une identité que d'autres personnes reconnaissent. Mais pas moi, apparemment. J'avais l'inverse d'un surnom. Ils n'arrivaient même pas à dire mon prénom correctement. Ça me rendait dingue. Un faucon aurait pu m'arracher du sol et m'emporter, personne n'aurait remarqué.

C'était le genre de chose qui pouvait vraiment me faire ruminer. Nous passâmes trois jours de marche sans incident après que j'eus relevé ce problème de surnoms, et j'aurais pu facilement bloquer là-dessus tout le long du chemin. Mais je ne cessai de penser à ce que Windy avait dit : « Les choses auxquelles tu penses déterminent les choses auxquelles tu penses » – c'est-à-dire : plus vous vous focalisez sur quelque chose, plus votre cerveau est susceptible de se focaliser dessus.

Je fis donc le choix de ne pas me focaliser dessus et de m'appliquer, plutôt, à apprécier toutes les merveilles que la nature sauvage avait à offrir. Comme la cascade cachée sur laquelle nous tombâmes. Et les excréments d'orignal que nous vîmes près du cours d'eau. Et le saumon qui surgit d'un ruisseau avant d'y disparaître dans un salto. Et le coucher de soleil insensé où nous avions compté huit couleurs différentes. Et le fait que mon visage soit finalement devenu si sale que je n'avais plus l'impression qu'il le fût.

En dépit de tout, et même si ce n'était pas parfait, je commençais vraiment à me sentir chez moi dans la nature. À ma façon bancale. Et je pris également le pli de faire comme si Jake n'était pas là. À l'exception, bien entendu, de la fois où je trébuchai de côté sur une branche tombée en remontant à pied le lit d'une rivière un soir après dîner. Je savais que la pente était raide, au point que, si je ne me rattrapais pas, je dégringolerais jusqu'en bas en m'éclatant la tête sur une succession de rochers de la taille de gros pains. J'atterrirais en bouillie et n'aurais d'autre choix que mourir.

Mais je ne tombai pas, ni ne perdis la vie, car un bras se tendit, me sangla la taille et me retint, et lorsque je pivotai pour inonder de remerciements celui ou celle qui m'avait sauvée, il s'avéra que c'était Jake.

Son visage n'était qu'irritation.

— Bon Dieu, Helen, fais gaffe ! Est-ce que tu pourrais essayer de ne pas te tuer cinq minutes d'affilée ?

Il me lâcha si brusquement que j'eus l'impression d'être poussée.

D'où venait toute cette colère ? N'êtes-vous pas censé être gentil avec quelqu'un qui a failli mourir à l'instant ? Je me redressai pour reprendre mon équilibre.

— Je faisais gaffe, insistai-je.

Je sentais encore le souvenir de son bras autour de ma taille.

Il se détourna.

— Non.

— Si.

— Non, persista-t-il en se retournant. Et chaque fois que tu fais un truc débile, je dois te sauver.

— Alors ne me sauve pas !

À présent j'étais fâchée, moi aussi, juste parce qu'il l'était. Mais il avait déjà commencé à s'éloigner.

À cela, il s'arrêta et fit volte-face pour me lancer un regard noir.

Je campai sur mes positions :

— Tu n'es pas obligé de me sauver.

Mais il se contenta de secouer la tête et m'étudia de haut en bas une longue minute avant de rétorquer :

— Si, vraiment.

Puis il repartit.

Un soir, après un cours sur les premiers soins de base, Beckett fit une annonce.

— Je m'écarte un peu du manuel, là. Mais demain, je nous sépare.

Tout le monde se regarda. Que voulait-il dire ?

Je venais de passer la dernière demi-heure à prendre des notes sur les premiers soins pour chaque blessure ou désastre susceptible de s'abattre sur nous – des fractures ouvertes aux jambes à la noyade en rivière glacée, j'imagine donc que j'avais déjà le cerveau programmé pour l'inquiétude, mais quelque chose dans le fait que Beckett nous laisse marcher seuls ne me paraissait pas opportun. Le manuel que j'avais mémorisé ne contenait clairement aucun passage sur l'éclatement du groupe pour les randonnées de jour. Du moins, pas avant le tout dernier moment.

Mais Beckett se montrait insistant. Il nous fallait un changement.

— Vous me suivez comme des canetons. Vous êtes tous nuls en lecture de carte. Vous ne maîtriserez jamais ces compétences avant les Solos à moins d'avoir un peu d'entraînement.

Les Solos étaient le bouquet final du stage – le grand événement qui testerait nos aptitudes à mettre en pratique tout ce que nous venions d'apprendre. Au cours des Solos, nous ferions une sortie de nuit par groupes de quatre, sans rien d'autre pour nous protéger que nos nouvelles connaissances. Beckett brandissait l'idée des Solos assez souvent pour nous inciter par la peur à prêter attention. Ça fonctionnait.

— Alors, dit-il. Demain, nous nous séparerons. Nous marcherons sur le même sentier, mais en laissant trente minutes d'intervalle, pour que vous ne me suiviez pas bêtement.

En vérité, nous suivions bêtement *Jake*. Mais personne ne le fit remarquer à Beckett.

— Est-ce qu'on marche selon nos groupes de tente ? demandai-je.

— Bonne question, Ellen. Non. Je mettrai les quatre plus rapides ensemble (là, il désigna les quatre gars les plus grands), puis les quatre suivants (là, il désigna un groupe qui comprenait Windy *et* Jake), et ensuite les quatre autres (les Sœurs, Hugh et moi). Le groupe le plus rapide en premier, le plus lent en dernier, afin qu'il n'y ait aucun embouteillage.

— Et toi, tu marches avec qui ? demanda Mason.

— Je vais peut-être prendre une journée avec les gars à l'avant.

Quelque chose me paraissait louche dans tout cela. Je ne pouvais me défaire de l'impression que Beckett en avait assez d'avancer lentement et voulait juste une journée où il pourrait parcourir le sentier comme un faucon avec les mecs rapides. Mais il nous montra l'itinéraire, et cela ne parut pas trop compliqué. Il avait raison sur le fait que personne n'avait travaillé très dur sur la lecture des cartes. Beckett avait donné trois cours, et les gens ne cessaient de piquer du nez, lire leurs livres cachés derrière leurs sacs à dos et demander d'aller aux toilettes. En ce qui me concerne, je prêtai attention et pris de copieuses notes – d'une part parce que je ne savais pas comment assister à un cours sans me pencher en avant au premier rang comme une cinglée hyperactive, d'autre part parce que je découvris que j'aimais examiner les cartes topographiques. Tous les autres semblaient ne voir que des lignes en zigzag et des taches de couleur. Mais moi, j'ignore pourquoi, je baissais les yeux et je voyais tout ça en 3D. C'était, sans l'ombre d'un doute, la seule chose dans ce stage qui me soit venue naturellement. Cela dit, je n'en fis pas une grosse affaire. C'était plus facile de simplement suivre dans la file comme tous les autres.

Ce soir-là, dans mon sac de couchage, en attendant de m'endormir, la perspective que Beckett nous laisse derrière lui une journée entière pour aller marcher avec les types rapides suscita un pincement d'inquiétude dans ma poitrine. J'avais un talent pour lire les cartes, certes, mais je ne l'avais pas concrètement utilisé dans la vraie nature. Des scénarios catastrophe me parcoururent l'esprit en boucle. Mais je m'intimai de ne pas m'en faire. Après tout, il s'agissait de marcher trois simples miles – sur un sentier, en ligne à peu près droite, sur terrain plat. À quel point cela pourrait-il être difficile ?

Le lendemain matin, avant de se mettre en route avec le premier groupe, Beckett remarqua un déchet.

— Attendez, les cocos, dit-il en levant les paumes dans un geste de « halte ». (Il traversa le site de campement et s'accroupit pour l'examiner.) Vous êtes sérieux ? dit-il. Des détritus ?

Il fit glisser son sac dans un mouvement fluide en gardant les yeux sur le carré blanc. Puis il tendit la main, le ramassa et le tint en le pinçant comme si c'était quelque chose de mort.

Nos yeux dérivèrent tous vers le carré blanc. Je me dis qu'il paraissait effectivement en décalage aveuglant avec son environnement, et une autre pensée talonna celle-ci : ce détritus était à moi. C'était la liste d'objectifs que je transportais dans mon soutien-gorge.

— Beckett…, dis-je en me dirigeant vers lui.

— Combien de fois avons-nous parlé du respect de la nature ? Combien de fois avons-nous parlé du fait de ne laisser aucune trace ? Et malgré tout, vous autres laissez constamment des détritus dans votre sillage, comme si vous n'aviez pas entendu un mot de ce que j'ai dit.

Il déplia le papier.

Je m'apprêtais à révéler qu'il m'appartenait – que je n'avais rien jeté, que je l'avais juste perdu.

Mais avant que je ne puisse dire quoi que ce soit, il se mit à lire la liste. À voix haute. « M'ébahir devant la puissance brute de la beauté de la nature. Tomber à genoux de stupeur devant la magie du monde. Devenir une part de quelque chose tellement plus vaste que moi-même. » Les costauds émirent quelques rires et ricanements. Mais Beckett était extrêmement sérieux.

— Quelqu'un veut-il récupérer ça ?

Je me tins parfaitement immobile. Non, plus maintenant. Je me félicitai silencieusement d'avoir eu le bon sens de couper mon nom en haut de la feuille bien avant le début de ce voyage.

— Qu'est-ce que je ne cesse de vous répéter ? Qu'ai-je dit le tout premier jour ?

Mason se délectait.

— L'abandon de déchets ne sera pas toléré.

— Qu'ai-je dit d'autre ? Lors de notre tout premier cours sur la protection de Dame Nature ? Qu'est-ce que je vous ai dit qu'il se passerait si je vous voyais balancer des déchets ?

Chacun regarda autour de lui. Enfin, Dosie tenta le coup.

— Que tu péterais un câble ?

— C'est ça ! C'est exactement ce que j'ai dit. « Si vous voulez me voir péter un câble, jetez un déchet par terre. »

Il sortit le petit briquet au propane que nous utilisions pour les réchauds.

— Eh bien, j'imagine que vous aviez envie de me voir péter un câble. Eh bien, OK ! Vous l'avez voulu, vous l'aurez.

Il tint le briquet en l'air dans une main et ma liste de développement personnel dans l'autre. Il alluma la flamme.

— Quelqu'un veut la récupérer maintenant ?

Non, sans façon.

Et sans prononcer un mot de plus, il y mit le feu.

Nous rivâmes les yeux sur la flamme. Beckett la laisser brûler presque jusqu'à ses doigts, puis la lâcha, étouffa le feu avec sa botte, ramassa le coin de papier restant et le fourra dans sa poche.

— Le monde n'est pas votre dépotoir, mes petits cocos, déclara-t-il.

Il nous regarda. Nous le dévisageâmes comme s'il était complètement cintré.

— Refaites ça, dit-il, et je fous le feu à tout.

Puis il appela en sifflant le premier groupe de randonneurs comme une meute de chiens et les conduisit sur le sentier.

Ce ne fut que lorsqu'ils se trouvèrent hors de vue que le reste d'entre nous lâcha un long soupir collectif. Hugh me rejoignit, et nous les regardâmes s'éloigner.

— La politique de la terre brûlée me paraît contre-productive, dit-il. (Je lui souris.) J'adore quand il met le feu à des trucs. C'est carrément torride.

J'émis un petit rire.

— Littéralement.

Hugh décida qu'il allait « chercher des toilettes » avant que nous nous mettions en route, et il me laissa donner des coups de pied dans la pile de cendres.

Quelques minutes plus tard, Jake arriva.

—Il est vraiment fou, ce Beckett, dit-il. (Je haussai les épaules.) C'était ta liste, non ? Celle que tu conservais dans ton soutien-gorge ?

Comment était-il au courant de ça ? Je me contentai de hausser une nouvelle fois les épaules.

—Il est temps que j'en fasse une autre, de toute façon.

—Ah oui ?

Je relevai les yeux.

—Windy m'apprend à être heureuse.

Cela retint son intérêt.

—Vraiment ?

—Apparemment, ça implique beaucoup d'élaborations de listes.

—C'est quelque chose, cette fille, hein ?

—Grave. Je l'adore.

Jake acquiesça.

—Bref, je t'ai apporté un cadeau. Pour remplacer ta liste perdue.

Il tendit un papier plié.

—Qu'est-ce que c'est ?

—Un poème.

—Tu as écrit un poème ?

—Non. C'est Pablo Neruda. Mon poème préféré par mon poète préféré.

—Tu l'avais dans ton sac à dos ?

Il secoua la tête avec un demi-sourire.

—Je le garde dans ma poche. Mais je le garderais dans mon soutif si j'en avais un.

—Tu n'en veux plus ?

—Je veux que tu l'aies. À une condition.

—Quoi donc ?

—Que tu ne le lises pas.

Je sourcillai.

— Je ne peux l'avoir qu'à la condition de ne pas le lire ?

— C'est privé. Entre Pablo et moi.

— À quoi bon me faire offrir un poème si je ne peux pas le lire ?

Jake haussa les épaules et tendit le papier.

— Je ne voudrais pas que ton soutien-gorge soit vide.

C'était reparti avec le flirt.

— Promets que tu ne le liras pas, dit-il, et il est à toi.

— Je ne le lirai pas.

En vérité, je n'en voulais même pas, mais j'étais trop surprise par la tournure des événements pour déployer la moindre contestation. Que signifiait le fait qu'un garçon vous donne un poème que vous n'aviez pas le droit de lire ? Je n'en avais aucune idée.

Il commença à s'éloigner.

— Bref. Parfois c'est juste agréable d'avoir quelque chose auquel se raccrocher.

— Et toi, à quoi vas-tu te raccrocher ? lançai-je dans son dos.

Mais il se contenta de hausser les épaules.

— Je trouverai un truc.

Windy me manqua aussitôt. Hugh était devenu l'un de mes potes, mais il n'était pas très bavard. Toute tentative de conversation se tarissait, malgré mes efforts. Ce qui me laissa sans aucun moyen d'échapper aux bavardages en flot continu d'Uno et Dosie, tel un talk-show que je ne pouvais pas éteindre. Elles chantaient des chansons pop ; elles fantasmaient sur des shampoings et des gommages pour le visage ; elles débattaient sans arrêt du fait qu'elles étaient ou non plus minces maintenant ; et elles ragotaient sur tous les membres de notre groupe de randonnée.

Tandis que nous marchions, Hugh se mêla aux commérages des filles, puis finit par prendre la tête de notre petite troupe, et je repris ma bonne vieille position de dernière.

Je dois reconnaître que j'en appris beaucoup, ce matin-là. Surtout à propos des garçons. Beckett s'était fait larguer récemment, tout comme Mason, mais tous les autres mecs étaient retirés du marché, y compris Hugh, dont elles avaient la certitude qu'il était gay.

— Tu es gay, pas vrai ? lança l'une des filles à Hugh.

— Ouaip, répondit-il, sans rater un pas. Mais célibataire.

— Donc, sur le marché…, dit Dosie.

— Seulement, pas sur le nôtre, termina Uno.

Il fut établi que Mason était trop puéril et Beckett trop perché. Ce qui les laissait dans l'impensable situation de n'avoir aucune perspective amoureuse. Elles le déplorèrent longuement, revenant sur l'éventualité de Mason encore et encore, puisque, après tout, il était beau. Si seulement il retournait cette casquette de base-ball portée à l'envers.

Je m'interrogeais juste sur Jake, et la raison pour laquelle il était sur la liste des indisponibles, lorsque Hugh prit la parole.

— Et D-Jake ? Il ne voit personne.

Les filles poussèrent de longs soupirs.

— C'est tragique, dit Dosie.

Mes oreilles se dressèrent. Qu'est-ce qui était tragique ? Avait-il révélé quelque chose pendant l'action ou vérité ? Ces filles savaient-elles sur Jake quelque chose que j'ignorais ?

Hugh ne se retint pas.

— Qu'est-ce qui est tragique ?

— Eh bien, dit Dosie, c'est celui qui embrasse le mieux de tout ce groupe.

— Amen, fit Uno.

L'avaient-elles *toutes* embrassé ? Mais qu'est-ce qui s'était passé sur ce toit ?

— Mais il est pris.

Pris ?

— Pris ? demanda Hugh.

Ma respiration s'intensifia. Que leur avait-il raconté ? Leur avait-il dit qu'il était pris pour qu'elles le lâchent ? Disait-il cela parce qu'il avait simplement renoncé aux femmes, ou autre chose, quoi que ce fût ? Ou se considérait-il comme pris, en vérité ? Parce que – et voilà la première fois que je l'avouais, même à moi-même –, je me sentais prise. Par Jake. Même après ces combines ridicules de « Soyons des étrangers ». Même si, en gros, j'avais passé cette dernière semaine à complètement l'ignorer. Même si, maintenant, il semblait être une espèce de fou du baiser d'« Action ou vérité ». Il n'y avait pas moyen de le nier.

Ce n'était pas pour ça que j'étais venue. Je n'étais pas là pour me retrouver absorbée dans une amourette d'ado. J'étais là pour la puissance et la beauté de la nature. J'étais là pour me connecter à quelque chose de plus vaste que moi-même. J'étais là pour la transformation, bon Dieu ! Pour devenir coriace, féroce, forte ! Mais de qui me moquais-je ? Ces choses-là n'étaient pas proposées ici, de toute façon. Ce n'était pas dénigrer la nature, qui était véritablement impressionnante – mais *c'était* dénigrer tout le reste concernant ce voyage superficiel, puéril, mesquin, m'as-tu-vu et profondément décevant.

Jake avait-il dit qu'il était pris ? Repensait-il à cette nuit à l'hôtel aussi souvent que moi ? J'en rêvais, à la fois éveillée et endormie. Le souvenir s'était logé dans un pivot central de mon cerveau, de telle sorte que chacune de mes pensées suscitait une association avec cette soirée avec lui. Me brosser les dents me rappelait comment je m'étais brossé les dents à l'hôtel avec Jake. Aller me coucher me rappelait être allée me coucher en face de Jake. Voir des gens avec des livres me rappelait celui que Jake lisait quand j'étais allée le voir pour lui faire ma proposition. Et ainsi de suite. Je ne pouvais y échapper. Et peut-être n'était-ce même pas une mauvaise chose.

Mon cœur fit un petit bond à cette pensée. Je n'avais pas besoin de me transformer en Chuck Norris. Ni en Pickle. Je pouvais rencontrer Windy la future psychologue pour chiens et apprendre à être heureuse, à la place. Peut-être, peut-être seulement, laisserais-je Jake se joindre à moi.

Mais les filles parlaient toujours.

— Pris, confirmèrent-elles à l'unisson.

— Par qui ? voulut savoir Hugh.

Là, l'espace d'une seconde, je m'attendis vraiment à ce qu'elles répondent quelque chose du genre : « Oh, une mystérieuse femme, là où il habite. Il est amoureux d'elle depuis des siècles. » Je me préparais à afficher une expression parfaitement innocente, prête à nier en bloc, quand Dosie annonça :

— Windy. Évidemment.

— Il est pris par Windy ? dis-je.

— Elle l'aime bien depuis le début, et maintenant c'est réciproque.

— Comment savez-vous ça ? demandai-je.

— Nous avons nos méthodes.

J'étais prête à en débattre avec elles, mais Hugh intervint alors :

— Parfaits. Ils sont parfaits l'un pour l'autre.

— « Parfaits » me paraît un peu fort, protestai-je.

Hugh haussa les sourcils.

— Il s'exprime bien, elle aussi. Il a cette beauté tout américaine, et elle est… enfin, soyons honnêtes, elle est ravissante. Désolé, mesdames. Vous ne pourriez vraiment pas concevoir un plus beau couple. Ils sont tous les deux minces, bronzés et attentionnés. Ils ont des mollets à tomber. Des dents superbes. Et il a cette mâchoire… Ne me lancez pas sur cette mâchoire.

C'est alors que je percutai : Hugh n'était pas silencieux, exactement. Nous n'étions simplement pas tombés sur un sujet qu'il affectionnait. Jusque-là.

— Ils adorent tous les deux faire du bateau, lança Uno.

— Et ils ont tous les deux des maisons de vacances familiales dans le Maine.

— Et ils aiment tous les deux les chiens de berger.

— Et les pommes gaufrettes.

— Et aucun des deux n'aime la cuisine française.

— Et ce sont nos deux meilleurs accrocheurs de sacs anti-ours.

— Waouh, dis-je alors. Les deux meilleurs accrocheurs de sacs anti-ours ! Pourquoi ne sont-ils pas déjà mariés ?

— Bonne question, dit Hugh. Il faudra qu'on enquête là-dessus ce soir.

En réalité, nous n'allions pas enquêter là-dessus ce soir-là. Car, tandis que nous cheminions, Hugh fit quelque chose qu'il n'était pas censé faire. Quelque chose qu'*aucun de nous* n'était censé faire. Peut-être était-il distrait. Peut-être oublia-t-il. Peut-être que Beckett nous avait tant mis en garde contre de si nombreuses catastrophes qu'il avait commencé à donner l'impression de crier au loup. Quelle que soit la raison, il n'en demeurait pas moins que Hugh marchait sur les troncs d'arbre. Et comme Beckett nous avait prévenus, si vous en fouliez une bonne quantité, l'un d'eux allait forcément être pourri.

Nous étions arrivés à une portion du sentier jonchée d'arbres abattus en travers du chemin. Il s'agissait aussi d'une zone plus ensoleillée et clairsemée de la forêt, comme si quelque chose – une inondation, peut-être, ou une sécheresse – avait durement touché cet endroit, et qu'à présent les cadavres des arbres ayant succombé gisaient toujours là où ils étaient tombés.

En queue de file, je me demandai ce qui les avait tous tués.

Mais Hugh et les Sœurs ne le remarquèrent pas. Ils étaient occupés à planifier le mariage boho en pleine nature de Jake et Windy en se pâmant sur chaque image fantasmée.

— Il serait tellement séduisant en smoking, dit Uno.

— Il ne portera pas de smoking, déclara Hugh en grimpant sur un tronc avant d'en redescendre.

— Pas genre un smoking de location, s'obstina Uno en arrivant derrière lui au même tronc qu'elle enjamba comme on nous l'avait appris. Genre, smoking à col châle. À la Cary Grant.

— Non, dit Hugh en montant sur le tronc suivant. Il est trop génial pour un smoking. Il portera une veste marron avec le nœud desserré et les manches retroussées aux coudes.

— Un nœud papillon desserré ?

— Un nœud de cravate desserré, rectifia-t-il.

Il grimpa sur le tronc suivant, puis en redescendit.

— J'aime assez les nœuds papillon, dit Dosie.

— S'il veut un nœud papillon, il le portera avec des bretelles. Pas un smoking. Mais s'il sait ce qui est bien pour lui, il portera une cravate. Avec un nœud Windsor.

— Pourquoi est-ce que le type de nœud a de l'importance ? demanda Uno.

Hugh monta sur un autre tronc.

— Pourquoi est-ce que *quoi que ce soit* a de l'importance ?

La vérité, c'est que je le voyais grimper sur ces troncs, tout comme je voyais les Sœurs les enjamber à sa suite, tout comme je sautais moi-même par-dessus. Je le voyais, mais ne songeai pas une seule fois à le corriger. Qui étais-je pour dire à Hugh quoi faire ? Il faisait ses choix, et nous autres faisions les nôtres. Je ne me rendais simplement pas encore compte combien tous nos choix étaient entremêlés.

En y repensant, j'allais regretter à maintes reprises de ne pas avoir eu un tout petit peu plus envie de faire ma cheftaine, ce jour-là.

Je relevai les yeux vers Hugh au moment précis où cela se produisit, en fait.

Je vois tout au ralenti dans ma mémoire : il monte sur le tronc suivant, et dans la demi-seconde qu'il aurait fallu pour balancer son autre pied en avant, la surface s'effondre sous son pied et il perd l'équilibre, tombant en avant pour atterrir sur un second – pas du tout pourri, celui-ci – juste devant lui.

Hugh hurla comme je n'avais jamais entendu quelqu'un hurler – d'une façon qui sembla choquer la forêt jusqu'à la réduire au silence. Puis il se tut et se recroquevilla. Il était juste affaissé sur ce deuxième tronc en formant un V renversé, cloué sur place par son sac.

Je me débarrassai de mon propre sac en quelques secondes, essayant de me rappeler notre leçon de premiers secours. Mais ensuite, je me figeai.

Vous ne bougiez pas une blessure à la tête, mais qu'en était-il des blessures aux jambes ? *Parons au plus pressé,* me répétais-je. Mais quel était le plus pressé ? Il fallait que j'opte pour quelque chose. Les Sœurs étaient littéralement pétrifiées, regardant, ébranlées, le moment se dérouler. Il fallait que quelqu'un prenne les commandes, et apparemment ce quelqu'un, ce serait moi.

Lui ôter son sac, décidai-je. J'en défis les bretelles, mais ensuite, lorsque je fis glisser mes mains sous ses hanches pour y détacher sa ceinture, Hugh reprit conscience en criant :

— Non, non ! Arrête !

Je continuai quand même.

Son sac tomba en avant par terre.

— OK, dis-je en reculant, à bout de souffle. Est-ce que tu peux te lever ?

Il poussa sur le tronc avec les deux mains environ une seconde, avant de rester paralysé de douleur.

— Non.

Voilà le problème : c'était le plus petit des garçons, mais il restait beaucoup plus costaud que moi. Je pointai le doigt vers les Sœurs.

— Retirez vos sacs, dis-je. Nous devons le déplacer.

— Non ! hurla Hugh.

Il avait la tête en bas.

— Nous ne pouvons pas te laisser comme ça, déclarai-je.

— Ne me touchez pas !

— Est-on censé déplacer des blessés ? demanda l'une des Sœurs en sourcillant vers Hugh, tout en retirant quand même son sac.

— Je ne sais pas, dis-je. Ce que je sais en revanche, c'est que nous ne pouvons pas le laisser plié en deux comme ça.

Les filles acquiescèrent. Elles étaient avec moi.

— Vous deux, prenez les épaules. Je prends le bas. Nous allons juste le retourner comme un pancake et l'installer là.

Je désignai une partie du sentier sans troncs. Chaque fille prit une épaule, et j'enroulai mes bras autour des cuisses de Hugh – il hurla tout le long.

— À trois ! criai-je. Un ! Deux ! Trois !

Je crus que mes tympans allaient éclater lorsque nous le soulevâmes, tant il s'égosillait. Et, bon sang, ce qu'il était lourd. Mais l'adrénaline nous porta secours, et nous parvînmes à le retourner en un seul mouvement assez coordonné, pour l'allonger le plus délicatement possible sur le sol plat.

Au cours de la manœuvre, Hugh arrêta de crier. Il s'était de nouveau évanoui.

— Ça doit faire un mal de chien, dit Dosie.

Je saisis ce moment pour appuyer les mains sur sa cuisse et sa hanche. Je n'étais même pas certaine de ce que je cherchais en le palpant. Des os qui ressortaient ? D'immenses mares de sang qui s'accumulaient ? Non seulement je n'avais aucune idée de ce que je cherchais, mais je n'avais aucune idée de ce que je ferais une fois que j'aurais trouvé non plus. Mais je ne trouvai rien. Juste une jambe normale au contact. Peut-être n'était-ce pas si grave.

C'est alors que l'une des Sœurs, qui s'était reculée, dit :

— Est-ce que l'une de ses jambes n'aurait pas l'air plus longue que l'autre ?

Je me levai pour regarder. Oui. En effet.

— Ça ne peut pas être bon, dit l'autre sœur.

Mais Hugh revenait à lui.

— Chut, leur dis-je avant de me tourner vers lui. Est-ce que tu m'entends ?

— Putain de merde.

— J'imagine que tu es conscient.

— Il y a quelque chose de cassé, dit-il. J'ai entendu un craquement.

— Est-ce que tu peux bouger ta jambe ? (Il secoua la tête.) Tu ne veux même pas essayer ?

— J'essaie.

Nous regardâmes tous les deux sa jambe. Complètement immobile.

— OK, dis-je. Donc peut-être que c'est une jambe cassée. Ou une hanche. Ou le bassin.

Je me mis à appuyer sur sa cage thoracique. Il hurla de nouveau.

— Ou peut-être bien des côtes.

Il ferma les yeux, haletant.

— Qu'est-ce qui t'a pris de marcher sur ces arbres morts, d'ailleurs ? demandai-je en fouillant dans mon sac à la recherche de Tylenol, l'antidouleur le plus fort que j'avais. N'as-tu pas vu Beckett m'humilier à ce sujet le premier jour ?

— C'est une telle flippette, dit Hugh.

— Eh bien, maintenant, nous savons pourquoi.

Je lui fis prendre le Tylenol, même s'il manqua de s'étouffer avec.

Hugh n'avait pas l'air bien. Il avait perdu ses couleurs. Et même s'il avait la peau froide, des gouttelettes de sueur recouvraient son visage.

— Il est en état de choc, dis-je.

— Tu ne le serais pas ? fit Uno.

— Qui va chercher de l'aide ? demandai-je.

— Toi, dirent-elles en chœur.

Je ne protestai pas. Même si j'étais la personne la plus compétente des quatre, cela ne voulait pas dire grand-chose. Je pris la carte et m'efforçai de décider si je ferais mieux de prendre mon gros sac en entier, ou juste mon petit sac de jour. J'estimai que même si je pourrais me déplacer plus vite avec le minimum, si jamais je me perdais, me blessais ou me faisais attaquer par un ours – ce qui ne paraissait pas impossible –, je m'en sortirais mieux avec le maximum. Je hissai le gros sac sur mon dos et le bouclais sur mes hanches quand les filles m'arrêtèrent.

— Qu'est-ce qu'on fait ? demandèrent-elles.

Je secouai la tête.

— Je n'en sais rien.

Mais elles étaient presque aussi pâles que Hugh lui-même, et je savais que je devais dire quelque chose.

— Hydratez-le. Réchauffez-le. Tenez-lui la main. (Je leur tendis la petite trousse de soins avec ce qu'il nous restait de Tylenol.) Notez sur un journal tout ce que vous remarquez. Parlez-lui. Réconfortez-le. Planifiez le mariage.

Je me remis en route sur le sentier, mais Dosie me suivit et m'attrapa la main.

— Et s'il meurt ? chuchota-t-elle.

Je secouai la tête avec une assurance que je n'éprouvais pas.

— Il ne va pas mourir.

Elle gardait ma main.

Je serrai la sienne.

— Soyez courageuses, ajoutai-je. Je reviendrai avec du secours.

Plantée sur le sentier, elle me regarda partir, mais je n'étais pas allée bien loin quand je commençais à me rendre compte que le chemin sur lequel je marchais ne ressemblait en rien à l'image que je m'en étais faite la dernière fois que j'avais étudié la carte. Évidemment, c'était bien avant que nous nous mettions à analyser combien Jake était amoureux de Windy. Je suppose que cette conversation m'avait déconcentrée plus que je n'en étais consciente, car je m'aperçus brusquement que nous avions descendu un ravin alors que nous aurions dû parcourir une portion plate et droite. Je fis halte et ouvris la carte pour consulter l'itinéraire. Et, comme en cours avec Beckett, je pus voir en 3D à quoi devrait ressembler le sentier que j'étais censée suivre. Et je pus voir tout aussi clairement que l'endroit où je me trouvais n'y ressemblait en rien.

Nous allions dans la mauvaise direction, subitement, je le sus – et depuis un bon moment, ce qui se produisait beaucoup, dans cette randonnée. Les panneaux de signalisation étaient beaucoup moins fréquents dans une zone aussi sauvage et reculée, et beaucoup moins repérables qu'ils n'auraient probablement dû l'être. Après tout, où d'autre seraient-ils presque aussi vitaux qu'au fin fond de la nature ?

Je déposerais une plainte auprès du service des parcs à mon retour. Si nous survivions.

Je me retournai et traçai dans l'autre sens en passant devant les Sœurs et Hugh en chemin.

— Nous allions dans la mauvaise direction, lançai-je d'un ton jovial en employant ma voix de Mary Poppins.

Les filles parurent dévastées.

— Je reviens dès que possible ! m'exclamai-je sans ralentir. Peut-être demain ! ajoutai-je une fois que je me fus trop éloignée pour que quiconque ait l'énergie de me courir après.

Vingt minutes plus tard, je bifurquais à la fourche et me lançais sur le bon chemin.

Ensuite, tout ce que j'avais à faire était de rattraper les deux autres groupes. Ce qui prit des heures.

Car cette randonnée était une telle ligne droite sur sol relativement plat que Beckett avait pris l'initiative d'ajouter un peu de distance. Il avait prévu que le premier groupe arrive au campement autour de 13 heures, et que le plus lent – le mien – se traîne jusque-là autour de 15 heures. Mais nous avions perdu au moins une demi-heure rien que pour stabiliser Hugh. Sans parler du temps qu'il m'avait fallu pour calmer les Sœurs – qui flippaient, c'est le moins que l'on puisse dire –, ni du détour d'une demi-heure pendant que je suivais la mauvaise route, ni des quarante minutes que je mis à retrouver la bonne. Je ne vais pas mentir : j'étais fatiguée. Mais ralentir n'était pas vraiment une option, je fis donc littéralement semblant d'être une locomotive à vapeur, en imaginant mes bras comme ces barres métalliques qui font tourner les roues. Aussi dingue que cela puisse paraître, ce fut utile. Tout ce que j'avais à faire était de maintenir le rythme et poursuivre sur cette route. Je les rattraperais à un moment donné.

Il s'avéra que ce « moment donné » fut 18 heures. Les autres groupes dînaient quand j'arrivai enfin au campement dans des halètements de locomotive, et lorsque Beckett m'aperçut, il se leva pour se précipiter vers moi. Jake se leva lui aussi, et malgré toute cette histoire importante de vie et de mort que je vivais à cet instant, le voir, même depuis l'autre bout du campement, eut un effet physique sur moi. Un jour, j'allumai la lumière en actionnant un interrupteur dont il devait fuir un peu de courant, et, lorsque je le touchai, une petite palpitation électrique pénétra dans mes doigts. Pas assez pour me faire mal, mais juste assez pour capturer cent pour cent de mon attention. Voilà exactement ce que cette sensation me rappelait – un courant électrique : un croisement entre une décharge et une palpitation. Mais cela était bien plus puissant – assez pour me contraindre à baisser les yeux afin de rompre la connexion. Je ne pouvais pas le regarder. C'était trop.

C'était quoi, ça ? Cela se produisait beaucoup durant ce voyage avec Jake. Je me souvenais bien de cette sensation suscitée par des coups de cœur que j'avais eus plus jeune, mais ça faisait des années que je ne l'avais pas ressentie. Pourquoi était-ce si physique ? Comment une paire d'yeux à six mètres de distance pouvait-elle avoir un effet viscéral sur le corps d'une autre personne ? S'agissait-il juste de nervosité ? Ou, aujourd'hui, d'épuisement émotionnel de m'être occupée de Hugh ? Ou peut-être d'une variante intensifiée de ce phénomène qui a lieu quand quelqu'un vous regarde et que vous le *sentez*, juste, et vous vous retournez droit vers lui ? Je me suis toujours demandé si c'était là quelque vestige d'instinct d'animal grégaire remontant à la nuit des temps. Bien entendu, les humains n'avaient jamais été des animaux grégaires. Nous étions des prédateurs. Mais même les prédateurs doivent savoir à un certain niveau ce que ça fait d'être une proie.

— Mais où est-ce que vous étiez ? demanda Beckett.

— Nous avons manqué un embranchement sur la carte, expliquai-je, et il nous a fallu un peu de temps pour le comprendre.

— Où est le reste de ton groupe ?

— Hugh est tombé, et il est blessé.

Beckett leva les yeux pour repérer Jake, qui se tenait toujours au garde-à-vous, à nous observer.

— D-Jake ! cria-t-il.

Il lui fit signe de venir. Puis il se retourna vers moi.

— Tombé ?

— Il a marché sur un tronc d'arbre abattu. Son pied est passé à travers et il a perdu l'équilibre, et ensuite il a atterri sur un autre tronc couché à moins d'un mètre de là.

— Je vous avais dit de ne pas le faire ! Je ne l'avais pas dit ?

J'acquiesçai.

— Si.

À ce moment-là, Jake nous rejoignit, et maintenant que j'avais eu une minute pour m'en convaincre, je pus me forcer à croiser son regard.

— C'est arrivé très vite, dis-je, mais je pense qu'il est peut-être tombé de tout son poids sur la hanche gauche.

— C'est juste le côté gauche ? s'enquit Jake.

— Pour autant que je sache, répondis-je.

Jake et Beckett se regardèrent comme si ce n'était pas une bonne nouvelle.

Alors j'en convins.

— Ce n'est pas bon, dis-je. Je crois qu'il est en état de choc.

Puis Jake passa en mode sérieux de secouriste qui recueille les informations.

— Était-il conscient ? demanda-t-il.

— Oui. La plupart du temps. Bien qu'il se soit évanoui quand nous l'avons déplacé.

— Pourquoi est-ce que vous l'avez déplacé ?

— Il était plié sur ce second tronc avec la tête en bas. Ça ne paraissait pas une bonne idée de le laisser ainsi.

Jake hocha la tête.

— Bien vu.

Puis il demanda si Hugh pouvait bouger la jambe un tant soit peu, et je répondis « non ». Il demanda si Hugh avait haleté ou craché du sang, et je répondis « non ». Puis il posa tout un tas de questions auxquelles je n'avais pas les réponses. Comment était son pouls ? (Je n'avais pas songé à le prendre.) Pouvait-il remuer les orteils ? (Je n'avais pas vérifié ni même pensé à lui ôter ses bottes.) Quel était son temps de remplissage capillaire ? (Je ne savais même pas ce que c'était.)

— Je suis désolée de ne pas avoir de meilleurs renseignements à te donner, dis-je.

— De quoi avait-il l'air quand tu l'as quitté ?

— Il était pâle. Moite. Pas bien.

Jake regarda Beckett.

— Nous devons le sortir de là.

— Ce soir ?

— Le plus tôt sera toujours le mieux.

Jake pensait-il vraiment essayer de retrouver en pleine nuit notre groupe de randonnée égaré ? Que pensait-il que nous ferions – lui tenir la main pour le guider jusque là-bas ? Les étoiles n'étaient même pas apparues. Même les gens qui pouvaient voir trébucheraient dans les arbres.

Mais Beckett inspecta le ciel et secoua la tête.

— Il fait trop sombre. S'ils étaient sur le sentier, je dirais « allez-y », mais ils sont quelque part en dehors, et nous ignorons où.

Je savais où, mais je me tus. Préférais-je protéger Jake qu'aider Hugh ?

— Nous ne pouvons pas commencer une évacuation avant demain matin, de toute façon. Une heure ou deux ne feront aucune différence.

Là-dessus, ce fut décidé. Nous attendrions l'aube pour partir.

— Va pioncer avec le groupe de Windy, ce soir, me dit Beckett.

Puis il réunit le groupe, tapa dans ses mains pour avoir l'attention de tout le monde et les mit au courant.

— C'est grave, les cocos, et ce n'est pas un exercice. Nous procédons à une évacuation demain. Pas de petit déjeuner le matin. Nous lèverons le camp à 5 heures – pas de nourriture, ni café – pour nous mettre en route. Vous pourrez tous faire le plein sur place pendant que Jake et moi nous occuperons de Hugh. Veillez à nous garder quelque chose à manger. (Puis il nous balaya du regard, en scrutant nos visages.) Demain, ça va être galère, les amis. Allez au pieu tout de suite, et profitez de chaque miette de repos que vous pouvez.

Notre groupe de tente était déjà installé et les gens durent décaler leurs sacs pour me faire de la place sous le tarp. J'aurais opté pour l'autre côté – le plus éloigné de Jake –, mais le groupe libéra de l'espace en se séparant au milieu, et je finis juste à côté de lui.

Tout le monde me supplia de donner d'autres détails tandis que je me tortillai pour enfiler mon pyjama à l'intérieur de mon sac, mais je ne me sentais pas loquace. Je ne leur fournis pas beaucoup d'os à ronger, et, assez vite, ils suivirent le conseil de Beckett, se blottirent et s'écroulèrent. Sauf moi. Je n'arrivais pas à me détendre. J'étais allongée sur le dos, essayant de me détendre en me massant les paumes. Il faisait noir, la voûte du tarp au-dessus de moi aurait aussi bien pu être le ciel. Une minuscule veilleuse tenait les ténèbres à distance. Je ne pouvais m'empêcher de penser à Hugh, là-bas, sur le bord du sentier, le visage si gris. J'avais fait de mon mieux – avec mon unique page de notes sur les premiers secours. C'était loin d'être suffisant, et je le savais. C'était un étrange sentiment de solitude.

— Tu t'es bien débrouillée, tu sais, dit alors Jake.

Sa voix était tout près de mon oreille. Il était silencieux depuis si longtemps, il semblait impossible qu'il soit encore réveillé.

Mais j'étais contente que ce soit le cas. Je fermai les yeux.

— J'ai peur que Hugh meure.

— Ne pense pas à ça. Nous ferons tout ce que nous pourrons. Il va probablement bien s'en sortir.

— Probablement ?

— Il est possible que les Sœurs lui parlent jusqu'à ce que mort s'ensuive.

Je ris tout doucement.

— Je n'avais aucune idée de ce qu'il fallait faire. J'avais une page de notes comme base.

— C'est plus que qui que ce soit d'autre aurait eu.

— À part toi.

— Ouais, mais je suis dans cette branche.

— Et maintenant il est là-bas. Et nous sommes ici. Et je n'arrive pas à dormir.

J'étais sincèrement ébranlée.

— Il faut que tu dormes, dit Jake. Ça va être brutal, demain.

Mais je ne fermai pas les yeux. À la place, je dis :

— Est-ce que Beckett n'aurait pas dû venir nous chercher ? Quand on ne s'est pas pointés l'après-midi ? Est-ce qu'il n'aurait pas dû savoir que quelque chose clochait ?

— Il avait décidé de retourner vous chercher après le dîner.

— Après le dîner ?

— Il voulait « faire le plein » d'abord, et il ne paraissait pas très inquiet. Je pense qu'il s'attendait juste à ce que votre groupe...

— Soit nul ?

— Lambine, précisa-t-il, et je devinai un petit sourire dans sa voix. Mais tu as raison. Il n'est pas exactement un professionnel qualifié.

— Quel âge lui donnes-tu ?

— Si je ne savais pas qu'il faut avoir vingt et un ans, je dirais dix-sept.

— Moi, quinze.

— Il n'est pas très vieux, c'est certain.

— Mais il me surprend, parfois.

— Tu sais, dit Jake en roulant sur le côté pour être face à moi, pendant que nous vous attendions, ce soir, Beckett nous a fait faire un exercice plus sentimental que jamais. Il s'en est même excusé. Mais il a dit qu'il l'avait pratiqué lors de son tout premier stage BCSC, et que ça ne l'avait jamais quitté.

Je roulai sur le côté pour être moi aussi face à lui. Je gardai la voix basse, afin de ne pas réveiller les autres.

— Qu'est-ce que c'était ?

— Il a dit : « Pensez à quelqu'un qui vous a aimé. Ou qui vous aime. Quelqu'un qui vous soutient. Qui croit en vous. Qui serait prêt à souffrir pour vous. »

— Beckett a dit ça ?

Jake acquiesça.

— Il a dit qu'un jour viendrait où les choses seraient si désespérées que le seul moyen de les surmonter serait de se tourner vers notre personne, quelle qu'elle soit, dans nos têtes – afin d'en tirer de la force pour tenir bon.

Je me tus un instant, pensive.

— Est-ce que tu me dis ça maintenant parce que demain sera l'un de ces fameux jours ?

Il acquiesça.

— Ça, et le fait que tu sembles assez secouée. Tu voudras peut-être te mettre en contact avec ta personne.

— Qui est la tienne ?

Aucune hésitation.

— Ma mère.

— Pas ton père ?

— Mon père est génial, dit-il. Mais ce n'est pas ma mère. (Une pause.) Qui est ta personne ?

Aucune hésitation non plus.

— Mon frère.

Jake haussa les sourcils.

— Duncan ? Vraiment ?

Et voilà un moment où j'aurais pu faire semblant. J'aurais pu simplement dire : « Oui, Duncan », ni vu ni connu. Mais ce n'était pas Duncan. C'était mon autre frère, celui dont je ne parlais jamais. Et pourtant, soudain, de nulle part, avec ce garçon de vingt-deux ans, je venais de l'évoquer.

Ç'aurait pu être le silence de la nuit, avec nous deux allongés sur le flanc si près l'un de l'autre – les seuls éveillés de tout le lot –, qui donnait l'impression que c'était le moment opportun pour partager des secrets. Ou le fait que nous chuchotions déjà. Je l'ignorais. Mais je savais ceci : je pouvais lui mentir à cet instant précis, ou je pouvais lui dire la vérité – et, j'ignore pourquoi, soudain, dire la vérité ne paraissait pas si terrible.

—Non, pas Duncan, dis-je alors, dans ce qui me parut un ralenti. Mon autre frère.

—Le frère que tu as perdu, dit Jake sur un ton qui suggérait qu'il s'y était attendu.

—C'est ça. Le frère que j'ai perdu. Nathan. Tu as entendu parler de lui ?

J'ignorais ce que savait Jake au sujet du Drame.

Je l'entendis esquisser un petit haussement d'épaules.

—Je sais juste que vous étiez très proches. Et qu'il est mort un an avant la naissance de Duncan.

—C'est exact. Il est la raison pour laquelle Duncan est né, en vérité.

—Il est mort dans un accident, c'est ça ?

—Il s'est noyé.

Tandis que je prononçais ces mots, ce sentiment familier de chagrin me remplit les poumons.

J'aurais pu m'arrêter là, mais, pour une raison que je ne comprenais pas, j'avais envie de continuer. Je m'assis alors en tailleur en veillant à rester près de lui et garder la voix basse.

—Nous étions dans une maison au bord d'un lac chez des amis de mes parents. Les adultes étaient tous en train de boire et de passer du bon temps. Nous étions un paquet de gamins, et nous étions censés regarder un film, mais Nathan a voulu aller à la marina à la place et courir sur les quais. Il m'a suppliée de l'y emmener, mais j'ai refusé, et alors, sans rien dire à personne, il est parti tout seul. J'avais juste envie de regarder le film – et tu sais ce qui est drôle ? Je n'arrive même pas à me rappeler quel film c'était. Tu penserais qu'un détail pareil serait gravé dans ta mémoire, mais il s'est effacé. Quelquefois, allongée dans mon lit, les yeux rivés sur le ventilateur, j'essaie de me souvenir. De temps en temps, je songe à contacter les autres enfants qui étaient présents ce soir-là pour demander si quelqu'un s'en souvient. Mais ensuite, je me ravise. Tu t'imagines appeler un parfait inconnu au bout de vingt ans et lui poser une telle question ? Impossible. Donc je ne saurai jamais. Ce sera l'une des grandes questions sans réponse de ma vie.

Jake prit un moment pour s'asseoir lui aussi, croisant ses jambes exactement comme moi, de telle sorte que nos genoux se touchaient.

— Ne fais pas de bruit, chuchotai-je. Tu vas les réveiller.

— Tu plaisantes ? chuchota-t-il à son tour. Une corne de brume ne les réveillerait pas.

J'ébauchai un petit sourire et baissai les yeux vers mes mains posées sur mes genoux.

Après une minute, Jake dit :

— Ce n'était pas ta faute, tu sais.

Je me détournai.

— Bien sûr que si. C'était moi la grande sœur.

— Tu n'as rien fait de mal.

— J'aurais dû y aller avec lui.

— Quel âge avais-tu – neuf ans ?

J'acquiesçai. Je savais ce que Jake tentait de dire. J'avais conscience que c'était compliqué, et que les frères et sœurs, ce ne sont pas les parents, et que j'aurais dû me le pardonner depuis longtemps. Mais il était impossible d'y changer quoi que ce soit, et même si je savais qu'aucun regret n'était assez fort pour changer le passé, je continuais de m'y accrocher. Étrangement, cela me semblait être la seule chose convenable à faire.

— Je suis désolé, dit Jake d'une voix douce.

— Après, ma mère est devenue frénétique. Au lac, elle l'a cherché désespérément. Même une fois qu'ils l'ont retrouvé dans l'eau, la panique ne l'a pas quittée. C'était comme si elle ne pouvait pas s'arrêter de chercher. Elle se levait toutes les nuits pour faire les cent pas dans la maison. Deux mois plus tard, elle était enceinte.

— C'était désiré ?

Je hochai la tête.

— Je crois, oui. Pour essayer de le remplacer. Mais le truc, c'est qu'il était irremplaçable.

— Et c'est ainsi que le monde s'est retrouvé flanqué de Duncan.

— Il y a des frères et sœurs qui ne s'entendent pas, poursuivis-je. Mais Nathan et moi étions de vrais, d'authentiques amis. Il avait un an de moins, mais ça n'avait aucune importance. On s'engueulait, mais on se réconciliait toujours. On était potes. On construisait des forts. On partait en exploration. On se faisait des dessins. On se défendait l'un l'autre.

— Donc, en gros, exactement le contraire de Duncan et toi.

Je haussai les épaules.

— Je ne sais pas à quoi pensait ma mère. Avant que nous ayons pu nous en rendre compte, il y avait ce nouveau bébé – ce bébé qui faisait des coliques et le son d'un cochon qu'on égorge. Il hurlait à la mort vingt-quatre heures sur vingt-quatre, sept jours sur sept dans la baraque. Un nouveau-né, c'est forcément difficile pour une famille dans les meilleures circonstances, mais Duncan était insupportable. Alors mon père s'est immergé dans son travail. Ma mère travaillait jusque-là comme bibliothécaire à mi-temps, mais elle a démissionné pour s'occuper du bébé – ce qui était l'inverse de ce dont elle avait besoin. Elle s'est retrouvée piégée dans notre triste maison avec un enfant inconsolable. Et je…

Là, je marquai une pause.

— Tu ? m'encouragea-t-il à poursuivre.

Je haussai les épaules.

— On m'a simplement oubliée. (Je sentis Jake se pencher un peu plus près.) Mes parents se sont séparés un an plus tard. Mon père a déménagé à San Diego et s'est remarié. Je ne le vois quasiment plus. Les deux années qui ont suivi, ma mère est restée à Evanston dans notre maison et a essayé de nous élever toute seule, Duncan et moi, mais elle n'a pas pu gérer. C'était une chouette maison dans une chouette partie de la ville, mais l'argent manquait – ou peut-être qu'elle était juste incapable de faire face. Nous avons reçu des mises en demeure. On n'arrêtait pas de nous couper l'eau et le courant, et ça lui prenait des jours de les faire rétablir. Il y avait des piles de linge partout – à tel point qu'on ne pouvait pas distinguer le propre du sale. Elle pleurait tout le temps et oubliait de préparer le dîner. Elle a oublié de payer le gars qui tondait la pelouse tellement souvent qu'il a juste arrêté de venir, et notre gazon a poussé de, genre, un mètre de haut. Une couche d'algues s'est développée dans l'étang de notre jardin de derrière. J'ai tenté de prendre la relève : j'ai plié les vêtements et ai appris à me réchauffer de la soupe et faire des croque-monsieur, mais, un matin, peu de temps après mes treize ans, elle nous a conduits à l'autre bout de la ville chez grand-mère GiGi et nous a laissés là-bas.

— Une chance que grand-mère GiGi soit aussi géniale.

J'acquiesçai.

— Pour ça, j'ai eu de la chance.

— Est-ce que tu revois ta mère aujourd'hui ?

Mon regard se perdit dans les ombres de la nuit.

— De temps en temps, nous allons prendre un café, et elle me parle de son travail, pendant que je hoche la tête sans arrêt. Elle est graphiste-slash-prof de yoga maintenant, et quand elle me demande comment je vais, je lui réponds que ça va super bien.

— Parce que tu vas toujours super bien.

— C'est ça.

— Elle n'était pas à ton mariage, si ?

Je secouai la tête.

— Et ton père ?

J'acquiesçai.

— J'ai bien invité mon père. Je lui en voulais moins, j'imagine, même si je ne sais pas trop pourquoi. Peut-être que j'en attendais moins de lui.

— Mais il ne t'a pas conduite à l'autel, si ?

Je niai de la tête. Je ne l'avais pas souhaité.

— Je me suis conduite moi-même.

— Je m'en souviens.

Je pris une profonde inspiration.

— Donc, tu vois, j'ai perdu tout le monde.

D'une voix douce, Jake dit :

— Pas Duncan. (Je regardai vers lui.) Tu n'as pas perdu Duncan. Il t'aime. En fait, « aimer » n'est pas un mot assez fort. Il t'adore. Tu le supportes à peine, mais il s'arracherait la peau du dos pour te la donner.

— Je ne veux pas de la peau de son dos.

Jake esquissa un haussement d'épaules ténu.

— L'argument reste valable.

J'inspirai longuement en songeant à tout ce que je venais de lui raconter. Puis je dis quelque chose que j'avais sans doute toujours su, mais jamais exprimé jusqu'à cet instant :

— Je suppose que je ne lui ai jamais pardonné de ne pas être Nathan.

C'était surréaliste de m'entendre prononcer ces paroles.

Jake regarda vers moi.

— Ça me paraît assez normal... Mais il n'a pas demandé à naître. Il a été entraîné dans cette merde de la même façon que toi. Par accident.

Tout m'avait paru si limpide à dix ans : c'était Duncan, le problème. J'enfouis ma culpabilité sur la mort de Nathan et jugeai Duncan responsable de tout. Il arriva, et mon père disparut, ma mère s'enfonça dans la folie, et je fus complètement ignorée.

Il passa du bébé à coliques à un enfant en bas âge épuisant, puis un petit vaurien. Grand-mère GiGi nous aimait, mais sa tolérance pour les enfants était basse, et je me retrouvai à jouer constamment la baby-sitter dès l'âge de treize ans jusqu'à mon départ pour la fac. Une fois partie, je fus juste tellement soulagée de me retrouver seule que je ne revins plus jamais là-dessus. Je ne regardai jamais en arrière pour reconsidérer les choses. Ça s'était produit, j'avais survécu, je m'étais éloignée, et à présent j'allais tout à fait bien. Il s'avérait néanmoins que j'avais un frère cadet particulièrement énervant dont je ne supportais pas la compagnie. Et c'était entièrement sa faute.

Mais ici, en parlant à Jake, je revenais survoler l'histoire de ma vie sous un angle différent. Pour la première fois, je vis Duncan comme un enfant sans mère, en cruel manque d'attention, y compris de ma part, et faisant tout – même piquer la voiture de grand-mère GiGi à l'âge de huit ans – pour l'obtenir. Je vis ma mère comme une personne absolument aveuglée par le chagrin, la culpabilité et le regret – se reprochant ce qui avait eu lieu, réduite en miettes sans aucune idée de la façon dont elle pourrait se remettre sur pied –, et mon père, aussi, enfouissant sa douleur dans le travail, totalement incapable d'aider ma mère, fléchissant sous le poids du chagrin. Je serais peut-être partie, aussi, si j'en avais eu l'option. Mais je ne le fis pas. Il fallait que je reste, et la seule personne au monde qui aurait pu arranger la situation était celle-là même qui était véritablement partie.

Jake m'observait tandis que j'y songeais. Je croisai son regard.

— Ça fait beaucoup à méditer, dit-il. Ça te monopolisera bien le cerveau pendant l'évac, demain.

L'évacuation. C'est vrai.

— Quelle heure est-il ? demandai-je.

— Vingt et une heures, dit Jake. Le minuit du randonneur.

— J'imagine que nous devrions dormir.

Jake roula pour s'installer de nouveau sur le flanc, face à moi. Je l'imitai. Allongés côte à côte et face à face, nous soutînmes le regard l'un de l'autre pendant un bon moment avant que je dise :

— Merci, au fait.

— Pour quoi ?

J'ignorais comment tout énumérer. Pour avoir veillé avec moi quand j'étais triste. Pour avoir soigné mes ampoules. Pour avoir couvert mes arrières à de multiples reprises quand Beckett s'en prenait à moi. Pour prendre soin de Duncan et être son ami. Je secouai la tête.

— Pour tout.

Je m'apprêtais à ce que ce soit le dernier mot – à finir la journée simplement comme ça, avec gratitude. Je fermai les yeux.

Mais alors, Jake dit :

— Helen ? (Je les rouvris.) Il y a quelque chose que j'ai envie de te dire depuis quelque temps.

Oh, Seigneur.

— OK.

— Je suis sincèrement désolé pour… (Il marqua une pause d'une seconde.) Pour cette histoire de baiser.

— Quelle histoire de baiser ?

— Je venais d'avoir de mauvaises nouvelles, poursuivit-il. Et j'étais encore sous le choc. Je le suis toujours, en fait. (J'attendis.) Je ne prenais pas de très bonnes décisions, voilà tout.

— Quel genre de mauvaises nouvelles ?

— Du genre qui craint.

— Tu ne veux pas me le dire ? Je viens de te livrer toute l'histoire de ma vie, et tu ne veux pas me le dire ?

— En fait, j'ai reçu ces mauvaises nouvelles à l'automne dernier, mais ensuite, pendant un bout de temps, j'ai espéré qu'elles n'étaient peut-être pas si mauvaises – mais il s'est avéré qu'elles l'étaient... ou plutôt, qu'elles le sont. Et j'en avais eu la certitude environ trois jours avant qu'on finisse ensemble dans ce motel.

Essayait-il de me dire qu'il m'avait embrassée uniquement pour se changer les idées ? Ou pour se distraire de mauvaises nouvelles ?

— Raconte-moi.

Il me dévisagea comme s'il y songeait, mais ensuite il secoua la tête.

— Eh bien, c'est juste méchant, dis-je. C'est toi qui l'as évoqué.

— Mais c'était juste englobé dans mes excuses.

— Je ne t'ai pas demandé d'excuses.

— Tu n'avais pas à en demander. Je t'en devais.

— Tu ne me devais rien.

— Je veux juste que tu saches que si ma vie était différente – si elle était mieux –, cette nuit-là se serait déroulée de manière très différente.

Qu'est-ce que cela voulait même dire ? J'eus envie de lui poser la question, mais admettre que je m'en souciais aurait été admettre ma vulnérabilité.

— Ça ne fait rien, dis-je. C'était il y a mille ans.

— C'était la semaine dernière.

— Oui, bon. La semaine a été longue. Et tu as été affreusement occupé entre-temps. (Il sourcilla.) Les Sœurs parlent. Je sais ce que tu as fabriqué avec chacune des filles de ce stage.

Je ne m'étais pas aperçue à quel point j'étais jalouse jusqu'à ce que je prononce ces paroles.

— C'était un jeu.

— As-tu vraiment embrassé toutes les filles, ici ? demandai-je.

— Je ne sais pas.

— Est-ce que tu en as embrassé assez pour perdre le fil ?

— C'était un jeu.

— Un peu comme le Scrabble ?

— C'était différent.

Je voulais que ce soit différent. Je le voulais si cruellement à cet instant que cela me terrifia. Et, en réaction à la terreur, je fis la seule chose qui me vint à l'esprit. Je rétorquai :

— Peu importe. Je n'en ai vraiment rien à faire.

C'était tout l'inverse de ce que je ressentais, mais je m'en moquais. Je poursuivis ardemment sur cette lancée en ajoutant :

— Pendant que tu jouais à « Action ou vérité », j'ai reçu un coup de fil.

Il mordit à l'hameçon.

— Quel genre de coup de fil ?

— Du genre où ton ex-mari t'annonce qu'il s'est ressaisi et que tu es la meilleure chose qui lui soit jamais arrivée. Et où il te supplie de rentrer à la maison.

Jake se redressa sur les coudes en essayant de déchiffrer mon expression.

— Rentrer et faire quoi ? Annuler votre divorce ?

— Je ne sais pas. Sortir ensemble, peut-être.

— Sortir ensemble ? Tu ne peux pas sortir avec ton ex-mari.

— Pourquoi pas ?

— C'est faire marche arrière !

— Au moins, c'est aller quelque part.

Il prit une inspiration.

— Qu'est-ce que tu as répondu ?

— Je pense que je te parlerai de ma réponse quand tu me parleras de tes mauvaises nouvelles.

— Ce n'est pas juste.

— La vie n'est pas juste.

Jake étudia mon visage une minute.

— Helen, tu ne peux pas…

— Je peux faire tout ce que je veux, dis-je.

Et alors, avant qu'il ne puisse répondre, je roulai dans mon sac de couchage pour me tourner de l'autre côté.

Chapitre 11

Beckett nous réveilla à 4 h 30, et nous levâmes le camp dans une obscurité silencieuse. Je réussis à trébucher trois fois – sur un câble de tarp, un caillou et une branche cassée – avant que le soleil songe même à se lever.

Tandis que nous endossions nos sacs pour nous mettre en route, je m'attendais à ce que Beckett prenne les gars costauds et Jake à l'avant pour vite avancer et laisser le reste d'entre nous suivre du mieux que nous pouvions. Mais ce n'est pas ce qui se passa.

— Helen, lança Beckett en me désignant l'avant. Tu ouvres la voie.

— Quoi ? s'exclama Mason en se tournant vers nous. On n'y arrivera jamais.

— Elle a dispensé les soins à Hugh. Elle a installé les Sœurs pour la nuit. Elle s'est sortie de là où elle s'était perdue et a retrouvé son chemin jusqu'à nous. C'est elle qui mène.

— Mais c'est la randonneuse la plus lente du groupe !

Je levai un doigt.

— Je suis la troisième plus lente, pour être exacte.

— Beckett…, commença Mason.

Mais Beckett pointa le doigt vers lui.

— Pas un mot de plus. Marche en queue de file, aujourd'hui. Va à l'arrière.

Je ne savais pas trop ce que je pensais d'être meneuse du groupe. J'avais déjà marqué où se situait Hugh sur la carte, et ils arriveraient là-bas certainement beaucoup plus vite s'ils envoyaient les types costauds devant, cela me paraissait donc une perte de temps précieux pour démontrer un point légèrement insignifiant. Cependant, ce serait une perte de temps supplémentaire de contester ; j'allai donc en tête de file et me mis en route. Windy m'emboîta le pas, Jake à sa suite. Beckett marcha à l'arrière pour garder un œil sur les plus costauds. Nous fûmes plus que dans les temps. L'idée de Hugh en péril de mort doubla mon allure. De plus, c'est fascinant comme une personne qui vous qualifie de lente peut vous rendre rapide. C'était agréable de se déplacer avec une telle concentration et motivation. J'imagine que j'étais devenue plus forte sans m'en rendre compte. Parfois, ce genre de découverte vous prend par surprise.

Au début, personne ne parla. Contrairement aux autres randonnées, où tout le monde chantait, discutait et faisait beaucoup de bruit, celle-ci se fit dans un étrange silence. Mon cerveau ne cessait de revenir à la veille. Lorsque je me défiai de trouver trois bonnes choses, elles me vinrent à l'esprit en quelques secondes : je m'étais servie de mon entraînement – gravement limité – aux premiers secours pour aider Hugh. J'avais mis en pratique dans le monde réel mes compétences en lecture de carte. Et j'avais vécu un moment marquant concernant ma relation avec mon frère – en fait, avec ma vie entière. Pas mal pour ce qui était officiellement l'une des pires journées de mon existence…

Bien entendu, j'eus le réflexe de repenser aux choses négatives, aussi. Le désagrément d'être coincée à l'arrière avec les Sœurs et leurs ragots. La vision effroyable du pied de Hugh s'enfonçant dans ce rondin et le sentiment de panique à l'idée de ne pas savoir que faire – et la perspective de faire ce qu'il ne fallait pas. La terreur de sentir que tout reposait sur moi. La contrariété de m'apercevoir que nous nous étions trompés de sentier et que nous avions pris la mauvaise direction.

Mais il y eut un certain plaisir à résoudre le problème du sentier, également. C'était agréable, impossible de le nier.

Ce qui l'était moins, c'était cette idée de Windy et Jake ensemble. J'avoue que c'est là que mon esprit dérivait, à moins que je ne l'en détourne consciemment. Le problème, c'était qu'ils iraient effectivement très bien ensemble. Ils formaient le couple parfait. Je n'arrivais même pas à espérer qu'ils soient incompatibles. À l'exception d'un souci : aussi triste, désespéré et cougar que cela pût être, je voulais Jake pour moi seule.

Les Sœurs avaient-elles raison ? Jake était-il intéressé par Windy ? L'appréciait-il ? Étais-je totalement oubliée – comme j'avais exigé de l'être ? À peine plus d'une semaine auparavant, il avait paru complètement, entièrement épris de moi. Mais peut-être était-il un simulateur, et que c'était là juste un numéro qu'il destinait aux filles : recourir à un désir inventé de toutes pièces pour les amener à faire des choses que d'ordinaire elles ne feraient jamais. Je devais admettre que c'était puissant. Les filles avaient toujours envie de croire en l'amour. Les filles avaient toujours envie de se sentir vues, admirées et désirées. Même les plus avisées. Comme moi.

Ou peut-être m'appréciait-il vraiment, à l'époque – avant de savoir que Windy existait, et avant de savoir qu'il pouvait m'avoir. Peut-être qu'à présent, ce qu'il pensait éprouver pour moi avait été éclipsé par de délicieux sentiments pour la délicieuse Windy. Pouvais-je vraiment lui en vouloir ?

Mais voilà. Qu'il fût ou non un séducteur intrigant, je le connaissais suffisamment après une semaine de ce stage pour savoir que, à tous autres égards, c'était un type bien. Malgré tous mes efforts, le moment était venu de l'annoncer : je l'aimais bien. Je l'aimais bien, c'est tout. Même si cela tombait clairement dans la catégorie des Mauvaises Choses, je fus stupéfaite de découvrir – et Windy aurait été très fière – que je pouvais en tirer une véritable Bonne Chose, aussi. Car ce matin-là, pendant cette randonnée silencieuse, je m'avouai toute une cascade d'émotions et de sensations : dès que Jake me touchait le genou pour remplacer mes pansements, ou prenait ma défense avec Beckett, ou se détournait quand je lui jetais un coup d'œil, j'avais cette décharge folle de plaisir impatient. Même si j'avais ressenti une bonne dose de tristesse en découvrant, disons, qu'il était destiné à épouser Windy et avoir une centaine d'enfants photogéniques au grand cœur, je devais accorder du crédit à ces sentiments aussi. Ils étaient différents de la torpeur que j'avais si résolument éprouvée l'année passée. Ou plus. Le mot qui ne cessait de monter à la surface dans ma tête était « vivante ».

Je m'échinais à me réjouir de l'occasion d'avoir le cœur brisé et de tout ce « vivant » que cela apporterait, lorsque je m'aperçus que Jake et Windy avaient rompu le silence du matin et bavardaient tous les deux.

— Alors le système de plaisir, disait Windy, est modulé par des neurotransmetteurs appelés « opioïdes ». Ils nous aident à apprécier les bonnes choses de nos vies et à nous déconnecter de ce qui est pénible. Mais le système de désir est régi par la dopamine, qui te rend nerveux et trépignant d'envie.

— Donc ils s'annulent plus ou moins l'un l'autre, dit Jake en suivant de près son raisonnement.

— C'est ça. Quand le désir est fort, le plaisir et la satisfaction sont faibles. Ils sont, genre, aux extrémités d'un tape-cul.

J'ignorais totalement ce dont ils étaient en train de parler, mais je m'entendis m'en mêler quand même.

—Est-ce pour ça que certains hommes ne veulent que les femmes qu'ils ne peuvent pas avoir ? Parce qu'ils confondent plaisir et désir ?

—Oui, lança Windy. Probablement. Il semble qu'on en revienne toujours aux neurotransmetteurs.

—Ne peuvent-ils pas prendre quelque chose pour ça ? m'enquis-je.

—Pas vraiment. Les gens peuvent devenir accros à l'envie, par contre. Ils finissent par aimer davantage le fait de vouloir que d'avoir.

—Exactement ! m'exclamai-je. Est-ce que c'est réparable ?

Windy réfléchit une minute avant de répondre.

—Eh bien, dit-elle, il y a beaucoup plus de plasticité neuronale dans le cerveau que nous ne le pensions avant. En théorie, tout est possible. Mais ça, c'est en théorie. Le plus important à se rappeler, c'est qu'obtenir ce que tu veux ne te rend pas heureux.

—Non ? demandai-je.

—Pas longtemps. Le bonheur est plus une question d'appréciation que d'acquisition.

—Oh.

Je fus un peu séchée. J'avais toujours supposé qu'obtenir ce que vous vouliez était la définition même d'être heureux. J'imagine que je m'étais un peu laissé dépasser, là.

Lorsqu'il n'y eut plus d'autre question de ma part, Windy reporta son attention vers Jake.

—Donc, bref, c'est là que j'ai décidé de devenir bouddhiste. Première année à Barnard.

—C'est génial, opina Jake. Je me dis sans arrêt que je dois devenir bouddhiste.

—Ce n'est pas si compliqué, dit Windy. Je peux t'apprendre.

—Carrément. Super.

Windy allait à Barnard ? Et elle était bouddhiste ? C'était le truc chez elle : elle était pleine de surprises. Elle n'était jamais ennuyeuse.

Et elle était pleinement, sans aucune honte, sa propre personne. Je n'arrivais même pas à la détester.

—Peut-être que la prochaine fois que nous avons un Jour Zéro, suggéra Windy, je pourrai te donner un cours.

—Le rencard est pris, dit Jake.

Ou peut-être, en vérité, que je pouvais la détester – juste un petit peu.

Il nous fallut trois heures pour retrouver Hugh. Il était réveillé à notre arrivée, et sirotait de la soupe que les Sœurs lui avaient préparée.

Jake se mit aussitôt au travail, découpant le pantalon et les chaussettes de Hugh avec de gros ciseaux pour évaluer la situation, et il envoya Windy et les costauds lui chercher une branche apte à servir d'attelle.

—Tu vas lui mettre la jambe dans une attelle ? demanda Mason.

Jake secoua la tête.

—Je vais mettre son corps entier dans une attelle.

Beckett rassembla le reste d'entre nous à quelques pas de là pour commencer à préparer l'évacuation. Il nous divisa en deux groupes. Il pointa le doigt vers trois personnes qui avaient des sacs à armatures externes en aluminium et leur dit de les vider. Lorsque ce fut fait, il demanda aux propriétaires de répartir leurs affaires dans les sacs restants. Puis il se mit à démanteler les armatures.

—Qu'est-ce que tu fais ? demandai-je.

—Je fabrique une civière pour Hugh.

Nous avions avec nous des cordes en nylon plates appelées « fouets », et Beckett en utilisa plusieurs pour les tresser autour des trois armatures. Attachées ensemble, elles formaient une civière, avec une surface tissée sur laquelle allonger Hugh. Lorsque Beckett eut terminé, il y étendit un sac de couchage pour rembourrer, puis s'allongea dessus.

— Pas mal, dit-il en me regardant depuis le sol. Ce n'est pas un lit de plumes, mais ça ira.

Au petit déjeuner, Jake nous fit un rapport de l'état de Hugh. Il avait un bleu noirci de la taille au genou et ne pouvait pas du tout plier la jambe ; le problème de jambe-plus-longue-que-l'autre amena Jake à suspecter que Hugh s'était peut-être fracturé *et* luxé la hanche. Mais il était conscient, ce qui était excellent. Jake tourna les yeux vers moi devant le groupe entier.

— Il a dit que Helen était son héroïne.

— Tu as fait quelque chose correctement, jeune fille, dit Beckett. Bien joué.

Beckett prit les commandes à partir de là, en donnant les détails du plan : la moitié du groupe – six d'entre nous – porterait la civière. L'autre moitié transporterait tous les sacs à dos devant en groupes. Apparemment, j'aidais à porter la civière. Jake aussi.

Nous allions cheminer jusqu'au départ de sentier le plus proche – à environ trois miles – pour rejoindre l'ambulance qui emmènerait Hugh à l'hôpital.

— Nous allons juste le déposer en départ de sentier et poursuivre notre chemin ? demanda Mason.

Beckett secoua la tête.

— Une administratrice de la BCSC nous retrouvera là-bas. Elle prendra la suite à partir de là.

Il était 9 h 30. L'heure de nous mettre en route. Trois miles, ça ne me paraissait pas énorme. Peut-être que cette journée ne serait pas si mauvaise.

Mais c'est alors que Beckett se retourna pour dire une dernière chose au groupe.

— Cette journée va être la plus longue de votre vie, mes cocos. Aussi mal que vous puissiez vous sentir, rappelez-vous que c'est dix fois pire pour Hugh. C'est une bonne chose que nous ayons fait notre petit exercice de force intérieure hier soir. Le moment est venu d'invoquer ces gens qui vous aiment. Vous allez en avoir besoin.

Je trouvais tout ça un peu dramatique. Mais Beckett semblait toujours un peu dramatique. Et pourtant, il avait une certaine manière d'avoir raison, aussi. J'allai aider à installer Hugh sur la civière. Les gars étaient regroupés autour de lui, prêts à le soulever pour le positionner dessus. Ils avaient l'air menaçant, même à mes yeux. Jake leur donna à tous la consigne de glisser les mains sous Hugh « comme des spatules ».

— Est-ce que ça va faire mal ? demanda Hugh.

Jake acquiesça.

— Désolé, mon pote. À mort. (Il regarda les hommes.) Prêts ?

— Attendez ! cria Hugh.

Ils attendirent.

Mais il ne faisait que gagner du temps. Je lus si clairement la terreur sur son visage que je m'approchai – coupant entre Jake et Mason – et lui pris la main.

— Serre ma main, lui ordonnai-je.

Jake profita alors de cette distraction et cria :

— Un, deux, trois ! On lève !

Jamais de ma vie n'ai-je entendu quelqu'un crier comme le fit Hugh à cet instant. Si la souffrance pouvait parler, c'est ce qu'elle dirait. Lorsqu'il s'arrêta, je m'aperçus qu'il s'était de nouveau évanoui.

Nous fermâmes son sac de couchage pour le garder au chaud et le protéger. Puis nous le sanglâmes à la civière – fermement, afin qu'il n'en glisse pas.

— Il crierait, là aussi, dit Jake, s'il était conscient.

Et d'un seul coup, ce fut le moment d'y aller.

— En route, dit Beckett, tandis que nous, les porteurs de civière, prenions place autour du bord de la structure.

J'avais imaginé que nous lèverions Hugh jusqu'à nos épaules, un peu comme des porteurs de cercueil, mais Beckett nous dit de le soulever à hauteur de hanche et de le porter les bras tendus vers le bas.

— Plus facile pour vous, dit-il, et plus sûr pour lui.

— Plus sûr ? demandai-je.

— Au cas où nous le lâcherions.

Puis, détournant son regard du mien, il ajouta :

— Ce que nous ne ferons pas.

Beckett avait noué six fouets autour du bord de façon que nous puissions maintenir la structure avec notre main intérieure, mais aussi tirer le fouet par-dessus nos épaules avec l'autre.

— Enroulez le bout du fouet comme ceci, dit-il en nous faisant la démonstration, et tendez le coude.

Ça aidera, me dis-je. *Mais pas beaucoup.*

À la minute où Beckett dit : « On lève à trois... Un, deux, TROIS », et que je sentis le poids réel de ce que nous porterions sur les trois prochains miles, en descente *et* en côte, mes muscles me dirent : « Dans tes rêves ! On repose. »

Mais je ne le fis pas. Parce que personne d'autre ne le fit et qu'il n'y avait pas d'autre choix.

— Il est bien trop maigrichon pour être aussi lourd, dit alors Mason.

— Tu dois ajouter le poids des armatures. Et des sacs de couchage.

— Il pèse probablement autour de quatre-vingts kilos, dit Beckett. Plus les armatures, je dirais que ça monte à quatre-vingt-dix. Peut-être plus.

— Donc ça ne devrait faire que quinze kilos chacun. Par là.

— Ce n'est pas si terrible.

Mais ce fut si terrible. Avant même que nous soyons de retour à la fourche du sentier d'origine, mes épaules me brûlaient là où le fouet s'enfonçait – et ma main était violette et palpitait à l'endroit où j'avais enroulé l'extrémité. Beckett avait prédit qu'il nous faudrait une grande partie de la journée pour atteindre le départ de sentier, car les transporteurs de sacs parcourraient littéralement la distance deux fois – une avec leur propre sac, et une autre avec le sac de l'un des porteurs de civière. Nous, bien sûr, nous déplacerions lentement, à la fois pour le bien de Hugh et pour le nôtre. Ce fut, sans l'ombre d'un doute, la chose la plus éprouvante physiquement que j'aie jamais demandé à mon corps de faire.

Pense à autre chose, m'intimai-je sans grand espoir. Beckett nous avait conseillé de faire appel à notre personne. Quelqu'un qui vous aimait, avait-il dit. J'essayai de me figurer Nathan debout au-devant de moi, m'encourageant comme un spectateur de marathon. Mais c'était trop dur, pour ne pas dire idiot. Il ne me restait plus d'énergie pour l'imagination, et j'avais du mal à croire que Beckett l'avait suggéré – essayer d'accomplir deux actions en même temps ne faisait au contraire que les rendre chacune plus éprouvantes.

Mais c'est alors que Jake commença une chose à laquelle je ne m'attendais pas. Un pas cadencé.

Nous nous étions lancés sur le sentier dans un mouvement chaotique et flageolant, tirant et poussant dans nos sens respectifs contre la civière, avançant péniblement avec des à-coups, quand la voix de Jake résonna haut et fort, nous surprenant au point que nous nous alignâmes.

Tranquille et assuré comme n'importe quel sergent que vous ayez jamais vu appeler au pas cadencé dans un film, Jake entreprit simplement :

— Gauche ! Gauche ! Gauche, droite, gauche !

Et d'un seul coup, les gars se mirent à répondre à l'appel, en répétant en rythme. Comment savaient-ils faire ça ?

Ensuite, Jake se lança dans les « paroles », si on peut appeler ça comme ça :

— « Mon dos me fait mal, mes pompes trop serrées, La nuit, je me retourne sans arrêt. »

Et tous les garçons suivirent, sans sauter un pas. Tandis que leurs voix prenaient la cadence, leurs pieds firent de même.

Jake revint sur un autre couplet de « gauche, droite, gauche », puis continua jusqu'à la phrase suivante, qui se révélait être le refrain :

— « Je ne sais pas vraiment quoi ajouter. Cette fille m'emporte jusqu'aux sommets. »

Là, il me jeta un coup d'œil par-dessus son épaule, vit que je ne répondais pas à l'appel et dit :

— Tu fais partie de cette unité, Helen-avec-un-*H*.

Les garçons répondaient déjà. Alors je me joignis à eux.

Il nous tenait. Il s'avéra que c'était une cadence alternant entre des « gauche, droite, gauche » qui décrivaient combien la vie était effroyable, et ce refrain qui revenait évoquer la fille dans un rythme syncopé donnant étrangement l'impression que porter le poids mort de Hugh dans la forêt se faisait presque en dansant.

Les couplets sur le malheur étaient mes préférés :

Ma voiture m'a lâché, ma télé est foutue, je viens de me réveiller dans le lit d'une inconnue.

Mon chien mord, mes pneus sont morts, ça ne peut pas être pire comme sort.

Mes cheveux se sont fait la malle, ma belle a fait la sienne, il ne me reste plus qu'une stupide rengaine.

J'ignore à quel point cette chanson était un standard, et où Jake l'avait apprise, mais, au bout d'un moment, il commença clairement à inventer des paroles adaptées à la journée :

Pas de lattes, pas de fast-food, nous n'avons que ce poids mort sous le coude.

Mes bottes me font mal, mon ampoule me tue, je n'en peux simplement plus.

Mes aisselles puent, ce sentier est à pic, pourquoi les Rangers n'arrivent-ils pas avec leur Jeep ?

Je n'arrivais pas à comprendre comment Jake s'y prenait. Il ne dégageait pas exactement une *vibe* militaire. Mais j'adorais. Étais-je encore en détresse physique ? Pas qu'un peu. Jake parvenait-il à améliorer grandement les choses ? Oui. Vraiment.

Vers la fin, nos beuglements réveillèrent Hugh, qui cligna les yeux plusieurs fois, nous écouta une minute, puis annonça :

— Je suis en enfer.

— Tu es loin du compte, frère, dit Mason qui se trouvait à côté de sa tête. J'ai des pets qui se bousculent, quelque chose de féroce.

— Propulsion à réaction, rappela Beckett.

À cela, tout le monde – même Hugh – rit un peu.

— Oh, Seigneur, ça fait mal de rire, gémit alors ce dernier. Ne dites rien de drôle.

— On range ses blagues de pets, lança Beckett, ce qui fit de nouveau rire Hugh.

— C'est soit rire, lança l'un des costauds, soit pleurer.

— Ou ni l'un ni l'autre, suggéra Hugh. Pourquoi pas cette option ?

Beckett avait absolument raison. Nous n'atteignîmes pas le départ de sentier avant 15 heures. L'espace d'une minute, durant le pas cadencé de Jake, il sembla que nous allions peut-être battre les prédictions de Beckett et arriver à 14 heures. Mais nous tombâmes alors sur une portion de sentier rendue glissante par une averse éclair. Le sol était trempé, et pour chaque pas nous redescendions d'un demi en glissant dans la boue – ça ressemblait plus à une séance d'entraînement sur un stepper qu'à de la marche. À mi-chemin, juste après une pause déjeuner, nous arrivâmes à un gué. Les rivières montent toujours durant la journée, la neige des sommets fondant dans l'air chaud de l'été. Celle-ci s'élevait à mi-cuisse pour les garçons – à hauteur de hanche me concernant. La manœuvre se serait déjà révélée délicate pour nous seuls, les courants glacials poussant et aspirant nos jambes à chaque pas, mais c'était encore plus dur de maintenir la civière de Hugh assez haut pour la garder hors de l'eau.

— C'est ça, les amis, nous encouragea Beckett, tandis que nous traversions péniblement. N'ajoutons pas l'hypothermie à la liste des affections de Hugh.

Il nous fallut vingt minutes pour traverser, et lorsque nous y fûmes parvenus, la peau de mes jambes était rouge vif de froid, et mes épaules – les deux – étaient si affreusement contractées qu'elles me paraissaient en feu.

Sur l'autre berge, nous déposâmes Hugh, éveillé, et je me pliai en deux au niveau de la taille, laissant tomber mon buste et secouant les bras afin d'évacuer la tension. Cela n'eut aucun effet.

Lorsque je me redressai, Jake était à côté de moi.

— Fais ça, dit-il en me pliant le bras en l'air, puis vers le bas. (Je le dévisageai.) Ce sont tes épaules, n'est-ce pas ? (J'acquiesçai.) OK. Ça va t'aider.

Je le laissai faire. J'étais trop fatiguée pour refuser. De toute ma vie, je n'avais jamais été aussi fatiguée. J'avais passé le stade de contester quoi que ce soit. Je me demandai si Jake allait me passer un savon pour les ampoules éclatées que j'avais partout sur les paumes. Mais ensuite je regardai ses mains à lui : elles étaient pareilles. Celles des autres aussi. Même Beckett.

Comme s'il pouvait lire dans mes pensées, Hugh dit :

— Merci. De m'évacuer. Au fait.

Quelques-uns des gars s'étaient écroulés sur la rive. Certains observaient ce que Jake me faisait aux épaules et essayaient de copier. Ils murmuraient tous des « Pas de quoi, mec ».

Sauf Beckett.

— J'ai eu une question à l'esprit toute la journée, déclara-t-il.

Tandis que nous nous tournions tous pour lui accorder notre attention, il secoua la tête.

— Est-ce que quelqu'un dans ce groupe reposera un jour le pied sur un tronc abattu ?

Lorsque nous arrivâmes au début du sentier, l'administratrice de la BCSC n'était pas encore là. Ni l'ambulance. Beckett décida que certains d'entre nous resteraient avec Hugh, et que le reste du groupe partirait devant pour commencer à installer le campement et préparer le dîner. Il annonça que Jake, le secouriste, devrait rester. Je devrais rester aussi, ajouta-t-il, parce que j'étais « celle que Hugh préfère ».

Je regardai Hugh.

— C'est vrai ?

Il me sourit et fit un clin d'œil.

— Je n'apprécie pas vraiment qui que ce soit, dit-il. Mais je t'apprécie plus que la plupart.

C'était quelque chose.

— J'aurai besoin d'un volontaire de plus, dit Beckett.

La main de Windy jaillit à la vitesse de la lumière. Ce qui était drôle, puisque personne d'autre ne leva la sienne.

— Et Windy est l'heureuse gagnante, conclut Beckett.

— Yes, se réjouit-elle en transformant cette main levée en poing triomphal.

Le départ de sentier était assez impressionnant. Contrairement à celui où l'on nous avait déposés, celui-ci avait des toilettes, des distributeurs d'en-cas et des prises de courant – ce qui impliquait la présence de camping-cars partout, de familles faisant griller des steaks et de grands-mères en muumuu.

Et des détritus. Des tas de détritus. À la minute où nous arrivâmes, je ne vis que ça. Des emballages de Twinkie, des canettes de bière et des paquets de chips vides dans tous les coins. Après une bonne semaine dans une nature sauvage immaculée, c'était choquant. Qu'est-ce qui clochait chez les gens ? Beckett m'avait semblé être un tel psychopathe l'autre jour, à brûler ma liste de développement personnel. Mais, en regardant le départ de sentier, je percutai. Pour qui se prenaient ces gens, à faire intrusion dans la nature pour y mettre le bordel ? J'avais envie de foutre le feu à chaque déchet que je voyais. Peut-être bien à chaque humain, aussi.

Jake et Beckett décidèrent de laisser Hugh sanglé sur la civière. Nous étions censés la démanteler une fois que l'ambulance serait arrivée et porter les armatures, avec nos petits sacs de jour, jusqu'au campement. Ils se retireraient d'un demi-mile dans la nature – loin de la foire du départ de sentier –, et nous les retrouverions une fois Hugh parti. Avant que le groupe nous quitte, l'une des Sœurs demanda si elle pouvait utiliser les toilettes.

— Bon Dieu, non, s'exclama Beckett. Va chier dans les bois comme une vraie randonneuse.

Je l'avoue : il commençait à me plaire.

Nous avions installé Hugh sous un appentis vide, et nous attendîmes là que l'ambulance arrive. Après nous être autant bougé le cul pour l'amener ici, il parut incroyablement grossier que l'ambulance le fasse attendre plus longtemps. N'en avait-il pas subi assez ? Je lui donnai des biscuits apéro à manger, et ensuite, lorsqu'il se fut endormi, j'annonçai à Windy et Jake que j'allais faire une sieste, moi aussi. Je m'allongeai pour reposer la tête sur mon sac, fermai les yeux et m'assoupis quelques minutes.

Mais je n'arrivais pas à dormir. Oui, j'étais épuisée, après avoir bien trop veillé en parlant avec Jake la nuit précédente.

Je ne souhaitais littéralement rien d'autre que de sombrer dans un engourdissement noir d'inconscience, mais j'avais tellement mal partout. Il ne me resta qu'à écouter Windy et Jake bavarder, assis à une table de pique-nique non loin.

Windy racontait à Jake l'histoire d'un scientifique russe qui avait domestiqué des renards sauvages en secret, et c'était en réalité assez fascinant, au point que, durant un bon moment, je ne pus qu'apprécier de prêter une oreille indiscrète – jusqu'à ce que Windy soit à court de choses à dire sur les renards et lâche tout à coup :

— Jake. Embrasse-moi.

Jake ne parut guère plus surpris que ça.

— Maintenant ?

— Maintenant.

— Tu crois vraiment que c'est le meilleur moment ?

— Je pense que c'est le moment idéal.

Mes yeux s'étaient brusquement ouverts, et il me paraissait impossible de les refermer. J'aurais dû leur accorder un peu d'intimité, au moins. Mais c'était comme faire ma curieuse devant un accident : j'étais incapable de détourner le regard, même en sachant combien ce spectacle serait traumatisant. Ils s'étaient assis face à la route, il y avait donc peu de chances qu'ils se retournent et me voient. Mais de toute façon j'aurais été incapable de regarder ailleurs si j'avais essayé.

— Tu ne trouves pas qu'on est un peu trop crades ? demanda Jake.

Elle secoua la tête.

— Nos bouches sont les seules parties que nous ayons de propres.

Elle avait un argument valable. Le brossage de dents était à peu près le seul comportement hygiénique autorisé.

— Ça ne te dérange pas que je sente carrément le putois ?

— Pas vraiment.

— On fait ça maintenant, du coup ?

Il gagnait du temps, me disais-je, alors que Windy répondait :

— Ouaip.

Cela ne pouvait pas réellement se produire, si ? Je sais, les Sœurs avaient dit que Jake appréciait Windy, mais je ne les avais pas vraiment crues. Au plus profond de moi, je m'étais fermement raccrochée à l'idée que c'était moi dont il était épris. Que toutes ces autres histoires n'étaient que des malentendus et autres bêtises de gamins dans leur vingtaine. Mon abruti de cœur borné soutenait mordicus qu'il se passait quelque chose d'authentique entre nous, même si personne ne savait ce que c'était.

Jusqu'à cet instant. À cet instant, il se pencha plus près et pressa ses lèvres sur celles de Windy et, au moment de l'impact, il m'arriva une chose insensée : l'espace d'une seconde, je ne pus respirer. Il était temps de reprendre mon souffle, mais je n'y parvenais pas. C'était comme si je me noyais en plein air. Ce ne fut qu'après m'être détournée que je pus de nouveau respirer. Lorsque ensuite je jetai un coup d'œil vers eux, j'étais terrifiée d'avoir, dans ma panique, peut-être poussé un petit cri étranglé qui les inciterait à braquer les yeux sur moi. Mais je n'avais pas crié – ou, si c'était le cas, ils n'avaient rien entendu. J'aurais aussi bien pu ne pas être là du tout.

C'est ainsi qu'ils se roulèrent un palot, se léchèrent la pomme, se roulèrent une pelle, se galochèrent. Durant les quelques minutes les plus longues de tous les temps.

Une fois tournée vers eux, je ne pus regarder ailleurs.

— Eh bah, ça, c'est la poisse, lança alors une voix.

Je sursautai. C'était Hugh. Réveillé, et en train de les observer, lui aussi.

— J'ai toujours pensé, au fond de moi, que tu étais celle qu'il appréciait, en réalité.

Je fronçai les sourcils vers lui.

— Ce n'est pas ce que tu as dit hier.

— Je déconnais.

Je lui donnai une gorgée d'eau, et il ajouta :

— Je suis désolé pour tout ça.

— Moi aussi. Juste, ne meurs pas, OK ?

Hugh m'adressa un petit sourire.

— Pareil pour toi.

Lorsque j'osai jeter un nouveau coup d'œil vers la table de pique-nique, Jake et Windy avaient fini leur affaire. Juste devant eux, une ambulance apparut dans un virage. Les sirènes étaient silencieuses, mais les phares allumés, et le conducteur s'arrêta avec un petit *wouh* devant notre abri.

Jake bondit de la table de pique-nique pour aller à la rencontre des deux ambulanciers et de l'administratrice de la BCSC, qui sauta du siège passager et fit le tour du véhicule en courant pour voir l'état de Hugh. Elle avait une queue-de-cheval serrée et des lunettes d'aviateur.

— Ça va paraître dans les journaux… Comment est-ce arrivé ? demanda-t-elle à Jake, qui semblait, j'imagine, le plus à même d'être aux commandes.

Jake se tourna vers moi. Je me levai et me dirigeai vers lui.

— Il a marché sur un tronc abattu, dis-je, mais il était pourri, et Hugh est tombé.

— Votre instructeur ne vous a-t-il pas précisé de ne pas faire ça ?

— Plusieurs fois, dis-je.

L'administratrice ferma les yeux en soupirant.

— Donc nous ne sommes pas responsables.

— Son père est avocat, par contre, intervint Jake en désignant Hugh de la tête. Alors je le soignerais vraiment bien, à votre place.

— Merci, dit-elle, comme s'il lui avait donné un précieux conseil, tandis qu'il s'éloignait pour rejoindre les urgentistes et les mettre au courant.

Il fallut un long moment pour extirper Hugh de sa civière artisanale et le mettre dans l'ambulance. Tout ce que nous avions fait, ils devaient le refaire correctement. Je restai juste à côté de lui, même s'ils refusaient de me laisser le toucher. Lorsqu'il fut enfin soigneusement immobilisé sur leur brancard, je forçai quand même le passage pour m'approcher et lui donnai un petit baiser.

— Sois courageux, lui dis-je.

— Toujours.

La douleur lui coupait légèrement le souffle, mais il croisa mon regard, puis jeta un coup d'œil vers Jake.

— Toi aussi, ajouta-t-il.

— Je te promettrais bien d'aller te voir à l'hôpital quand nous reviendrons, dis-je, mais je doute que tu y sois encore.

— Oh non. D'ici là, je serai parti à Miami Beach.

— Prends soin de toi.

Je lui pressai la main.

— Je le ferai si tu le fais, répliqua-t-il en pressant la mienne.

Je le lâchai tandis que les urgentistes le montaient à bord et le saluai de la main jusqu'à ce qu'ils soient hors de vue.

— Sacrée sortie de scène, fit remarquer Jake lorsque je me retournai.

Mais tout ce que j'avais à l'esprit était la façon dont la bouche formulant ces paroles venait de se promener partout sur Windy. Je baissai les yeux vers le sol. J'étais incapable de parler à cette bouche.

La marche pour rejoindre les autres me parut bien plus longue qu'un demi-mile.

Mon épuisement extrême était aggravé par le fait que Windy ne semblait pas du tout fatiguée. Jake et elle cheminaient devant pendant que j'étais à la traîne derrière. Comment pouvait-elle ne pas être fatiguée ? Mes mains palpitaient. J'avais le cou et les épaules comme du verre. J'avais étrangement réussi à attraper des coups de soleil. Mes bottes me semblaient être des blocs de métal rivetés à mes pieds.

Mais Windy, elle, menait la marche, sa queue-de-cheval dansant derrière elle comme si elle se dandinait. Elle sautillait. Elle bondissait. Elle trottait en tête pour dire des choses à Jake, des choses que je ne pouvais pas entendre. Mais j'entendais les gloussements. Et j'entendais le bruit des claques qu'elle lui donnait sur l'épaule à chacune de ses choquantes répliques. J'avais l'impression d'avoir mille ans.

Jake ne cessait de s'arrêter pour me permettre de remonter à leur niveau.

—Vous n'êtes pas obligés de m'attendre, disais-je, chaque fois que je les voyais. Partez devant.

—Nous ne voulons pas te laisser, protestait Windy, dans l'intention d'être gentille, quoique brandissant ce petit « nous » comme un couteau.

—Ça ne me dérange vraiment pas, insistai-je en espérant précisément cela plus que tout au monde : qu'on me laisse.

—Mais nous, si, insista Windy en essayant alors de me prendre dans ses bras.

J'esquivai.

—Ne nous arrêtons pas. Je ne veux pas me reposer. Si je m'arrête, je ne repartirai plus.

—Tu as une mine assez affreuse, déclara Jake.

Va chier, eus-je envie de rétorquer. Mais au lieu de ça je me contentai de poursuivre en traînant les pieds.

Nous en étions donc là. Quelles que fussent les mauvaises nouvelles de Jake –s'il y en avait la moindre, en réalité–, elles suffisaient à l'empêcher de s'engager vis-à-vis de moi, mais pas de se frotter à Windy.

Plutôt que de m'ignorer, comme tout autre couple amoureux et insouciant l'aurait fait, ils marchèrent délibérément moins vite afin que nous soyons tous ensemble. Comme des cons. Et j'étais là, condamnée à marcher juste à côté d'eux et contempler le tas de merde fumant qu'était devenue ma vie. Il me vint à l'esprit que ç'aurait dû être l'une de mes Bonnes Choses – j'avais au moins échangé une peine de cœur contre une autre lors de ce périple. Au moins, ce n'était pas ce même vieux chagrin qui m'avait talonnée toute l'année. Je tentai de m'ordonner de voir cela comme une bénédiction. Mais je n'étais pas très réceptive aux ordres, à cet instant.

Jake et Windy. Pouvais-je en vouloir à Jake, franchement ? Si je devais choisir entre Windy – si agréable, enjouée, optimiste, fan de chiens et véritable *étudiante en bonheur* – et ma couenne de trente-deux ans grincheuse, désabusée et blasée, il n'y avait vraiment pas photo. Ce n'était pas la faute de Jake. En fait, s'il y avait qui que ce soit à blâmer, c'était moi.

Voilà le problème : je voyais tant de choses gentilles, bonnes et louables chez lui – même si, OK, j'avais mis six ans à m'en rendre compte – et je le trouvais tellement *digne d'être aimé*, que je voulais qu'il m'en trouve digne aussi. Mais ce n'était pas son boulot. Ce n'était même pas juste de lui demander ça. Il s'agissait de quelque chose que je devais me prouver.

Ouais, c'est ça. Ça marcherait. J'allais tout de suite m'y atteler.

Plus loin devant, Windy et Jake avaient de nouveau engagé la conversation. Il lui demandait comment elle s'était intéressée à la psychologie positive.

— C'est après le cancer du sein de ma mère, après son rétablissement. Ma petite sœur a commencé à fumer, boire et s'attirer des ennuis. J'essayais vraiment de trouver un moyen de l'aider... mais, dans la foulée, je me suis moi-même aidée.

— Tu avais besoin d'aide ? demanda Jake.

— Je n'enfreignais pas les règles, dit Windy. Disons que je les suivais trop bien. J'essayais d'être parfaite en tout. Tu sais, avoir les meilleures notes, des distinctions dans chaque sport, le premier rôle dans toutes les pièces.

— Est-ce que tu y es parvenue ?

— Oui. Mais je n'allais pas bien du tout. J'ai commencé à avoir un petit problème d'anorexie, après ça. Et il y a juste eu ce moment où je me suis dit : « C'est bon. Ça va être ça, ma vie, si je n'y change rien. »

Oh, Seigneur. Cette fille n'allait pas me laisser la détester.

Nous arrivions au campement. Nous apercevions des vestes Patagonia à travers les arbres un peu plus loin.

Nous étions à mi-parcours de notre randonnée. Ça représentait exactement la même distance de repartir que de poursuivre. Quelque chose dans cette idée m'incita à vouloir réessayer – en redoublant même d'efforts – d'être une meilleure personne. Jake et Windy s'étaient embrassés, et alors ? Il avait une préférence pour elle, et alors ? Je n'allais pas en vouloir à Windy pour ça. Je n'allais pas perdre de temps à être amère. J'allais grandir de cette expérience et devenir une meilleure personne. J'appréciais Windy. Je soutenais Windy. Ça n'avait pas été facile pour elle, et elle s'était ressaisie. Elle était une inspiration, bon Dieu ! Elle était exactement l'inspiration que j'étais venue chercher ici. Elle ne se l'était pas joué Chuck Norris avec le monde entier quand les choses s'étaient corsées. Elle ne s'était pas transformée en teckel à queue pelée. Elle avait trouvé un moyen d'être courageuse en amour et de prendre soin d'elle, autant que des autres. Allais-je la punir d'être sympa ? Ou lui en vouloir d'être bienveillante ? Ou la détester d'être une meilleure personne que moi ? « Ça va être ça, ma vie, si je n'y change rien. »

Non. J'allais me traîner jusqu'au campement. Et j'allais prendre Windy dans mes bras en lui souhaitant le meilleur. Jake aussi. Et j'allais inspirer profondément, fermer mon clapet et faire, enfin, ce pour quoi j'étais venue ici.

Chapitre 12

Le jour suivant aurait dû être un Jour Zéro, puisque vous faites toujours suivre une journée vraiment dure par un jour de repos, mais Beckett ne voulait pas prendre un Jour Zéro si près du départ de sentier et des gens qui campaient là, qu'il évoquait sous le surnom de « crétins ». Il brûlait de nous ramener dans la nature plus reculée, loin des affronts de la civilisation, et il avait le lieu parfait en tête – un endroit surnommé la Prairie peinte. C'était une randonnée de trois jours, expliqua-t-il, mais c'était le plus bel endroit de toute la chaîne de montagnes, il en vaudrait donc totalement la peine.

Je balayai du regard notre groupe débraillé. Tous ceux qui avaient été affectés à la corvée de civière avaient les mains couvertes d'ampoules et les épaules endolories et voûtées. Les convoyeurs de sacs n'avaient pas l'air en meilleure forme, avec leurs jambes égratignées et leurs yeux chassieux. Pas une personne n'était assise droite.

— N'est-on pas censé se reposer après une rude journée de randonnée, Patron ? demanda Mason.

— Tu ne sais même pas ce qu'est une rude journée, riposta Beckett.

Alors nous poursuivîmes péniblement. Si tout se passait comme prévu, nous arriverions à la Prairie peinte juste à temps pour le solstice d'été. Nous profiterions de notre Jour Zéro, nous reposerions, reprendrions des forces et ferions une fête du solstice. Ce soir-là marquerait également la fin de notre deuxième semaine dans la nature, et le moment de nous atteler à notre mise en condition pour le bouquet final du stage – les Solos.

Mais je n'arrivais même pas à penser aux Solos. Tout ce que je pus faire, les trois jours qui suivirent, fut mettre un pied devant l'autre. Ce n'était pas simplement que je *voulais* du repos, j'en avais *besoin*, et je trouvais que Beckett avait entièrement tort de nous pousser à ce point. N'était-il pas celui qui nous rabâchait de prendre soin de nous sur le sentier ? Je ne comprenais pas son raisonnement, et j'avoue que je ne lui faisais pas entièrement confiance pour tenir les rênes, mais voilà : il était le Patron. Il menait notre barque et avait le surnom pour le prouver.

En parlant de surnom, ce fut le premier matin de cette interminable randonnée de trois jours jusqu'à la Prairie peinte qu'enfin j'en récoltai un personnalisé : Holdup. Comme dans : « Qu'est-ce qui te retarde, un hold-up ? »

J'étais tellement fatiguée ce premier jour après l'évacuation de Hugh, et si déprimée dans l'ensemble, que je n'arrivais pas à me motiver pour marcher. Je me traînais donc sur le sentier derrière les autres. *Je veux une évac*, ne cessais-je de me dire, regrettant que Hugh ne soit pas là pour que je l'incendie d'avoir causé tous ces ennuis.

Je m'énervais pour des broutilles. J'avais quelque chose dans ma botte. Ou mon sac me paraissait de travers. Je faisais constamment halte pour ajuster ceci ou cela. Ma queue-de-cheval avait besoin d'être refaite. Mon chapeau était trop serré. Beckett marchait à l'arrière ce jour-là, et chaque fois que je m'arrêtais, ou même que je ralentissais, il criait :

— Qu'est-ce qui te retarde, un hold-up ?

— Désolée ! lançais-je. Je remettais juste ma culotte en place ! Ou autre chose.

À midi, j'avais été baptisée. Il n'avait même plus besoin de me poser la question. Quoi que ce fût, il savait déjà que c'était insensé. « Holdup, bouge-toi ! » beuglait-il. Ou : « Ce n'est pas une aire de repos, Holdup ! »

Cet après-midi-là, alors que nous faisions halte pour monter le camp, Beckett nous rappela en groupe de remplir nos bouteilles d'eau.

— Imbibez-vous comme des chameaux ! Demain sera encore une chaude journée !

Puis il se tourna devant tout le monde et me montra du doigt.

— Holdup, c'est valable pour toi !

Et voilà. C'était resté. Ils adoraient. Les gars, surtout, aimaient venir me voir sans aucune raison pour dire :

— Il y a un hold-up, Holdup ?

Mon vœu de surnom s'était donc réalisé – mais, comme cela arrive si souvent avec les vœux, ce n'était pas du tout celui que j'avais espéré.

— Tu pourrais y penser sous un angle différent, suggéra Windy. Tu pourrais en faire un truc de dure à cuire, genre : « Ceci est un hold-up. »

Elle mima des pistolets avec ses mains et les pointa vers moi. Puis elle fit des bruits de tir :

— « Pan » ! « Pan » !

— Mais nous savons tous que ce n'est pas ça. Je ne suis pas une braqueuse. Juste une lamentable randonneuse.

— Les gens oublient, objecta Windy.

— Pas tant que ça.

— Et si, commença-t-elle sur un ton de « Joue mon jeu », chaque fois que Cro-Magnon venait te dire : « Il y a un hold-up, Holdup ? », tu te retournais pour le descendre ?

Elle me montra une nouvelle fois : « Pan » ! « Pan » ! Puis elle fit tournoyer ses armes pour les remettre dans leurs holsters.

J'y songeai.

— Je n'arriverais jamais à faire un truc pareil.

— Je parie que si.

Je secouai la tête et plissai le nez, genre : « Vraiment pas. »

— Est-ce que je peux le faire, alors ? demanda-t-elle. Juste pour voir ? Pour une expérience ?

Je haussai les épaules.

— Bien sûr.

À partir de là, Windy ne prononça plus jamais mon surnom sans former des pistolets avec ses mains. Parfois elle tirait en l'air comme Sam le Pirate en criant : « Quelqu'un a vu Holdup ? » Parfois elle les dégainait de leurs holsters imaginaires, les pointait à hauteur de hanche vers les gens et disait : « Où est ma brave Holdup ? » Parfois elle tendait un bras vers quelqu'un en regardant au bout du canon et disait : « Va me chercher Holdup. »

Seulement voilà : ça marchait. Avant même que nous atteignions la Prairie peinte, Windy avait fait de moi un bandit armé. Je devins l'Annie Oakley de notre groupe de randonnée. Les gens me balançaient toutes les métaphores du Far West qui leur venaient à l'esprit. Quand je servais le dîner un soir, c'était : « Chouette tambouille, Holdup. » Quand j'aidais pour le sac anti-ours, c'était sur fond de « Yeehah, Holdup ! Lynche donc cet enfoiré ! » Si j'étais lente à bouger le matin, Mason passait devant moi en criant : « Avance, Holdup ! On décampe ! » Quand nous devions grimper une portion escarpée du sentier et que j'y parvenais sans une seule pause, Beckett me lançait : « C'est ça, Holdup ! Sers-toi de tes éperons ! »

Assez vite, Windy ne fut plus la seule à lancer des armes imaginaires quand elle parlait de – ou s'adressait à – moi. Vegas passait devant moi pour aller à la cuisine, braquait deux doigts sur moi, me saluait d'un hochement de tête et grognait : « Holdup. » Si Cro-Magnon croisait mon regard, il me visait lui aussi de ses deux doigts et faisait : « Pan ! Pan ! » Et Jake, *alias* D-Jake – et plus récemment *alias* Archer, pour une raison qui m'échappait –, donnait un petit coup de doigt revolver dans son chapeau de cow-boy imaginaire.

— Pourquoi est-ce qu'on t'appelle Archer ? lui demandai-je le dernier matin avant notre arrivée à la Prairie peinte.

Ses épaules s'affaissèrent.

— Sérieusement ?

— Sérieusement. Est-ce que tu tires à l'arc ou un truc du genre ?

Il secoua la tête.

— Archer est mon nom de famille. Comment est-il possible que tu ne saches pas ça ?

Cela me paraissait étrange.

— C'est ton nom de famille ? Je croyais que c'était…

Mais alors, rien ne me vint à l'esprit – car j'avais toujours totalement ignoré son nom et n'avais jamais vu le moindre intérêt à le découvrir.

— Archer, indiqua Jake. Jacob Samuel Archer.

— Jacob « D-Jake » Samuel Archer.

— Ouais, dit-il en secouant la tête. Ce n'est pas mon meilleur surnom.

Il en avait d'autres. Évidemment.

— Que pourrait-il y avoir de mieux que D-Jake ?

Il releva les yeux.

— Mon père m'appelle « Doc ». Et puis il y a « Big J », « J-Money », « Jaegermeister », « Cash », « Barjo », « Ranger », « Matrix », « Half-Nelson », « Club Med », « Faucon », « Ratel ».

— Les gens t'appellent Ratel ?

— Seulement les gens très spéciaux.

— *Ratel*? Sérieux ?

— Ne te laisse pas tromper par ce petit nom. Le ratel est d'une méchanceté absolue.

— Comment t'appelle Duncan ?

Jake y réfléchit.

— Il y en a trop pour les énumérer. C'est un génie des surnoms. Il en a probablement une centaine.

— Comme ?

— N'importe quoi. Il me collera celui qui lui passe par la tête. « Marche-en-crabe », « Canette », « Big Daddy », « Mighty Max ». Il est à l'origine de « Jake Oualpé ».

— Parce que tu étais nu ? Ou parce que ça rime vaguement ?

— Les deux.

— Comment appelles-tu Duncan ?

Jake soupira et secoua la tête.

— Il y en a tellement. Jamais Duncan, ça, c'est sûr. « Dunk », « Dunkin Donut », « D-Train », « D-Sape », « D-Ment », « Chuck », « Charles ».

— Pourquoi Charles ?

Il haussa les épaules.

— Parce que ce n'est pas son prénom.

J'acquiesçai.

— Donc, en gros, tout mot ou non-mot de notre langue peut faire office de surnom sans aucune raison.

Il hocha la tête comme si nous avions clos le débat, mais il ajouta ensuite :

— Cela dit, nous en avons un par défaut.

— Quoi donc ?

— « Frangin ».

C'était plutôt mignon.

Mais ensuite, Jake nia de la tête.

— En fait, non. Ça dégénère juste en « Frange », « Fringue », « Frigo », « Frimeur », « Frotteur ».

Il s'interrompit alors, attendant ce que j'allais dire.

Un mois avant – même deux semaines plus tôt –, j'aurais pris un air navré comme s'ils étaient deux abrutis. Mais, à présent, mon opinion sur les surnoms avait changé. Ainsi que pour Duncan, en l'occurrence. Et pour Jake, également. Il m'apparut que chacun de ces noms était un substitut de base un peu idiot pour « ami ». Et j'éprouvai une telle gratitude, alors, que Duncan ait Jake. Qu'ils puissent compter l'un sur l'autre.

— Il a de la chance de t'avoir, dis-je.

— Il a de la chance.

Puis il fit un pistolet avec son doigt, le pointa vers moi et dit :

— Mais j'ai encore plus de chance.

Beckett n'avait pas tort, pour la Prairie peinte. Le site était, en effet, à couper le souffle. C'était mieux que ce qu'il nous avait décrit, et mieux que ce que j'aurais pu imaginer avant de le voir de mes propres yeux. C'était l'endroit parfait pour passer un Jour Zéro et faire une fête du solstice d'été, et, une fois que nous fûmes là, je me réjouis que nous ayons persévéré. Plus ou moins.

Voici ce qui nous accueillit alors que nous passions un tournant du sentier et que Beckett s'exclamait « Nous y sommes, mes cocos ! » : une prairie verte et ensoleillée avec de l'herbe à hauteur de mollet et des fleurs sauvages qui s'inclinaient et flottaient dans la brise. Des papillons blancs. Au-dessus, un ciel bleu éclatant avec des nuages de coton. De chaque côté, blottis autour de nous, des pics de montagnes. L'air était frais, mais le soleil était chaud. Alors que chacun de nous pénétrait dans la prairie, nous nous figeâmes devant la vue. Nous ne pouvions continuer de marcher et contempler le spectacle en même temps.

— Tu avais raison, dis-je à Beckett, alors qu'il s'arrêtait à côté de moi. On dirait une prairie peinte.

— Ouais, mais ce n'est pas pour ça qu'on l'appelle ainsi.

Je le regardai.

— Ça a été le lieu d'un massacre de Shoshones, expliqua Beckett. Il y a eu tellement de gens tués que la prairie était comme peinte avec du sang.

— J'ignorais que les Shoshones étaient si sanguinaires, dis-je en observant le site.

Mais Beckett me lança un regard.

— Normal. Ce sont les Shoshones qui se sont fait massacrer.

— Oh.

Beckett se tourna vers le groupe.

— Il y a un ruisseau à l'extrémité est, dit-il. Nous dresserons le camp là-bas. Et on dit que ce site est hanté, alors tenez-vous du mieux possible.

Puis il nous regarda avec un grand sourire, et, pour ce qui me parut être la première fois, je l'appréciai sincèrement.

— Bienvenue dans mon endroit préféré des Absaroka.

La première chose que je fis là-bas fut d'échanger mes bottes contre des tongs. Ce seul geste – et le fait de retirer mon sac – me donna l'impression de peser cinquante kilos de moins. Mes ampoules étaient guéries à présent, et la vue de la nouvelle peau rose et tendre là où elles s'étaient trouvées m'emplit d'un étrange sentiment d'optimisme. Il y avait des choses à faire cet après-midi-là – installer le campement, préparer le dîner –, mais la perspective de toute une luxueuse journée sans rien à faire donnait l'air plus facile à tout le reste. Je souris à tout le monde. Je fermai les yeux lorsque la brise souffla sur moi et essayai de m'imprégner de la sensation à travers ma peau. Je marquai une pause pour contempler toutes les couleurs de fleurs dans le champ : magenta, bleu ciel, jaune beurre.

Ceci, me dis-je. Ceci en valait entièrement la peine. Cet endroit était la raison pour laquelle j'étais venue ici, et cet émerveillement était exactement ce que je cherchais. Toutes les humiliations, les blessures, les ampoules et la solitude en valaient le coup.

Préparer le dîner fut un enchantement. M'endormir ce soir-là fut un enchantement. Et le jour suivant fut un enchantement, aussi – du moins, au début.

Nous nous réveillâmes comme d'habitude, fîmes du café, mangeâmes nos petits déjeuners et rangeâmes nos camps. Mais, au lieu de nous mettre en rang pour une autre marche dans d'autres montagnes, nous étions libres. La matinée était froide, cependant, à mesure que le soleil montait dans le ciel, il me réchauffait la peau, et, à 10 heures, j'avais enlevé mon pull. Le restant de la journée, je ne fis rien. Délicieusement rien. Certains des costauds partirent en exploration. Vegas et Jake allèrent pratiquer leur pêche à la mouche dans le ruisseau. Une partie des filles décidèrent de « faire la lessive », ce qui signifiait récupérer de l'eau de rivière et l'apporter à pied jusqu'au côté le plus éloigné et sec du champ, la verser sur leurs chaussettes et tee-shirts croûtés de sel et les essorer à plusieurs reprises avant de les disposer sur un rocher à rôtir au soleil.

Je les regardai travailler, mais ne me joignis pas à elles. Nous avions largement dépassé le stade d'essayer d'être propres. Au lieu de ça, je m'allongeai sur un rocher pour rôtir, moi aussi. Plus tard, j'irais peut-être chercher des fleurs sauvages, en comprimer quelques-unes dans mon journal – une castilleja, un mimosa pudique et un œil de jeune fille – et tenter d'en identifier d'autres en me servant d'un ouvrage que Mason m'avait prêté. J'aiderais peut-être Windy à cueillir des pissenlits et du pourpier d'hiver pour une salade en vue de notre dîner du solstice. J'acclamerais peut-être les garçons lorsqu'ils rapporteraient trois (la limite de Beckett) poissons à faire frire pour le repas.

Mais ce matin-là, tout ce que je voulais faire, c'était *rien*. Je restai fondue sur mon rocher chauffé par le soleil. Massacre ou pas, aujourd'hui, dans la chaleur éclatante, cet endroit était précisément ce que j'avais toujours vu quand je m'imaginais le paradis :

le soleil, les fleurs sauvages, une prairie – et l'air aussi pur et frais que l'eau. Aussi étrange que cela puisse paraître, ici, je me sentais profondément proche de mon frère perdu – comme si j'étais près de lui, d'une certaine manière. Je pouvais l'imaginer dans ce champ. Je pouvais voir celui qu'il était à huit ans, avec ses genoux cagneux et ses baskets rouges, se faufiler dans les hautes herbes et descendre vers la berge pour voir ce que les gars fabriquaient. Il aurait adoré ce lieu. Il pouvait presque être dans la prairie, simplement hors de vue, quelque part. Si je m'appliquais assez à faire semblant, c'était un peu comme s'il était là.

À cette idée, mes yeux s'emplirent de larmes. Mais j'allais bien. Il y avait trop de beauté autour de moi, trop de sérénité, pour que je me sente véritablement triste. Je ne me suis jamais vraiment sentie sereine, jamais. Et pourtant, ici, sous le soleil qui me réchauffait, quel choix avais-je ? Je profitais d'une journée de repos, d'une douce brise, j'étais avachie sur un rocher et flasque au point d'en être pratiquement désossée. Et cette pensée me rappela un poème que j'adorais lire à mes élèves de CP : « La ballade du poulet sans os ». Je souris à ce souvenir et m'aperçus que, désormais, chaque fois que je le lirais, je me souviendrais de ce jour, ce moment sans os sur ce gros rocher, et pour cette raison, je porterais toujours ce souvenir en moi. Vraiment, je n'avais d'autre option qu'être heureuse.

Puis quelques filles vinrent se joindre à moi. Uno, Dosie et Miches.

Elles avaient terminé leur lessive, et s'assirent sur mon rocher pour se réchauffer et sécher.

Dosie dit :

— Hé, Holdup. Tu as l'air complètement épuisée.

Je l'étais. D'une bonne fatigue.

— Ouaip, dis-je. Après tout ce galop, je suis rincée.

Elles s'allongèrent en se mettant tout autour de moi sur le rocher, me suivant dans mon envie de lézarder au soleil, et je fus ravie qu'elles soient là. J'avais tellement pris l'habitude d'être seule cette dernière année, j'étais encore choquée lorsqu'il m'arrivait de ne pas l'être. J'étais contente de les voir. Contente d'avoir de la compagnie.

Au début, elles braillèrent au sujet de choses plaisantes – les cookies sans cuisson que nous allions faire pour la fête, la meilleure manière d'étirer un tendon raide, le M&M qu'Uno avait retrouvé oublié dans son sac de jour. J'appréciais de les entendre, et m'aperçus que je les considérais comme de joyeux petits passereaux. Cela me surprit, mais je ne pouvais m'empêcher de trouver leur compagnie agréable. Jusqu'à ce que Miches lance :

— Planifions le mariage.

— Nous pensons qu'ils devraient le célébrer ici, déclara Uno.

— Qui ? demandai-je, sans ouvrir les yeux.

— D-Jake et Femme fatale, dirent-elles en chœur.

M'étais-je sentie sereine à l'instant ? Je me redressai.

— Nous pensons qu'ils devraient se marier dans cette prairie, dit Uno.

— Puisque c'est l'endroit, acheva Dosie, où ils vont se fiancer.

Je secouai la tête.

— Qu'est-ce que tu racontes ?

— Je tiens de source sûre, dit Uno, que D-Jake va demander Femme fatale en mariage ici. Ce soir. Au cours de la fête du solstice d'été. Dans cette prairie.

Mais c'était ma prairie ! La mienne et celle de Nathan. J'avais été heureuse ici, bon Dieu – pendant environ cinq bonnes minutes.

— Peut-on employer de vrais prénoms, s'il vous plaît ? dis-je.

— Il faudra que ce soit une cérémonie bouddhiste, dit Dosie, parce que FF pratique le bouddhisme.

— C'est quoi, le bouddhisme ? demanda Miches.

Non. C'était impossible que quelqu'un ne sache pas ça.

— Une ancienne religion amérindienne, répondit Uno avec autorité.

Disons deux personnes.

Je secouai la tête.

— Personne ne se fiance aujourd'hui. C'est complètement faux.

— Crois-moi, dit Uno. Je ne me trompe jamais.

Pouvait-elle sérieusement penser ça d'elle-même ?

— Tu te trompes grave sur le bouddhisme, rétorquai-je.

— OK, dit-elle en haussant les épaules. Mais je ne me trompe jamais sur L-A-M-O-U-R.

— Apparemment, dit Dosie, ils dorment blottis l'un contre l'autre tous les soirs.

Ils n'étaient même pas dans le même groupe de tente !

— D'où tenez-vous tout ça, les filles ? demandai-je.

— Je ne peux pas révéler mes sources, dit Dosie.

J'éprouvai une folle panique que je ne pouvais expliquer.

— Tout d'abord, dis-je alors, ils sont, genre, en maternelle. Et ensuite, ils se connaissent depuis une semaine.

— Deux, en fait, à ce jour, corrigea Uno.

— Parfois, tu le *sais*, simplement, déclara Dosie.

— Tu n'as jamais entendu parler du coup de foudre ? demanda Miches.

— Nous sommes tous bien trop dégoûtants pour que qui que ce soit tombe amoureux, affirmai-je. Ils n'ont même pas changé de sous-vêtements depuis le jour où ils se sont rencontrés.

— Dégueu, dit Dosie en ouvrant les yeux pour les plisser vers moi.

— Les gens ne se rencontrent pas pour ensuite se fiancer en une semaine, insistai-je.

— *Deux* semaines.

— Pardon, intervint Miches en levant la main comme à l'école, mais mes parents l'ont fait.

— Quand c'est le bon, c'est le bon, dit Uno.

— Quand c'est le destin, c'est le destin, renchérit Dosie.

Je pris une profonde inspiration, levai les mains en signe de reddition et dis :

— OK.

Je ne pouvais pas les empêcher de planifier le mariage, mais je n'étais pas obligée de rester les écouter. Je me mis debout et feignis de m'étirer.

— Amusez-vous bien avec votre organisation de mariage. Je vais me promener.

— Tu ne veux pas brainstormer ? demanda Dosie.

— Peut-être que je travaillerai sur un échantillon de bouquet de fleurs sauvages.

— Génial, dit Uno.

J'acquiesçai comme si j'étais d'accord.

En me dirigeant dans la prairie, *ma* prairie, je pris une seconde pour me remettre d'aplomb. C'était insensé. Littéralement insensé. Cinq minutes de sérénité ? C'était tout ce à quoi j'avais droit ? Un aperçu de paradis, juste pour le regarder se transformer en enfer de mariage coup de foudre ? L'ironie ne m'échappait pas dans le fait qu'être là me dépouillait de la sérénité que j'étais spécifiquement venue y chercher. Et les deux seules personnes à qui j'aurais pu parler du malheur que je ressentais étaient précisément les deux personnes qui me rendaient malheureuse.

Je fis mine de cueillir des fleurs un long moment, puis me dirigeai vers la berge pour la remonter vers le campement. Je me dis que je pourrais emprunter le livre de Windy sur le bonheur. Mais lorsque j'arrivai là, je les repérai tous les deux, D-Jake et Femme fatale, assis genoux contre genoux devant le camp, les yeux fermés en pleine méditation, tandis que Windy enseignait à Jake tous les préceptes de l'art amérindien du bouddhisme. Pour leurs noces imminentes.

Genoux contre genoux. C'était ainsi que *j'avais* été assise avec Jake !

Oh, Seigneur. J'étais véritablement en train de perdre la tête.

Puis je remarquai Beckett tout près, et fus effroyablement heureuse de le voir.

— Hé, Patron, dis-je en me tournant vers lui. Donne-moi quelque chose à faire.

Il leva les yeux.

— N'importe quoi ?

Je hochai la tête.

— N'importe quoi.

Il me laissa donc inventorier et réorganiser la trousse de premiers secours, trier et consolider les paquets de nourriture, repriser un tarp déchiré et l'aider à retirer une écharde de son pouce droit.

— J'apprécie ton éthique de travail aujourd'hui, Holdup, dit alors Beckett. C'est une attitude digne d'un certificat.

Je déteste admettre que ces paroles étaient motivantes, mais c'était le cas.

— Ensuite ? demandai-je.

Beckett se suça le bout du pouce.

— Va chercher des pissenlits pour la salade de ce soir.

D'un geste, il m'indiqua la prairie. Puis il jeta un coup d'œil dans l'autre direction.

— Je t'enverrais bien par là pour les mûres, ajouta-t-il, mais je ne veux pas interrompre les tourtereaux.

Trois bonnes choses. Qu'est-ce qui pouvait constituer trois bonnes choses dans cette journée ? En fait, malgré ma mauvaise humeur, je pouvais en citer bien plus que trois. Facilement. Je m'étais réveillée sous notre tarp bleu au son du ruisseau qui coulait. J'avais fait un café du matin fabuleux, si je pouvais me permettre. J'avais eu toute une matinée de liberté. Je m'étais reposée. J'avais lézardé au soleil sur un rocher avec tout l'abandon d'un gecko. J'avais été caressée par une centaine de brises. Je m'étais tenue dans un champ de fleurs sauvages. J'avais vu un nuage en forme de cœur. J'avais aidé Beckett à extirper cette écharde. Et j'avais littéralement entraperçu le paradis – et éprouvé vis-à-vis de la personne qui me manquait le plus au monde une proximité que je n'avais pas ressentie depuis des années.

Une journée assez remarquable, dans l'ensemble. Même si, à cet instant, je m'avérais très légèrement déprimée.

Tandis que j'arpentais le champ, cueillant réellement des pissenlits, à présent, plutôt qu'un faux bouquet de fleurs sauvages, j'essayai d'élaborer un plan pour être moins déprimée. Au début de ce stage, j'avais voulu apprendre à être coriace au point de devenir intouchable, mais, au lieu de ça, j'étais partie dans l'autre sens : j'étais ultra-émotive en permanence. Enfin, peut-être n'était-ce pas entièrement une mauvaise chose puisque, au moins, je n'étais plus engourdie des sentiments. Et décaler mon chagrin de Mike vers Jake me paraissait un progrès – clairement, il serait plus facile de me remettre d'un même-pas-petit-ami que j'avais embrassé un soir que d'un authentique mari auquel j'avais été unie pendant six ans. C'est ce que l'on penserait, en tout cas. « Sois courageuse », m'avait dit Hugh. Et, d'après Windy : « Ce n'est pas *avoir* qui rend heureux, c'est *apprécier.* » Peut-être que ne pas avoir ce que je voulais me forcerait à apprécier ce que j'avais. C'était possible, du moins. Tout ce que je pouvais faire, c'était essayer. Même juste essayer, estimai-je, pouvait être un acte de bravoure en soi.

Alors, une fois la salade cueillie, je retournai à notre tarp pour une sieste revigorante, et, lorsque je me réveillai, nous étions en fin d'après-midi et les préparatifs du dîner avaient déjà commencé. Tous les groupes de tente avaient mis leurs réchauds en commun pour la fête. Windy versait de la poudre de punch aux fruits dans les bouteilles d'eau de tout le monde et appelait ça des mojitos. Quelqu'un avait cueilli des mûres et les avait ajoutées aux pissenlits. Vegas nous avait tous épatés en faisant une vinaigrette très savoureuse à partir d'épices de Dijon et de lait en poudre. Les trois poissons avaient été nettoyés et assaisonnés avec de l'origan séché et de l'ail en poudre, et Cookie les faisait griller avec toute l'attention d'un chef cuisinier.

Je me frottai les yeux, arrangeai ma queue-de-cheval, me brossai les dents et descendis les rejoindre.

Je trouverais un moyen de profiter de cette fête ; j'avais gagné le droit de passer un bon moment. Je ne laisserais pas une demande en mariage me déprimer à mort. Il y avait des choses beaucoup plus importantes dans la vie que qui se mariait ou pas. « Obtenir ce que tu veux ne te rend pas heureuse. » Je n'avais pas compris Windy lorsqu'elle avait dit ça, au départ, mais, maintenant, c'était logique.

J'élaborai une stratégie. Je me concentrerais d'abord sur la nourriture, et en savourerais chaque bouchée. Je m'assiérais à côté de Beckett auquel, en vérité, je m'attachais de plus en plus. Je participerais sans réserve à tous les rituels idiots qu'il exigerait de nous. Je m'immergerais dans l'instant, pleinement, sans aucune retenue. Si nous chantions, je chanterais. Si nous dansions, je danserais. Je me saturerais le cerveau d'une telle surabondance de gratitude pour la moindre petite joie autour de moi qu'il ne me resterait pas de place pour la jalousie, la solitude ou le chagrin. Et si D-Jake, après tout, demandait Femme fatale en mariage deux semaines après l'avoir rencontrée – et deux semaines et un jour après avoir fricoté avec moi –, mon bonheur constituerait un trop bon isolant pour que j'y prête attention.

L'odeur du poisson qui cuisait faisait saliver, et son goût fut encore meilleur. Je laissai ma langue caresser chaque bouchée, savourant le jus fumé. Lorsque Jake arriva avec son dîner pour s'asseoir à côté de moi, je bondis pour me décaler à côté de Beckett. Jake fronça un peu les sourcils comme pour dire : « C'était bizarre », mais Windy vint alors prendre ma place, et tout fut oublié.

Au cours du repas, nous portâmes un toast aux pêcheurs du groupe et les remerciâmes pour le poisson. Je louai aussi silencieusement l'existence du beurre dans le monde, et le fait qu'il soit si bien adapté aux longues excursions et au camping.

Nous mangeâmes tous ensemble en un grand cercle autour des réchauds, qui servaient de feux de camp. Nous chantâmes des chansons paillardes. Il s'avéra que Vegas était batteur dans un groupe d'étudiants chez lui, à Memphis, et il demanda à tous les larbins de jouer des rythmiques de Run-DMC avec des cailloux et des bâtons. Une fois que ce fut lancé, les jeunes se mirent à danser. Ils étaient ivres de jus de fruit, curieusement, ou peut-être d'épuisement ou de belle vie. Je déportai mon regard du spectacle de Jake et Windy, assis côte à côte. Miches se révéla être une sacrée chanteuse, et elle attaqua soudain un morceau intitulé le « Cupid Shuffle », dont chacune des personnes présentes connaissait les paroles. (Et que je n'avais même jamais entendu.) Apparemment, elle avait sa propre danse en ligne, et tous les jeunes se levèrent aussitôt pour l'exécuter.

C'est là que Beckett m'incita à me mettre debout pour les rejoindre, et lorsque je protestai que je ne connaissais pas la chorégraphie, il répliqua :

— La ferme, Holdup. C'est facile.

Il s'avéra qu'il n'avait pas tort. Cette danse était si facile qu'un groupe de bouffons pouvaient la faire sans musique, à vingt miles de la civilisation, sous les étoiles – moi, Uno, Dosie, Cookie et Beckett, dansant dans l'herbe comme si nous avions été amis depuis toujours. Le fait que j'y participe même un peu était surprenant, mais ce qui l'était plus encore, c'était que mon plan fonctionnait. Je m'amusais tellement que j'en oubliai d'être malheureuse. J'oubliai même de veiller à ne pas regarder Jake et Windy.

C'est alors que je le fis accidentellement. Au moment précis où Miches et les batteurs firent une pause et que la danse s'interrompit, avant que j'aie trouvé une nouvelle distraction, j'oubliai de résister à la force gravitationnelle qui me faisait braquer les yeux vers eux – et découvris tout à fait par hasard qu'ils étaient partis.

Je regardai autour de moi. Ils ne dansaient pas. Ils ne se réchauffaient pas auprès des réchauds. Je ne pouvais les voir nulle part. J'en eus un sursaut d'angoisse, car il n'y avait vraiment aucun autre endroit où aller. Pas de bar au bout de la rue où ils auraient pu partir boire un verre. Il n'y avait rien d'autre à faire que rester ici – à part, peut-être, la seule chose pour laquelle les gens vont s'éclipser dans les bois.

Je me disais de ne pas rester plantée là comme une crétine à les chercher des yeux, mais je le fis quand même. C'est alors que je vis autre chose – quelque chose d'encore plus intéressant que l'absence de Jake et Windy.

Des flocons de neige.

Chapitre 13

— Hé ! lançai-je. Hé ! De la neige !

Tout le monde s'arrêta pour me dévisager.

Je secouai la tête et pointai le doigt en l'air.

— De la neige ! répétai-je.

C'est à ce moment-là qu'ils la virent.

C'était bien ça. De la neige. Des flocons éthérés, rebondis, en plein solstice d'été. Qui tombaient en voletant, éclairés par les flammes des réchauds en dessous.

— Hum, dit Mason. On n'est pas en été ?

— Je me disais bien qu'il faisait vraiment froid, ce soir ! s'exclama Cookie, ravie d'avoir raison.

Nous nous tournâmes tous vers Beckett, mais il était tout aussi émerveillé que nous.

— Qu'est-ce qu'on fait, Patron ? demanda Cro-Magnon.

Beckett se tourna vers nous, son expression indiquant clairement qu'il n'en avait aucune idée, mais ensuite, face à ces dix personnes qui attendaient de lui un plan, je le vis brancher son cerveau sur la tâche d'improviser quelque chose.

— OK, les petits cocos, dit-il en endossant de nouveau son personnage. Il ne fait aucun doute que nous avons un problème de neige.

Là-dessus, il commença à aboyer des ordres. Nous devions débarrasser le site, mais garder les réchauds allumés et faire bouillir de l'eau pour préparer du chocolat chaud. Il nous intima également de faire fondre une cuillerée de beurre dans chaque tasse que nous boirions.

— Je me fous que ce soit dégueu, dit-il. Vous aurez besoin des calories pour vous maintenir au chaud toute la nuit.

Nous sortîmes le fromage pour en couper des morceaux à manger. Nous réinstallâmes les tarps de façon à former une large et unique couverture afin d'avoir plus chaud en dormant ensemble. Nous enfilâmes nos pyjamas, mais ensuite Beckett nous demanda de mettre nos vêtements d'extérieur par-dessus – y compris les anoraks. Nous nous couvrîmes de tout ce qui n'était pas mouillé – des mitaines et chaussettes de rechange, des cagoules en polaire. Puis nous nous entassâmes dans nos sacs de couchage comme pour une soirée pyjama de collégiens.

Je voulais à tout prix trouver un endroit aussi éloigné que possible de Jake et Windy pour dormir, mais on se disputait beaucoup les bonnes places. Au bout du compte, je finis en sandwich entre Vegas et Cro-Magnon, les deux ronfleurs les plus bruyants du groupe. Aussi affreux que ce fût, je me dis que ça valait mieux que mon scénario catastrophe. Je sentis alors des jointures frapper sur mon crâne comme s'il s'agissait d'une porte, et lorsque je me cambrai pour regarder, je découvris le visage de Jake à quinze centimètres du mien. Nos sacs de couchage étaient tête à tête.

Il me fit signe.

— Fais de beaux rêves.

Windy était juste à côté de lui. Elle me fit signe aussi.

— Ne sois pas jalouse, dis-je en désignant les costauds de chaque côté de moi. Et pas d'échange.

— C'est ça, Holdup, dit Vegas, avec une pointe d'affection dans la voix. Vois-nous simplement comme tes bouillottes personnelles.

Le lendemain matin, lorsque j'ouvris les yeux, le vinyle bleu du tarp était à environ trois centimètres de mon nez. Nous l'avions attaché bas, mais pas aussi bas. Il s'était affaissé de quasiment un mètre durant la nuit sous le poids de la chute de neige. Je levai la main pour le toucher, et il était lourd et dense, comme une bombe à eau. Je le poussai et, au bord du tarp, de la neige glissa sur le côté. J'étais la première réveillée. Je soulevai mes pieds, toujours dans mon sac, et donnai un coup dans le tarp, ce qui déclencha une autre avalanche au même endroit. Chaque fois que je faisais tomber de la neige, le tarp devenait plus léger et se relevait un peu plus loin de mon visage.

Je donnai des coups de pied jusqu'à ce qu'il soit assez haut pour que je puisse me redresser et scruter les lieux, réveillant au passage tous ceux qui m'entouraient. Je vis une tapisserie de sacs de couchage, et, au-delà, une forêt aussi blanche que Narnia. Nous étions exactement au même endroit qu'avant, mais la prairie herbeuse, les fleurs sauvages et les rochers chauds où nous avions pris un bain de soleil la veille avaient disparu. La moindre surface n'ayant pas été abritée par le tarp ce soir-là n'était que du blanc pur et solide. C'était une féerie hivernale d'été.

La matinée fut surréaliste. Nous préparâmes le petit déjeuner sans aucune idée de la façon dont la journée se déroulerait. Peut-être cela va-t-il sans dire, mais il n'y avait pas de prévisions météorologiques – aucun moyen de savoir à quoi s'attendre. Il ne nous restait qu'à observer le ciel et faire notre meilleure estimation. Beckett voulait rester sur place s'il continuait de neiger. Si ça se réchauffait, nous descendrions à plus basse altitude. En attendant d'être fixés, nous traînâmes dans le campement, dans un état d'incertitude.

À midi, le ciel était dégagé, et il faisait plus chaud. Beckett annonça que nous ferions une courte randonnée de trois miles jusqu'à un endroit appelé Elk Ridge, où les reliefs formaient un meilleur brise-vent au cas où les températures replongeraient.

Nous marchâmes tout l'après-midi. Ça avançait lentement – pas parce que la neige était à ce point profonde ou physiquement difficile à pratiquer, mais parce que nous ne savions littéralement pas où était le sentier. Beckett nous arrêtait toutes les dix minutes pour vérifier les positions et repères. Avant notre départ, il avait passé en revue l'itinéraire sur le plan avec moi et m'avait demandé de revérifier notre position en cours de chemin. Nous n'étions pas partis depuis très longtemps quand je m'aperçus que, en vérité, ça se réchauffait. La neige sembla aussi le remarquer, car le sol virait à la bouillie sous nos pieds.

Il fallut le restant de la journée pour couvrir ces trois miles jusqu'à Elk Ridge, et, lorsque nous arrivâmes, il faisait déjà nuit et la majorité de cette belle neige avait disparu.

Le lendemain matin, après le petit déjeuner, Beckett nous signala que nous entamions la troisième et dernière semaine de notre voyage.

— Ça y est, mes cocos, dit-il. Prochain arrêt : le bouquet final.

Par « bouquet final », il entendait les Solos. Avant la fin de la semaine, il nous enverrait, séparés en trois groupes, survivre tout seuls pendant vingt-quatre heures. Il nous fit dresser une liste des quatre personnes que nous préférerions avoir dans nos équipes.

— Prenez ça au sérieux, les cocos, nous mit-il en garde en haussant un sourcil. Et faites bien attention à la composition de votre groupe.

Je le pris au sérieux. J'aurais adoré marcher avec Windy, mais j'étais persuadée qu'elle mettrait Jake sur sa liste – et que Jake, à son tour, la mettrait sur la sienne –, et je n'avais aucune envie de passer les derniers jours dans les Absaroka investie dans l'élaboration de théories *vont-ils-ne-vont-ils-pas* comme une ado. Un fait était clairement établi : il ne fallait pas que je m'approche de ces deux-là.

À part cela, je me moquais de ceux avec qui je ferais les Solos. Sincèrement.

Finalement, j'écrivis : « N'importe qui sauf Jake », l'entourai deux fois, pliai mon bout de papier et le rendis.

Quand Beckett les eut tous récupérés, il les fourra dans la poche de son petit sac et dit qu'il prendrait quelques jours pour passer en revue les requêtes et former les groupes.

D'ici là, nous marcherions vers une portion des montagnes où le sentier se divisait en trois chemins à peu près équivalents – chacun destiné à un groupe Solo différent. Une fois que nous serions arrivés là, après avoir réexaminé nos cartes et stratégies, il nous lâcherait pour vingt-quatre heures et croiserait les doigts. Pendant ce temps, nous devrions trouver notre chemin, de l'eau, installer et lever notre camp, et enchaîner les bonnes décisions.

— C'est pour ça que vous êtes ici, mes cocos. C'est à cet objectif que vous avez travaillé. Les Solos. Couler ou nager. Tuer ou se faire tuer. Manger ou se faire manger.

Puis il nous adressa un large sourire en remuant les sourcils.

— Mais pas tout de suite. Pas aujourd'hui. Aujourd'hui, nous passons un col carrément cruel qu'on appelle l'Entrejambe du diable.

Trois jours plus tard, après le dîner, Beckett nous rassembla pour nous annoncer les groupes des Solos.

— Vous vous rappelez quand je vous ai demandé de me dire qui vous souhaitiez dans votre groupe ?

Nous acquiesçâmes.

— Eh bien, j'ai oublié de préciser un détail. Je m'en fous. (Il leva les mains, dans un haussement du genre : « Qu'est-ce que vous imaginiez ? ») Je me fous de qui vous appréciez ou pas – sur qui vous craquez –, de qui vous rêvez dans vos sacs de couchage. Aucune importance. Il n'est pas question de se marrer. C'est l'un des rares moments dans la vie où il n'est pas question de sexe. Il est question de survie, mes cocos. J'ai formé des binômes non pas avec celui ou celle dont vous êtes le plus proche, mais avec le partenaire dont vous avez besoin pour survivre. Les compétences. Vous vous souvenez que vous êtes venus ici pour acquérir des compétences en matière de nature sauvage ? Certains d'entre vous ont été très attentifs, au point de prendre des notes. (Là, il marqua une pause pour pointer un doigt pistolet vers moi.) D'autres ont perdu leur temps – et m'ont fait perdre le mien par la même occasion. Mais voici venu le moment qui va vous construire ou vous démolir.

Il plongea la main dans son sac de jour pour en sortir la liste.

— Ce sont les groupes. Ils sont non négociables. Ne venez pas me dire que vous n'aimez pas Vegas ou que Flash pète dans son sommeil. Je m'en tape ! Peut-être que Dosie se fout de vous dans votre dos ou que Femme fatale ne va pas vous calculer. Pas de bol ! Ces listes ont votre sécurité et votre survie pour objectifs. Vous en tirerez le meilleur et serez heureux d'en avoir l'occasion.

Je croisai les doigts.

Pas Jake, psalmodiai-je mentalement. *Pas Jake, pas Jake, pas Jake.*

— Jake ! lança alors Beckett. Tu seras en Solo avec… (Il consulta de nouveau sa liste.) Flash, Dosie et Calamity Jane.

Je regardai autour de moi. Calamity Jane ? C'était qui, ça ? Puis je m'aperçus que Beckett pointait un autre doigt pistolet vers moi.

— C'est toi, Holdup, dit-il. Nouveau surnom. Habitue-toi. « Pan » !

Il s'avéra que Windy était avec Cro-Magnon, Limier et Miches.

Elle était près de moi avant même que Beckett ait fini de lire le reste des noms.

— Tu es avec Jake ? me demanda-t-elle. Tu as eu Jake ?

— Je ne l'ai pas souhaité, précisai-je.

— On échange ?

Je haussai les épaules.

— Bien sûr.

Windy m'attrapa la main et m'attira vers Beckett.

— Est-ce qu'on peut changer de place ? demanda-t-elle. Dans les groupes Solo ?

Beckett inclina la tête, genre : « Sérieux ? »

— Non.

— Mais je croyais que tu t'en foutais, protesta Windy.

— Je me fous de qui *tu* veux dans ton groupe. Ce qui m'intéresse, c'est qui *je* veux dans ton groupe.

Windy croisa les bras sur sa poitrine en essayant de lui faire baisser les yeux. Puis, finalement, comme ça ne fonctionnait pas, elle repoussa son long rideau de cheveux blonds et s'éloigna d'un pas résolu. C'était le geste le plus puéril que je l'aie jamais vue faire.

À présent, c'était à mon tour de défier Beckett du regard. Je croisai moi aussi les bras.

— J'ai mis « N'importe qui sauf Jake », sur ma liste.

— Je sais, dit-il. Et puis tu as récolté Jake.

— Ce n'est pas drôle.

— C'est un peu drôle.

— Tu m'as collé Jake parce que j'ai demandé à ne pas l'avoir ?

Il inclina la tête.

— Pas exactement.

Je me penchai vers lui en baissant la voix.

— Hé. Contrairement à toi, je ne vais pas en pleine nature tous les étés. C'est une expérience unique dans la vie pour moi. Je ne suis jamais venue ici avant, et je n'y retournerai plus jamais – ni où que ce soit de similaire –, et même si je ne suis absolument pas dans mon élément, j'essaie à mort de veiller à ce que ça compte.

— Je sais, dit Beckett en hochant la tête. Je vois bien.

— J'ai fait tout ce que tu demandes. J'ai obéi à toutes les règles. Si tu disais : « Va chercher de l'eau », j'allais chercher de l'eau. Si tu disais : « Porte les détritus », je portais les détritus. Je n'ai jamais dit « non ». Je n'ai jamais reculé. J'ai donné à ce stage strictement tout ce que j'avais.

— Je sais ça aussi, dit Beckett, d'une voix plus basse à présent.

— Et il y avait une – *une* – personne que je voulais éviter la toute dernière semaine que je passerais dans ces montagnes. Pourquoi est-ce que tu m'as mise avec Jake, bon Dieu ?

Beckett inspira alors, puis souffla.

Il s'approcha d'un pas et se pencha vers mon oreille.

— Je t'ai collé Jake parce que tu es têtue et sujette aux accidents, et que c'est notre secouriste et je compte sur lui pour te rafistoler. Je t'ai collé Jake parce que tu es la plus douée du groupe pour lire les cartes et qu'il est quasi aveugle. Et je t'ai collé Jake parce que tu ne crois absolument jamais en toi – et il trouve un moyen de croire en toi chaque jour.

Il m'avait collé Jake. Et maintenant, mon boulot était de me réjouir de cette opportunité.

Le matin du jour J, Beckett étudia avec chaque groupe leur itinéraire sur la carte. Puis on se salua tous de la main, on bifurqua dans trois directions distinctes et on commença à marcher.

Avec un peu de chance, nous nous reverrions le lendemain après-midi. Et par chance, je voulais dire : celle de ne pas être écrasé dans la chute d'un faiseur de veuves, de ne pas tomber sur un ours affamé, de ne pas étouffer sous une avalanche, de ne pas manquer d'eau, de ne pas se noyer dans une rivière glacée, de ne pas s'étrangler sur un morceau de fromage au dîner, de ne pas mettre accidentellement le feu à quelqu'un avec le réchaud, de ne pas se perdre, et de ne pas laisser tomber et simplement s'asseoir pour se laisser mourir.

Tout le champ des possibles.

Beckett m'avait annoncé la choquante nouvelle que j'étais la meilleure du groupe en lecture de carte, mais il n'avait pas transmis cette info à Flash, *alias* Mason, *alias* le Méchant des montagnes. J'avais établi une relation assez paisible avec Mason dès le début de la randonnée, principalement en restant hors de son chemin, mais les gens qui le contrariaient le regrettaient toujours au bout du compte. Même s'ils arrivaient à leurs fins sur le moment, il trouvait une manière de les punir plus tard, par exemple en le signalant au groupe s'ils avaient de la nourriture coincée entre les dents. Ou en les espionnant quand ils s'éloignaient pour faire caca, grognant comme un ours une fois qu'ils avaient baissé leur pantalon. Ou – pour faire simple – en leur faisant un croche-pied sur le sentier. Il avait un réel talent pour l'humiliation et la cruauté, et je n'arrivais pas à imaginer ce qui avait motivé Beckett pour mettre Flash, qui était incapable de ralentir, dans le même groupe que Dosie, qui était incapable d'accélérer. A priori, ça semblait être la recette du désastre, mais après le clash de points de vue qu'avait offert Beckett le soir précédent, je décidai de lui accorder le bénéfice du doute.

Cela dit, alors que nous entamions notre marche, Mason me prit la carte des mains et dit :

— Je vais prendre ça, merci.

Je ne protestai pas. Il avait l'air d'un randonneur compétent, même si je n'en avais pas la certitude, puisqu'il était toujours loin et hors de vue sur le sentier. Je n'avais pas besoin d'être une grosse pointure, ni de revendiquer mes prouesses sur une carte. Je savais que j'étais douée – maintenant, soudain –, et c'était largement suffisant.

Il n'y avait pas beaucoup de marge de manœuvre dans notre ordre de marche. Mason ouvrait la voie à distance, en faisant une pause toutes les vingt minutes environ pour attendre le reste d'entre nous comme un taureau agité. Dosie était à l'arrière, criant à peu près toutes les cinq minutes : « Holdup ! Attends ! » lorsqu'elle me perdait de vue. Et Jake et moi marchions plus ou moins au même pas – un pas agréable, décontracté – ensemble.

— Alors, dit Jake. Est-ce que ça te plaît, la nature ?

— De toute ma vie mise bout à bout, je n'ai jamais fait autant de choses effrayantes que ces deux dernières semaines et demie.

— Mais tu as survécu.

— Jusqu'ici, concédai-je. Et la peur est carrément moins effrayante qu'avant.

— Maintenant tu n'as plus peur de rien.

— Si. Mais j'ai moins peur de tout.

— Comme Chuck Norris.

— Quoi ?

— Comme toutes ces blagues sur Chuck Norris qui n'a tellement peur de rien. Tu sais, genre : « Chuck Norris ne prend pas de douches. Il prend des bains de sang. »

— Comment connais-tu ces blagues sur Chuck Norris ?

— Tout le monde connaît ces blagues sur Chuck Norris.

— Je ne les connaissais pas. Jusqu'à récemment. Plus ou moins.

— Tu es une fille.

— Mon journal est rempli de blagues sur Chuck Norris, dis-je. Il était mon modèle total en venant ici. J'étais, genre : « Que ferait Chuck Norris ? »

Jake haussa les épaules.

— J'imagine que je suis plutôt du genre : « Que ferait Bill Murray ? »

— Mais justement ! m'exclamai-je. Je suis venue ici pour apprendre à être dure et méchante, mais j'ai pris l'autre direction.

— Maintenant tu es douce et gentille ?

— Non. Pas la direction opposée. Juste une autre direction.

— Alors qui est ton modèle, à présent ?

— Je ne sais pas. Peut-être Annie Oakley.

Jake leva un doigt pistolet et feignit de tirer en l'air. Je pris note mentalement de remercier Windy pour cette transformation de surnom.

C'était agréable de traîner de nouveau avec Jake. Je l'avais évité si désespérément depuis l'évacuation que j'en avais oublié combien c'était sympa de discuter avec lui. Nous plaisantions tellement que nous ne faisions plus attention à la direction dans laquelle nous allions. Durant la majeure partie de la matinée, tout se passa bien, mais vers midi il parut évident que nous n'étions pas sur le bon chemin. Selon Beckett, notre groupe était censé contourner les reliefs d'une colline – mais à un moment donné, alors que nous rattrapions Flash, qui trépignait en attendant que Dosie nous rejoigne, il nous fit un aveu.

— On dirait que le sentier disparaît plus ou moins ici annonça-t-il.

— Comment ça ? dit Jake.

— Le sentier ne peut pas disparaître, objectai-je.

Je me retournai. Nous marchions depuis un bon moment sous une épaisse ombre de pins. Il n'y avait pas beaucoup de sous-bois ici. Le sol n'était constitué que de terre sablonneuse, ce qui signifiait que le sentier, même s'il était bien là, pourrait être difficile à discerner.

Je fus alors frappée par une chose.

— Pourquoi est-ce que nous passons sur une colline ? demandai-je à Flash. Notre itinéraire n'était pas censé le faire.

— Tu ne t'en rends compte que maintenant ? demanda-t-il.

Il pivota pour partager un petit rire avec Jake, mais s'aperçut que celui-ci le remarquait seulement maintenant aussi. Il haussa les épaules.

— On prend un raccourci.

— Nous ne sommes pas censés prendre de raccourci, Mason, objectai-je.

— Personne n'a dit de ne pas le faire.

— En fait, dit Jake, Beckett nous a dit de ne pas le faire.

Je fermai les yeux en les plissant.

— Quand avons-nous quitté le sentier ?

Mason réfléchit.

— Il y a deux, peut-être trois heures.

— *Heures* ! m'exclamai-je.

C'est alors que Dosie arriva avec indolence.

— Escarpée… cette colline, dit-elle, à bout de souffle.

Je regardais toujours Flash, bouche bée.

— Tu nous as simplement fait dévier du chemin balisé, sur un raccourci au hasard, sans prendre la peine de le mentionner ? demandai-je.

— Je me disais que si vous n'étiez pas OK avec ça, vous diriez quelque chose.

— On ne faisait pas attention ! protestai-je.

— Eh bien, c'est la règle numéro un, voilà, rétorqua Mason.

Que dire ? Il m'avait coincée.

— Je pensais que c'était tellement évident, ajouta-t-il.

Il sortit le plan de sa poche et montra le méandre que formait le sentier, qui contournait le bord de la colline en demi-cercle.

— Plutôt que parcourir tout ça à pied, dit-il en traçant la distance avec son doigt, pourquoi ne pas juste couper ?

— Parce qu'il n'y a pas de sentier ! m'exclamai-je.

— Mais il y en avait un ! J'ai suivi un sentier.

— Un sentier pour les cerfs, dis-je, ou les élans. Les orignaux, peut-être. Pas un sentier pour *humains* ! Pas un sentier de parc national.

C'était le moment pour Flash de dire : « Waouh, je suis un parfait abruti » et d'implorer notre pardon. Au lieu de ça, curieusement, il retourna le problème.

— Mais pourquoi est-ce que vous ne faisiez pas attention ?

Parce que nous parlions ! Parce que nous flirtions ! Parce que Jake est si drôle, et qu'il me racontait des blagues de Chuck Norris, et que je ne me rappelle pas la dernière fois que quelqu'un m'a fait rire !

— Parce que, dis-je à Mason en mettant une main sur ma hanche pour me donner de l'autorité, tu étais censé être le leader !

— Eh, on se calme, dit Mason. On va juste faire demi-tour et revenir sur nos pas.

Mais lorsque nous fîmes demi-tour, il n'y avait rien sur lequel revenir. Juste une quantité de petits sentiers d'animaux, qui se croisaient dans la terre sèche. Aucun chemin, simple et évident, comme ceux que nous connaissions.

— C'est par là, dit Mason en pointant le doigt vers le sud-est.

— Ce n'est clairement pas par là, dis-je. Nous arrivons du sud-ouest.

— Je croyais qu'on venait de là-bas, intervint Dosie en montrant le plein ouest.

Je lâchai un soupir.

— Donne-moi la carte, dis-je.

Mason me la tendit.

— Tu sais que tu la tiens à l'envers, n'est-ce pas ? dis-je.

Mason cligna les yeux.

— Ah bon ?

— Mason. Dis-moi que tu plaisantes.

Mais il écarquilla juste un peu les yeux et secoua très lentement la tête.

Je sortis ma boussole de ma poche.

— OK, dis-je. Là, c'est le nord.

Puis je fis pivoter la carte de cent quatre-vingts degrés jusqu'à ce que la flèche y indiquant « nord » concorde avec celle de ma boussole.

— Et maintenant, dis-je, la carte est orientée correctement.

Mason poussa un long sifflement.

Avait-il dormi pendant le cours de lecture de carte ? Je serais la première à admettre que les cartes de reliefs en pleine nature requéraient un certain sens des relations spatiales et n'étaient pas le truc de tout le monde – mais aligner deux flèches paraissait assez élémentaire.

— Tu nous as conduits à gauche quand nous aurions dû prendre à droite, expliquai-je.

— Et, ajouta Dosie, tu nous as fait sortir du sentier.

— OK, OK, dis-je. Voici ce que nous savons. Le sentier passe entre cette colline (j'en entourai une avec le doigt) et celle-là. (J'entourai l'autre.) Nous avons grimpé cette colline-là. Donc, si nous redescendons, nous devrions, à un moment donné, atteindre le sentier.

— Et si ce n'est pas le cas ? demanda Dosie.

— Je pense que ce le sera, répliquai-je.

— Et si…

— Dosie ! cria Flash. Ça n'aide pas !

— Vérifions les bouteilles d'eau, dis-je.

Nous en étions tous à peu près au même point : vidées aux deux tiers.

— C'est notre plus gros souci, déclara Jake. L'eau.

— Le sentier traverse ici, dis-je en montrant l'endroit du doigt, alors si nous parvenons à retourner dessus, nous pouvons camper juste là.

— « Si » ? dit Dosie.

— Désolée… Quand.

Nous commençâmes à redescendre la colline. Je gardai ma boussole sortie pour nous maintenir sur une ligne droite, ce qui fut plus facile sous les arbres que lorsqu'ils devinrent plus clairsemés et que le sous-bois s'épaissit. Au bout d'une heure, nous marchions à travers une véritable brousse, et tout le monde avait les jambes égratignées et en sang. Nous avions tous trébuché à plusieurs reprises, mais c'est Jake qui était le plus tombé, et il avait aussi des éraflures aux bras et au visage. Il était tentant d'éviter les broussailles en suivant les sentiers d'animaux qui zigzaguaient autour de nous, mais nous ne voulions pas dévier du parcours. L'adversité nous unifiait, et nous marchions en un groupe serré de quatre.

—Qu'est-ce qui se passe si nous ne trouvons pas d'eau ce soir ? demanda Dosie.

—Alors nous en trouverons demain, dis-je.

—Combien de temps peut tenir le corps humain sans eau fraîche ? demanda Dosie.

—Trois jours, répondit Jake. Enfin, deux jours avant que les hallucinations s'installent, en tout cas.

—Jake…, dis-je.

—C'est la règle des trois, poursuivit-il, comme si c'était juste empiriquement intéressant. Tu peux tenir trois minutes sans air. Trois jours sans eau. Et trois semaines sans nourriture.

—Ça n'aide pas non plus, conclut Mason.

—Est-ce qu'il n'y a pas déjà eu des morts, au cours de ces stages ? demanda ensuite Dosie.

—L'équipe de direction a changé, répondîmes Jake et moi à l'unisson.

Il nous fallut quatre heures pour retomber sur le sentier. Mais, Seigneur, comme ce fut grandiose de le voir. À bout de souffle et sanguinolents, nous nous prîmes malgré tout dans les bras. Nous étions sauvés.

À une exception près. Nous étions un peu revenus sur nos pas en descendant la colline et avions rejoint le sentier à un endroit où nous étions déjà passés. Si la carte était exacte et que je la lisais correctement, il restait un bon mile jusqu'au gué – et il était déjà 17 heures.

Il nous fallut une heure de plus pour parcourir ce dernier mile. Et lorsque nous atteignîmes enfin le gué, nous prîmes conscience d'une chose que je n'avais pas remarquée sur la carte. Un ruisseau croisait bien le sentier, tout comme je l'avais soutenu, mais il se trouvait en bas d'un ravin abrupt. Trente mètres plus bas, environ. La traversée pour rejoindre le sentier de l'autre côté se faisait à l'aide d'un pont de corde effroyablement instable, comme tout droit sorti d'un western spaghetti.

Nous marchâmes jusqu'à l'endroit où le pont rejoignait le sentier pour jeter un coup d'œil par-dessus. Et il me vint soudain à l'esprit que le lit du ruisseau, après tout cela, serait peut-être sec. Je croisai les doigts. Nous regardâmes. En contrebas, de l'eau coulait.

Je fermai les yeux.

— Dieu merci, soupirai-je.

Jake me fit un high five.

— Ça va être galère pour y aller, dit-il, mais c'est là.

Alors nous montâmes le camp. Après un examen plus attentif, il y avait un chemin qui menait au ruisseau. Jake proposa de descendre les quatre bouteilles d'eau et une marmite pour les y remplir, même si, en y repensant, je n'arrive pas à concevoir pourquoi nous confiâmes cette mission au gars qui portait des lunettes en cul de bouteille. Dosie lança le dîner, et Mason et moi allâmes installer le tarp.

Lorsque ce fut fait, je retournai à la cuisine pour m'apercevoir que Jake n'était toujours pas revenu avec l'eau. À présent, nous commencions aussi à perdre en luminosité.

Quelque chose n'allait pas. Je le savais.

— J'imagine que ça doit être dur de remonter de ce ravin avec une marmite découverte pleine d'eau, annonçai-je au reste du groupe, même si personne ne me prêta attention. Je vais aider Jake.

Le chemin menant au ruisseau était escarpé, bosselé et contre-intuitif. Il vous fallait souvent monter pour redescendre, ou aller sur le côté pour avancer. Par ailleurs, probablement la moitié des gros rochers sur lesquels je marchais étaient instables. Plus je descendais, plus je m'inquiétais de retrouver Jake inconscient en bas du sentier, étendu sur la berge rocailleuse.

J'arrivais en bas quand je l'aperçus. Il n'était pas inconscient, mais il avait bien l'air d'être tombé. Il était à quatre pattes, haletant et paniqué. Lorsqu'il m'entendit, il releva la tête, mais ne me vit pas. Il avait les yeux rouges, comme s'il avait pleuré.

— Ne t'approche pas plus ! dit-il. J'ai perdu mes lunettes.

Je fis quelques pas vers lui.

— Stop ! hurla-t-il. Tu vas marcher dessus !

Son visage n'était que pure angoisse.

— Je ne vais pas marcher dessus, dis-je. Ce ne sont pas des lentilles de contact.

— Je suis sérieux ! Arrête-toi !

— OK.

Il était sérieux. Sérieusement flippé. Je passai en mode enseignante et imprégnai ma voix de calme.

— Je vais t'aider. Nous allons les retrouver.

Il secoua la tête. Il n'écoutait pas.

— Je te le dis. Elles sont perdues.

— Nous les retrouverons, répétai-je en me mettant à genoux pour commencer à ramper sur la plage vers lui. J'y vais doucement, dis-je. Je rampe. Nous les retrouverons.

Il respirait comme s'il venait de courir un marathon.

— Prends une profonde inspiration, dis-je. Va moins vite.

Il acquiesça et tenta de ralentir.

Je continuais de ramper vers lui.

— C'est Helen, au fait, précisai-je.

— Ça, je sais.

— Mais tu ne vois pas.

— Si. C'est juste flou. De toute façon, je connais ta voix. Et ta démarche.

— Ma démarche ?

— Elle est très caractéristique.

— Est-ce que tu as mal ? m'enquis-je en continuant de ramper plus près.

— Pas trop.

— Je vais t'aider.

— OK.

— Respire lentement et profondément.

Il fit cela à quelques reprises, et pendant qu'il s'y employait, j'arrivai jusqu'à lui. Dès que je fus à un bras de distance, il m'attrapa et me tira sur les derniers centimètres comme un homme qui se noie s'agrippe à une bouée de sauvetage. Il me serra extrêmement fort et enfonça son visage dans le creux entre mon cou et mon épaule. Je sentais l'air soufflé et aspiré sur moi tandis qu'il haletait exactement comme lorsque quelque chose vous terrifie. Je ne voyais pas ce dont il s'agissait, mais, à cet instant précis, cela n'avait aucune importance.

Je lui caressai le dos de haut en bas avec mes deux mains, le tapotant et l'apaisant du mieux que je pus.

— Tout va bien, dis-je, encore et encore. Je vais t'aider.

Nous restâmes ainsi un bon moment, le ciel s'estompant, l'air du soir perdant de sa chaleur. Alors que j'étais agrippée à lui, sa respiration ralentit et se calma.

Après un moment, je dis :

— Je croyais que tu avais une lanière pour garder tes lunettes sur toi.

— En effet. Mais nous nous en sommes servis pour maintenir la botte de Cro-Magnon quand elle s'est déchirée pendant une journée de rando.

— Tu n'aurais pas pu te servir d'autre chose ?

— Pas sur le moment.

Je secouai la tête.

— L'éternel héros.

— Je suis tellement stupide, dit-il alors, dans mon cou.
— Tu n'es pas stupide, dis-je. Tu as juste perdu tes lunettes.
— Je ne devrais même pas être ici.
Je repensai à la façon dont il avait falsifié son rapport médical.
— Hum, dis-je, c'est peut-être bien vrai, en fait.
Il se recula un peu, et baissa les yeux vers ses mains.
— Tu te rappelles que je m'étais inscrit à ce stage, mais qu'ensuite j'avais annulé ? Et que je m'étais inscrit de nouveau ?
— Plus ou moins, dis-je.
Pas vraiment.
— J'ai annulé parce que j'avais des problèmes aux yeux. Et après plusieurs examens et un paquet de tests, il s'est avéré que j'avais un trouble de la vision héréditaire qu'on ne peut pas soigner.
— Tu veux dire, comme la cécité nocturne ?
— Ça en fait partie.
J'attendis.
— Au cours des quelques années à venir, dit-il alors, les yeux toujours baissés, je vais perdre…
Là, il inspira profondément, jusqu'au bout, et souffla lentement avant de conclure :
— … la vue.
Je fus seulement capable de répéter :
— Perdre la vue ?
— Je suis atteint d'une maladie qu'on appelle rétinite pigmentaire.
— Ça n'a pas l'air bon.
Il secoua la tête.
— Tu as ces récepteurs dans les yeux. Des cônes et des bâtonnets. Les bâtonnets sont sur les bords. Ils se chargent de la vision périphérique et de la faible lumière.
Il marqua une pause pour vérifier que je suivais.
— OK, dis-je.

— Les cônes traitent les couleurs et les détails.

— OK.

— Quand tu as ce truc comme moi – c'est héréditaire –, tes bâtonnets et tes cônes commencent à mourir.

Je secouai la tête comme si c'était impossible.

— À mourir ?

— Un par un, ils s'éteignent.

— Pourquoi ?

Il haussa les épaules.

— Ils produisent la mauvaise sorte de protéine. Tout ça est très scientifique. En gros, ils s'arrêtent juste de fonctionner, l'un après l'autre. La plupart des gens qui ont ça sont officiellement aveugles à quarante ans.

— Mais ça ne t'arrivera pas !

Officiellement aveugle ? À quarante ans ?!

— Non, concéda-t-il. Pour moi, ce sera beaucoup plus tôt.

— Plus tôt ?

J'étais comme un perroquet dans le déni.

— Mes récepteurs semblent mourir très rapidement.

Je sentais mon cœur battre la chamade dans ma poitrine. C'était cette sensation qui vous prend dans l'urgence lorsque vous devez décider quoi faire. Mais il n'y avait rien à faire.

— Ça a commencé par la cécité nocturne – juste un peu, au début. Il y a deux ans. Là, c'étaient les bâtonnets. En première année de fac, je n'en ai pas tenu compte. Mais au début de ma dernière année, quand je n'ai plus pu lire pour étudier, je suis allé chez le médecin.

— Et tu as eu des lunettes.

Il acquiesça.

— Là, ce sont les cônes.

— Alors qu'est-ce que tu fais ? Quel est le traitement ?

— Il n'y en a pas.

Il n'y avait pas de traitement ?!

— Nous sommes au XXIe siècle, dis-je. Il y a un traitement pour tout. Même les choses qui n'ont pas besoin d'être traitées.

Il haussa les épaules.

— Pas pour ça.

— Les gens ne deviennent pas aveugles comme ça !

J'essayai d'imaginer Jake, surtout lui, incapable de voir. Et ce sourire ironique qu'il adressait toujours aux gens ? J'adorais ce sourire. Comment était-il censé adresser ce sourire s'il ne pouvait pas voir la personne à qui il était destiné ?

— A priori, la vitamine A aiderait un peu, dit-il. Alors je prends des compléments. Des études montrent que l'huile de poisson ne serait peut-être pas une mauvaise idée.

— Huile de poisson et carottes ? C'est ce qu'ils ont de mieux à proposer ? Qui est ton médecin – Bugs Bunny ?

— Il existe une thérapie génique expérimentale, dit-il alors. Un gamin de neuf ans l'a faite et il a pu voir le tableau à l'école par la suite. Une fille l'a faite et elle a vu des lucioles pour la première fois.

— Pourquoi ne fais-tu pas ça ? Tout de suite ?

— Ce n'est pas un traitement. C'est une expérience.

— Mais si ces enfants en ont eu, tu devrais en avoir, toi aussi.

— Ce n'est pas un verre de limonade. C'est une thérapie génique expérimentale.

— Mais il y a forcément…

— Non !

Je me tus.

— J'ai passé cette dernière année à creuser mon cerveau formé à la médecine pour ratisser la moindre information valable. Si tu ne crois jamais rien de ce que je raconte, crois au moins ça : tout ce que je peux faire, c'est attendre que la lumière s'éteigne.

Je me plaquai une main sur la bouche. Il ne plaisantait vraiment pas. Ce type incroyablement compétent et d'une folle indépendance perdait la vue. Il le savait, il savait qu'il ne pouvait rien y faire, et il portait en lui cette réalité à chaque pas que nous avions fait durant tout ce périple, ici, au milieu de nulle part, avec une bande de débiles, les écoutant – *m'*écoutant – avec compassion se plaindre d'ampoules éclatées et d'être incompris, et, dans l'ensemble, considérer absolument toutes nos bénédictions comme un dû.

Ses yeux mouraient. Qu'est-ce qui l'attendait ? Que serait sa vie quand toute la lumière serait partie ? Comment choisirait-il ses vêtements, le matin ? Comment ferait-il ses courses ? Comment se rendrait-il de chez lui à son travail ? Comment trouverait-il un livre à lire ? Je ne voyais pas d'avenir moins approprié à la personne pour laquelle il se profilait. Il avait abandonné la fac de médecine – pour quoi ? Comment continuerait-il d'occuper son redoutable esprit dans l'obscurité ?

Mes pensées tourbillonnaient. Je songeai à toutes les jolies choses qui allaient disparaître : les illuminations, les feux de camp, le soleil de fin d'après-midi, les ombres, les feuilles virevoltantes, les nuages de pluie, les sourires. Je songeai à toutes les choses qu'il ne verrait même pas. Il ne saurait jamais à quoi ressembleraient ses enfants – ni ses petits-enfants. Il n'entendrait jamais que leurs voix. Cette idée suffit à aspirer tout l'air de mes poumons. Je les sentis se dégonfler.

— Tu me flingues, finis-je par dire.

Et le sourire ironique apparut.

— Ne dis pas ça.

— C'est pour ça que tu as falsifié ton rapport médical…

Il secoua la tête.

— Stupide.

— Et c'est pour ça que tu ne vas pas en fac de médecine.

— Voilà.

— Pourquoi ne me l'as-tu pas simplement dit ?

Il secoua de nouveau la tête.

—Je ne savais pas comment aborder le sujet.
—Est-ce que ton père est au courant ?
—Oui.
—C'est pour ça qu'il ne voulait pas que tu viennes ici ?
—C'est pour ça qu'il ignore complètement que je suis ici.
—Tu as menti à ton père ? Où pense-t-il que tu te trouves ?
—Une retraite de médiation bouddhiste dans les Berkshires.
—Une bonne chose que tu aies rencontré Windy et qu'elle t'ait appris à méditer.
—Ce sera pratique.
—Qu'est-ce qu'il en pense ?
—Mon père ? Il pense ce qu'il pense toujours. Que s'il fait comme si rien n'allait mal, alors tout ira bien.
—Il est dans le déni ?
Jake feignit de réfléchir.
—Ouais. Quand tu cherches la définition du mot « déni », il y a une photo de mon père.
—Je ne pensais pas que c'était un vrai truc.
—Le surnom qu'il me donne, c'est « Doc ». Quand il me regarde, il ne voit que celle qu'il a toujours voulu que je sois.
—Mais il va s'habituer, pas vrai ?
Jake sourcilla en cherchant comment l'expliquer.
—Mon père n'a jamais voulu avoir qu'un seul genre de fils. Le genre ambitieux, bosseur et major de promo.
—Dis-moi que tu n'étais pas major de promo.
Il haussa les épaules, comme pour dire : « Désolé. »
—Mais maintenant, tout est différent.
J'assimilai ses propos en secouant la tête.
—C'est pour ça que tu ne peux pas conduire dans le noir ?
Il acquiesça.
—Et c'est aussi pour ça que j'étais si agité, dans la chambre d'hôtel.

Je baissai les yeux.

Il poursuivit.

— Je ne suis pas vraiment moi-même, ces temps-ci.

C'est alors qu'il se mit à pleuvoir un peu – juste une bruine.

— Je déteste ne pas pouvoir te voir à cet instant, dit-il ensuite.

— Je parie que tu peux, dis-je. Si tu essaies.

À ce moment-là, il leva les yeux, et je voyais bien qu'il ne savait pas trop ce que je voulais dire.

Alors je lui pris une main – une main égratignée, calleuse, croûtée de saleté – et l'appuyai sur mon visage. Ensuite, il leva la seconde, pour la poser de l'autre côté, puis promena les deux un peu partout, touchant ma mâchoire, mes pommettes, mes sourcils, mon nez. Il ferma les yeux, perdu et attentif. La sensation, l'intimité de tout cela était telles que mon souffle devint saccadé.

— Te voilà, finit-il par dire.

— Me voilà.

J'étudiai son visage tandis qu'il se concentrait sur le mien.

— Tu as la barbe la plus cool du groupe, au fait, dis-je.

— Ah ouais ?

— La plus fournie, en tout cas.

— Oh, ouais. Les hommes de ma famille peuvent en avoir une en à peu près une journée.

— C'est quelque chose.

— C'est une bénédiction et une malédiction.

— J'imagine.

— Je me suis laissé pousser une moustache en guidon quand j'étais en première année et je la cirais en pointes.

— La barbe de Beckett le fait ressembler à un rat.

— Et Vegas a l'air d'avoir mangé une pomme d'amour.

— Mais toi, dis-je, tu as, genre, une forêt noire et dense. Dans la bonne lumière, elle est presque luisante. Tu remportes clairement le trophée de la barbe. Tu es un peu le mec sur le paquet d'essuie-tout Brawny.

—Je ne crois pas qu'il ait de barbe.

—Eh bien, s'il en avait une.

Il esquissa un sourire, qui se dissipa une seconde plus tard. Il baissa les mains en disant :

—Je n'arrive pas à croire que j'ai perdu mes putains de lunettes.

Cela m'incita à agir. Le jour baissait.

—Je vais les retrouver.

Je pointai le doigt vers lui et ajoutai :

—Reste ici.

Puis je me remis à quatre pattes pour recommencer à ramper, et à ce moment-là nous entendîmes tous les deux un craquement. Je baissai les yeux. J'étais à genoux sur ses lunettes depuis le début.

—Trouvées, dis-je.

—Pour de vrai ?

—Oui, dis-je en ramassant les deux morceaux.

—Est-ce qu'elles se sont cassées en deux ? demanda-t-il en essayant de voir la réponse.

—En fait, non. L'une des branches s'est juste détachée. Ça s'appelle comme ça ? Des branches ?

—Mais les verres n'ont rien ?

Je les lui posai dans la main, et il les essuya avec son tee-shirt avant de se les remettre aussitôt sur le nez.

—Oh, Seigneur, te voilà, dit-il.

Il me serra en étau dans une nouvelle étreinte intégrale.

Je le serrai en retour.

Puis, sans prévenir, il se recula juste un peu, me frôla la joue de cette barbe luisante, et sans demander ni même songer à demander, il transforma cette étreinte en baiser.

Ce que nous avions fait à l'hôtel était une bise sur la joue en comparaison. Ceci ne ressemblait à rien d'autre – un baiser déterminé, vorace, impatient, et il remonta les mains dans mes cheveux pour me garder près de lui. Étrangement, cela donnait l'impression d'un dernier baiser. D'un baiser d'adieu. L'un de ceux qui éclipsaient tout autour d'eux. Certains baisers sont des actions, d'autres sont tout simplement la vérité.

J'ignore comment il pouvait insuffler autant de désir et de détermination dans un unique instant volé, mais là, tous les deux à genoux, sous la pluie, probablement les personnes les plus sales qui se soient embrassées depuis l'âge des cavernes, il y parvint. C'était même comme s'il n'existait personne d'autre. Je n'aurais pas pu me dégager si je l'avais voulu. De toute façon, je ne le voulais pas. Il avait la bouche chaude, et ses bras me plaquaient littéralement contre lui. C'était totalement différent, cette fois. Parce que, à présent, je le connaissais. Ce n'était pas un inconnu, ni juste un ami de mon frère. C'était Jake. Jake, qui avait une centaine de surnoms. Jake, qui rendait tout plus drôle. Jake, qui trouvait quelque chose à apprécier chez tout le monde.

Jake, qui sortait avec Windy.

En me souvenant de ça, je me dégageai.

— Ce n'est pas une super idée, dis-je.

Il se détourna.

— Je suis désolé.

J'étais encore un peu hors d'haleine.

— Il ne faut pas.

— Je n'aurais pas dû faire ça.

Il n'aurait pas dû. Pas cool. *Pas cool.* Mais je n'étais pas fâchée. Comment aurais-je pu ? Même le meilleur d'entre nous pouvait avoir un éclair de stupidité dans un moment de peine. Peu importe combien je refusais d'être le genre de fille qui ferait une chose pareille à une amie, je me laissai un peu de mou, parce que je ne l'avais clairement pas vu venir. Je laissai un peu de mou à Jake, aussi.

— Ce n'est jamais arrivé, dis-je alors. OK ?

— OK… Nous faisons beaucoup de choses qui ne sont jamais arrivées.

Je pensai à Windy. Étaient-ils ensemble ? Était-elle sa petite amie ? Venions-nous de trahir la personne la plus gentille que la terre ait portée ? Pour notre bien à tous, j'espérais que non. Mais je n'allais certainement pas poser la question.

— Tu sais quoi ? dis-je. Tu as eu une rude journée. Je me tais si tu te tais.

Jake m'adressa un sourire triste.

— Je me tais.

— C'est réglé, alors. Facile. C'est effacé.

Même si, bien entendu, ça ne l'était pas.

Nous nous aidâmes mutuellement à nous relever, puis rassemblâmes les bouteilles d'eau.

— Navrée d'avoir cassé tes lunettes, dis-je, tandis que nous commencions à traverser les rochers pour regagner le chemin.

— Mais non, dit Jake en glissant la branche cassée dans sa poche. Rien qu'un peu de chatterton ne pourra réparer.

Ce soir-là, après un affreux dîner de légumes réhydratés, d'eau bouillie, de farine et de sel, nous allâmes nous coucher sans un mot et dormîmes comme si le monde n'existait pas.

Durant quelques heures. Jusqu'à ce que nous soyons réveillés par des orignaux en rut. Des orignaux très bruyants, très près et très excités. Enfin, c'est ce que nous comprîmes plus tard – juste au moment où j'appris que les orignaux n'étaient pas exactement Bambi. Les orignaux sont un peu les buffles du monde des cervidés. Certains pèsent quatre cents kilos. Évidemment, je n'y connaissais alors rien en orignal. Tout ce que je savais, c'était que quelque chose d'incompréhensiblement massif – et outrageusement proche – émettait d'énormes bruits insistants et irréels dans l'obscurité. Et quand je dis « proche », je veux dire un mètre cinquante. Peut-être bien un mètre.

Nous nous réveillâmes tous instantanément au premier bruit. C'était un long cri surnaturel et haut perché qui résonna dans la vallée et me transperça le cerveau. On aurait dit une banshee. Une, au départ. Puis deux. Et puis, à la fin, peut-être cinq ou six. Poussant toutes des hurlements comme je n'en avais jamais entendu, et marchant lourdement bien trop près de notre tarp. Jamais de ma vie n'ai-je éprouvé une peur aussi paralysante. Pour rien au monde je n'aurais bougé – ni même cligné les yeux. Si ces bêtes avaient voulu me piétiner, j'aurais été même bien trop pétrifiée pour m'enfuir. Heureusement, il s'avéra que les orignaux ne s'intéressent qu'à leurs semblables lorsqu'ils produisent de tels sons. Ces appels durèrent au moins vingt interminables minutes, au bout desquelles les orignaux se trouvaient ou renonçaient. Tout redevint silencieux.

— Mais c'était quoi, ça ? demandai-je, quand ma terreur se fut assez dissoute pour pouvoir parler.

— Des orignaux, dit Jake.

— Des orignaux qui s'accouplent, ajouta Flash.

— Ils ne s'accouplent pas exactement, précisa Jake. Ils brament. Ce doit être la saison du rut.

— Est-ce que tu viens sérieusement de dire ça ? demanda Dosie.

— J'ai fait beaucoup de camping.

— C'est quoi, « bramer » ? demandai-je.

— Lancer des appels d'accouplement, expliqua Jake. Qui ne sont pas pareils que les chants d'accouplement.

— Comment sais-tu qu'ils bramaient ?

— Parce que ça fait ce bruit-là.

— Ça ne ressemblait à aucun appel d'accouplement que j'aie déjà pu entendre, déclara Dosie.

— Peut-être juste que tu ne le fais pas bien, dit Flash.

Nous écoutâmes une minute de plus.

— Pouvons-nous penser qu'ils ont fini ?

— Ils vont peut-être poursuivre toute la nuit, dit Jake.

Il n'y avait vraiment rien d'autre à faire à ce stade que tenter de se rendormir, garder une oreille attentive et espérer ne pas être piétiné à mort – ni mangé, d'ailleurs, ou se retrouver accouplé. Pendant que nous attendions, Dosie et Flash se rendormirent. Mais pas moi. Allongée là, j'étais assez persuadée de ne plus jamais pouvoir dormir.

— Réveillée ? chuchota Jake après un bon moment.

— Ouaip.

— Moi aussi.

— Je le pressentais.

— Tu as peur ?

— Je suis pétrifiée, entièrement et sans aucune retenue.

— Est-ce que ça t'aide si je te rappelle que les élans sont végétariens ?

— Pas vraiment.

Il se tut une minute après cela. Nous rivâmes les yeux au plafond du tarp. Au bout d'un moment, il dit :

— On finit par beaucoup dormir ensemble, toi et moi.

Je me tournai vers lui.

— En quelque sorte.

— C'est comme si l'univers ne cessait de nous réunir.

— Plutôt comme s'il nous bombardait l'un sur l'autre.

Jake retomba dans le silence une seconde. Puis il dit :

— Désolé pour aujourd'hui, au fait.

— Comment ça, « désolé » ?

— Je sais que tu travailles dur pour être heureuse, ces temps-ci. Je ne veux pas te rendre triste.

Il m'avait rendue triste. Mais je haussai les épaules.

— Je ne pense pas qu'essayer d'être heureux signifie que tu ne peux jamais être triste. Si ?

Jake confirma d'un hochement de tête.

— En effet.

— C'est la tristesse qui donne tout son sens au bonheur.

— Ça me paraît assez sage.

— N'est-ce pas ? Je pense que j'ai appris ça auprès de Windy.

— Non. Celle-là, c'est tout toi.

— Bref, dis-je, toujours à voix basse. Ça a été un privilège de t'aider. Et de casser tes lunettes.

— Triple hourra pour l'invention du chatterton.

— Je veux que tu le saches, je suis sincèrement désolée pour tes yeux.

— Ouais. (Il parla alors d'une toute petite voix.) Je crois surtout que je ne veux simplement pas être seul.

— Ça n'arrivera pas, dis-je. Tu ne vois pas que les gens te suivent partout ?

— Mais je ne serai plus moi-même.

— Mais si.

J'avais envie de dire : « Peut-être que ce ne sera pas si terrible. Peut-être que tu seras plus que toi-même, d'une certaine manière. Si quelqu'un peut trouver du positif dans tout ça, c'est toi. » Mais je ne savais pas comment exprimer tout ça sans avoir l'air trop désinvolte. Ni ignorante. Ni niaise. Au lieu de ça, après un moment, je dis :

— Donc tu as falsifié tes formulaires médicaux, hum ?

— Ouaip.

— Pourquoi ?

— En partie parce que j'avais toujours voulu venir ici faire ce stage, et que je n'allais pas laisser mes yeux m'en empêcher. En partie parce que c'était facile. Et en partie parce que tu t'y es inscrite.

— Moi ?

— Ouais.

— Tu es venu à cause de moi ?

— Pas entièrement. Mais oui.

— Pourquoi ?

— Parce que ça paraissait non seulement possible, mais *probable*, que tu te fasses tuer ici.

— Et tu pensais pouvoir me sauver ?

— Non, sans doute pas. Je n'avais pas envie que tu meures seule. (J'assimilai ces paroles.) Duncan aussi a songé à venir, souligna Jake. Tu sais, comme pour jouer le rôle de mon ailier.

— Mais ?

— Mais il n'a pas du tout la forme physique. Par ailleurs, il n'y aurait eu personne pour surveiller Pickle.

— Est-ce que Duncan est au courant depuis le début ?

— Ouaip. Et il avait sincèrement prévu d'être le meilleur dog-sitter de tous les temps, dit Jake.

— Mais il a alors donné la meilleure fête de tous les temps, à la place.

— Ma faute. J'aurais dû l'aider à rester concentré.

— Mais là, tu vois, ce n'est pas ton boulot. Il devrait être capable de gérer sa propre merde.

— Ouais, mais il avait passé une sale semaine, objecta Jake, comme si nous savions tous les deux ce que cela signifiait.

Mais pas moi. Je secouai la tête vers lui, du genre : « Quoi ? »

— À cause de cette Floride, précisa Jake, comme si cela devait me rafraîchir la mémoire.

Je secouai de nouveau la tête. Duncan était-il parti en Floride ? Que ferait-il là-bas ?

Jake sourcilla.

— Floride, dit-il, plus lentement.

Un autre « non » de la tête.

— Tu n'as jamais rencontré Floride ? La petite amie de Duncan ? Pendant deux ans ?

— Duncan est sorti avec une fille qui s'appelait *Floride* ?

— Comment est-il possible que tu ne saches pas ça ?

Je haussai les épaules.

— Il était fou amoureux. Il pensait que c'était la bonne.

— Il pensait qu'une fille prénommée Floride était la bonne ?

— Tu l'aurais bien aimée. C'était une étudiante du Fulbright Scholar.

— Prénommée *Floride* ?

— Mais elle l'a largué. Il lui a demandé d'emménager avec lui, et elle a fait : « Oh non. On arrête tout. » C'était trois jours avant la fête.

— Pourquoi est-ce qu'elle l'a largué ?

— Du Duncan classique. Trop puéril. Trop bordélique. Trop étourdi. Les filles détestent vraiment tout ça.

— Ouais, dis-je, pour défendre mon genre. Parce que c'est super énervant.

— Je ne vois pas pourquoi elles ne font pas attention aux bons trucs, dit Jake. Il est fidèle. Bienveillant. À mourir de rire.

Je poursuivis la liste de Jake.

— Il est sale. Désorganisé. Il sent la chaussette de sport.

Jake étudia mon visage une minute.

— Tu vas commencer à le voir d'un œil plus indulgent. Je le sais.

— Ah oui ?

— Ouaip, dit-il en hochant la tête. Une fois que je t'aurai montré comment le voir à ma façon, tu ne reviendras pas en arrière. (Il se blottit dans son sac.) Surtout quand je n'y verrai plus rien. Tu devras voir toutes ses qualités pour nous deux.

C'était plutôt un coup bas, mais peut-être avait-il mérité de le porter. Je laissai l'idée faire effet une minute. Puis une chose me vint à l'esprit.

— C'est pour ça que tu pars après ? Pour aller contempler toutes ces vues ?

— Ouaip. J'ai une liste de choses que j'ai envie de voir en priorité.

— Des choses exotiques, dis-je en repensant aux endroits qu'il avait énumérés sur le trajet aller.

— Certaines exotiques, d'autres non. J'aimerais revoir la maison de mon enfance. Et il y a un manège dans un parc où ma grand-mère m'emmenait. Je pense que je devrais peut-être aller au Texas et regarder toutes les photos historiques qu'a mon père de mes arrière-grands-parents, mes tantes et mes oncles. Et il y a des choses que je veux *faire* sur la liste, aussi.

Je me tournai sur le côté pour être face à lui.

— J'aimerais aller faire de la plongée sous-marine. J'aimerais conduire une voiture de course. J'aimerais monter dans le grand huit le plus effrayant du monde.

— Tu aimerais caresser une baleine.

Il acquiesça, ravi que je le lui rappelle.

— Là, j'ai eu de la chance. J'ai postulé à ce job d'assistant de recherche sur un coup de tête. Je suis tombé par hasard sur l'annonce sur un tableau d'affichage au foyer étudiant et je me suis dit : *Cool.* Mais depuis que j'ai décroché le poste pour de bon, je me dis que ça pourrait être...

— Le destin.

— Eh bien, j'allais dire « une réorientation possible ».

— Je t'imagine complètement chercheur en baleines.

— J'y songe. La prof pour laquelle je vais bosser, elle apporte un micro sous-marin et enregistre leurs sons. Les baleines ont un langage hautement évolué qui fonctionne comme un sonar. Elles ont des neurones spéciaux qu'on appelle des cellules fusiformes. Les humains en ont aussi, et ils sont liés à la conscience de soi, la compassion et le langage. Sauf que les baleines en ont eu environ quinze millions d'années avant nous. (Il réfléchit une seconde.) Je pourrais faire carrière en essayant de déchiffrer ce qu'elles disent.

—Ne serait-ce pas fascinant s'il s'avérait que les baleines étaient plus intelligentes que nous ?

—Je les soupçonne de l'être.

—Et tu peux être celui qui résoudra à quel point elles le sont.

Il plissa légèrement les yeux, comme s'il y songeait.

—Il faudra juste que je voie comment se passe ce stage. (Il sourit.) Pendant ce temps-là, tu seras en train de tout déchirer à cette bar-mitsvah.

Oh, Seigneur. J'avais oublié. Je la redoutais depuis que l'on m'y avait invitée. Mais, maintenant, elle se profilait subitement, pas si loin à l'horizon.

—Pourquoi as-tu accepté d'y participer, déjà ?

—Parce qu'on me l'a demandé. Et je voulais prouver que je n'étais plus fâchée.

—À quel propos ?

—Je croyais que tu connaissais déjà l'histoire.

Il secoua la tête.

—Juste des bouts.

—Eh bien, mon petit copain au lycée m'a trompée avec ma meilleure amie. Et puis il m'a lourdée au bal de promo, où il m'a repris le petit bouquet qu'il m'avait offert. J'ai dû trouver quelqu'un pour me ramener chez moi, et je suis rentrée avec ce maigrichon qui était venu seul, et il m'a fait écouter « Bohemian Rhapsody » en essayant de me fourrer sa langue dans l'oreille.

—Il t'a repris ton bouquet ?

—Un an plus tard, ma désormais ex-meilleure amie est tombée enceinte par accident, ils ont donc décidé de se marier. À dix-neuf ans. Elle s'est convertie au judaïsme pour lui. Tout le monde pensait qu'ils avaient gâché leurs vies, mais ils sont toujours ensemble. Il est comptable, et ils ont eu deux autres enfants. Je ne sais pas trop si ça signifie qu'ils sont heureux, mais je ne pense pas qu'ils soient plus malheureux que qui que ce soit d'autre. Ils ont l'air heureux sur Facebook, en tout cas.

Jake ferma les yeux.

— Tout le monde a l'air heureux sur Facebook.

— J'ai perdu ma virginité avec lui, tu sais. (Jake rouvrit les yeux et regarda vers moi.) Sa mère travaillait au planning familial, figure-toi. Il avait une boîte de préservatifs, et nous les avons remplis pour faire des bombes à eau – juste pour nous mettre plus ou moins dans l'ambiance.

Le souvenir de ce soir-là me revint – toujours aussi vif après toutes ces années.

— Et puis on s'est déshabillés, on a grimpé dans son lit et on a tâtonné. Nous n'avions aucune idée de ce que nous faisions. Il avait un poster des Beatles au plafond, et je me rappelle avoir eu l'impression qu'ils nous observaient.

— Quel poster ?

— Celui de *Sgt. Pepper*.

Jake sourit.

— Ce qui, bien entendu, a amorcé chez toi un éternel fantasme sur les fanfares.

J'acquiesçai, genre : « Évidemment. »

— Les fanfares et les moustaches de morse.

Jake se caressa la barbe.

C'était agréable de se remémorer ce soir-là à présent, étant donné la bar-mitsvah qui menaçait : je ne m'attendais pas à ce que ce souvenir éveille en moi une telle tendresse. Nous nous étions bien amusés. Nous avions été amis. Je suspectais que les femmes pouvant repenser à leur première fois si affectueusement n'étaient pas nombreuses, et j'estimai à cet instant précis que je serais toujours reconnaissante de cette soirée, au moins.

— Sa mère bossait au planning familial et il a quand même mis ta copine en cloque ?

Je regardai vers lui.

— Ouaip.

— C'était un idiot.

— Probablement une défaillance de contraception.

— Pas de l'avoir mise en cloque. De t'avoir trompée au départ.

Entendre cela me fit un bien surprenant. Je me tournai pour croiser son regard.

— Merci.

— Celui qui considère ce genre de chance comme acquise n'a que ce qu'il mérite.

Je me frottai les yeux.

— Il a eu ce qu'il voulait.

Mais Jake secoua la tête.

— Oh non.

Je fronçai les sourcils.

— Non ?

Il haussa les épaules.

— Parce que tu es ce type de fille.

— Quel type ?

— Celui dont on ne se remet jamais.

Je me détournai.

Mais pas Jake.

— Et maintenant il t'a invitée à la bar-mitsvah du bâtard.

— Je ne crois pas qu'on dise encore « bâtard ».

— Tu vois ce que je veux dire.

— Je pense que le bébé n'était même pas un bâtard, techniquement, à cause du mariage précipité.

— Et tu as accepté d'y aller.

Je hochai la tête.

— Ce que j'ai aussitôt regretté.

— Pourquoi ?

— Parce que maintenant il faut que j'y aille.

Jake m'adressa un long regard appréciateur.

— Tu vas te surprendre et passer un super moment, déclara-t-il. Je te mets au défi de voler la sculpture de glace.

— Tout ce dont j'ai envie, dis-je, c'est rentrer chez GiGi, regarder des trucs débiles à la télé, prendre genre trois douches par jour et manger de la glace à même la boîte. Je ne veux pas mettre de talons hauts, ni une gaine, ni un soutien-gorge à armatures.

Jake bâilla.

— Je te comprends carrément, frangine.

Je bâillai à mon tour. Nous avions parlé trop longtemps. La poussée d'adrénaline que m'avaient provoquée les orignaux s'était dissipée sans que je m'en rende compte, et au moment où je m'aperçus que j'étais fatiguée, j'avais tellement dépassé le stade de la fatigue que j'étais carrément somnolente. Je regardai vers Jake, les yeux à moitié ouverts seulement.

— Peut-être que ça faisait un peu trop d'infos sur mes sous-vêtements.

— Jamais de la vie, dit-il en fermant les yeux.

Je bâillai de nouveau et m'installai plus profondément dans mon sac de couchage en songeant combien je ne voulais vraiment, vraiment pas aller à cette bar-mitsvah.

— Viens avec moi à Baja, suggéra-t-il alors, comme s'il lisait dans mes pensées. C'est une excuse légitime.

— J'adore cette idée, dis-je en l'essayant pour voir si elle m'allait tandis que je sombrais dans le sommeil.

« Je suis désolée. Je ne pourrai pas venir, finalement. C'est la période de reproduction des baleines grises. »

Le deuxième jour de notre Solo fut aussi facile que le premier avait été dur.

En remballant ce matin-là, il était clair que nous avions monté le camp à Orignalville. Il y avait des creux ovales d'herbe piétinée tout autour de notre campement. Nous avions passé la nuit entourés de bêtes endormies de la taille de soucoupes volantes. Mais aucun signe d'elles à présent.

— Des lève-tôt, dit Flash en scrutant le site.

Dosie et Jake me proclamèrent leader ce jour-là, et Flash ne s'y opposa pas.

— Ramène-nous au bercail, Holdup, dit Flash tandis que nous fixions nos sacs.

Alors je nous ramenai au bercail. Tranquille. Cela nous aida beaucoup d'avoir la carte dans le bon sens. Mais je ne le précisai pas. Cela nous aida également que j'aie cette compétence magique et totalement-inutile-dans-le-vrai-monde en lecture de carte. Je nous conduisis avec une entière confiance. Nous restâmes sur le sentier, groupés, et la seule difficulté se présenta au tout début de la randonnée, lorsque nous n'eûmes d'autre choix que traverser ce pont bancal – ce qui fut bien plus difficile pour Jake, avec ses lunettes scotchées, que pour nous autres. Le pont craquait et oscillait, et mon estomac se retourna à d'innombrables reprises avant que nous arrivions tous en sécurité de l'autre côté.

Nous étions le premier groupe de retour, et, tandis que nous racontions notre aventure à Beckett, il secoua la tête.

— Vous êtes incroyables. Est-ce que quelqu'un était attentif? En dehors de Calamity Jane? ajouta-t-il ensuite.

Je ne pus m'en empêcher. Je levai mes doigts pistolets et soufflai sur la fumée des canons.

Il s'avéra que chaque groupe avait une expérience de mort imminente à raconter. Celui de Cookie avait aperçu un ours, subi une infestation de moustiques et une cheville foulée. Celui de Windy avait été emporté durant la traversée d'une rivière en crue, ce qui mena à une bonne dose de quasi-noyade, massage cardiaque et hypothermie. En nous regardant, il paraissait miraculeux que nous soyons encore tous en vie – en supposant, bien entendu, que Hugh le soit.

Personne ne l'avait encore évoqué à voix haute, mais, une fois que nous eûmes survécu aux Solos, il n'y avait rien d'autre pour nous distraire : c'était notre dernier soir. C'était une sensation douce-amère exacerbée par des contraires. Nous avions tous aussi cruellement envie de rentrer chez nous que de rester. Ce soir-là, nous parlâmes en boucle des choses que nous mourions d'impatience de retrouver (pizza, frites, télé, douches, PQ), et des choses que nous ne voudrions plus jamais faire (manger de la nourriture réhydratée, creuser une fosse à caca, porter un homme de taille adulte sur trois miles dans les bois). Mais il s'agissait d'une stratégie excessivement bruyante et tapageuse : soutenir que vous vous en moquiez pour tenir la tristesse à distance.

Notre dernier ordre du jour avant de nous coucher fut de voter pour les lauréats des certificats. Beckett prenait cela très au sérieux. C'était un processus entièrement démocratique et secret, et chacun de nous reçut un bulletin – à l'exception de Beckett, qui en avait un supplémentaire.

— Tout le monde a droit à un vote et un seul, dit-il. À moins d'être moi. Dans ce cas-là, vous en avez deux.

Il était exigé d'évaluer nos potes de randonnée sans préjugé et de prendre en compte les manières dont ils avaient évolué au fil du temps.

— Vous n'êtes plus les idiots que vous étiez en arrivant ici le premier jour, dit Beckett. Souvenez-vous-en.

Nos critères étaient censés être : les aptitudes à diriger, la compassion, l'implication et la vertu. Ceux qui avaient constamment fait preuve de ces qualités étaient les seuls à pouvoir espérer rentrer chez eux avec des certificats.

— Prenez ça au sérieux, mes cocos, nous avertit Beckett. Il n'est pas question du plus costaud ou du plus rapide. Qui a été attentif? Qui a chéri chaque instant? Qui a aidé le plus? Qui est allé chercher de l'eau quand personne d'autre ne voulait s'en charger?

— Est-ce qu'on peut voter pour soi? demanda Flash.

Beckett haussa le sourcil d'un poil.

— Il convient de dire que si tu es le genre de personne qui voterait pour elle-même, c'est sans doute le seul vote que tu obtiendras.

— Et si nous n'arrivons pas à nous décider? demanda Dosie.

— Ce n'est pas si compliqué, dit Beckett. En fait, c'est même très simple. Je sais à qui vont mes deux votes. Il y a un gagnant évident, ici.

Les jeunes baissèrent tous la tête sur leur bulletin. C'est alors que Beckett croisa mon regard. Puis il pointa l'index vers moi et appuya sur la détente.

Chapitre 14

Le dernier matin, nous nous levâmes comme n'importe quel autre jour, préparâmes du café, remballâmes nos affaires, repliâmes le camp, puis dîmes au revoir à la nature sauvage. Beckett nous fit observer une minute entière de silence au lever du soleil en l'honneur de Dame Nature. Puis il nous demanda de nous tenir la main pendant qu'il disait une prière d'adieux.

— Mère omnisciente, dit-il, tête baissée. Je suis désolé que les humains soient un tel fléau. Je suis désolé que nous jetions nos ordures sur ta terre et que nous étouffions les poissons de tes océans avec des sacs de courses en plastique. Il nous a été donné une beauté inconcevable sur cette planète, mais nous ne la voyons pas. Nous y circulons avec colère, aveugles et ingrats. J'aimerais que nous soyons meilleurs, nous, cette race humaine imbécile, mais j'ai peu d'espoir que nous changions un jour. Le mieux que je puisse faire aujourd'hui est de dire : merci pour ce monde de miracles. Nous essaierons d'être plus reconnaissants. Et moins ridicules.

Le premier jour, ou même durant la première semaine, j'aurais jeté un regard en coulisse, genre : « Est-ce que ce mec existe vraiment ? » Mais aujourd'hui, alors qu'il venait de conclure, je me mis à applaudir. Tous les autres commencèrent à applaudir aussi et à crier des choses comme :

— Vas-y, Patron ! Ne mâche pas tes mots !

— Bouclez-la ! dit Beckett.

Mais il souriait.

C'était fini. Nous endossâmes nos sacs une toute dernière fois et les fixâmes en place. Nous nous rassemblâmes pour la toute dernière fois en rang dans nos routines bien rodées. Tout était exactement comme ça l'avait été tout le long, à l'exception que chaque minute était mâtinée d'une saveur douce-amère parce que c'était la *dernière fois*. C'était la dernière occasion pour Flash de montrer son cul à Vegas. C'était la dernière occasion pour Beckett de crier : « On bouge, les cocos ! » C'était la dernière occasion pour les Sœurs de lambiner à l'arrière en ragotant.

Toute la matinée, les jeunes avaient parlé de « l'année prochaine », et projeté de revenir pour une seconde édition, ce qui m'attrista au plus haut point. Parce que je savais qu'ils ne le feraient pas. Une année, c'est une éternité, et ils ne reviendraient jamais. La vie leur barrerait la route. Peut-être qu'un ou deux d'entre eux reviendraient au cours des quelques années suivantes, mais ce ne serait plus jamais ce groupe-là, à cet endroit, dans ces circonstances. Il s'agissait d'un moment dans le temps qui s'avérait déjà perdu.

Je ne reviendrais certainement jamais – mais pas parce que je n'en aurais jamais envie. Seulement parce que la vie est ainsi. Elle passe trop vite – de plus en plus vite à mesure que vous vieillissez, même si vous rêveriez qu'elle ralentisse.

Jake fut celui qui tarda le plus à mettre son sac. Après la prière, tandis que tout le monde s'étreignait, pleurait et échangeait les numéros de téléphone, il s'écarta au bord de la clairière, s'imprégnant de la lumière de ce lever de soleil. Alors que nous entamions notre randonnée, Jake ne cessa de se retourner pour jeter un dernier coup d'œil.

Puis nous nous retrouvâmes dans les bois, suivant un sentier que le soleil n'avait pas encore atteint. Dans l'heure, nous arrivâmes à l'ultime départ de sentier. Le vieux bus vert et blanc de la BCSC nous attendait, porte ouverte. Il n'y avait rien d'autre à faire que monter à bord.

Trois semaines, ce n'est pas si long, dans l'ensemble. Mais les humains ne sont jamais très doués en vue d'ensemble, et après trois semaines à ne jamais aller plus vite qu'à un rythme de marche, rouler dans ce bus à quarante miles à l'heure donnait l'impression d'être dans un grand huit. Nous poussâmes des « oooh » et des « aaah » sur chaque colline et dans chaque virage. Certains levaient carrément les bras en l'air. C'était excitant, terrifiant et affreux.

Une fois à bord, je m'étais installée sur un siège derrière les Sœurs, qui allaient passer toute l'heure du trajet pour regagner le chalet à parler des gens qu'elles avaient nommés pour les certificats, et de ceux pour qui elles pensaient que tous les autres avaient voté. Windy s'assit à côté de moi, et lorsqu'elle entendit Dosie dire : « Je pense que Hugh devrait avoir un certificat posthume », elle roula les yeux.

— Tu sais que ça veut dire « mort », hein ? dit Windy.

— Oh, dit Dosie, jamais gênée de se tromper. Qu'est-ce que c'est quand tu reçois une récompense pour quelque chose que tu n'as pas fait ?

— Honorifique, lançai-je.

— OK, dit-elle en acquiesçant. Un de ceux-là pour Hugh.

Quant aux deux autres certificats, Uno et Dosie étaient divisées. Jake était grand favori, mais Uno voulait que le second aille à Cro-Magnon, qui l'avait embrassée durant la fête du solstice d'été.

— D'abord, dit Dosie, il trompait sa copine quand il t'a donné ce baiser. Ensuite, embrasser n'est pas une compétence en pleine nature.

—Mais c'était vraiment un super baiser, insista Uno.

—Non, déclara Dosie. Il devrait être décerné à une fille.

Elle regarda dans le bus les candidates, puis se tourna vers Windy et moi.

—Je nomme Holdup, dit-elle. Pour avoir fait le plus d'efforts. (Puis ses yeux bondirent sur Windy.) Et FF pour être la plus jolie.

Qu'importe si elle calculait mal et que ses critères étaient dingues. Moi aussi, je voulais que l'un des deux revienne à Windy. Et elle était clairement la plus jolie. Tout comme la plus gentille. Et la plus sage.

—Quels sont vos choix ? demanda Uno, se penchant vers nous en s'accoudant.

—Je choisis Jake, dis-je, pour avoir été un secouriste génial et pour avoir porté ce chapeau Gilligan débile pendant tout le stage.

Windy leva la main.

—Je la suis.

—Et je prends Windy. Parce qu'elle travaille dur, qu'elle croit en l'humain, qu'elle est d'une grande écoute, qu'elle parvient à être à la fois ravissante et vraiment, vraiment sympa, et qu'elle a maintenu l'élégance en vie sur le sentier en attachant ses cheveux dans ce fantastique chignon.

Là-dessus, Windy s'approcha pour me serrer fermement dans ses bras et me gratifier d'un gros baiser en disant :

—Merci, mon amie.

Dosie acquiesça.

—Et enfin Hugh, hein ? À titre posthume ?

Je secouai la tête.

—Je ne suis pas sûre que Hugh devrait recevoir un certificat honorifique, dis-je. Il savait qu'il n'était pas censé marcher sur ces troncs.

Uno et Dosie se tournèrent l'une vers l'autre, ravies, genre : « Oh, la vache ! » Puis Dosie mit ses doigts en griffes de chat et miaula méchamment.

— J'aime bien Hugh, dis-je. J'espère qu'il va bien – mais je ne pense pas qu'il devrait recevoir un certificat de pitié.

— Qui, alors ? demanda Dosie.

J'hésitai. Je ne pouvais pas me nominer. Peut-être que Flash et moi pouvions nous nominer mutuellement.

Toutefois, Windy n'eut aucune hésitation.

— *Toi*, dit-elle en me donnant des petits coups de doigt pistolet.

— Elle ne peut pas se choisir !

— C'est moi qui la nomine, dit Windy. Elle a sauvé Hugh ! C'est une ninja de la lecture de carte ! Elle prenait tout le temps des notes pendant les leçons de Beckett.

— Merci, lui dis-je.

— C'est du tout cuit pour toi, Holdup, me dit-elle.

De retour au chalet, je pris la plus longue douche de ma vie – mais seulement après m'être débarrassée des vêtements que je portais depuis des semaines pour les mettre à la poubelle.

Le chalet s'était préparé. J'imagine qu'ils avaient vu assez souvent arriver des bus remplis de gens crasseux, car ils avaient une bonne quantité de douches et de l'eau chaude à volonté. Je culpabilisai un peu d'en gâcher, mais estimai ensuite que les vingt douches que je venais de sauter me donnaient le droit à quelques minutes supplémentaires. Ou trente.

Je me lavai quatre fois les cheveux. Et mis deux fois de l'après-shampoing. Et les peignai pour les démêler. Je récurai le moindre centimètre de mon corps. Tout en restant sous le jet d'eau chaude et fumante le plus glorieux de la création.

Il y eut un banquet ce soir-là, et les filles se pomponnèrent. C'était comme si elles cherchaient à se venger de toutes les privations de produits qu'elles avaient été obligées d'endurer. Toutes les chambres du couloir côté filles débordaient d'activités de beauté : des filles avec des sèche-cheveux et des fers à friser, des filles qui clignaient les yeux pour mettre du mascara, des filles qui s'aspergeaient de spray corporel au parfum de fruit. Tant de féminité appliquée ! C'était fascinant de les voir transformées. Elles étaient différentes, certes, mais, au bout du compte, étaient-elles plus belles, je n'en suis pas certaine. À la place de queues-de-cheval et de baume à lèvres, elles avaient soudain des cheveux choucroutés et des yeux de chat dessinés à l'eye-liner. Les visages auxquels j'étais habituée me manquaient un peu.

Moi-même, j'avoue m'être mis un peu de mascara et une touche de gloss – mais je ne voulais pas en faire trop. Je m'attachai les cheveux en arrière dans deux couettes basses et me glissai dans une robe d'été légère et fluide que j'avais apportée. Les filles plus jeunes s'enthousiasmaient de se maquiller et d'avoir l'air différentes, mais je m'enthousiasmais de porter quelque chose de léger et fluide en me sentant différente. La simple différence entre mes bottes d'un kilo cinq et les tongs que j'avais mises me paraissait tout un univers.

Je laissai Dosie me peindre des petites fleurs sur les orteils, et pendant qu'elle s'y affairait, elle dit :

— J'aime bien tes cheveux comme ça.

Puis elle inclina la tête vers moi et ajouta :

— Tu sais, tu es plus jolie que je ne l'imaginais.

— Oh, dis-je, sans vraiment trop savoir comment réagir. Tu es plus sympa que je ne l'imaginais.

Elle releva les yeux avec surprise, et je la regardai en plissant le nez. Puis elle sourit et se remit à l'ouvrage.

Windy apparut avant le dîner en jean et débardeur, avec les cheveux remontés dans son chignon signature. Elle pointa le doigt vers moi depuis la porte, puis le recourba.

— J'ai besoin de toi, dit-elle.

Je la suivis dans le couloir vers sa chambre.

— J'ai quelque chose pour toi, dit-elle alors.

Lorsque nous fûmes arrivées, elle désigna le lit, où se trouvait une petite guirlande de pâquerettes.

— C'est pour tes cheveux ce soir, dit-elle. Pour quand tu remporteras ton certificat.

— Est-ce que c'est toi qui l'as faite ?

Elle acquiesça.

— Le champ derrière est couvert de pâquerettes.

Elle la leva pour me la disposer sur la tête.

— Si tu la fais sécher comme il faut, elle se conservera pour toujours.

— Comment fais-tu sécher ça ?

— En fait, je ne m'en souviens pas.

— Nous allons rester en contact, n'est-ce pas ? demandai-je alors.

Elle hocha la tête.

— Je peux être ta conseillère personnelle pour Pickle.

— Parfait, dis-je. Pour être honnête, tu es la seule personne de ce stage avec laquelle je compte rester en contact.

— À part Jake.

— Jake ?

— Puisqu'il est le pote de ton frère.

— Oh. Il t'a parlé de ça ?

— Ouais, plus ou moins.

Puis elle prit conscience qu'elle pourrait bien lui attirer des ennuis :

— Mais je ne l'ai raconté à personne ! Juré devant Dieu !

— Ça ne fait rien, dis-je. C'était un secret débile, de toute façon.

Le « banquet » était composé de pizzas de chez *Pizza Hut*, importées de la ville voisine, et ce dont tout le monde discutait, brûlait d'envie et fantasmait depuis le premier jour. Pas la nourriture la plus raffinée, mais la vieille salle de danse du chalet avait des fenêtres qui donnaient sur le lac et des ampoules tendues tout autour du plafond, l'ambiance était donc raffinée, malgré tout.

Les garçons arrivèrent un par un. Avec leurs barbes rasées (sauf Beckett, qui avait laissé la version filasse d'un Sam le Pirate), ils avaient presque l'air plus transformés que les filles. Nous étions une belle bande de beaux gosses ce soir-là, je dois l'admettre. Une fois nos corps décapés de trois semaines de sueur, saleté, poussière, sable et boue, tout ce soleil et cet air frais pouvaient percer. Nous sentions bon, étions bronzés, propres et en bonne santé, à part quelques ampoules et callosités. Je n'avais jamais été aussi heureuse de m'être lavée. Beckett passait du Steve Miller Band sur les enceintes, et Vegas et Cro-Magnon avaient chargé la limonade de vodka. C'était une sacrée fête.

Jake fut le dernier à arriver – ce n'est pas que je comptais. Il franchit la porte au moment précis où Windy m'entraînait pour aller le chercher. Il était à moins d'un mètre cinquante, en l'occurrence, et juste à la seconde où il releva les yeux, j'aurais pu jurer que son regard se posa sur moi avant de bondir vers Windy. Et autre chose que j'aurais pu jurer : au moment où il me vit, je crus l'entendre dire : « Waouh. »

Mais ce ne pouvait pas être ça. Il avait dû s'agir de quelqu'un qui déplaçait une chaise ou de Beckett qui trifouillait le micro. Je n'étais simplement pas le genre de personne à inspirer une telle exclamation chez un homme. J'en inspirais d'autres, peut-être. Du genre : « Fais gaffe ! » ou : « Tu vas manger ça ? »

Néanmoins, mon cerveau allait revenir en boucle sur ce moment pour le restant de la soirée, incapable de laisser tomber, même si j'en doutais de plus en plus. Je cédai même à la peur paranoïaque d'avoir peut-être bien été celle qui avait dit « Waouh ». Mais mon cœur, au moins, pensait savoir ce qui s'était produit : Jake m'avait vue à cet instant-là, et une chose qu'il avait vue l'avait surpris, peut-être impressionné, et même si je m'obstinais à douter de moi, c'était trop réel pour le nier.

Bien sûr, à cet instant même, j'éprouvai exactement les mêmes choses. Jake arriva à la fête, extrêmement séduisant dans sa chemise guayabera mexicaine rouge, son treillis élimé et ses tongs, au point que je ressentis l'impact de le voir comme un frisson viscéral dans tout le corps. Il était bronzé, rasé de près, et s'était fait couper les cheveux. Il avait aussi trouvé quelqu'un pour lui réparer ses lunettes ; il était à présent le type avec lequel j'avais fait le trajet jusqu'ici, mais en mieux, et il se servait de ces lunettes fraîchement réparées pour concentrer toute son attention sur Windy.

C'en était trop. Je n'eus d'autre option que partir. Je ne m'excusai même pas. Je me contentai de tourner les talons pour sortir. Je ne sais même pas s'ils le remarquèrent.

Dehors, sur la terrasse qui donnait sur le lac, je pris quelques profondes inspirations. Et alors ? *Et alors ?* J'étais fière de moi, bon Dieu. J'avais fait exactement ce que j'avais espéré accomplir au cours de ce stage. J'avais triomphé. J'avais réussi. Je m'étais inscrite à un foutu défi, et je lui avais mis sa race pour une fois, au lieu de l'inverse.

Pour couronner le tout, j'étais parvenue à un changement radical. J'avais trouvé des choses à apprécier chez tout le monde dans ce stage, même si je l'avais commencé en me disant que je les détesterais tous. Et je m'étais au moins fait une vraie amie – une amie qui m'avait appris à chercher ce que je voulais dans un endroit différent. Après une année à ne parler quasiment qu'à Pickle et à aspirer ardemment à une forme de bonheur, presque comme si c'était un prix que je pouvais gagner, j'avais fini par comprendre que ne pas obtenir ce que vous vouliez était en réalité la clé. Car ne pas obtenir ce que vous voulez vous force à apprécier ce que vous avez déjà.

Je comprenais enfin que si vous étiez en état permanent de désir, vous ne trouviez jamais vraiment satisfaction, et cette idée me percuta au moment même où un véritable raz-de-marée de désir pour Jake s'abattit et bouillonna tout autour de moi – et peut-être fallait-il que cela devienne aussi grave pour que je puisse vraiment comprendre. Mais, seule devant le lac, tout ce que je pus faire fut me pencher, appuyer ma tête sur la rambarde et attendre que la sensation disparaisse.

C'était bon pour moi, estimai-je. Peut-être que mon cœur avait eu besoin d'un petit sursaut, de toute façon – juste pour se remettre à palpiter.

Je m'adjurai intérieurement de rebondir. *La vie va te mettre KO encore et encore*, me rappelai-je, et le mieux que vous puissiez faire est d'apprendre à vous relever. J'allais rentrer chez moi le lendemain matin avec un certificat – preuve positive que je n'étais pas en échec. C'était quelque chose. C'était vraiment quelque chose.

Derrière moi, j'entendis le Steve Miller Band se taire. Puis un tapotement sur les enceintes, alors que Beckett disait : « Est-ce que ce truc est allumé ? », trop fort et trop près, suivi d'un sifflement de réverb.

Je supposai que c'était le signal pour que je retourne à l'intérieur.

Je me faufilai dans la salle et trouvai un endroit à côté de la cheminée en pierre. Jake et Windy étaient ensemble, mais je gardai les yeux sur la scène.

Beckett tenait de nouveau le micro, un peu plus précautionneusement cette fois, et dit :

— Hourra pour un autre stage BCSC réussi ! Pas de noyade ! Pas de décapitation ! C'est bon, ça !

La salle poussa des acclamations.

— J'espère que vous aimez votre pizza.

Une autre salve de cris.

— Nous allons à présent remettre les certificats, tant que tout le monde est encore sobre.

L'assemblée cria de nouveau.

— Après ça, vous êtes libres de gaspiller cette soirée comme bon vous semble !

D'autres acclamations.

— Une annonce en vitesse : vous serez heureux d'apprendre que Hugh est toujours en vie.

La salle devint dingue.

— C'était une hanche à la fois fracturée et luxée – donc assez pénible –, mais il semble qu'il s'en remettra complètement. Martha à l'accueil a son adresse, si vous voulez le contacter.

— Huey Lewis ! cria Cro-Magnon.

De nouvelles acclamations.

— Et maintenant, reprit Beckett, le bouquet final de notre temps passé ensemble. Roulements de tambour, s'il vous plaît. (Vegas et Limier s'exécutèrent.) Comme vous le savez, la BCSC décerne des certificats du mérite aux trois meilleurs élèves de chaque stage. Nous ne cherchons pas nécessairement les plus imposants ni les plus forts, ici. Nous cherchons les élèves qui donnent leur maximum à chaque occasion ; ceux qui prêtent attention ; ceux qui ont fait de notre stage une meilleure expérience par leur simple présence. Vous avez tous voté pour vos premiers choix à bulletin secret, et les trois personnes que nous honorerons ce soir poursuivront leur chemin vers de grandes choses. Les précédents lauréats de certificats BCSC gèrent désormais des entreprises, mènent des expéditions, et en gros dirigent le monde. Ce sont les Navy SEALs de la nature, mes petits cocos !

D'autres cris.

— Martha à l'accueil a compté les votes, et elle est prête à annoncer les résultats. Alors je vous présente : Martha !

Une dame d'une soixantaine d'années au visage parcheminé arborant un air de « Pas de sottises ! » rejoignit Beckett au micro et se pencha.

— Je suis ici pour annoncer les lauréats des certificats de stage dans les Absaroka de ce mois de juin.

Elle déplia un papier et chaussa ses lunettes de lecture.

Elle plissa les yeux.

— Le premier lauréat est…

Beckett fit un roulement de tambour sur la table de pizzas. J'éprouvai une pointe de nervosité.

— Jacob Samuel Archer.

La salle explosa dans des applaudissements. Windy attrapa Jake pour le serrer dans ses bras. Les gars crièrent : « D-Jake ! », « Jaegermeister ! », et, j'ignore pourquoi, « Jumbo ! »

Jake gagna la scène et fit une révérence.

Martha lui tendit un certificat, mais elle avait également une médaille sur un ruban rouge pour lui, comme si nous étions aux jeux Olympiques. Il pencha la tête tandis qu'elle le lui passait autour du cou.

Martha retourna au micro.

— Le deuxième lauréat est…

Un autre roulement de tambour.

— Windy Anne Sky !

Je l'acclamai avec les autres, tout en me disant : *Windy Sky ? Sa sœur s'appelle donc Stormy Sky ?* Oh, la Californie…

Windy courut les rejoindre et manqua d'envoyer Martha par terre avec sa vigoureuse étreinte. Elle reçut son certificat et sa médaille, puis elle se retourna, serra Jake dans ses bras et lui planta un baiser sur la bouche.

Je regardai ailleurs.

— Et notre troisième et dernier lauréat, poursuivit Martha, et véritable favori de la foule…

Ultime roulement de tambour.

Windy me visa avec ses pistolets depuis la scène.

— Pan ! Pan !

— Hugh Edmund Davenport !

La foule est en délire.

Je haussai les sourcils, contractai les joues dans un sourire et sautillai sur place en criant : « Allez, Hugh ! » Exactement comme les autres.

— Bon, dit Martha lorsque les acclamations s'estompèrent un peu, pour des raisons évidentes, nous devrons envoyer son certificat à M. Davenport. Félicitations à tous. Beau travail !

Mais sa voix était plus basse. Les encouragements et l'agitation avaient baissé d'un cran, eux aussi. Que venait-il de se passer ? L'avaient-ils vraiment décerné à Hugh ? C'était du tout cuit pour Jake : aucune surprise de ce côté-là. Et Windy était irrésistible. Et peut-être que la personne grincheuse, moralisatrice et froide que j'étais au début de cette histoire n'aurait pas pu battre Hugh, mais il s'agissait de l'ancienne moi. La nouvelle moi avait créé des liens avec ces gamins, non ? Je n'étais plus Helen – ni même Ellen. J'étais Holdup ! J'avais des doigts pistolets ! Je savais lire les cartes comme une ninja ! J'avais enfin gagné le respect de Beckett et j'étais devenue son choix personnel avant tous les autres. Non ?

Mais rien de tout cela ne me fit monter sur la scène. Je regardai autour de moi. C'était ainsi, et l'on ne pouvait rien y changer : moi ici, dans la foule, bousculée entre Vegas et Cro-Magnon qui se claquaient le corps l'un contre l'autre pour célébrer. Et Jake et Windy – champions olympiques de beauté et de gentillesse – sur la scène avec leurs médailles et certificats, portés par un flot d'adoration.

Windy me regardait fixement depuis la scène, un peu affligée. Elle souleva les bras dans un haussement d'épaules vers moi, l'air de dire : « Mais qu'est-ce qui vient de se passer ? »

Je sentis une piqûre dans ma poitrine, mais je lui rendis son haussement d'épaules, genre : « Pas grave ! Je vais bien ! » Hugh avait donc remporté le vote de sympathie. Il en avait clairement bavé. Puis je fis « Ouste ! » avec les mains, comme pour dire : « Allez ! Sois heureuse. »

Elle me regarda en secouant la tête, genre : « Je ne peux pas être heureuse si tu t'es fait entuber. »

Je lui adressai alors un haussement d'épaules pour dire : « Ainsi va la vie », puis lui fis au revoir de la main, genre : « Je fous le camp d'ici. Profite de ta soirée. »

Et elle me rendit mon geste, genre : « Je comprends complètement. »

Alors que les costauds psalmodiaient, « Un discours ! Un discours ! Un discours ! », je me frayai discrètement un chemin vers la porte latérale pour m'enfuir ni vu ni connu. Ce qui fonctionna assez bien, si ce n'est que je m'arrêtai une seconde de trop à côté des Sœurs, qui reluquaient Jake et Windy sur scène.

— Oh, mon Dieu ! disait Dosie. Est-ce qu'ils ne sont pas les plus mignons ?

Uno le lui concéda de tout cœur.

— On dirait les Kennedy du monde des randonneurs.

Là-dessus, je me heurtai littéralement à Beckett en m'éloignant, et alors que je me tournais pour m'excuser, il me gratifia d'un :

— Ç'aurait dû être toi, ma grande. Tu as eu mes deux votes – sans hésitation. Ils ont choisi Windy uniquement parce qu'elle est plus jolie.

Je pris une profonde inspiration et me retournai pour capturer un dernier panorama de ce micro-fragment de ma vie.

Puis c'était décidé : il était temps de déguerpir et rentrer chez moi.

Je parvins à traverser la réception jusqu'en bas du grand escalier sans me faire de nouveau arrêter, et je pensais que la voie était libre lorsque j'entendis la voix de Jake derrière moi.

— Helen ! Attends !

Je pris une profonde inspiration, la retins, puis me retournai.

Il trottait vers moi dans son habituelle forme olympique, sa médaille rebondissant très légèrement contre sa poitrine.

— Géniale ta chemise, dis-je.

— Je n'arrive pas à croire que tu ne l'aies pas eu.

Je retenais toujours mon souffle.

— Aucune importance.

— Tu te l'es fait voler !

— Je suis contente pour vous tous. Vous êtes les Navy SEALs de la nature, maintenant. Même Hugh.

Il me regarda.

— Il savait qu'il n'aurait pas dû marcher sur ce tronc.

Je lui adressai un sourire et un petit haussement d'épaules, genre : « OK, ça, c'est vrai. »

Jake regarda autour de nous.

— Est-ce que… tu t'en vas ?

— Ouais, dis-je en essayant tellement de prendre un ton détaché que j'eus plutôt l'air de m'étrangler. Je songeais à aller me coucher.

— Bien sûr, dit-il en acquiesçant. La route sera longue, demain.

Je hochai la tête.

— Très. Et je ne compte pas faire de halte.

— Quoi – entre ici et chez GiGi ?

— J'imagine que ça prendra quinze heures, si je roule vite.

— Mais tu ne roules pas vite.

— Parfois, si.

— Et si tu t'endors au volant ?

— On a inventé ce truc génial qui s'appelle le café. Ça va aller.

— Mais pourquoi précipiter ton retour ?

— Je suis juste prête à rentrer chez moi.

Et en prononçant ces paroles, je m'aperçus à quel point elles étaient sincères.

— À ce sujet, dit-il alors. Je sais que tu ne veux pas que je fasse de stop jusqu'à Denver.

Je me figeai. C'était vrai. Je ne voulais pas qu'il fasse de stop pour aller où que ce soit. N'y avait-il pas eu assez de téléfilms sur les dangers de l'autostop ? Nous fallait-il vraiment revenir là-dessus ? Ou peut-être n'allions-nous pas revenir là-dessus. Peut-être essayait-il de trouver le courage de me demander de l'emmener. Ce que, dès que j'y pensai, je sus que j'adorerais faire. Cette seule idée suffisait à apaiser mon cœur serré. Nous pourrions grignoter du chocolat, écouter de la musique et psychanalyser tous les gamins tarés de ce stage. J'aimerais beaucoup entendre son point de vue sur Beckett. De plus, j'avais des saletés sur les Sœurs qui allaient sans aucun doute le faire rire. À ce moment-là, du tréfonds de ma mémoire, je me rappelai une conversation au beau milieu de la nuit où il m'avait invitée, à moitié endormi, à l'accompagner à Baja. Il plaisantait, bien entendu. Probablement. Mais cela jeta de l'huile sur mon feu. L'idée de partir n'importe où avec lui était si séduisante, en réalité, qu'avant même qu'il ne pose la moindre question, je lui dis spontanément :

— Oui.

Jake sourcilla.

— « Oui » quoi ?

— Oui, je te conduirai à Denver pour que tu puisses prendre ton avion vers la lagune à baleines. Ou je ne sais quoi.

Il me dévisagea, bouche bée.

— Vraiment ?

— Oui.

Il secoua légèrement la tête.

— Mais ce n'est pas du tout ta route. Tu vas manquer la bar-mitsvah.

Je haussai les épaules.

— Je peux la sécher.

— Mais ils vont alors penser que tu t'es dégonflée.

— Je m'en fous un peu.

Soudain, la discussion me parut trop dénuée de filtre. Il semblait bien trop probable que la prochaine question qu'il me poserait serait : « Pourquoi ? » Et que dirais-je, alors ? Dans une bouffée de frayeur, je me couvris.

— Si tu fais du stop, on va te tuer et te découper en petits morceaux. Si on te tue, ça va gâcher la vie de Duncan, et si sa vie est gâchée, alors il veillera à ce que la mienne le soit aussi. (Il cligna les yeux vers moi.) Effet domino, ajoutai-je en haussant les épaules.

— Mais c'est ce que j'allais dire. Je n'ai pas besoin de faire du stop. J'ai trouvé quelqu'un pour m'emmener.

Je haussai les sourcils comme le ferait une personne contente.

— Oh ! Génial !

— Il s'avère que les parents de Windy ont une autre maison de vacances à Crested Butte. Elle loue une voiture à Riverton et part demain.

Il est possible que j'aie d'abord bloqué sur la mauvaise information.

— Les parents de Windy ont deux maisons de vacances ?

Il haussa les épaules.

Puis je pris conscience du point essentiel.

— Windy te conduit à Denver ?

Il acquiesça en essayant de déchiffrer mon expression.

Sous son regard insistant, je m'illuminai.

— Fantastique, dis-je. Me voilà tirée d'affaire, dans ce cas.

J'avoue avoir jusque-là gardé l'espoir que tout cela n'ait été qu'un monstrueux malentendu. Que malgré tout ce que le groupe n'avait cessé de répéter, Windy et Jake n'étaient peut-être pas faits l'un pour l'autre, finalement. Que, de quelque manière, en dépit de toute invraisemblance, cette soirée, ce périple – ma vie – pourraient se réécrire sous mes yeux.

Jusqu'à ces paroles.

Jake allait dans les Rocheuses. Avec Windy. Et j'allais à une bar-mitsvah. Sans personne.

Je me contentai de hocher la tête. C'était tout ce que je pouvais faire.

Il fourra les mains dans ses poches.

— Eh bien, dis-je avec l'impression que tout l'oxygène quittait le couloir. Fais-moi signe à ton retour. J'adorerais entendre parler de ces baleines.

— Carrément, dit-il.

Il était temps pour lui de retourner à la fête. Mais il ne partait pas.

— Je parie que ce sera un soulagement d'avoir ta voiture pour toi toute seule, hein ?

Je façonnai un autre sourire.

— Oui. Ouaip. Je peux mettre à fond tous mes albums d'Abba.

Il hocha la tête vers la fête.

— Beckett est sur le point de faire le DJ. Je crois qu'il a du Abba.

Était-ce une invitation ? Je fis juste « non » de la tête.

— Bon, dit-il alors en baissant les yeux. Merci pour le trajet aller, en tout cas. J'ai passé un super moment.

— Moi aussi.

— Et je suis ravi que tu aies survécu à la nature sauvage.

J'acquiesçai.

— Pareil pour toi.

— Et désolé pour ces histoires de baiser.

— Inutile de t'excuser.

Je commençais à avoir le tournis. Je m'intimai de respirer. Il s'apprêtait à partir dans les Rocheuses, j'ignorais quand je le reverrais, et ma vie s'était apparemment transformée en chanson de John Denver. Il semblait à cet instant que je devais avoir quelque chose à dire pour changer le cours des choses, mais je n'avais aucune idée de ce que c'était.

J'observai Jake une dernière fois avec attention – pour m'imprégner de lui, rasé de près et bronzé dans cette chemise en coton repassée. Une image mentale. Un souvenir.

Il releva les yeux et les plongea dans les miens – et je l'éprouvai de nouveau : cette palpitation électrique dans ma cage thoracique. L'espace d'une seconde, je me demandai s'il la ressentait, lui aussi. Il semblait retenir son souffle autant que moi.

Il s'approcha.

— Helen…

Mais c'est alors que « vlan ! », les portes de la salle de banquet s'ouvrirent brusquement, et que Mason et les larbins s'en déversèrent en courant – ivres de limonade chargée de vodka et du frisson de la civilisation. Ils foncèrent droit vers Jake, et presque à la seconde où il eut tourné la tête, ils le hissèrent sur leurs épaules.

— Wouhou ! hurlaient tous les larbins.

— Où est-ce que tu vas, le roi du bal ? demanda Mason. On n'en a pas encore fini avec toi !

Par les portes ouvertes, je vis qu'ils avaient installé Windy sur une chaise posée sur la table de banquet – et qu'un siège vide attendait Jake.

Sur ce, ils l'emmenèrent, les larbins psalmodiant : « Roi du bal ! Roi du bal ! » Jake se retourna comme s'il allait peut-être essayer de me crier quelque chose – mais les portes se refermèrent ensuite derrière eux, et ils disparurent.

Je restai sans bouger quelques minutes en regardant autour de moi, espérant en dépit de tout que Jake réapparaîtrait peut-être. Mais cela n'arriva pas. Lorsque ce fut trop navrant de rester plantée là plus longtemps, je tournai les talons pour remonter l'escalier – en essayant à mort de penser à trois bonnes choses dans cette journée, mais sans que même une seule me vienne à l'esprit.

Chapitre 15

Je partis ce soir-là et arrivai chez grand-mère GiGi le lendemain soir. Non, je ne conduisis pas les quinze heures d'affilée, et oui, je fis halte dans le même motel où Jake et moi avions séjourné à l'aller, incidemment dans la chambre précise que l'on nous avait attribuée. Et oui : je me sentis si seule en comparaison avec ces souvenirs que je pus à peine trouver le sommeil.

À l'heure du coucher, je m'allongeai dans l'ancien lit de Jake, enveloppée par les denses ténèbres d'une chambre d'hôtel, en me demandant à quoi ressembleraient ses ténèbres à lui, lorsqu'elles s'abattraient enfin. Avec les lourds rideaux tirés et toutes les lumières éteintes, l'obscurité était aussi épaisse que du coton. J'écarquillai les yeux autant que possible pour la contrer, m'efforçant de repérer le moindre rai de lumière, mais cela ne changea rien. D'une certaine façon, je me sentis plus proche de Jake d'être ainsi allongée et d'imaginer que je voyais à travers ses futurs yeux. C'était un jeu stupide, mais un jeu auquel je ne pouvais m'empêcher de jouer, et après un bien trop long moment – une heure ? Deux ? – à attendre le sommeil, la douloureuse envie de lui parler devint finalement si forte que je fouillai dans mon sac jusqu'à ce que je retrouve mon téléphone, son numéro, et que j'appuie sur « Appeler ».

Je me disais que j'allais tout avouer. Quelle importance si c'était gênant ? Quelle importance s'il avait trouvé quelqu'un de mieux ? Je ne pouvais le garder pour moi plus longtemps.

Mais je raccrochai avant même que ça sonne.

C'était trop humiliant de l'appeler. Il ne s'agissait pas d'un de ces gamins que je n'allais jamais revoir. C'était le meilleur ami de Duncan. Je connaîtrais ce type – et je le verrais à Thanksgiving, Noël, nouvel an et à l'anniversaire de Duncan – peut-être pour le restant de mes jours. Les erreurs que je faisais avec Jake dureraient toute la vie. Et j'en avais déjà commis un paquet.

Je me convainquis d'attendre que le jour se lève. Si j'avais toujours envie de l'appeler le lendemain matin, je l'appellerais le lendemain matin. Ne jamais appeler quelqu'un pour qui vous avez un faible passé 22 heures. *Le Faible pour les débutants.*

Alors je m'abstins. Je restai juste allongée dans le noir en songeant combien il était courageux et doué pour tirer le meilleur parti des choses. Au bout du compte, je cédai à la tentation d'être en manque de lui, du contact de ses mains, de la chaleur et de la pression de son corps, et de ce truc dans son regard qui me donnait la sensation profonde et déchirante de ne pas être seule.

Jusqu'à ce qu'enfin, seule dans ce lit de motel, je m'endorme.

À mon arrivée chez GiGi le soir suivant, juste à temps pour dîner, j'étais vaseuse, sur-caféinée, la voix éraillée par une overdose de chansons d'Aretha Franklin.

Lorsque j'essayai de poser mon sac à main sur la table de la cuisine, j'atteignis le bord à la place, et tout le contenu – rouge à lèvres, portefeuille, téléphone pourri – se déversa par terre.

GiGi cuisinait. À ce bruit, elle se retourna et sourit de me voir.

— Tu es déjà rentrée ?

— Je suis rentrée, dis-je en m'accroupissant derrière la table pour ramasser mon bazar.

Devinez ce qu'il y avait d'autre dans ce sac ? Le poème de Jake que j'avais gardé dans mon soutien-gorge. J'aurais probablement dû le brûler avec le reste de mes affaires crasseuses. J'avais promis de ne pas le lire, mais maintenant que tout était enfin terminé, cette drôle de petite promesse ne semblait plus avoir grande importance. Alors, sans me demander la permission ni même hésiter, là, sur le sol de la cuisine de GiGi, je dépliai le papier et lus.

Je ne sais pas à quoi je m'attendais, mais c'était exactement ce que m'avait dit Jake. Un poème de Pablo Neruda. En fait, c'était juste un extrait. Mais ce fut assez pour m'inciter à me plaquer une main sur la bouche tandis que je lisais.

Quant à moi, n'oublie pas, si je m'éveille et pleure,
C'est qu'en dormant je ne suis qu'un enfant perdu,
Qui cherche tes mains dans les feuilles de la nuit.

GiGi vint me chercher derrière la table.

— Ça va ? s'enquit-elle, lorsqu'elle m'eut trouvée.

— Pas vraiment, répondis-je en pliant le poème pour le glisser dans mon soutien-gorge où était sa place.

Je me relevai et m'approchai pour serrer GiGi dans mes bras.

Elle se dégagea pour me regarder attentivement.

— Ma chérie, tu es ravissante.

— Tu parles.

— Mais si. Cet air de la montagne t'a fait quelque chose. Tu es radieuse.

— Je ne me sens pas radieuse.

Mais elle n'en démordait pas. Elle avait une façon de dire vrai qui était aussi épuisante qu'inspirante.

— Il t'est arrivé quelque chose. Tu es différente.

— Il m'est arrivé un tas de choses. J'ai failli mourir environ dix fois.

— Je veux dire, il t'est arrivé quelque chose de bon.

Je hochai la tête.

— Du bon et du mauvais, les deux.

— Raconte-moi les bonnes choses, dit-elle en se retournant pour sortir son saumon du four.

J'étais douée pour les bonnes choses, désormais. C'était facile.

— J'ai vu de la beauté comme je n'en avais jamais imaginé. J'ai relevé des défis incroyables et je m'en suis sortie. J'ai laissé les gens me surprendre. J'ai survécu à une tempête de neige. Je me suis fait une véritable amie. J'ai révisé mon cadre de vie.

Elle acquiesça avec approbation.

— Beaucoup de bonnes choses.

— Et aussi, dis-je, j'ai vu Nathan.

Elle s'était mise à remuer une salade, mais elle s'interrompit, pivota vers moi et me regarda.

— Enfin… je l'ai presque vu. Je me suis souvenue de lui, du moins. Je me suis souvenue de lui plus distinctement que ça ne m'était arrivé depuis des années.

— Eh bien, dit GiGi avec une expression mêlant joie et tristesse à proportions égales, ça, c'est quelque chose.

Je lui en fis tout le récit. Je ne cherchais pas à éviter de parler de Jake en lui racontant que j'avais senti Nathan dans la Prairie peinte, mais il me vint à l'esprit au cours du dîner, alors qu'elle me posait des questions sur mon voyage, que ça allait peut-être marcher. Voir Nathan pourrait, éventuellement, expliquer quelque intuition qu'elle ait eue concernant mon aura. C'était plausible, au moins. J'avais trouvé un moyen, enfin, de combler le vide qu'il avait laissé dans ma vie. Un moment thérapeutique comme celui-ci pouvait certainement changer une personne.

GiGi remplit nos verres à vin et dit alors, d'une manière donnant l'impression que nous mettions un terme à notre conversation :

— Je me suis dit que cette histoire de camping était la pire idée que tu aies jamais eue. Mais il semble que tu en aies vraiment fait quelque chose.

— J'ai essayé, dis-je.

J'acquiesçai, pensant que nous en avions fini.

Je n'avais pas envie qu'elle déchiffre mon cœur comme une carte. Je n'avais même pas envie de le lire moi-même. J'étais sur le point de lancer un nouveau sujet quand elle me devança.

— Et ? Donc ? Parle-moi de Jake.

Je fis mine de ne pas comprendre en levant mon verre de vin.

— Jake va bien.

Elle inclina la tête.

— Est-ce qu'il t'a tapé sur les nerfs pendant le stage ?

— Non, répondis-je en haussant les épaules. Il a été très serviable.

— Est-ce qu'il t'a suivie comme un petit toutou ?

Je ne m'étais pas rendu compte qu'elle comprenait aussi bien notre dynamique.

— Je lui ai demandé de garder ses distances.

— Et il y est parvenu ?

Je hochai la tête.

— Il y est très bien parvenu.

— J'en suis ravie, dit-elle. Peut-être qu'il a fini par t'oublier.

Quelque chose dans ses propos me fit baisser les yeux. Je donnai des coups de fourchette dans ma salade.

GiGi s'arrêta de mâcher. Et, à cet instant, elle sut. Elle reposa ses couverts et me fixa du regard jusqu'à ce que je relève les yeux.

— Eh bien ? demanda-t-elle.

— « Eh bien » quoi ?

— Es-tu tombée amoureuse de lui ?

Je toussai légèrement.

—Étais-je censée tomber amoureuse de lui ?

Elle haussa les épaules.

—Pourquoi pas ?

—C'est un ado.

Elle me regarda par-dessus ses lunettes.

—À peine.

Elle me tenait.

—Il a dix ans de moins que moi.

—J'avais dix ans de moins que grand-père, dit-elle, et nous avons passé des moments formidables.

—C'est différent, dis-je. C'était un homme.

Là, elle haussa un sourcil. Juste un.

—Ne fais pas ta grenouille de bénitier comme ça. Tu sais bien que ça n'a aucune importance.

Je savais en effet que cela n'avait aucune importance. Je le savais depuis le début. Je baissai la tête, fermai mes yeux fatigués, puis les frottai.

GiGi m'observa.

—Allons-nous aborder un sujet concret ou continuer de tourner autour du pot ? Parce que je pourrais être en train de regarder *Les Craquantes*, à l'heure qu'il est.

—Très bien, dis-je en me préparant au combat. Je suis tombée amoureuse de lui. Je suis bêtement tombée amoureuse de lui.

—Maintenant, cette conversation mène quelque part, dit GiGi en se calant au fond de sa chaise.

Le moment aurait été opportun pour m'arrêter. Mais je fis l'inverse. Après des semaines à le garder pour moi, enfin, je lâchai tout.

—Je suis tombée amoureuse de ses cheveux, de sa barbe et de la façon dont ses yeux se plissent quand il sourit, de ses chemises hawaïennes ridicules, de son attitude entreprenante, de sa façon d'appliquer des pansements. Je suis tombée amoureuse de cette façon qu'il a d'avoir lu tous les bouquins du monde. De sa façon d'écouter quand tu parles et de se rappeler ce que tu dis. De la façon dont il sait absolument tout concernant l'océan et les créatures qui y vivent. Je suis tombée amoureuse de ses avant-bras, des muscles de ses mollets et de la façon dont ses deux incisives sont juste un peu plus longues que les autres. Et de ses fossettes. De sa façon de chanter. De sa façon de me regarder, de prêter attention comme aucun mec ne le fait jamais. De la façon dont il semble comprendre chez moi une chose essentielle que je ne saisis pas moi-même. (Lorsque je fis une pause, j'étais un peu essoufflée.) Est-ce que c'est ça que tu voulais entendre ?

GiGi m'adressa un sourire satisfait.

— Merveilleux.

Je poussai un vif soupir.

— Pas merveilleux, non.

— Comment diable a-t-il fait pour que ça arrive, d'ailleurs ?

— En fait, il m'a embrassée.

— Il t'a embrassée ?

— Oui. Nous avions fait un pari. Et j'ai perdu. Alors il m'a embrassée.

— Je parie qu'il embrasse comme un dieu.

— En effet.

GiGi me regarda tandis que j'y songeais.

— Bref, dis-je. Ensuite nous avons été interrompus. Par Mike.

— Mike qui ?

— Mike, mon ex-mari.

Elle étrécit les yeux comme si elle l'avait oublié.

— Oh. Lui.

— Il passait une sale soirée.

— Je ne savais pas que tu étais encore en contact avec lui.

— Je ne l'étais plus. Jusqu'à ce moment-là. Une fois que l'ambiance a été cassée, Jake a dit que nous ferions mieux d'arrêter.

Ensuite je me suis fâchée contre lui, et alors je lui ai dit de ne plus m'adresser la parole, et j'ai essayé de l'ignorer pendant le reste du stage.

GiGi acquiesça comme si tout cela était très sensé.

— Et en as-tu été capable ?

Je soupirai.

— Oui. Plus ou moins. Pas vraiment. Et puis, il m'a embrassé une seconde fois.

— Intéressant.

— Mais, en réalité, dès le début, le mal était fait.

— Ça ne me semble pas être du mal.

— Il a saboté mon processus de guérison !

— Je suis sûre qu'il n'en avait pas l'intention, ma chérie.

— Aucune importance.

— Si, un peu.

— Il s'est montré égoïste, dis-je. Il l'a admis. Et il a tout gâché. Deux fois !

— Pas tout. Tu as acquis des compétences en pleine nature.

— Je me fous des compétences en pleine nature !

— Eh bien. C'est un progrès.

— Il m'a retourné l'esprit.

— Et le cœur, on dirait.

— Ça aussi.

— Une bonne chose que le cœur soit si résistant.

— Pas le mien.

— Oh, mon ange, dit-elle en marquant une pause pour croiser mon regard. Bien sûr que si.

Je pris une gorgée de vin.

— Et comment pourrais-tu lui en vouloir ? dit-elle en secouant la tête. Il est amoureux de toi depuis si longtemps.

Je déglutis.

— Il t'a dit ça ?

— Inutile. Ça crevait les yeux. À chaque repas de fête. Si tu étais dans la cuisine à écraser des pommes de terre, il y était pour laver la vaisselle. Si tu devais faire un saut au supermarché pour quoi que ce soit, il se proposait de t'accompagner. Tu disais : « Je n'ai pas besoin de ton aide pour porter un paquet de canneberges », mais il insistait pour y aller avec toi, malgré tout. Il échangeait les marque-places chaque année pour être assis à côté de toi.

— Je croyais que c'était toi.

— Non. Mais je le soutenais. Il était transi d'un amour si charmant et évident.

— Ça n'était pas évident pour moi.

— Tu n'y faisais pas attention.

Je me frottai l'épaule.

— Enfin ! poursuivit GiGi. Il t'a eue pour lui seul pendant un trajet en voiture ! Et tu es célibataire maintenant ! C'est un miracle qu'il ne t'ait pas dévorée toute crue comme le Grand Méchant Loup.

— GiGi !

— Il semblerait qu'il se soit conduit en parfait gentleman.

— Pas parfait à proprement parler.

— Le pauvre, dit-elle. Maintenant, tu as gâché sa vie.

— Il a gâché la mienne ! Il m'a oubliée. Pendant ce stage. Il a – déjà – tourné la page. Avec quelqu'un d'autre.

— Alors c'est pour ça que tu es en colère.

— Non ! dis-je. Je suis en colère parce que je n'ai pas eu ce que je voulais. Je voulais transcender toutes ces magouilles d'humains débiles. Je voulais faire un truc épatant ! Je voulais être transformée ! Je voulais être en immersion totale !

— À t'entendre, tu m'avais l'air assez immergée.

— Ce n'est pas ce que je veux dire.

— Tout ce que je vais te dire, c'est ça : tu étais l'ombre de toi-même quand tu es partie. Aujourd'hui, tu es de nouveau de chair et de sang.

— C'était la randonnée ! Et l'air de la montagne ! Et le soleil !
— Si tu le dis.
— Je te le dis, il s'intéresse à quelqu'un d'autre, maintenant.
— Je n'y crois pas une seconde.
— Il est parti dans le Colorado avec elle. Elle est géniale.
— Toi aussi.
— Non, vraiment pas.
— Tu ne reconnais pas assez ta valeur. Ni celle de Jake.

GiGi marqua alors une pause, la fourchette en l'air, puis reprit :

— Est-ce que tu te rappelles quand il est venu avec cette blonde à Thanksgiving ? Quel était son nom ? Pippi ? Piper ?
— Non, dis-je.
— C'était il y a quelques années. Tu étais encore mariée. Et cette je-ne-sais-plus-quoi était adorable ! Et charmante ! Et devine quoi ?
— Quoi ?
— Il a quand même échangé les marque-places.

Je retins mon souffle jusqu'à ne plus y parvenir.

— C'est un désastre.

GiGi prit une gorgée de vin.

— L'amour est toujours un désastre, ma chérie. C'est ce qui le rend amusant.
— J'ai été méchante avec lui. Je l'ai chassé.

Elle secoua la tête.

— Tu es méchante avec lui depuis des années.

Une pensée me traversa l'esprit.

— Peut-être qu'il a un truc pour les femmes méchantes. Peut-être qu'il ne peut m'apprécier que si je suis méchante.

À présent, GiGi souriait comme si j'étais à mourir de rire.

— Il ne t'apprécie pas parce que tu es méchante. Il t'apprécie malgré ça.

— Nous n'en savons rien. Il pourrait être complètement dérangé.

Elle croisa mon regard.

— Mais ce n'est pas le cas.

Non. Ce n'était pas le cas.

— Il t'apprécie, c'est tout. Il t'a toujours appréciée. Il voit toutes les bonnes choses chez toi. Il a ce don – ces yeux merveilleux, aimants.

— GiGi, dis-je alors, trahissant la confiance de Jake sans pouvoir m'en empêcher. Il est en train de perdre la vue.

Je pensais que j'allais devoir tout expliquer sur les bâtonnets et les cônes pour clarifier le sujet, mais elle leva la main.

— Je sais.

Je fronçai les sourcils.

— Comment le sais-tu ?

— Duncan me l'a dit. Il me raconte tout.

Duncan lui avait tout raconté ?

— Jake aura toujours cette vision, tu sais, déclara-t-elle alors. Même s'il ne peut plus voir.

J'acquiesçai. Elle avait raison, bien entendu.

— C'est avec son cœur qu'il voit, mon ange.

À ces mots, les larmes me brûlèrent les yeux. Je les essuyai vite, mais trop tard. D'autres suivirent. Penser à Jake, à ce qu'il affrontait et à la manière dont il l'affrontait, me rendit honteuse. Mes soucis paraissaient affreusement anodins en comparaison. Je m'apitoyais sur mon sort, j'étais égocentrique et complaisante. Rien d'étonnant à ce qu'il soit parti dans les montagnes. Absolument rien d'étonnant.

— Je suis désolée, dis-je.

— Ne le sois pas. Je te préfère toujours quand tu es dans tous tes états qu'abattue.

— Vraiment ?

Elle acquiesça et dit d'une voix plus douce :

— Tu vas t'en sortir.

Mais « m'en sortir » me paraissait loin à l'horizon.

— Je ne suis pas certaine de savoir comment.

GiGi se pencha au-dessus de la table pour me prendre les deux mains.

— Tu n'as jamais aimé les garçons qui t'aimaient bien. Tu sais cela de toi, n'est-ce pas ?

Je secouai la tête.

— Tu as toujours ignoré les garçons qui s'intéressaient à toi pour préférer ceux qui ne t'aimaient pas.

— Ce n'est pas vrai !

— Et Dave, du lycée ? Il t'a quittée pour ta meilleure amie.

— Il m'aimait bien !

— Mais pas assez. Et il y avait cet adorable petit poète qui t'écrivait tous ces sonnets, mais qu'est-ce que tu as fait ?

— Je l'ai ignoré.

— C'est ça. Et même chose à la fac, quand tu as dû choisir entre le rugbyman et ce garçon avec la stupide petite voiture.

— Une Dodge Dart.

— Tu aurais dû choisir la Dart ! Il t'adorait. Mais qu'as-tu fait à la place ?

— Je suis allée aux matchs de rugby.

— Exactement, dit-elle en hochant la tête. Comme si tu ne voulais que ceux qui ne voulaient pas de toi. Comme si tu avais besoin du défi d'attirer leur attention.

Elle n'avait pas tort.

— Et ensuite j'ai épousé Mike. L'alcoolique.

GiGi acquiesça.

— Qui t'aimait…

— Mais aimait encore plus boire.

GiGi acquiesça de nouveau.

Elle avait raison. Je laissai ce constat produire son effet.

— Pourquoi ne me l'as-tu jamais fait remarquer avant ?

Elle secoua la tête.

— Tu ne peux pas dicter leur vie aux gens.

Je fermai les yeux.

— Parce qu'ils doivent trouver eux-mêmes les solutions.

— Voilà, dit GiGi. Et maintenant, tu l'as fait.

— Mais trop tard.

— Tu as cassé un schéma, dit-elle. Ce n'est pas rien. Peut-être que tu as perdu Jake. Peut-être qu'il ne reviendra jamais. Peut-être qu'il épousera cette fille et aura une centaine de bébés…

— Assez avec ça.

— Mais ce n'est pas grave. Il t'a appris une chose. Il t'a appris à laisser quelqu'un t'aimer un tout petit peu. Cette leçon-là suffit à changer ta vie.

Quelque chose dans cette idée suscita la brûlure de larmes fraîches. Peut-être avait-elle raison. Peut-être changerais-je ma vie, peut-être deviendrais-je plus douée en amour et que, au moment où la prochaine personne se présenterait, je m'y prendrais correctement, enfin. Mais je ne voulais pas de la prochaine personne. Je voulais juste Jake.

Je lâchai un petit rire. Puis je m'essuyai les yeux avec l'ourlet de mon tee-shirt.

— Aucune importance. Je dois simplement survivre à la bar-mitsvah, rentrer chez moi, voir mon chien, me relever et commencer une nouvelle vie améliorée.

La perspective de tout cela semblait effroyablement sinistre. Alors, après une minute, j'ajoutai :

— Peut-être que je prendrai des cours de danse.

GiGi hocha la tête.

— C'est une brillante idée, chérie, dit-elle, comme si cette seule initiative allait tout résoudre. Tu as toujours été une danseuse fantastique.

Nous laissâmes ce projet reposer un moment dans la pièce avec nous, tandis que je digérais ce dont nous venions de discuter. Enfin, après une longue pause, je dis :

— Duncan te raconte tout, hein ?

— Tout, répondit-elle en roulant légèrement les yeux. Bien plus que je ne voudrais savoir.

— Penses-tu que ça t'amène à l'apprécier plus que tu ne le ferais autrement ? Ou moins ?

— Plus, dit-elle. Certainement plus.

— Je ne suis pas sûre que j'aurais la même réaction.

— Tu y arriveras, dit-elle. Continue de travailler là-dessus.

Puis elle croisa mon regard et dit :

— Il est toujours plus doué pour essayer que réussir.

— C'est de famille.

Elle sourit.

— Garde ça à l'esprit quand il te montrera la glacière.

Je sourcillai.

— Quelle glacière ?

Mais elle se contenta de secouer la tête et se leva pour apporter son assiette à l'évier.

— Je ne suis pas autorisée à le dire.

Le lendemain matin, je me réveillai tard. GiGi était dans la cuisine, à préparer du café, elle-même à peine réveillée. C'était le jour de la bar-mitsvah. Le jour pour moi d'affronter l'avenir et le passé au même événement. Je devais me faire couper les cheveux, composer une tenue, et trouver un moyen de convaincre tout le monde – y compris moi – que, malgré les faits qui affirmaient le contraire, ma vie avait bien tourné.

J'aurais dû bondir du lit, me doucher et sortir faire des courses. Mais ce dont j'avais réellement envie, c'était juste traîner en robe de chambre.

GiGi m'observa tandis que nous buvions notre café.

—Laisse-moi te peindre, finit-elle par dire.

Je plissai le nez.

—Je ne veux pas être peinte.

—Si, insista-t-elle. Tu te loveras sur le canapé vert et tu m'en raconteras davantage sur ton voyage, et je te capturerai *amoureuse*.

Elle désigna mon aura.

—Plutôt *agonisante*.

—C'est pareil.

Que puis-je dire ? Lorsque votre grand-mère de quatre-vingt-trois ans veut peindre votre portrait, vous la laissez faire.

Elle conservait tous ses pinceaux, peintures et chevalets dans la véranda. Elle avait souvent peint mon portrait quand j'étais enfant, mais ensuite, lorsque nous vînmes habiter avec elle, elle le fit moins. J'imagine que les grands-mères sans enfants à charge ont plus de temps pour de tels projets. Il y eut une exception : le portrait qu'elle fit de moi avant mon mariage, en robe de mariée, accroché au-dessus de la cheminée. C'était celui que j'aimais le plus de tous. Elle m'avait capturée avec précision, mais rendue de quelque manière beaucoup plus jolie que dans la vraie vie. Je lui avais demandé de me le donner à de nombreuses reprises, mais elle refusait.

Je m'assis donc sur son canapé en velours vert dans la véranda et sirotai mon café en lui racontant la nature sauvage et ce que j'avais appris dans les montagnes. Je lui racontai le blizzard, l'évacuation de Hugh et la fois où nous nous étions perdus lors du Solo. Je lui racontai comment nous nous étions torchés avec des pommes de pin et que nous sentions le putois. Que j'avais été terrifiée et timide au début, mais que j'avais trouvé le moyen de me faire des amis. Que je m'étais étonnée. Que j'avais été courageuse de toutes sortes de façons.

—Tu as toujours été courageuse, dit-elle. Tu étais ma brave petite.

— Ah bon ?

Elle acquiesça.

— Et Duncan était ma petite poule mouillée. Exactement comme votre mère.

Je sourcillai.

— Ma mère était une poule mouillée ?

GiGi hocha la tête.

— Tout la terrifiait. C'est toujours le cas.

— Mais elle est prof de yoga !

GiGi hocha de nouveau la tête.

— Je pense que ça aide. Elle semble en effet trouver cela apaisant.

Jamais je n'avais considéré ma mère comme une poule mouillée.

— Je ne l'imagine pas froussarde, dis-je.

— Eh bien, les enfants ne peuvent pas voir clairement ce que sont leurs parents avant d'avoir grandi.

— De quoi a-t-elle peur ?

— Oh, de tout. Des chiens. Des gens. De la vie.

Je pris une inspiration.

— Est-ce que c'est pour ça qu'elle nous a abandonnés ?

GiGi se figea et ne bougea que les yeux pour regarder vers moi.

— En partie, je suppose.

Puis je dis :

— Pendant le stage, Jake m'a posé des questions sur ce qui s'est passé ce jour-là. Je lui ai dit que nous étions trop à assumer pour elle. Qu'elle nous avait déposés chez toi et n'était jamais revenue. Mais, d'après lui, l'histoire ne peut pas se réduire à ça.

— Jake est un garçon malin.

— Ce n'est donc pas toute l'histoire ?

— Existe-t-il une histoire au monde qui puisse être racontée en deux phrases ?

Nous savions tous ce qui était arrivé – l'essentiel, en tout cas –, mais je m'aperçus soudain que j'étais confuse sur les détails.

— Raconte-moi.

— Eh bien, dit GiGi en continuant de peindre soigneusement, ce jour-là, elle vous a effectivement déposés chez moi pour que vous y passiez la nuit. J'ignore si elle comptait revenir ou pas. Je me suis souvent demandé à quoi elle pensait quand elle vous a dit au revoir.

— Elle a dit qu'on se verrait le lendemain matin.

— Oui. Mais je crois qu'elle savait que ce ne serait pas le cas. Elle s'est attardée avec vous un peu trop longtemps.

— Est-ce que tu te doutais qu'elle ne reviendrait pas ?

— Non ! J'allais vous faire des pancakes le matin, vous déposer chez vous et me rendre ensuite à une séance de pose.

— Alors qu'est-ce qui s'est passé ?

— Eh bien, elle est partie. Je vous ai fait des spaghettis pour le dîner, et puis il a été l'heure de se coucher. Mais ton frère avait oublié son doudou. Comme appelait-il ce machin ?

— Douillet.

— C'est ça ! Il avait oublié Douillet. Quand il s'est rendu compte que c'était l'heure d'aller au lit et qu'il ne l'avait pas, il a braillé comme une veuve à une veillée funèbre.

— Je m'en souviens, dis-je.

Il avait alors trois ans. Il portait ces pyjamas rayés avec des pieds.

— Je ne cessais de me dire qu'il finirait par abandonner et s'écrouler, mais après environ une heure et demie, tu es venue me voir comme la sœur attentionnée que tu étais, et tu m'as dit : « Tu ferais mieux d'aller à la maison le chercher, GiGi. Ou il ne dormira pas de la nuit. »

— Je ne me vois pas du tout comme une sœur attentionnée, dis-je.

— Tu l'étais pour Duncan, affirma-t-elle. Votre mère était tellement en difficulté à l'époque. Duncan s'est retrouvé à de nombreux égards comme un enfant sans mère. Mais tu es intervenue. Tu as changé ses couches. Tu l'as mis au lit. Tu l'as bercé.

— Je ne me rappelle rien de tout ça. Juste que je lui en voulais.

— Je n'en doute pas ! Tu n'as jamais réclamé cette responsabilité ! Mais tu as fait de ton mieux quand même. Tu savais qu'il y avait un trop grand manque, et tu as donné tout ce que tu pouvais.

— Qu'est-ce qui lui a pris d'avoir un autre enfant ?

— Je me suis posé mille fois cette question. Votre père avait déjà un pied hors de la maison avant même la naissance de Duncan.

GiGi peignait toujours. En gardant cette expression qu'elle arborait invariablement quand elle travaillait – comme si elle était à moitié sur cette planète et à moitié dans la peinture –, mais nous étions à présent arrivées au bord du précipice. GiGi regarda attentivement ce qu'elle avait peint jusque-là, puis lâcha son pinceau dans un bocal d'eau. Elle retira sa blouse, vint s'asseoir à côté de moi sur le canapé vert et me posa une main sur l'épaule.

— Ce doit être important, dis-je, pour que tu reposes ton pinceau.

— Ce soir-là, poursuivit-elle, ton frère m'avait tapé sur les nerfs avec tous ses pleurs. Quand tu m'as dit d'aller chez vous récupérer Douillet, j'étais ravie de cette pause. J'y suis allée et je suis entrée. C'est là que j'ai trouvé votre mère.

— Comment ça, « trouvé » ?

GiGi me serra l'épaule un peu plus fermement.

— Elle avait pris un flacon de calmants et s'était traînée au lit avec l'ours en peluche de Nathan.

Je plaquai ma main libre sur ma bouche.

— Je l'ai trouvée à temps, et c'est tout ce que tu as besoin de savoir là-dessus. Quand je suis rentrée de l'hôpital à 4 heures du matin, tu t'étais endormie tout habillée sur le canapé, et ton frère était bordé dans son lit comme un ange. Je ne sais pas comment tu as fait sans Douillet, mais tu as réussi.

Il fallait que je prononce les mots à voix haute.

—Elle a essayé de se suicider.

GiGi hocha la tête, mais à peine.

—Après ça, je lui ai trouvé un endroit où elle pourrait essayer d'aller mieux. Mais «mieux» est un terme complexe. Elle y a séjourné six mois. Néanmoins, même après être rentrée chez elle, elle était trop fragile pour vous récupérer. Je l'ai convaincue de vendre la maison et de commencer une nouvelle vie du mieux qu'elle pouvait. Elle a trouvé un joli petit appartement, mais elle ne pouvait pas se permettre d'en avoir un avec plus d'une chambre. Elle parlait sans cesse de vous reprendre, et je me suis prêtée au jeu, mais la vérité, c'est que vous étiez mieux ici. Et elle était mieux là-bas.

Je pris conscience que je tremblais.

—Tu ne nous l'as jamais raconté.

—Ce n'était pas mon histoire.

—Si! C'était notre histoire. À toute notre famille.

—Est-ce que tu aurais vraiment voulu que je rentre directement à la maison en te disant tout? À toi, qui portais le monde sur tes épaules? Toi, avec ton père parti, et encore tellement en deuil de Nathan? Imagine cette petite fille endormie en baskets sur le canapé. Est-ce que tu voudrais que j'entre dans ce salon, que je la réveille et que je lui raconte ce qui s'est vraiment passé?

Je secouai la tête.

—Je ne t'aurais jamais infligé ça.

—Mais plus tard? dis-je alors. Quand nous étions plus vieux?

Elle secoua la tête à son tour.

—Elle m'a demandé de ne pas le faire.

Cela me paraissait incompréhensible. Tant de choses auraient été différentes si elle nous avait dit la vérité.

—Pourquoi? murmurai-je.

—Elle avait honte, je pense.

—Je croyais qu'elle ne voulait pas de nous.

GiGi m'attira contre elle et mit ses bras autour de moi.

—Mieux valait ça que la vérité.

Je n'en étais pas certaine.

Elle me tint un long moment avant d'ajouter :

—J'ai toujours eu l'impression que vous aviez senti que quelque chose n'allait pas ce soir-là. Peut-être n'était-ce qu'une coïncidence. Mais le fait est que vous avez tous les deux veillé à ce que je retourne là-bas. Je n'arrive pas à le voir autrement. Vous l'avez sauvée.

À midi, GiGi prépara une omelette aux champignons et à la ciboulette. Je m'assis à sa table sur ma chaise préférée et laissai mon cerveau graviter autour de tout ce qu'elle m'avait appris. Je devais réviser l'histoire entière de ma vie. C'était une chose d'être l'enfant d'une mère qui ne voulait pas de vous, mais c'en était une tout autre d'être l'enfant d'une mère qui ne pouvait pas vous garder.

—Peut-être que je passerai un coup de fil à maman pendant que je suis en ville, finis-je par dire.

—Je parie qu'elle apprécierait.

—Est-ce que je peux lui dire que tu m'as tout raconté ?

—Oui. Je l'ai toujours prévenue que je te le révélerais si tu posais la question.

—Tu crois qu'elle sera fâchée ?

GiGi se tourna pour secouer la tête.

—Je crois qu'elle sera soulagée.

—Moi, je suis soulagée.

Il y avait eu une question fondamentale au cœur de ma vie dont j'ignorais l'existence. Désormais, j'avais la réponse. Bien entendu, les réponses appellent toujours d'autres questions, aussi. Mais maintenant, au moins, je savais lesquelles poser. Et à qui. Tandis que j'assimilais tout ça, je sentis mon corps se détendre, comme si je m'étais tenue prête pour un impact, en quelque sorte, des années durant, sans même le savoir.

—Ça explique beaucoup de choses, n'est-ce pas ? dit GiGi.

J'acquiesçai, mais sans trop savoir alors à quel sujet.

—Comme pourquoi tu as autant de mal à laisser les gens t'aimer.

Je cessai de hocher la tête. Était-ce le cas ?

—Peut-être que tu as simplement estimé – il y a si longtemps que tu ne t'en souviens même pas – que c'était plus raisonnable d'être seule.

—Mais je déteste être seule, objectai-je.

GiGi tendit la main pour me caresser les cheveux.

—Exactement.

Après déjeuner, je m'obligeai à m'y mettre. J'avais des ongles à vernir, des coudes à hydrater, des poils à tondre. Il y avait beaucoup d'entretien différé, c'est le moins que l'on puisse dire. La bar-mitsvah se profilait en fin de journée, et je me demandais toujours ce qui m'avait pris d'accepter l'invitation. Mais je passai la journée comme un robot, à rayer des choses de ma liste de tâches. Au moment où j'eus terminé tout le sale boulot, GiGi était montée pour sa sieste, et il était temps de me préparer.

Mais « se préparer » est plus simple à dire qu'à faire. En me douchant, je me sentis submergée de frayeur. C'est épineux, de s'habiller pour une occasion comme celle-ci en particulier. En règle générale, quand vous n'avez pas vu le petit copain qui vous a lourdée pour votre meilleure amie depuis quatorze ans, mieux vaut être canon, dans la mesure du possible. Mais je n'avais jamais été le genre de personne à la beauté évidente. Quand j'étais jolie, c'était généralement de façon subtile, pas le genre canon à vous faire sortir les yeux de la tête, ce qui, en réalité, m'avait contrainte à être intéressante, à la place. Et ça me convenait. J'étais assez âgée, maintenant, et j'avais vu assez de vies se dérouler pour savoir que c'est toujours mieux d'être intéressante que canon.

Sauf un soir comme celui-ci. Un soir comme celui-ci, j'aurais volontiers renoncé à être intéressante pour être canon. J'avais apporté une valise remplie de vêtements parmi lesquels choisir, en sachant qu'il me faudrait un tas d'options pour cet événement, et j'essayai tout au moins deux fois avant de me décider pour une petite robe chemise rose années 1950 sans manches, et des hauts talons blancs à lanières. Je me fis deux couettes, puis les entortillai pour faire des macarons, et chipai deux mini-baguettes à GiGi pour la décoration. Côté maquillage, j'y allai franchement : un trait épais d'eye-liner rétro sur les paupières supérieures, du mascara et du rouge à lèvres cramoisi.

J'étais prête bien trop tôt. J'avais surestimé le temps qu'il me faudrait pour me rendre présentable, et maintenant j'allais devoir faire les cent pas jusqu'à ce que ce soit l'heure de partir. Je soutins mon regard dans le miroir. Est-ce que j'avais l'air d'en faire des caisses ? Je voulais paraître fabuleuse, mais sans effort. Si vous devez vous échiner à être fabuleuse, ça ne compte pas. Je voulais ressembler le moins possible au sac débraillé que j'étais au lycée. Pour qu'il soit clair aux yeux de tous que j'avais laissé ces jours-là loin derrière moi. J'avais peut-être été une hippie à sandales frisée et facilement oubliable à l'époque où nous nous connaissions tous, mais je n'étais plus cette fille-là, celle qu'on trompe et qu'on quitte pour quelqu'un d'autre. J'avais grandi pour devenir éblouissante, bon sang ! J'avais grandi pour devenir le genre de fille dont vous ne vous remettez jamais.

J'essayais de décider si je devais me brosser les dents et me passer du fil dentaire une fois de plus pour faire bonne mesure, quand on sonna à la porte. Durant les secondes précédant le moment de descendre l'escalier en courant pour ouvrir, je décidai que ce devait être Jake. Il était revenu pour moi ! D'une façon ou d'une autre, il avait comme par magie senti combien cette tenue était géniale. Il avait mis fin à son histoire avec Windy, poliment et sans rancune, et fait du stop jusqu'ici ! Tandis que je me dirigeais vers l'entrée, cette perspective me suscita une pointe de culpabilité. Je ne voulais pas briser le cœur de Windy. Mais, malgré tout, je sentais de petites décharges d'impatience me crépiter partout sur le corps, et je retins mon souffle en ouvrant la porte.

Mais ce n'était pas Jake.

C'était Duncan.

Il tenait une grosse glacière à deux mains, penché en arrière pour faire contrepoids. J'allais l'interroger à ce sujet lorsqu'il prit la parole.

— Salut, dit-il en inclinant la tête. Tu es canon.

Mille points pour Duncan.

— Oh non, dis-je.

Mais je souris.

Il haussa les épaules.

— Comme tu veux.

Je secouai la tête.

— Qu'est-ce que tu fais là ?

— Je viens rendre visite, répondit-il.

— Qu'est-ce qu'il y a dans la glacière ?

— Juste des affaires.

— Pourquoi est-ce que tu as sonné ?

— J'ai perdu ma clé.

Et voilà un moment où, à n'importe quelle autre période de nos vies, j'aurais roulé les yeux et dit : « Évidemment. » Mais, cette fois, je m'abstins. Je me contentai de hocher la tête, ce qui me parut être un signe de maturation personnelle.

Je reculai pour le laisser entrer.

Il franchit le seuil et posa la glacière dans l'entrée avec un « Ouf ! », puis ressortit chercher son sac de toile. Ensuite il se retourna et prit un air radieux et enjoué.

— Hé, frangine ! s'exclama-t-il alors en m'attirant dans une étreinte. Comment c'était, la nature sauvage ?

— Bien, dis-je en hochant la tête.

— Tu as vu des ours ?

— Pas vraiment.

— Est-ce que tu as failli te faire tuer ?

— Plusieurs fois.

— Est-ce que Jake a réussi à te faire tomber amoureuse de lui ?

— Seigneur, non.

Je l'étudiai, dans son bermuda et son tee-shirt ample. Je choisis de ne pas me demander depuis combien de temps ces vêtements n'avaient pas été lavés. Je choisis de ne pas me focaliser sur le fait qu'il venait de lâcher toutes ses affaires dans l'entrée de GiGi comme si les domestiques allaient apparaître à tout instant pour les ramasser derrière lui. À la place, je dis :

— Ça fait plaisir de te voir.

— Ah bon ?

— J'ai beaucoup pensé à toi, pendant le stage.

— C'est vrai ?

— Comment ça va, par rapport à Floride ?

Il fronça une seconde les sourcils, jusqu'à ce qu'il comprenne que Jake avait dû m'en parler.

— Ça va, dit-il. Je l'ai un tout petit peu espionnée au restaurant où elle bosse. Mais pas en mode flippant. Juste en mode triste.

J'aurais pu dire : « Est-ce que ça fait une différence ? » Mais je me tus.

— Elle était beaucoup trop bien pour moi.

— C'est ce qu'a dit Jake.

— Comment va-t-il ? demanda alors Duncan, s'égayant à la perspective d'un meilleur sujet de conversation.

— Je pense qu'il va bien, dis-je, comme si le sujet ne m'intéressait pas beaucoup. Il est parti dans le Colorado avec une fille vraiment mignonne.

Il sourcilla.

— C'est bizarre.

— Pourquoi ?

— Jake n'aime pas les filles mignonnes. C'est toi qu'il aime bien.

— Merci.

— Il a toujours été comme ça. C'est comme une maladie.

— Eh bien, maintenant, il est guéri.

— J'aurais dû vous envoyer tous les deux au fin fond des bois il y a des années.

Il tentait de me faire rire, mais au lieu de ça, je soupirai.

— Alors, dit-il après une pause, il ne s'est pas blessé ou autre ?

La question concernait sa vue. Duncan était au courant, mais il ne savait pas si je l'étais.

— Tu parles de sa vue ?

— Donc tu sais tout ? demanda-t-il.

J'acquiesçai.

— Et toi aussi.

— Bien sûr que je le sais. C'est mon meilleur pote.

— Mais tu ne m'en as pas parlé.

Il paraissait sincèrement déconcerté.

— Pourquoi est-ce que je t'en aurais parlé ?

Bien vu. Un mois plus tôt, ça ne m'aurait pas beaucoup touchée.

— Donc il s'en est bien sorti ? demanda Duncan. En un seul morceau ?

— Il a perdu ses lunettes à un moment donné. Ensuite je les ai cassées. Mais nous les avons scotchées.

Il hocha la tête.

— Gros fan de scotch.

C'était étrange de revoir Duncan après des semaines à entendre Jake vanter toutes ses qualités, mais ça l'était d'autant plus après ce que GiGi m'avait raconté sur notre mère. D'une certaine façon, même si ça ne changeait rien, ça changeait tout. J'avais hésité toute la journée à mettre Duncan au courant. Une part de moi estimait qu'il n'aurait jamais à le savoir, et une autre part, qui s'exprimait tout aussi fort, estimait que nous aurions dû le savoir tous les deux depuis le début. Soudain, mes hésitations cessèrent : je savais tout simplement qu'il me fallait le lui dire, et – debout dans l'entrée de notre enfance, dans la seule maison dont Duncan puisse même se souvenir –, les mots sortirent de ma bouche dès que j'éprouvai l'impulsion de les prononcer. Je fus presque aussi choquée que lui de les entendre.

— Maman a essayé de se suicider, lâchai-je.

Il blêmit.

— Quoi ?

— Pas aujourd'hui ! Quand on était enfants.

Il me dévisagea.

— Le jour où elle nous a laissés ici sans jamais revenir ? C'était parce qu'elle avait tenté de se suicider.

— Je ne me rappelle pas ce jour-là.

— Moi si.

— C'est GiGi qui t'a raconté ça ?

Je hochai la tête.

— Aujourd'hui ?

Un autre hochement de tête.

— Pourquoi aujourd'hui ?

— Parce que je lui ai demandé.

Duncan se passa les mains dans les cheveux.

— J'ai toujours pensé que maman était partie parce que j'étais un vrai petit con.

— Mais justement ! dis-je. En étant un petit con, tu l'as sauvée !

Il fronça les sourcils.

— Elle a oublié de mettre Douillet dans tes affaires. Tu t'es égosillé si longtemps que GiGi a fini par aller te le chercher à la maison. C'est là qu'elle a trouvé maman. Elle avait pris des cachets. Elle était roulée en boule avec le nounours de Nathan.

Duncan ferma vigoureusement les yeux, puis les rouvrit et dit :

— C'est pour ça qu'elle n'est jamais revenue ?

J'acquiesçai.

— Je crois que je préférais quand tout était ma faute.

— Ça n'a jamais été ta faute.

En le disant, je pris conscience que c'était vrai.

— Je pensais juste qu'elle ne nous aimait pas.

— Ça présente les choses sous un jour différent, non ?

Il était étrangement réconfortant de savoir que nous avions tous les deux porté en nous la même histoire faussée de nos vies – que je n'avais pas été la seule. C'est alors que je compris : même si je m'étais sentie seule toutes ces années, Duncan avait été là, auprès de moi. Nous avions été seuls ensemble.

Nous en parlâmes un peu plus longtemps, plantés là dans l'entrée, en passant au crible les informations que j'avais. Il était surpris que GiGi ne m'ait pas donné plus de détails, mais je lui dis que je n'en aurais pas voulu.

— Parfois, dis-je, la vue d'ensemble suffit.

À la fin, il me demanda s'il pouvait venir avec moi lorsque j'irais voir notre mère, et je lui répondis que je lui serais extrêmement reconnaissante d'avoir de la compagnie.

— Désolée de te balancer ça alors que tu viens d'arriver, dis-je.

Il fourra les mains dans ses poches.

— Je me sens bizarrement mieux, d'une certaine manière.

Je hochai la tête. Je comprenais cela.

— Et pire, aussi.

— Ouaip, concéda-t-il. Bien pire.

Tandis que le sujet s'épuisait, nos yeux dérivèrent en direction de la glacière.

Finalement, je dus poser la question.

— Mais qu'est-ce qu'il y a, dans la glacière ? demandai-je. GiGi m'a dit de ne pas me fâcher.

Duncan pointa le doigt vers moi.

— Il faut clairement que je te le dise. Mais d'abord, je dois pisser. Et prendre un soda dans le frigo.

Je haussai les épaules.

— OK.

— Tellement curieux d'avoir besoin de faire pipi et d'avoir soif en même temps, fit-il remarquer en s'éloignant. On penserait que ces deux choses s'annuleraient.

— Je suppose, dis-je pensivement.

Puis il s'arrêta et se retourna.

— Promets-moi juste de ne pas regarder dans la glacière.

— C'est quelque chose pour moi ?

— En quelque sorte.

— Je promets de ne pas regarder à l'intérieur.

— Super.

Puis il fit demi-tour pour prendre son sac et le poser sur la glacière, comme si cela allait constituer une barrière, juste au cas où.

— Va aux toilettes ! dis-je.

En son absence, j'attendis dans le couloir. De quoi parlait GiGi ? Que pouvait m'avoir apporté Duncan dans ce truc ? De la bière froide – mais d'un genre affreux ? Un dîner de fruits de mer venant de mon restaurant préféré du North End – mais qui n'était plus propre à la consommation ? Un bac de ma glace préférée, mais fondue ? Il devait s'agir d'une espèce de gâterie de bienvenue en rapport avec la nourriture et qui aurait mal tourné, non ? Je pris un instant pour réévaluer mon frère. Il était beaucoup plus gentil que je ne le lui accordais.

Il revint, buvant bruyamment un Coca tout en marchant.

— Duncan, je suis très touchée que tu aies essayé de m'apporter un…

Mais il leva la main pour m'interrompre. Puis il laissa échapper un rot tonitruant.

—Désolé, dit-il. Gazéification.

Je ne voulais plus être une grande sœur peau de vache. Mais mes bras se croisèrent un peu d'eux-mêmes.

—Écoute, dit-il. À propos de la glacière…

—Oui. Je voudrais te remercier…

Il se plaça à côté.

—C'est un genre de situation bonne nouvelle/mauvaise nouvelle. Sauf que…

Je baissai les yeux sur la glacière.

—Sauf que ?

—Sauf qu'il n'y a pas de bonne nouvelle.

—Oh.

—Je comptais t'en parler tout de suite. Mais ensuite tu m'as bombardé avec l'histoire de maman.

—Dis-le simplement. Attendre n'arrange jamais les choses.

—Bon.

Mais ensuite, il garda le silence. Il inspira, mais aucun mot ne sortit.

Je consultai ma montre.

—En fait, je dois aller quelque part, donc…

—C'est au sujet de Pickle ! s'exclama-t-il alors.

J'écarquillai les yeux.

—Mon chien Pickle ?

Il prit une profonde inspiration, releva les yeux et dit :

—Elle est partie ! Elle est morte.

Tout ce que je pus faire fut le regarder fixement.

—Elle est tombée très malade, poursuivit-il, comme s'il avait répété son discours. Et puis elle est morte.

Mon cerveau partit en vrille. Comment un chien pouvait-il mourir chez le véto ?

—Elle a eu un truc appelé « torsion ». En fait, le terme technique, c'est une dilatation gastrique et volvulus. Leur estomac se retourne et se remplit de gaz, et, en gros, il implose. C'est courant chez les gros chiens avec des poitrines profondes.

Je secouai la tête.

—Mais c'est un petit chien avec une poitrine étroite !

Duncan acquiesça.

—C'est aussi courant chez les teckels.

Je n'arrivais pas à recouper les éléments.

—Ne pouvaient-ils rien faire pour elle ?

Duncan secoua la tête.

—C'est fatal si tu ne le détectes pas dans l'heure.

Ma voix montait.

—Mais pourquoi ne l'ont-ils pas détecté ?

Je relevai l'expression de Duncan. Il ne plaisantait pas. Disparu, le frère roteur de Coca qui venait d'apparaître. À présent, il avait le visage déformé par l'inquiétude.

—Voici la partie où tu me détestes. (À ces mots, des larmes jaillirent et coulèrent le long de ses joues.) Elle n'était pas chez le véto.

—Elle *était* chez le véto, insistai-je. J'y ai fait enregistrer son admission.

—Oui, dit-il d'une voix douce en acquiesçant. Mais, ensuite, je l'ai fait sortir.

J'écarquillai les yeux.

—Tu l'as fait sortir ?

—Je ne voulais pas qu'elle passe un mois dans une cage ! Je voulais la ramener à la maison, lui apprendre des tours et prendre bien soin d'elle comme tu me l'avais demandé. J'allais te faire une surprise ! J'allais réussir, pour une fois. Et on s'est bien marrés ! Je lui ai acheté une plaque d'identité qui tintait pour son collier, avec son prénom en strass ! Elle a mangé mon *Attrape-cœurs* ! Et je lui ai appris un tour ! Je lui ai appris à serrer la main !

— Elle savait déjà le faire.

Cela le désarçonna.

— On était potes, je t'assure ! Elle était heureuse avec moi. Mais alors, un jour, je suis rentré chez moi et je l'ai retrouvée haletante.

— Tu es rentré d'où ?

— Du travail ! J'ai trouvé un boulot.

— Dans quoi ?

Il se gratta la nuque.

— Ironiquement, j'ai trouvé un boulot chez le véto.

— Quel véto ?

— Celui de Pickle ! Quand j'y suis allé pour signer sa sortie, ils avaient affiché une annonce pour un job de technicien. J'ai postulé et j'ai été embauché, et je bosse là-bas depuis. Je suis bon.

— Tu étais au cabinet du véto de Pickle pendant qu'elle mourait dans ton appart ?

Duncan ferma les yeux, et d'autres larmes jaillirent. Puis il insista.

— Quand je l'ai trouvée, je n'ai pas pu la conduire là-bas parce que j'avais un sabot à ma voiture à cause d'un pépin de place de parking, et alors j'ai pris mon vélo avec elle calée dans un bras et j'ai parcouru les vingt-deux rues pour retourner au boulot. On a failli se faire percuter par un bus. Et pendant tout ce temps, je lui ai parlé, je lui disais : « Tout ce qu'on a à faire, c'est t'amener chez le Doc Sampson. Il va te retaper direct. Ça va aller. » Mais quand je suis arrivé, c'était trop tard. Elle est morte dans mes bras.

Je pleurais aussi, à présent.

— Elle dormait avec moi toutes les nuits, dit-il. Elle s'enfouissait sous ma couverture Budweiser.

— Elle adorait s'enfouir.

Après une minute, Duncan chuchota :

— Je suis tellement désolé.

— Tu as tué ma chienne.

— J'ai essayé de la sauver ! J'aurais donné n'importe quoi pour la sauver !

— Mais elle est morte.

— C'était une chienne géniale, dit Duncan.

— C'était une chienne épouvantable, rectifiai-je.

— Pas pour moi, dit-il, à peine capable de prononcer les mots. J'adorais ce petit clebs à face de rat.

Et, à cet instant précis, je sus que c'était vrai. Je m'approchai pour le prendre dans mes bras.

— Moi aussi, dis-je.

Et là, en cet après-midi insensé, pour ce qui sembla être la première fois de nos vies, nous avions quelque chose de bon en commun.

Ce ne fut que plus tard, à la table de la cuisine, après que nous eûmes fait une rafle d'Oreo dans le cellier de GiGi, que je pensai à lui demander quel rapport avait tout cela avec la glacière.

— Tu n'as pas deviné ? demanda-t-il.

Il avait une moustache de lait.

Je secouai la tête.

— C'est Pickle.

Je manquai de lâcher mon verre.

— Quoi ?!

Il acquiesça gravement.

— Je te l'ai amenée.

— Pickle ? dis-je, m'efforçant encore de le suivre. Elle est dans la glacière ?

Il acquiesça.

Je contournai l'angle de la cuisine pour aller l'examiner dans l'entrée.

— Depuis combien de temps est-elle là-dedans ?

— Cinq jours.

— Cinq jours !

— Ne t'inquiète pas, dit-il. Elle est sur de la glace.

Je fis aller et venir mon regard entre Duncan et la glacière.

— Et elle est dans un sac-poubelle, ajouta-t-il.

— Tu l'as mise dans un sac-poubelle ?

Il acquiesça.

— Je l'ai bien scotché de partout.

— C'est quoi, votre truc, les garçons, avec le scotch ?

Puis la pensée la plus irrationnelle surgit dans mon esprit et se déversa de ma bouche.

— Mais elle va suffoquer !

Duncan prit une voix gentille.

— Helen, elle ne peut pas suffoquer. Elle est déjà morte.

Mais je songeai alors à cette histoire que j'avais entendue sur Martha Washington quand j'étais enfant – comment on avait exhumé son cercueil et retrouvé des griffures d'ongles sur le couvercle.

— Peut-être qu'elle n'était pas complètement morte. Peut-être que tu l'as tuée deux fois !

Duncan secoua la tête d'un air compatissant.

— Elle était morte.

— Elle aurait pu être simplement inconsciente – tu sais –, avec un pouls vraiment lent.

Mais il secoua de nouveau la tête.

— Crois-moi. Tu pouvais frapper une balle de base-ball avec cette chienne quand je l'ai mise dans ce sac. Elle est morte.

Et alors, ce fut officiel. Il n'était plus possible de s'y opposer. Pickle, le pire animal domestique du monde – et aussi mon préféré –, était morte.

Je ne savais pas quoi faire d'autre que me diriger vers la porte de derrière.

— Où est-ce que tu vas ? demanda Duncan.

Je m'arrêtai pour me retourner.

— L'enterrer, dis-je. Prends la glacière.

Voilà comment je me retrouvai à creuser une tombe dans le jardin de ma grand-mère en robe de soirée rose et hauts talons. Duncan s'était mis derrière moi, serrant dans ses bras le corps momifié au chatterton de Pickle, le visage luisant de larmes. Il avait sa chemise mouillée d'eau glacée où il la tenait. Si nous avions eu le moindre bon sens, Duncan, dans ses baskets sales, aurait creusé la tombe. Mais nous n'en eûmes guère.

Nous choisîmes un endroit juste à côté de là où nous avions enterré le bouledogue de notre enfance, Côtelette. L'idée était de les rapprocher afin qu'ils soient amis au paradis.

J'avais creusé environ à la moitié, une grosse pile de terre noire à mes pieds, lorsque Duncan dit :

— Ne tape pas dans Brochette.

Je m'interrompis et me tournai vers lui.

— Côtelette.

— C'est ce que j'ai dit.

— Tu as dit « Brochette ».

— Pas du tout.

— Est-ce que tu te souviens même de Côtelette ?

— C'était un bouledogue. Bien sûr que je me souviens de lui.

— D'elle.

— Elle est morte en avalant une branche d'arbre aussi longue que son corps tout entier.

Pas de correction à apporter là. C'était vrai.

Quand le trou fut assez profond, les épingles de l'un de mes macarons s'étaient défaites, et mes hauts talons à lanières étaient cassés et tachés de boue. Duncan s'agenouilla pour installer le petit paquet de notre amie dans le trou, et, pendant qu'il remblayait la terre, je retirai négligemment mes chaussures ruinées et montai en courant dans ma chambre pour prendre la chaîne de pâquerettes que Windy m'avait faite. Je la posai sur la tombe. Nous prononçâmes quelques mots d'adieu, et Duncan mit ses bras autour de mes épaules tandis que nous remontions à la maison.

Ce fut seulement de retour dans la cuisine que je m'aperçus que Duncan avait un pack de six bières dans l'autre main. Il le posa sur le plan de travail, puis en sortit une canette pour me la tendre.

Mais alors je percutai :

— Dis-moi que ce pack n'était pas aussi dans la glacière.

Il figea ses doigts sur la capsule.

— Quoi ?

— Hors de question, dis-je en désignant la porte. Emporte ça dehors.

— Un jour comme celui-là, je ne peux pas boire une bière ?

— Pas une couverte de jus de chien mort, rétorquai-je en me tournant vers l'évier pour me frotter la boue des mains.

— Elle était dans un sac-poubelle.

— Dehors ! ordonnai-je de ma voix de grande sœur la plus autoritaire. Maintenant !

Duncan obéit.

Lorsqu'il rentra, je dis :

— Tu pourras boire une bière à la bar-mitsvah.

— Quelle bar-mitsvah ? demanda-t-il.

Je pivotai pour le regarder.

— Tu ne peux pas débouler ici avec ma chienne momifiée et t'attendre en plus à ce que j'aille à la bar-mitsvah de l'enfant de l'amour de mon ex-copain de lycée toute seule !

Il esquissa un hochement de tête soumis.

— Non.

— Va te trouver quelque chose à mettre, dis-je.

Duncan se dirigea vers sa chambre.

— Qu'est-ce qu'on porte, quand on s'incruste à une bar-mitsvah ?

— Une chouette tenue ! criai-je. Avec une cravate !

Puis je levai un pied nu et boueux et le mis dans l'évier pour le laver également.

Une fois nettoyée, je dus retirer tout mon maquillage qui avait bavé, mettre une poche de glace sur mon visage bouffi quelques minutes et tout recommencer. Ma robe avait quelques éclaboussures de boue, mais restait acceptable. Mes hauts talons, je les jetai à la poubelle, et je finis chaussée d'une paire de ballerines rouges. Je venais de réépingler mon macaron et de reboucher mon eye-liner lorsque Duncan entra dans ma chambre. Il avait dégotté une cravate noire maigrichonne, le pantalon de smoking noir qu'il avait porté à mon mariage (à présent trop court de cinq centimètres), et une chemise oxford blanche qui avait fait partie de son uniforme scolaire. Il avait l'air d'un serveur, mais je dis :

— Tu es très beau.

Lui avais-je un jour dit quoi que ce soit d'aussi gentil ? Il sembla cligner les yeux de surprise.

— Merci, dit-il. Pareil pour toi. Tu ressembles à un bonbon.

Je me tournai vers le miroir et regardai d'un œil mauvais mon visage marbré et bouffi.

— En fait, je suis tellement affreuse que j'envisage sérieusement de laisser tomber.

— Tu ne peux pas laisser tomber, dit Duncan. Si tu le fais maintenant, ils vont penser que tu t'es dégonflée.

Jake avait dit la même chose.

— Ils penseront que tu ne t'es jamais remise du lycée.

— Es-tu en train de me dire que je dois y aller ?

Duncan haussa les épaules, genre : « En gros. »

— Tu te sens peut-être affreuse, mais tu ne l'es pas. Comment tu peux creuser une tombe une minute et être aussi resplendissante la suivante, je ne le saurai jamais.

Cela me toucha. La gentillesse de ces propos me fit rire.

— Quoi ? demanda-t-il.

Je me levai, prête à partir.

— Viens ici, dis-je, avant de mettre mes bras autour de son cou pour notre seconde étreinte de la journée – et également de la décennie. Merci pour les encouragements.

Il me rendit mon étreinte avec raideur.

— Je pensais que tu me détesterais pour toujours après avoir su pour Pickle.

Je ne le détestais pas. C'était plutôt l'inverse. Ce qui était bizarre. Un mois plus tôt, je l'aurais tabassé à mort pour tout ça. Un mois plus tôt, j'aurais brandi ce problème de chien-dans-le-sac-poubelle comme la preuve définitive que j'avais un petit frère inutile, irrécupérable et extrêmement horripilant dont je ne pourrais jamais me sentir proche, ni me soucier, ni apprécier. Mais un mois peut représenter une longue période. Avant, ce que je voyais, c'étaient les façons dont Duncan ne cessait d'échouer. Mais maintenant, enfin, j'en savais trop sur lui – et même, en fait, trop sur moi-même – pour le voir sous un angle aussi obtus. Ce que je voyais désormais, c'étaient les façons dont il essayait. Et je pouvais tellement m'identifier à cela. Ça faisait toute la différence.

— Tu as fait de ton mieux, dis-je. Je le sais. Maintenant, allons botter le cul d'un gamin de treize ans.

Chapitre 16

La première personne – littéralement le premier visage – que je vis alors que nous pénétrions dans la salle de bal au dernier étage du *Mercer*, hôtel historique de Chicago, fut David « Dave-O » Hoffman. Premier petit ami, première expérience sexuelle et premier – mais pas dernier – chagrin d'amour déchirant. Je suis ravie d'annoncer que, au cours des quatorze années où je ne l'avais pas vu, il était devenu chauve comme un œuf. Rien d'étonnant à ce que sa photo de profil Facebook soit la tête de Scoubidou.

Il se tenait juste à côté de la porte dans un costume trop grand, accueillant les invités avec un air bien plus mûr que n'importe lequel de mes ex avait le droit d'avoir. Je me dirigeai droit vers lui et le saluai de la main.

— Salut, Dave.

Il se retourna, leva la main et dit « Bonjour ! » si fort et avec une jovialité si excessive qu'il n'avait clairement aucune idée de qui j'étais.

— Helen, dis-je en portant la main à ma clavicule. Carpenter. Du lycée.

Je vis alors qu'il m'identifiait.

— Helen !

Puis, comme si les mots s'échappaient d'eux-mêmes :

— Tu t'es embellie !

— Tu t'es dégarni, rétorquai-je avec la vitesse d'un réflexe.

Oups ! Trop méchant ! Pas nécessaire !

— Désolée.

Dave se redressa.

— Dans certaines cultures, la calvitie est un signe de virilité.

Je hochai la tête avec un enthousiasme surjoué.

— Oui ! J'ai clairement entendu ça. Bonne remarque.

Au tour de Dave. Mais il ne dit rien. Il se contenta de retenir son souffle, décidant de la façon dont poursuivre la conversation à partir de là. Au bout du compte, il opta pour :

— Comment vas-tu ?

— Super. Je vais super bien. Mieux que super bien. (Je me tournai vers Duncan.) Quel serait le terme pour « mieux que super bien » ?

Duncan prit une voix presque une octave en dessous et dit avec un accent espagnol :

— *Excellenté.*

Je me retournai vers Dave.

— Je vais *excellenté.*

Tout lui revenait, maintenant. Il plissa le nez.

— J'ai su pour ton divorce.

— Ah oui ? dis-je en m'affaissant un peu.

J'imagine que je l'avais mérité, avec l'histoire de la calvitie.

— Eh bien, m'entendis-je dire ensuite, je m'en suis complètement remise. En fait, mon ex m'a appelée l'autre semaine pour me supplier de lui revenir. Mais j'ai dit « non ». En fait, mon portable a lâché avant que je n'aie l'occasion de lui dire « non », et ensuite il a fallu que je parte en pleine nature un bon moment, du coup, techniquement, je n'ai pas prononcé le mot, mais je *dirai* catégoriquement « non » à la prochaine occasion.

Duncan se pencha pour croiser mon regard.

— C'est vrai ?

J'acquiesçai.

— Il t'a suppliée de revenir ?

J'acquiesçai de nouveau.

— Tu sais qu'on t'enchaînera, Jake et moi, avant de te laisser retourner avec ce connard.

À cela, Dave se tourna vers Duncan et dit :

— Qui est-ce ?

— Mon frère, Duncan.

Duncan dit avec un geste de la main :

— Salut, Dave-O.

Dave éclata de rire.

— Oh ! dit-il. Je croyais que c'était ton petit ami. Dans une situation genre *Harold et Maude*.

J'eus envie de le gifler et de lui dire : « J'ai quel âge ? Quatre-vingt-dix ans ? » Mais je répliquai :

— Eh non ! Juste mon petit frère.

Dave fronça les sourcils.

— Je ne me rappelais pas que tu avais un petit frère.

— Il devait être bébé à l'époque.

— En réalité, j'avais huit ans, précisa Duncan.

— Hé, dit alors Dave en se retournant entièrement vers moi, comme si quelque chose lui venait juste à l'esprit. J'ai toujours voulu te présenter mes excuses d'avoir été une telle merde avec toi au lycée.

Cela me désarçonna.

— Ah bon ?

— Je n'arrive pas à croire que je t'ai retiré ton bouquet.

— C'est ça, le point mémorable, pour toi ? Le bouquet ?

Dave sourit.

— OK, dit-il en haussant les épaules. J'ai du mal à croire que j'ai fait tout le reste, aussi.

— Tu aurais dû être plus malin que ça ! Ta mère travaillait au planning familial !

— J'aurais dû être plus malin pour un tas de choses.

Je balayai ses excuses de la main.

— Tu étais un gamin, dis-je. Les gamins sont idiots.

— En réalité, souligna Duncan, les adultes sont idiots aussi.

— Tout à fait d'accord, dis-je en pointant un doigt vers lui. La race humaine regorge d'idiots.

Je reportai mon attention vers Dave.

— Bref, dis-je. Excuses acceptées.

— Fantastique.

Il tendit le poing pour faire un check.

Aucune autre réaction ne me vint en tête à part le lui rendre.

Puis Duncan intervint.

— Grosse soirée, hein ? Le garçon devient un homme ? *Mazel Tov*, au fait.

Dave acquiesça.

— C'est un peu la folie pour le moment, parce que notre ambianceur a annulé. Grippe intestinale.

— Ambianceur ? demandai-je.

— C'est une personne qui vient aux fêtes et fait danser tous les enfants. Ils sont spécialement utiles aux bar-mitsvah, qui sont truffées de collégiens pas très à l'aise. Et de grands-parents. Et sans alcool.

Duncan me donna un petit coup de coude.

— Sans alcool. Tu me dois une bière.

Dave désigna la salle d'enfants gênés.

— Triste à voir, dit-il.

Je contemplai le spectacle.

— Donc l'ambianceur aide les mômes à se détendre ?

Dave acquiesça.

— Nous avons un peu mis tous nos œufs dans le panier de l'ambianceur. Tu sais, il y a des gens qui louent un bateau de croisière ou engagent les pom-pom girls des Bulls. Mais nous avons opté pour l'ambianceur.

— Qui a une grippe intestinale, appuya Duncan.

— Darcy est en train de flipper, dit Dave en roulant les yeux. Elle est sur son portable depuis vingt minutes pour essayer de trouver un remplaçant.

Au même moment, Darcy apparut, le portable à l'oreille, dans un tailleur lavande.

— La voilà qui arrive, dit-il – mais elle lui intima de se taire.

Nous attendîmes tous qu'elle boucle sa conversation. Lorsque ce fut fait, elle se tourna vers Dave.

— Ils sont tous pris. Il n'y a personne. Dans toute la ville. Je savais que ça se produirait.

— Darce, dit alors Dave. Regarde qui est là.

Elle regarda d'abord Duncan et, comme il ne lui évoquait rien, elle se tourna vers moi. Qui lui évoquai quelque chose.

— Helen ! dit-elle en s'approchant pour une étreinte.

Je la lui rendis. Ça allait.

— Je suis contente que tu aies pu venir, dit-elle sans me lâcher.

— Moi aussi, dis-je.

Puis elle se dégagea.

— Je suis tellement désolée que Dave ait été une merde pareille avec toi au lycée.

Je l'observai en plissant les yeux. En vérité, je l'avais bien plus vécu comme une trahison de sa part. J'imagine que, d'une certaine manière, vous en attendez plus d'une amie que d'un petit ami.

— Il n'était pas le seul.

— Nous nous en voulons encore terriblement pour ça.

Le « nous » semblait un peu passif-agressif.

— Nous adorerions t'emmener déjeuner pour nous faire convenablement pardonner.

Je tendis les mains pour dire « stop ». Je ne voyais rien au monde qui me fasse moins envie que passer tout un déjeuner à écouter Dave et Darcy me présenter des excuses.

— Inutile.

Elle se pencha vers moi.

— J'ai du mal à croire qu'il t'ait repris ton bouquet. Je ne l'ai su que plus tard.

— Le bouquet était vraiment le plus anecdotique de tout ça, en fait.

— Bien sûr, j'y ai joué un rôle, moi aussi, ajouta Darcy.

Soudain, Duncan intervint.

— Un rôle classé X, si les rumeurs sont vraies, dit-il avant de regarder Dave en remuant les sourcils. Je n'ai pas raison, mec ?

Et voilà. Je l'adorais.

Darcy se redressa.

— Et qui est-ce ?

— Mon petit frère, Duncan.

Darcy plissa les yeux comme si elle scrutait les brumes de sa mémoire.

— Le petit frère qui mettait le feu à tes tampons ?

— Oh, Seigneur, dit Duncan, penchant la tête en arrière à ce souvenir. C'était génial.

— Oui, répondis-je en ne tenant pas compte de lui. Mais il a fini par devenir…

Je cherchais le terme.

— *Excellenté*, proposa Duncan.

— C'est ça, dis-je, croisant son regard en lui adressant un hochement de tête.

S'ensuivit une autre pause, que nous essayâmes de combler en jetant un coup d'œil dans la salle. Elle était, en effet, entièrement remplie d'élèves de cinquième. Et de personnes âgées. Je ne pus m'empêcher de remarquer combien ces deux groupes donnaient la sensation qu'on leur avait fait enfiler leur corps comme des tenues d'Halloween. Mais c'était adorable, aussi, de voir comme ils s'étaient tous soigneusement vêtus de costumes et de robes. Les garçons avaient des cravates clipsables, et certaines filles portaient même des souliers vernis. Ils me faisaient tellement de peine. Même pour tout l'or du monde, jamais plus je ne voudrais avoir treize ans. La piste de danse était comme un trou noir palpitant. La boule disco tournoyait au-dessus du néant, et les guirlandes lumineuses clignotaient autour d'un vide. Des gamins d'un côté, des papis de l'autre. Impossible de se voiler la face. C'était dramatique niveau *Titanic*.

Puis une idée me vint.

—Darcy, dis-je sans vraiment y réfléchir plus avant. Tu es une super danseuse. Peut-être que tu pourrais les motiver.

Elle secoua la tête.

—Non, non. Je suis la maman. Sais-tu combien les mamans sont embarrassantes ? Si j'essayais de faire ça, j'assassinerais littéralement mon enfant. Il expirerait d'humiliation.

Je n'avais pas pensé à ça.

Mais Darcy me regardait maintenant, comme si mon idée en avait fait germer une encore meilleure.

—Quoi ? dis-je.

—Tu es aussi une super danseuse, dit-elle, son expression sinistre s'illuminant au passage d'un nouvel espoir.

—Oh non…

—Ils n'ont aucune idée de qui tu es !

Elle haussait les sourcils à présent. Elle avait les yeux brillants.

—Non, non…

—Tu es jeune !

—J'ai trois mois de plus que toi.

—Mais tu as *l'air* jeune ! Tu n'as pas été vieillie par l'allaitement et les covoiturages ! Tu as cette coupe de cheveux insensée. Tu pourrais totalement passer pour une personne cool !

Duncan se pencha.

— C'est une personne cool, en fait.

— Merci, mec, dis-je.

— On te paierait ! proposa Darcy.

— Je ne veux pas que vous me payiez.

— C'est trois cents dollars, précisa Dave.

— On double la somme ! renchérit Darcy. Oh, s'il te plaît !

Elle se mit à sautiller sur place et ressembla soudain, de nouveau, à l'amie que j'avais adorée toutes ces années auparavant.

— C'est la pire bar-mitsvah de tous les temps, dit-elle. Elle va littéralement entrer dans le *Livre des records* si tu ne la sauves pas.

Je secouai la tête. J'étais bonne danseuse dans certaines circonstances, c'est-à-dire avec des amis, quand j'étais détendue. Pas dans une salle remplie d'inconnus. Ma timidité habituelle me rattrapait.

— Tu ne te souviens pas des soirées danse qu'on faisait en seconde ? On mettait la musique à fond dans la salle de jeux au grenier et on se lâchait comme des folles ? Essaie de te rappeler comment c'était. Réfléchis ! On est dans les années 1990, et la vraie vie est encore un siècle devant nous. Et même si mon père va cogner au plancher du grenier avec son fer 9 et nous dire de baisser le son, on s'en fout.

Oui, je m'en souvenais. Ça remontait clairement à un siècle, mais je m'en souvenais.

— Je ne suis plus cette fille, dis-je en secouant la tête. Et je ne connais plus aucune danse.

À moins de compter le « Cupid Shuffle ». Mais je n'avais jamais entendu la vraie chanson.

— Invente-les ! Ils n'en connaissent aucune non plus.

Mais je secouai la tête.

— Je ne peux pas. Je suis désolée, je ne peux pas, c'est tout.

Darcy déglutit avec résignation, tandis que son visage reprenait son expression pincée de détresse.

— Bien sûr. Je n'aurais pas dû te demander.

Elle n'aurait pas dû me demander.

— Eh bien, dit Dave après un instant, prêt à passer à autre chose. Merci infiniment d'être venue. Tu t'es vraiment améliorée physiquement depuis le lycée.

Je fronçai les sourcils.

— Merci.

Ce fut ensuite le tour de Darcy, mais elle retournait déjà à son téléphone.

— La prochaine fois que tu es en ville, prenons donc un café.

— Super idée, dis-je, même si nous savions toutes les deux que cela n'arriverait jamais.

Ils s'approchèrent pour une dernière embrassade, l'un après l'autre.

Et nous en avions terminé. J'étais libre de partir. J'avais fait mon apparition, affronté mon passé, vu le crâne chauve et luisant de Dave – et maintenant je pouvais rentrer me coucher.

Je regardai vers Duncan.

— Prêt à partir ?

Il acquiesça.

— Je n'en reviens pas qu'elle t'ait demandé de faire ça !

— Moi non plus.

— Qu'est-ce qui lui a pris ?

Je secouai la tête.

— C'est juste une mère qui essaie d'aider son gamin.

— Bien sûr, dit Duncan. Quoique, si tu *avais* été d'humeur – pas dans son intérêt, évidemment, mais dans le tien –, il se trouve que je suis un fabuleux danseur.

Je le regardai.

— Ah oui ?

Comme pour répondre à la question, le DJ se mit à passer le « Cupid Shuffle ». Je ne le reconnus pas tout de suite, mais, lorsque je percutai, je me retournai pour observer la piste de danse vide.

—Helen ? lança Duncan.

—Je connais cette danse, dis-je.

En me regardant, Duncan sut aussitôt ce que j'avais en tête, et il esquissa un sourire. Puis il remua les sourcils vers moi.

—Serait-ce le moment de se la jouer cool, Lady H ?

Je cédai avec un haussement d'épaules, genre : « Oh, allez, tant pis. »

Des années durant, après toute cette débâcle de bal de promo avec Dave et Darcy, j'avais fantasmé ma vengeance. Nous finirions tous par pure coïncidence sur un bateau de croisière, par exemple, et il coulerait, et j'essaierais sincèrement d'arriver à temps en canot de sauvetage jusqu'à eux, mais les requins détecteraient leur odeur, et, malgré mes vaillants efforts, je serais forcée de les regarder se faire démembrer.

Je n'avais pas à les secourir, ce soir. Je n'avais même pas à essayer. J'avais toutes les raisons légitimes au monde pour abandonner ce navire en plein naufrage et foutre simplement le camp chez moi. Mais j'eus une drôle de petite révélation au bord de cette piste de danse. J'aimais véritablement danser. Et si j'en étais capable avec des bâtons et des cailloux pour seule musique en compagnie de gens surnommés Cro-Magnon et Miches, je pouvais certainement le faire ici aussi.

Voilà comment je finis par marcher d'un pas résolu jusqu'au centre de cette piste déserte, toute seule, pour exécuter une danse dont je n'avais même jamais entendu la musique, invitant avec mes bras les jeunes et les vieux à venir me rejoindre. Aucun d'eux ne le fit, mais Duncan apparut bientôt pour me tendre un micro sans fil.

—Salut, tout le monde, dis-je, d'une voix soudain si forte que j'en sursautai moi-même.

Ils se tournèrent tous dans ma direction, y compris Dave et Darcy. À ce spectacle, Darcy écarta de son oreille la main qui tenait son téléphone.

— Je suis, hum, Big Sister, et voici mon partenaire…

Je pivotai vers Duncan.

— Bilbo Baggins, dit-il.

Je couvris le micro et lui adressai un regard genre : « Non mais sans dec ? »

— Non, tu ne peux pas être Bilbo Baggins.

Je recommençai.

— Et voici mon partenaire, D-Donk. Nous sommes ici pour vous apprendre quelques danses, alors venez sur la piste. Où est Sean Hoffman, au fait ?

Une version de treize ans et non chauve de mon petit ami de lycée leva la main.

— Eh bien, cette pomme n'est pas tombée très loin de l'arbre ! *Mazel Tov*, Sean ! Viens donc ici. Et amène des potes. Ou des grands-parents.

Sean Hoffman n'était rien d'autre qu'obéissant.

— Où sont les dames ? demandai-je dans le micro. Les filles, venez ici !

Une mamie arriva en levant vigoureusement les pouces à mon intention.

— OK, les amis. La danse la plus facile du monde. Sérieusement. Quand la chanson dit « à droite », faites un pas à droite. Quand elle dit « à gauche », faites un pas à gauche. Que pensez-vous devoir faire quand elle dit « maintenant, coup de pied » ?

Les jeunes me dévisagèrent d'un œil vide.

Je remontai le micro contre ma bouche.

— Qu'allez-vous faire quand la chanson dira « coup de pied » ? demandai-je avec insistance.

— On donnera un coup de pied ? finit par répondre Sean.

Je le pointai du doigt.

— Correct ! Cent points !

Ce fut le moment où je trouvai mon rythme. J'étais enseignante, après tout. Je ne savais peut-être pas grand-chose, mais certainement plus que ces chiots. Je savais donner un cours. Treize ans, ça restait treize ans, et tout le monde devait commencer quelque part. Je scrutai la foule. D'autres gamins arrivaient progressivement. La sécurité du nombre. Dieu merci, la chanson était entraînante.

Je commençai. Duncan me rejoignit. Nous demandâmes au DJ de repasser la chanson trois fois, et, à la fin, presque tout le monde tenait le truc. Les jeunes se détendaient. Nous avions franchi le seuil de la terreur. Pour eux – et pour moi, aussi.

— Maintenant, on change, annonçai-je en donnant enfin le signal que l'on pouvait passer à une autre chanson. Et D-Donk va faire la démonstration. Voici le step-clap. Vous faites un pas de côté, et quand vous rapprochez vos pieds, vous tapez des mains. Ensuite, allez dans l'autre sens. C'est la base de la danse.

Du step-clap, nous passâmes au tourbillon, à la gigote, au booty-shake, au John Travolta, à la figure en huit et au ouille. Je les improvisai toutes, et j'étais douée, mais Duncan était meilleur. Nous finîmes par nous relayer, et ses contributions furent le parapluie, le train à grande vitesse, le honky-tonk, le Marilyn Monroe, le slip-n-slide, le donut, la peau de banane et le j'm'en tape.

Et le truc, c'est qu'ils y crurent. Ils acceptèrent notre autorité. Ils nous prirent pour des ambianceurs. Bon Dieu, nous en étions presque convaincus nous-mêmes. Assez vite, même les vieux furent sur la piste. Y compris, soudain, apparue de nulle part, grand-mère GiGi, dans un fabuleux tailleur pantalon rouge.

— Qu'est-ce que tu fais ici ? criai-je lorsque je fus assez près.

— J'ai été invitée, dit-elle sans perdre le rythme. Avec un cavalier.

— Pourquoi as-tu été invitée ? demandai-je.

— Ils m'adorent ! dit-elle. Je suis allée à leur mariage, aussi.

Je cessai de danser.

— Tu es allée à leur mariage ?

GiGi remua un doigt vers moi, dans sa propre petite version du « Oh non, pas toi ».

— Tu es allée au mariage de mon petit copain infidèle et de ma menteuse de meilleure amie ?

Elle haussa les épaules.

— C'étaient des gosses sympas.

— Pas avec moi, non !

— Tu ne peux pas être encore en colère pour ça, si ?

Bien sûr que je le pouvais toujours ! Ils m'avaient fait souffrir ! Affreusement ! J'avais le droit d'être en colère pour l'éternité, si je voulais. Mais je m'aperçus alors que je n'en avais simplement pas envie.

Elle ne s'en sortirait pas à si bon compte, néanmoins.

— Je suis rétroactivement en colère, déclarai-je. Tu as assisté en douce à leur mariage ! Et tu ne m'as pas dit que tu venais ici non plus.

— Tu n'aurais pas apprécié.

— Évidemment que je n'aurais pas apprécié !

Elle m'envoya un baiser.

— La vie est compliquée, ma chérie.

— Mais tu ne savais pas que tu allais me voir ici ?

— J'avais parié que tu te dégonflerais.

— Eh ben, non !

Grand-mère GiGi me sourit comme si elle était très fière et hocha la tête.

— C'est ça, ma douce. Sois courageuse. La lâcheté n'a jamais rien donné de bon.

Puis elle s'éloigna en tournoyant pour rejoindre la danse de la tornade, où elle se heurta littéralement à un vieux monsieur avec un nœud papillon jaune, et je le regardai la prendre dans ses bras pour l'entraîner.

Tout le monde dansait. Soudain, c'était *Soul Train.* La salle se lâchait. Ils n'avaient plus besoin de moi. Mon boulot était fait. Et tout à coup, je fus prête à partir. Je fis des signes à Duncan et désignai ma montre. Il était au milieu de la piste, à se trémousser comme un fou, et il leva la main pour dire : « Encore cinq minutes. »

Mais je secouai la tête.

— J'y vais ! lui criai-je. (Puis je lui montrai notre grand-mère.) Rentre avec GiGi !

— OK ! cria-t-il en levant les pouces.

Puis, avant que je puisse me retourner, il cria :

— Hé ! Promets-moi une chose !

— Quoi ?

— À partir de maintenant, appelle-moi toujours D-Donk !

Je braquai mes doigts pistolets vers lui.

— Ça marche !

Il allait rester. Il s'éclatait à une bar-mitsvah pleine d'inconnus, et un mois plus tôt, j'aurais trouvé un moyen de m'en servir contre lui. Mais, bien sûr, un mois plus tôt, il n'aurait même pas été là avec moi.

J'envisageai de m'arrêter à la table de Dave et Darcy en repartant, pour qu'ils puissent me remercier et me dire combien j'étais absolument fantastique, mais j'estimai ensuite que je n'avais pas besoin de l'entendre. Je ne l'avais pas fait pour eux, après tout. De plus, j'aimais l'idée de disparaître dans la nuit comme une superhéroïne ambianceuse.

Mais alors que je m'éloignais de la piste de danse, la musique palpitant derrière moi, un sentiment de solitude douloureusement familier m'étreignit. Où allais-je maintenant ? À quoi retournais-je ? La musique semblait se dissiper tandis que s'élevaient les bruits de tous ces inconnus qui riaient et parlaient. Je n'avais pas ma place ici, ce qui n'aurait pas été grave si j'avais pu me dire qu'il y avait un autre endroit – n'importe où – qui m'attendait. Le reste de la nuit s'étirait devant moi comme une chambre d'isolement. Je me dirigerais vers l'ascenseur seule, le prendrais seule, traverserais l'entrée et le parking seule, reconduirais ma voiture chez GiGi seule, me déshabillerais dans ma chambre d'ado seule, puis grimperais dans mon lit. Seule.

Je sentis ma gorge se serrer comme si j'allais pleurer. Je me penchai en avant et accélérai le pas vers la sortie, m'armant de courage pour affronter mon propre avenir comme s'il s'agissait d'un vent d'hiver glacial. Je voulais sortir de là avant que Dave et Darcy ne me voient une seule seconde dans un état autre que triomphant.

C'est presque ainsi que je m'en souviens : une fête chaleureuse et enjouée avec une assemblée sur la piste de danse réunie par la boule disco et le DJ – et moi, qui fuis, comme je semblais fuir tout ce qui pouvait m'offrir réconfort, joie ou sentiment d'appartenance. Je sais que je portais une robe de soirée rose à ce moment-là, mais, dans mon souvenir, alors que je fuyais la pièce, c'est comme si l'image d'une autre scène venait se superposer : une fille en écharpe et manteau d'hiver élimé, les bras croisés sur sa poitrine pour se réchauffer, avançant péniblement dans un blizzard tourbillonnant, tête baissée et glacée jusqu'aux os. Il était temps que je me relève. Il était temps que je me promette que je me réveillerais le lendemain matin et remettrais ma vie d'aplomb – meilleure et plus vaillante, cette fois, plus sage de toute cette lutte. Il était temps, de nouveau, de défier l'avenir du regard et lui dire : « Vas-y, envoie. »

Mais j'en étais incapable. J'avais l'impression d'avoir passé ma vie à avancer péniblement dans ce même blizzard sans fin. Et maintenant, au bout du compte, d'être bien trop glacée et fatiguée pour poursuivre.

Mais je poursuivis, évidemment. Je gardai les yeux au sol et me frayai un chemin autour des tables et des convives. La sortie n'était pas si loin. Peut-être me sentirais-je mieux une fois que j'aurais quitté la salle.

Avant que je n'en aie la possibilité, toutefois, je percutai violemment la poitrine de quelqu'un dans un bruit sourd. Il aurait très bien pu s'agir d'un papi en déambulateur ou d'un élève de cinquième avec de la nourriture coincée dans ses bagues, mais non. C'était Jake.

Mon Jake. Le Jake qui était parti au Colorado. Avec sa Windy.

Je restai pétrifié. Voilà qu'il reparaissait, avec ses lunettes cool, rasé de près. Il portait une chemise oxford et une cravate de hipster toute fine. Je ne l'avais jamais vu en cravate, pas même à mon mariage, et il faisait soigné et adulte. Et il était plus beau que dans mes souvenirs, ce qui relevait de la surenchère, vraiment, car son habituelle beauté toute simple était déjà plus qu'assez.

Après m'être heurtée à son torse, je m'empressai de reculer, presque comme si j'avais rebondi, et il m'attrapa par les épaules. Alors je le jure : le blizzard se dissipa. Le ciel gris s'éclaircit en un instant pour devenir d'un bleu nuit vif, et le vent tumultueux faiblit jusqu'au calme complet. En réalité, la musique devait beugler autour de nous. Mais je ne me rappelle que le silence.

Nous restâmes tous les deux ainsi figés une seconde, les yeux rivés l'un sur l'autre. Mon cerveau moulinait. Il y avait tant de raisons pour qu'il ne puisse pas se trouver là.

Enfin, il esquissa un petit sourire.

— Salut, Holdup.

Je lâchai le premier surnom qui me vint à l'esprit.

— Salut, Ratel.

Il sembla alors remarquer qu'il me tenait toujours par les épaules. Il me lâcha en sursautant et recula.

— Tu es magnifique.

Je baissai les yeux vers ma robe de soirée rose. Pas de manteau élimé, finalement. Je secouai la tête, puis relevai les yeux.

— Qu'est-ce que tu fais ici ?

— Grand-mère GiGi m'a amené. En tant que cavalier.

— Tu es venu avec GiGi ?

Il acquiesça.

— Chouettes mouvements de danse, au fait.

— Tu as vu ça ?

Il haussa les épaules.

— Ma préférée est le Beverly Hilbilly.

Je secouai la tête.

— Qu'est-ce que tu fais là ?

— Eh bien, répondit Jake, tout d'abord, Duncan m'a laissé un message paniqué pour me mettre au courant du désastre Pickle.

— Nous avons réglé ça.

— En vérité, il pensait peut-être bien mourir avant que le jour se lève.

Je me retournai vers la piste, qui offrait une vue imprenable de Duncan en train de danser comme Animal dans les Muppets.

— Comme tu peux le constater, je lui ai laissé la vie sauve.

— Du coup je suis passé à la maison pour voir comment il allait, et j'ai trouvé Grand-mère GiGi toute pomponnée. Elle m'a invité à l'accompagner, parce que son cavalier de départ devait subir un pontage coronarien en urgence.

Dans l'entrée derrière lui, l'ascenseur retentit, et toute une cargaison de petits vieux sortit en rang.

— Par ailleurs, ajouta-t-il, je séjourne ici. À l'hôtel. J'ai chopé une chambre en venant.

— Dans cet hôtel-ci ?

Il acquiesça.

— Tu ne peux pas te permettre une chambre ici, objectai-je.

— Bien sûr que si.
— Pas si tu n'as pas d'argent.
— Qu'est-ce qui te fait penser que je n'ai pas d'argent ?
— Parce que tu as dû quémander un trajet en voiture jusqu'au Wyoming.

Il réfléchit.

— Circonstances atténuantes, répliqua-t-il.
— Tu avais l'air fauché. Tu ne l'es pas ?

Il secoua la tête.

— Je ne suis pas fauché. Ma mère m'a laissé un pécule.

J'avais le cerveau en surchauffe.

— Mais tu disais être juste en cash.
— Je l'étais probablement. Sur le moment.

De quoi parlions-nous ? Avait-il répondu à ma question ?

— Alors, dis-je pour résumer, c'est pour ça que tu es ici ce soir ? Tu es rentré sauver la vie de mon frère, tu as pris une chambre dans cet hôtel super classe et décidé de sortir danser avec ma grand-mère ?

Jake croisa mon regard.

— Pas dans cet ordre, mais oui.
— OK, dis-je.

J'attendais quelque chose de plus, une sorte d'indication que j'étais quelque part – n'importe où – dans ses pensées, comme il était dans les miennes.

Mais rien.

Et puis, enfin, j'en eus marre d'attendre. Si j'avais représenté quelque chose pour lui, il l'aurait dit, depuis le temps. Il me l'aurait dit avec la même aisance qu'il appliquait à tout le reste. Je pris du recul. Il était inutile d'espérer et se morfondre. Aucune anticipation possible dans tout cela – seulement de la torture. J'en avais eu assez. Mon pauvre cœur fatigué n'en pouvait plus.

Derrière lui, au bout du couloir menant à la porte de la salle de bal, l'ascenseur retentit et se rouvrit au moment même où je sentais dans ma poitrine ce pincement qui vous vient juste avant de commencer à pleurer.

— Il faut que j'y aille, dis-je.

À ce moment-là, je ne voulais rien de plus qu'arriver à cet ascenseur alors même que les portes se refermaient derrière moi – avec Jake de l'autre côté.

Mais il me suivit.

— Hé !

Je continuai de marcher, mais il me rattrapa et me retint par le coude avant que je n'atteigne l'ascenseur, qui se referma pour descendre sans moi.

— Où est-ce que tu vas ? exigea-t-il de savoir.

Je me retournai, et il vit les larmes dans mes yeux.

— N'importe où sauf ici.

Il sourcilla.

— Qu'est-ce qui se passe ?

Je ne sais vraiment pas pourquoi je lui racontai la vérité. À part, peut-être, parce que je savais qu'il la connaissait déjà. Je me tins plus droite et m'efforçai d'être courageuse. Mes mains tremblaient – bon Dieu, mon corps tout entier –, et je les serrai en poings dans mes poches. Puis, prenant une profonde inspiration et regardant le plafond de l'entrée pour contenir mes larmes, je dis :

— Quand je t'ai vu à l'instant, j'ai cru une seconde que tu étais revenu pour moi.

Je rivai les yeux sur les tuiles acoustiques au-dessus de nous. Je savais qu'à la minute où je baisserais les yeux, les larmes se déverseraient.

Lorsque Jake reprit la parole, il avait la voix plus douce.

— Je suis revenu pour toi.

Aussitôt, je baissai les yeux. Les larmes coulèrent comme prévu, et, avec elles, je laissai échapper un petit sanglot.

— Vraiment ?

Je levai une main tremblante pour m'essuyer sous les yeux.

Jake hocha la tête.

— Pourquoi ne l'as-tu pas dit avant ? demandai-je avec autorité.

Il avait la voix tendre comme je ne l'avais jamais entendue.

— Je n'avais pas fini, dit-il en haussant les épaules.

Là-dessus, il se rapprocha, mit ses bras autour de moi et posa le menton sur ma tête. J'appuyai le côté de mon visage sur son revers, et nous restâmes ainsi je ne sais combien de temps. Assez longtemps, toutefois, pour que ce même ascenseur s'ouvre avec un « ding » et déverse une autre fournée d'invités, avant de disparaître une nouvelle fois.

— Le dernier soir, pendant la fête, reprit-il au bout d'un moment, après ton départ, Windy m'a dragué.

— Et ?

— Et alors nous avons eu une discussion.

Je me figeai.

— Pourquoi ?

— Parce qu'elle m'aimait bien.

Je reculai pour le regarder, bouche bée.

— Évidemment qu'elle t'aimait bien ! Vous étiez ensemble !

Jake s'était apprêté à dire quelque chose, mais cela le coupa dans son élan. Il sourcilla et fourra les mains dans ses poches.

— Nous n'étions pas ensemble.

— Si, vous l'étiez.

— Je pense que je serais au courant.

— Vous étiez ensemble ! Vous formiez un couple parfait ! Vous avez tous les deux des maisons de vacances dans le Maine et vous aimez le beurre de cacahuètes, ou je ne sais quoi. Tu as failli la demander en mariage à la Prairie peinte. Je vous ai vus de mes propres yeux vous embrasser au départ de sentier pendant l'évac de Hugh.

Jake grimaça.

— Tu as vu ça.

— Je l'ai vu. Et c'était un sacré baiser.

— Mais ce n'était pas un vrai.

— Il avait l'air assez vrai.

— Ce n'était pas un vrai baiser.

— Je m'en fous. Ça n'a aucune importance.

— Pour moi, si.

Je me détournai.

— C'était « Action ou vérité », expliqua-t-il. On l'a défiée de m'embrasser à trois différentes reprises pendant ce jeu débile, mais elle a passé son tour.

— Tu ne peux pas passer ton tour.

— Windy, elle peut. Et ensuite, pendant la randonnée, elle m'a dit qu'elle voulait les combiner. Plutôt que trois bisous en vitesse, elle voulait une pelle géante.

— Eh bien, dis-je. C'est clair que tu la lui as donnée.

— Ouais, bon. J'ai dit que je le ferais.

— Pourquoi est-ce que tu me racontes tout ça ?

— Pour que tu saches ce qui s'est vraiment produit. (Il se passa une main dans les cheveux.) Et je ne jouerai plus jamais à « Action ou vérité », au fait.

Je haussai les sourcils.

— Tu as embrassé toutes les filles du stage, ce soir-là.

J'avais envie qu'il le réfute, mais il haussa les épaules.

— Probablement. J'ai arrêté de compter.

Je le regardai en dilatant les narines.

— Le corps de nos baisers n'était même pas encore froid.

— Pour être clair, ces baisers n'ont jamais eu lieu. Si tu te souviens bien, nous étions de parfaits étrangers, à ce moment-là. C'est toi qui avais insisté.

— Et donc ? Est-ce que je suis allée rouler des galoches à toute la ville ?

— Je n'en sais rien. Peut-être.

— Eh non. Je suis restée toute seule, en détresse, comme une personne normale.

— Au départ, c'était juste un « Action ou vérité » classique. Mais ensuite toutes les filles ont commencé à se défier de m'embrasser. Seulement moi. C'est là que ça a fait boule de neige.

— Donc tu les as toutes embrassées contre ton gré ?

— Plus ou moins. En quelque sorte. Tu ne peux pas en embrasser une sans les embrasser toutes.

— Bien sûr que si ! Évidemment que tu peux.

Il haussa les épaules.

— Une fois que j'ai été lancé, à dire vrai, c'était une assez bonne distraction.

— Distraction de quoi ?

Il croisa mon regard.

— De toi.

J'ignorais comment réagir à cela, je me tournai donc pour appuyer sur le bouton d'appel de l'ascenseur, juste pour avoir quelque chose à faire.

Après une minute, Jake demanda :

— Tu croyais que je sortais avec Windy ?

Je me retournai.

— Tout le monde croyait que tu sortais avec Windy. Ils planifiaient votre mariage hipster-boho en pleine nature, pour l'amour du ciel.

— Est-ce que tu étais jalouse ?

C'est alors que l'ascenseur tinta, et les portes s'ouvrirent. J'y montai. Jake suivit. Mais ni lui ni moi ne pensâmes à appuyer sur un bouton d'étage.

— Tout le monde était jaloux ! répondis-je. Tu as eu une infinité de points de Femme fatale pour ça. Comment as-tu pu ne pas savoir qu'elle en pinçait pour toi ?

— Je le savais, plus ou moins. Mais je pensais que c'était juste un truc pour passer le temps, du genre « Je n'ai rien de mieux à faire ».

— Non, dis-je, à présent furieuse pour Windy. C'était un truc du genre « Je viens de trouver mon futur mari ».

Jake se retourna alors, semblant remarquer pour la première fois que nous étions dans l'ascenseur.

— Où est-ce qu'on va, au fait ? demanda-t-il.

J'appuyai sur « Réception ».

— En bas, dis-je.

Il haussa les épaules.

— Une fois que j'ai compris, je lui ai dit que je ne l'appréciais pas de cette façon.

Je me sentis l'âme protectrice.

— Que tu ne « l'appréciais pas de cette façon » ? Qu'est-ce qu'elle n'a pas d'appréciable ? Elle est adorable ! Et géniale ! Et mûre pour son âge ! Tous les mecs de ce stage sans exception avaient un faible pour Windy. Elle te choisit, et tu ne veux pas d'elle ? Est-ce que ça ne te paraît pas un peu ingrat ?

— Je ne lui ai pas demandé de me choisir.

J'appuyai de nouveau sur « Réception ».

Mais l'ascenseur n'allait nulle part. J'appuyai un paquet de fois. Nous ne bougions toujours pas. Puis j'appuyai sur « Ouverture des portes », mais elles ne s'ouvrirent pas.

— Je crois que nous sommes bloqués dans l'ascenseur, dis-je.

— Cool.

Je le regardai en fronçant les sourcils.

— Pas cool.

— Maintenant, tu es coincée avec moi, dit Jake.

— J'étais déjà coincée avec toi.

Il plissa les yeux.

— Vraiment ?

Mais je le dévisageai.

— Et Windy ? Je n'arrive pas à te comprendre. Est-ce que c'est une addiction à la dopamine ?

— Pourquoi est-ce qu'on parle de Windy ?

— Est-ce que tu veux seulement ce que tu ne peux pas avoir ?

— Je ne veux pas *seulement* ce que je ne peux pas avoir.

— Parce que mon ex-mari était comme ça, et ce n'est pas une façon de traverser la vie. Fais le bilan de ce que tu as ! Satisfais-toi de ce que la vie te donne !

— *J'essaie !* explosa-t-il alors en claquant la paume sur la paroi de l'ascenseur.

Au même moment, la cabine descendit d'environ quinze centimètres.

Les secondes qui suivirent, nous restâmes tous deux pétrifiés, accroupis, à attendre que ça recommence. Ce qui ne fut pas le cas.

— C'était bizarre, chuchotai-je.

— C'est moi qui ai fait ça ? chuchota Jake à son tour.

— Peut-être que c'était une coïncidence.

L'ascenseur avait maintenant toute son attention. Il tendit lentement le bras pour appuyer sur le bouton d'ouverture des portes, mais elles ne s'ouvrirent pas. Il appuya sur le bouton « Réception », mais nous ne bougeâmes pas d'un pouce. Il appuya sur tous les boutons en même temps, mais rien ne se produisit. Alors il appuya sur l'alarme.

Une voix se fit entendre dans le haut-parleur.

— Avez-vous besoin d'aide ?

— Il semble que nous soyons coincés dans l'ascenseur, dit-il.

— Oh-oh, dit la voix.

Je regardai Jake.

— Est-ce qu'il vient de dire « Oh-oh » ?

— Apparemment.

Puis la voix revint.

— Monsieur, nous sommes sincèrement désolés. Nous pensions que c'était réparé. Quelqu'un sera là d'ici peu pour forcer les portes.

— D'ici combien de temps ? demanda Jake.

Mais la voix était repartie.

Sans un mot, Jake recula d'un pas pour se coller à la paroi derrière lui.

Je reculai contre celle qui se trouvait dans mon dos.

— Qu'est-ce que ça signifie ? demandai-je. « Nous pensions que c'était réparé » ?

L'image d'un câble semblable à une corde s'effilochant jusqu'à un fil jaillit dans mon esprit.

Jake secoua la tête.

— Qu'est-ce qu'on fait, maintenant ? demandai-je.

— Nous attendons, je suppose. Sans bouger d'un cil.

— Ni essayer de cogner aux murs.

J'examinai alors le sol. Et Jake m'examina.

— Donc Windy est partie dans le Colorado, finis-je par dire sans lever les yeux.

— Elle était assez fâchée, avoua-t-il.

— Et qu'est-ce que tu as fait ensuite ?

— J'ai traîné un peu avec Beckett. Il vit à Riverton, donc ce n'est pas trop loin. Est-ce que tu savais qu'il faisait partie d'un groupe de reggae ?

— Cela soulève plus de questions que cela ne donne de réponses.

— Il s'avère qu'un des gars de son groupe retape des Land Rover vintage. Il les reconstruit de zéro. Il en a une grange pleine, toutes à vendre. Alors j'en ai acheté une.

— Tu as acheté un Land Rover vintage ?

Il acquiesça.

— À Riverton. Il est orange.

— Ce doit être un sacré pécule, que ta mère t'a laissé.

Jake haussa les épaules.

— Donc tu as perdu ton covoiturage, mais tu as acheté une voiture, poursuivis-je. Pourquoi n'es-tu pas à Denver ?

— C'est ce que j'essaie de te dire depuis tout à l'heure.

Je jetai un coup d'œil au panneau de l'ascenseur.

— OK. Je t'écoute.

— Eh bien, je m'étais arrêté pour la nuit sur le trajet vers Denver, quand mon téléphone a sonné.

— C'était qui ?

— Toi.

Je secouai la tête.

— Je ne t'ai pas appelé.

Il hocha la tête.

— Si.

Je secouai de nouveau la mienne.

— Non, vraiment pas.

— Tu ne l'as pas fait exprès, précisa-t-il.

Puis je percutai. J'écarquillai les yeux.

— Pas…

Il acquiesça.

— Avec ta poche.

— Ce putain de téléphone.

— Ouaip.

— Je t'en supplie, dis-moi que c'étaient juste des parasites.

— Eh non.

— C'était quoi, alors ? Dis-moi !

— C'était toi. Qui chantais.

C'était après le dîner. Je faisais la vaisselle. Je chantais avec ce genre d'abandon particulier auquel vous cédez uniquement quand personne n'écoute. Je fermai vigoureusement les yeux et me tapai la tête contre la paroi de l'ascenseur.

— Attention, dit Jake en regardant autour de nous comme si je risquais de faire plonger la cabine.

— Combien de temps ça a duré ?

— Un bon moment.

Je me plaquai une main sur les yeux.

— Est-ce que je chantais faux ?

— Souvent. Mais de façon mignonne. (Je jetai un coup d'œil par en dessous.) Au départ, c'était « Proud Mary ». Mais comme tu n'arrivais pas vraiment à atteindre les notes aiguës, tu as changé de répertoire : Dean Martin, les Beatles, Earth, Wind & Fire. À un moment, est-ce que tu faisais du Weird Al Yankovic ?

Je me redressai un peu pour me donner de l'autorité.

— OK, « Eat It » est une meilleure chanson que « Beat It ». (Il inclina la tête pour me contredire.) « *Get yourself an egg and beat it* » ? Voyons. C'est du génie.

Il haussa les épaules.

Je sourcillai.

— Tu n'aurais pas dû écouter. Tu aurais dû raccrocher.

— Je ne pouvais pas raccrocher. C'était trop fabuleux.

Je lui adressai un regard qui disait : « Je t'en prie. »

— Sérieusement, je ne pouvais pas raccrocher. Je ne voulais pas raccrocher. Je me suis rendu compte que je préférais t'écouter plutôt que faire n'importe quoi d'autre au monde. Je me suis rendu compte que même si tu ne peux pas me supporter, et même si tu mérites quelqu'un de mille fois mieux que moi – et en meilleure santé –, et même si la seule chose convenable à faire était de te laisser tranquille, je n'avais pas d'autre choix que venir te trouver. Le lendemain matin, mon Land Rover est juste plus ou moins rentré à la maison de lui-même.

Je marquai une pause.

— Et les baleines ?

— Je serai encore à temps. Ce n'est pas avant trois jours.

— Tu vas reconduire jusqu'à Denver ?

— Bien sûr. Dans un jour ou deux. Mais il fallait que je te parle d'abord.

Au-dessus de nos têtes, l'ascenseur émit une espèce de grondement bas. Nous levâmes tous les deux les yeux jusqu'à ce qu'il arrête. Je me plaquai un peu plus fermement contre la paroi.

— J'avais tout planifié. J'avais même répété. Je comptais le dire dès que je t'ai vue – mais ensuite, quand je t'ai vraiment vue, et que tu étais vraiment là, je me suis dégonflé.

— Tu ne te dégonfles jamais, dis-je.

Il haussa les épaules.

— Ça m'arrive, une fois dans une vie.

— Qu'avais-tu à me dire ?

— Tu le sais déjà, me dit-il d'une voix douce.

— Alors dis-le, répliquai-je dans un quasi-murmure.

Il prit une profonde inspiration.

— J'allais dire : je n'ai jamais été intéressé par Windy. Il n'y avait personne durant ce stage à qui je pensais plus, je tenais plus, ni auprès de qui j'avais plus envie d'être que toi.

Je ne bougeai pas d'un millimètre.

— Vouloir des choses que je ne peux pas avoir ne me pose pas de problème. Ce qui me pose problème, c'est de te vouloir toi en particulier. Tu es mon problème. Il ne s'agit pas d'une addiction à la dopamine, c'est une addiction à la Helen. Et il semble que je n'arrive pas à me désintoxiquer. (Il fit une pause.) J'ai un faible pour toi depuis six ans. J'étais parfaitement invisible pour toi, et tu étais mariée, par-dessus le marché. Il n'y avait pas moyen que je te propose ne serait-ce que d'aller prendre un café. Mais je m'en suis accommodé. Je me portais bien.

— Bon, dis-je, heureuse de l'entendre.

— Mais ensuite tu as divorcé. Est-ce que tu te rappelles le jour où je t'ai aidée à monter ton nouveau canapé dans ton appartement ? Deux étages ?

J'y réfléchis. Non. Attendez… Oui ! Il m'avait aidée à faire ça.

— Où était Duncan, ce jour-là ?

Jake pointa l'index vers moi.

— Duncan était en cours. Je ne lui avais même pas dit que je venais.

— Ah non ?

Il secoua la tête.

— J'allais tout avouer – en commençant par le jour où je t'ai rencontrée pour finir avec cet instant même. Est-ce que tu as idée de ce que j'avais envie de faire sur ce canapé ?

Je secouai la tête. Puis cette journée me revint.

— J'étais complètement paumée, ce jour-là.

Il acquiesça.

— Tu as pleuré tout le temps où j'étais là.

J'y resongeai.

— Donc pas le meilleur moment pour déclarer sa passion.

Il secoua la tête.

— Non. Mais je comptais retenter le coup. J'allais te proposer de sortir ensemble, avant que quelqu'un d'autre ne te chope en premier. Mais alors, avant d'en avoir l'occasion, je suis allé chercher une nouvelle paire de lunettes et j'ai découvert à la place que je devenais aveugle.

Je baissai les yeux.

— Donc tu n'as jamais retenté le coup.

— Tout a changé après ça.

— Sans certitude, cela dit.

— Non. J'en ai été sûr juste avant le Wyoming seulement. Il y a eu des étapes de deuil à traverser – du déni, du marchandage. Et de nombreux tests pour déterminer la gravité. Mais je n'ai même pas envisagé de te proposer un rencard après ça. Tu ne m'appréciais déjà pas avec vingt sur vingt…

— Tu sais que je me fous de tout ça, n'est-ce pas ?

Il secoua la tête.

— Une fois que j'en ai eu la confirmation, je ne pouvais plus respirer. Je ne pouvais plus manger. Mon avenir entier était littéralement en train de disparaître. Tout ce que j'avais toujours voulu – être médecin, avoir des gamins, apprendre la plongée sous-marine –, tout ça était balayé. C'était la veille du jour où tu t'es pointée à la fête avec Pickle.

Il marqua une pause.

— Quoi ?

Il leva les yeux au plafond.

— J'avais un billet d'avion pour le Wyoming. J'étais censé décoller deux jours plus tard. Mais, dès que je t'ai vue, deux jours m'ont paru trop long à attendre.

— Tu avais un billet d'avion ? (Il croisa mon regard et hocha la tête.) Ce n'est pas ce que tu m'avais dit.

Il avait prétendu que Duncan lui avait proposé que je l'emmène.

Il hocha de nouveau la tête.

— C'est exact.

— Pourquoi ?

Il secoua la tête.

— J'avais juste cette impression insensée que tu pouvais me sauver.

Je m'aperçus que j'avais retenu mon souffle et finis par expirer.

— Je n'arrive même pas à me sauver moi-même.

— Mais tu l'as fait. Tu y es arrivée. (Je secouai la tête.) Te désirer m'a donné quelque chose à espérer. Même quand c'est devenu sans espoir.

— Ce n'était pas obligé.

— Est-ce que tu aurais voulu que je te mette dans mon lit en te manipulant ?

— Pourquoi ne me l'as-tu simplement pas dit ?

Il secoua la tête, comme s'il ne le savait pas lui-même.

— Un jour, au cours des quelques années à venir, mes yeux vont virer au noir. Toute la lumière disparaîtra du monde. C'est un fait, et rien ne peut changer ça. Si j'étais une meilleure personne, je te laisserais tranquille. Mais j'en suis incapable – désolé, j'en suis juste *incapable*. Voilà pourquoi je suis vraiment ici. Pour te dire ça. Pour être enfin courageux et te dire ça.

Ce n'était pas du tout normal que nous soyons chacun à un bout de l'ascenseur à cet instant. Quand un type vous dit une chose pareille, vous devriez vous trouver à portée de bras, au moins. *Ascenseur de merde*, pensai-je.

Mais alors, comme pour répondre, la cabine descendit de nouveau. De trente centimètres ? Soixante ? Le plancher plongea littéralement sous nos pieds, et nous plongeâmes, nous aussi, puis heurtâmes le sol, atterrissant tous deux face contre le tapis.

Dès qu'il le put, Jake rampa en commando vers moi.

— Ça va ?

J'acquiesçai.

— Est-ce qu'on va mourir maintenant ?

— Non, dit Jake. Nous allons juste rester coincés un bon moment entre le quatorzième et le douzième étage.

— Qu'est-il arrivé au treizième ?

— Il n'y a pas de treizième.

— L'étage au-dessus du douzième n'est pas le treizième ?

— Si, mais on ne l'appelle pas comme ça.

— Pourquoi ?

— Tu ne sais pas ? Tout le monde sait ça ! Parce que ça porte malheur.

— Donc le quatorzième est le treizième.

— Non, dit-il. Le treizième étage n'existe simplement pas. Et c'est une bonne chose, parce que nous avons besoin de toute la chance possible, là.

Nous restâmes ainsi une minute, l'oreille tendue à l'éventualité d'une voix apaisante dans le haut-parleur ou du bruit des pompiers forçant les portes. Un son – n'importe lequel – provenant du monde extérieur. Un son qui se révéla, à la place, être la sonnerie de mon portable.

Tandis que je glissais lentement la main par terre pour prendre mon sac, je dis :

— C'est peut-être l'hôtel. Tu sais, avec des infos sur l'ascenseur.

— Et ils auraient ton numéro de portable parce que… ?

Bien vu. Ce n'était pas l'hôtel. C'était Mike.

Je l'éteignis.

Jake regarda la photo de Mike s'évanouir sur l'écran.

— Tu vas juste l'éteindre ?

J'acquiesçai.

— Tu n'es pas curieuse de savoir pourquoi il appelle ?

— Je sais pourquoi il appelle.

— Pourquoi ?

— Pour me supplier de revenir.

— Tu ne veux pas te faire supplier ?

Je secouai très légèrement la tête.

— Pas par lui.

Jake plissa les yeux, tout en flirt.

— Par qui veux-tu te faire supplier ?

Mais je me contentai de sourire.

— Alors, dit Jake en m'observant. Je viens de confesser combien j'étais terriblement amoureux de toi. (Je hochai la tête.) Qu'est-ce que tu penses de tout ça ?

Là, suspendus au-dessus de notre mort, cela ne semblait pas être une bonne idée de s'effaroucher. Je me contentai donc de regarder Jake dans les yeux et dis dans ce qui me parut un ralenti :

— Je suis terriblement amoureuse de toi aussi.

Il secoua la tête de stupéfaction.

— Mais comment ? Quand est-ce que ça s'est produit ?

Je réfléchis.

— En fait, il est possible que ça ait commencé quand tu as failli pisser dans cette bouteille d'Évian.

Il sourit et hocha la tête.

— Ça marche toujours.

— Ou, poursuivis-je, c'est peut-être bien quand tu as épelé le mot « lascif ». Ou quand tu as oublié de te sécher la clavicule et laissé toutes ces gouttelettes d'eau. Ou quand tu es tombé pendant l'accrochage du sac anti-ours.

— Ce sont ces choses-là qui fonctionnent avec les femmes ?

— Ou, continuai-je pensivement, c'est peut-être la façon dont tu n'as cessé de me sauver de Beckett, même quand je ne le méritais pas. Ou la tendresse de tes mains quand tu me pansais le genou. Ou la façon dont tu fais ce qu'il y a de plus bienveillant, courageux et juste dans toutes les situations, quoi qu'il arrive. Ou peut-être que c'est juste la façon dont je me sens toujours, invariablement plus heureuse quand je suis près de toi.

— Je croyais que tu me détestais.

— En effet, je te détestais. De cette manière qu'on a de détester les gens dont on est amoureux.

— Pendant le stage, aussi ?

J'acquiesçai.

— Tout ce temps ?

J'acquiesçai de nouveau.

— Tu l'as clairement bien caché.

— Je croyais que tu en pinçais pour Windy.

— Même quand je t'ai sauté dessus à côté du ruisseau ?

— Je pensais qu'on trahissait Windy. Ce dont je me suis sentie extrêmement coupable.

— Je croyais que tu m'embrassais par pitié.

Je secouai la tête.

Il appliqua toutes ces nouvelles informations au souvenir de ce baiser.

— Si j'avais su que tu ne me détestais pas, j'aurais fait du meilleur boulot.

— Tu as assez bien bossé à me fracasser le cœur, à dire vrai.

Jake me regarda avec étonnement.

— Tu ne me détestes pas.

— C'est juste l'inverse, en fait.

— Donc si je t'embrassais de nouveau, ça ne te dérangerait pas ?

— Ça ne me dérangerait pas, dis-je. Mais nous sommes sur le point de mourir, alors tu ferais mieux de t'y mettre.

Sur ce, il me redonna un baiser. Pas de pièges. Pas de jeux. Juste lui et moi, comme si rien d'autre ne comptait, sur la moquette d'un ascenseur détraqué devant un étage d'hôtel qui n'existait pas.

Épilogue

Chaque histoire doit avoir un début et une fin. En y repensant, j'aurais pu la commencer n'importe où, ou m'attarder sur n'importe quoi. J'aurais pu la commencer le jour où j'ai rencontré Mike, par exemple, et la finir le jour où je l'ai quitté. J'aurais pu commencer par le jour où nous avons perdu Nathan, et la finir le jour où nous avons failli perdre ma mère. J'aurais pu m'attarder sur les chagrins. J'aurais pu peindre le portrait d'un mariage qui s'effondrait ou d'une famille noyée de chagrin. Tout est là.

Mais ce n'est pas l'histoire que j'ai envie de raconter. Ce ne sont pas les moments de ma vie sur lesquels j'ai envie de m'étendre. Ils ont eu lieu. Ils ont compté. Ils ont laissé leurs marques. Mais les choses dont nous nous souvenons sont comme des points d'ancrage qui forment l'histoire d'une vie. Nous n'avons droit qu'à une histoire. Et je suis déterminée à faire en sorte que la mienne soit bonne.

Après tout, la vie nous offrira à chacun notre lot de désespoir, de perte et de souffrance – et plus encore. C'est certain. Mais tout aussi certain : elle nous donnera aussi des tranches de gâteau au chocolat, des jours ensoleillés à vingt-deux degrés et des brises qui font bruisser les arbres. Les bonnes choses sont si faciles à négliger, mais elles n'en sont pas moins là. Une chanson oubliée passera à la radio. Un inconnu vous aidera à changer un pneu. Une femme qui passe adorera votre écharpe rouge. Une erreur se révélera être une bénédiction. Un vieil ami vous pardonnera. Un nouvel ami vous fera rire.

Et alors, compte tenu de tous les moments parmi lesquels je pourrais choisir, je termine mon histoire là, dans l'ascenseur, avec le souvenir vers lequel je me tourne toujours quand j'ai besoin de penser au bonheur et de m'en rappeler la sensation. C'est l'image que je suis la plus susceptible de chercher quand je rêve éveillée. Ou quand je n'arrive pas à dormir. Je la porte en moi comme un poème d'amour calé dans mon soutien-gorge. Je n'ai même plus besoin de le lire, je l'ai regardé tant de fois. Mais je le lis quand même et laisse mes yeux en caresser tous les détails qui pourraient disparaître autrement. C'est si difficile de se retourner sur un moment sans se souvenir de tous les autres auxquels il a mené, mais parfois j'essaie. Je ferme les yeux et nous vois tous les deux, tellement hors d'haleine au début de notre vie ensemble.

Voici ce que je sais à présent et que ces deux-là ignorent : il y a une immense épreuve à venir, de la tristesse et des ennuis. Mais, quoi qu'il en soit, nous affronterons mieux les difficultés ensemble que nous ne le ferions séparément. Chacune d'elles, sans exception.

Mais nous ne savons pas cela, dans le souvenir. Dans le souvenir, nous entendons une série de bruits secs à l'extérieur des portes, des raclements, quelques fracas métalliques – et les portes de l'ascenseur s'ouvrent. Nous sommes environ un mètre plus bas que le niveau du sol, et nous levons les yeux pour apercevoir trois pompiers – et un couloir bondé de collégiens –, qui nous regardent tous les deux enlacés par terre.

Les pompiers repoussent la foule en arrière et font descendre une échelle.

— Tout le monde va bien, là-dedans ? demande l'un d'eux.

— Ça va, dis-je.

— Super bien, dit Jake.

— Nous avons immobilisé la cage, explique le pompier. C'est sans danger de sortir.

Tandis que je grimpe pour regagner le couloir, je vois toute l'assemblée. Dave et Darcy sont là, grand-mère GiGi et son nouvel ami le monsieur au nœud papillon. Duncan, aussi, qui a retroussé ses manches de chemise et remonté son col. Il m'acclame, puis crie un « Bravo, mon gars, ici Jakeville ! » spécialement pour Jake.

Puis la foule explose dans des applaudissements. Jake m'aide à me relever, et nous les saluons avant de faire une révérence. Duncan met ses mains en porte-voix et hurle par-dessus le bruit : « Embrasse-la, mon pote ! Tu l'as mérité ! » J'ai à peine le temps d'enregistrer les expressions choquées tout autour de nous que Jake esquisse un rapide salut d'une main et tend l'autre pour m'attirer dans un baiser si fougueux que l'assemblée se tait ou semble se taire. À ce moment-là, je ne pense pas à tous les élèves de cinquième qui nous observent, ni au fait que mon frère et ma grand-mère regardent, ni même que Dave et Darcy sont juste là, les yeux rivés sur nous comme s'ils étaient au cinéma. Non. Je n'arrive pas à réfléchir. À quoi que ce soit. Tout ce que je peux faire, c'est sentir la bouche chaude de Jake et sa main derrière ma nuque jusqu'à ce que tout le reste s'estompe. Peut-être que vouloir quelque chose ne peut être semblable à l'avoir. Et peut-être qu'obtenir ce que vous voulez ne vous rend pas heureux. Mais je vais vous dire une chose : si l'émotion qui m'inonde le corps durant ce moment exquis n'est pas du bonheur, je ne pourrais vraiment pas vous dire ce qui l'est.

Quand Jake s'écarte, me regarde dans les yeux et dit : « C'était pas mal, non ? », tout ce que je peux faire, c'est acquiescer.

La demi-heure qui suit est floue. Je sais seulement que la foule se disperse, le secouriste nous déclare tous deux indemnes et le concierge offre à Jake cinquante pour cent de réduction sur le prix de sa chambre. Non qu'il en ait besoin, apparemment.

En parlant de la chambre de Jake, elle est au septième étage. Le sept porte-bonheur.

C'est là que nous allons après, enfin, en laissant tous les autres loin derrière nous.

Et, bien entendu, nous prenons l'escalier.

Remerciements

Parce que mon adorable époux a eu droit à la dédicace cette fois, mes premiers remerciements s'adressent à mon incroyable mère, Deborah Detering, fontaine de patience, de soutien, de baby-sitting et de covoiturage. C'est vers elle que je me tourne en toutes circonstances, que ce soit dans la vraie vie ou la fiction, et il s'avère qu'elle est aussi mon héroïne personnelle. Merci, maman ! J'essaierai toujours de transmettre toute cette bonté.

Un immense merci également à mon formidable mari, Gordon, qui rend toujours tout plus amusant. Merci d'être si fichtrement drôle, de toujours voir le meilleur en chacun et d'avoir si bien pris soin de moi, des enfants et du chiot !

Beaucoup de gratitude à mon fantastique agent, Helen Breitwieser, dont j'adore le nom, et mes deux relectrices chez St. Martin's Press – Kate Ottaviano d'abord, puis la charmante Brenda Copeland. Je suis sincèrement reconnaissante à Jen Enderlin, Laura Chasen et toute l'équipe de St. Martin's Press pour leur aide et leur enthousiasme.

Je profite de ces remerciements pour adresser un clin d'œil à ma chère amie d'enfance – et quasi-sœur, à ce stade – Katherine Weber. Je te suis tellement reconnaissante, Kath, de m'avoir aidée à me remuer les méninges, merci pour ton enthousiasme et tes encouragements.

Deux ouvrages généraux que j'ai lus pour le plaisir l'été où j'ai écrit *Le Bonheur pour les débutants* se sont frayé un chemin dans l'histoire et ont contribué à lui donner forme. Une grande part des réflexions du personnage de Windy concernant les chiens

– en particulier comment l'un de ses pires ennemis animaux aurait pu devenir « le meilleur ami de l'homme », et l'idée de « survie du plus amical » – s'appuient sur le fascinant et très accessible livre *The Genius of Dogs: How Dogs Are Smarter Than You Think*, par Brian Hare et Vanessa Woods. Windy a également glané beaucoup de sa sagesse sur le bonheur, ce que c'est et comment l'aborder, dans un livre très profond de Richard O'Connor intitulé *Happy at Last: The Thinking Person's Guide to Finding Joy*. L'idée de Windy d'apprécier trois bonnes choses chaque jour est tirée de ce livre.

Merci aussi à ma famille d'être fabuleuse ! Mon père, Bill Pannill, mes sœurs, Shelley Stein et Lizzie Fletcher. Et toujours, toujours : mes doux, mes adorables, mes si merveilleux enfants, Anna et Thomas.

Achevé d'imprimer en avril 2022
par Aubin Imprimeur à Ligugé
N° d'impression 2112.0246
Dépôt légal, mai 2022
Imprimé en France
38122472-1